Erschienen im Jubiläumsjahr 1987
bei Klett-Cotta

Elizabeth Bowen
Efeu kroch übers Gestein
Ausgewählte Erzählungen
Aus dem Englischen
übersetzt von
Hartmut Zahn
– Klett-Cotta –

Narzissen iss Murcheson machte an der High Street kurz halt, um dem Blumenhändler einen Strauß Narzissen abzukaufen. Aus ihrer Geldbörse schüttete sie sich einen kleinen Strom von Kupfermünzen in die offene Hand und zählte den Betrag sorgsam ab: »– neun, zehn, elf Pence und noch einen Penny dazu – ein Shilling! Vielen Dank und guten Tag!«

Eine heftige Bö kam die Straße heraufgefegt, wirbelte Miss Murchesons Röcke in die Höhe wie bei einer Ballettänzerin und ließ das blaue Einwickelpapier der Narzissen rascheln. Die Blütenkelche, schlanke, goldene Trompeten, erbebten und klopften leicht gegen ihr Gesicht, als sie den Strauß mit einer Hand in die Höhe hielt, während sie mit der anderen hastig ihre Röcke zu bändigen suchte. Sie kam sich vor, als hätte sie sich von einer Schar Kolombinen, die sich nun vor Lachen über ihr Mißgeschick schüttelten, zu einer Harlekinade verleiten lassen, und sie blickte sich um, ob jemand Zeuge dieser Zurschaustellung ihres Unterrocks aus kariertem Moirette und mehrerer Zollbreit Strumpf oberhalb der Stiefel geworden war. Aber die Welt war durchaus nicht peinlich berührt.

Heute schienen ihr die Häuser höher zu sein und weiter auseinander zu stehen, die Straßen breiter und von hellem, klarem Licht erfüllt, das keine Schatten warf und niemals Sonnenschein war. Unter Arkaden und zwischen Häusern hatten die räumlichen Entfernungen eine seltsame Transparenz, wie auf Glas gemalt. Vor dem unbestimmten Leuchten des Himmels erhob sich fein und deutlich der Turm der Abtei.

Miss Murcheson ignorierte das ganze Durcheinander und erinnerte sich, daß sie es furchtbar eilig hatte. Sie hielt noch einmal inne, um den Stapel Schulhefte zurechtzurücken, der ihr schon bis zum Ellbogen gerutscht war, dann eilte sie die abschüssige Straße hinab, als wolle sie sich wie ein Vogel in die Lüfte schwingen. Im Mund schmeckte sie den leicht ätzenden Staubgeschmack des Frühlings, und in der Nase hatte sie den Duft der Narzissen. Je weiter sie die High Street hinter sich ließ, desto mehr wurde der Verkehrslärm zu einem entfernten Murmeln oder Summen. Dann und wann wurde ein klingender Ton angeschlagen, wie Glöckchen im Wind.

Scheinbar teilnahmslos, nahm sie doch die Häuser wahr – Häuser und noch mehr Häuser: viereckige, flachgesichtige, stuckverzierte Häuser, cremefarben grau und beige, eines sogar rosa mit einem Hauch Purpur. Fensterläden, flach an die Wand gedrückt, ließen die Fenster breiter erscheinen. Über allen Türen gab es bunt verglaste Lünetten. Eisenzäune mit spitzen Zacken grenzten kleine, grasbewachsene oder mit Kies bestreute Vierecke vor den Häusern gegen die Straße ab. Zweige reckten sich durch die Gitterstäbe, streiften Miss Murchesons Kleid und erinnerten sie an das Wunder ihrer knospenden Lieblichkeit.

Miss Murcheson erinnerte sich, daß ihre Mutter heute irgendwo zum Tee eingeladen war. Die Vorfreude auf das köstliche Alleinsein ließ sie ihre Schritte beschleunigen. Die Silberbirke, die ihrem Garten so etwas Vornehmes verlieh, schien sie über die Straße hinweg willkommen zu heißen. Sie zögerte, als das Tor aufschwang, und blickte von einem Ende der Straße zum anderen. Nur ungern trat sie ins Haus, aber die einladende Leere war unwiderstehlich. Sie fragte sich, ob auch der morgige Tag sie mit einer so seltsamen Regung erfüllen würde. Bald, in ein paar Monaten, würde es Sommer sein, und dann gäbe es nichts mehr zu erwarten. Der Sommer war etwas Schönes, aber dieser Frühling barg die Verheißung größerer Schönheit, als sie der Sommer jemals bringen konnte; er spielte auf ein Geheimnis an, dem andere Sommer lieber aus dem Weg gegangen waren, statt es zu deuten. Langsam ging sie die Stufen hinauf und kramte nach ihrem Hausschlüssel.

In der kleinen Diele hingen noch die schalen, abgestandenen Gerüche der heutigen Mahlzeit in der Luft. Sie stand in der offenen Tür, hinter sich ein Rechteck aus Licht und Geräuschen, und sie sehnte sich nach dem Schutz und der Geborgenheit, die ihr in diesem dunklen Hauseingang schon so oft entgegengeweht waren. Aber plötzlich hatte die Leere etwas Trostloses.

Schnell trat sie ins Wohnzimmer und riß das Fenster auf, daß die Musselinvorhänge sich im Luftzug bewegten und die kleinen Bilder an den Wänden leise klapperten. Die Fensternische war so tief, daß wenig Licht bis in die Winkel des Zimmers drang; Sessel und Schränkchen lauerten im Halbdunkel. Vor dem Fenster wurde das

Rechteck aus Tageslicht durch einen Bambustisch unterbrochen, der unter der Last eines ganzen Sortiments gerahmter Photographien stöhnte. In ihrer beschwingten Laune räumte sie die Bilder ab, schob den Tisch unsanft beiseite und stellte ihren Stuhl in die Fensternische. »Ich kann meine Aufsätze nicht im Dunkeln korrigieren«, rechtfertigte sie sich vor sich selbst, obwohl sie genau *das* an jedem Abend dieses Jahres getan hatte.

»Wie eng geschnürt ihr seid, arme Kolombinen«, sagte sie, als sie das Papier fortwarf und sah, wie tief der Bastfaden in die fleischigen Stengel der Narzissen geschnitten hatte. »Ihr wart wirklich tapfer. Jetzt aber!« Sie zerschnitt die Bastschnur, schüttelte den Strauß auf und steckte ihn in eine Vase. »Wenn ihr mich alle beobachtet«, seufzte sie, »dann kann ich nicht korrigieren. Ihr seid so schrecklich keck!«

Welch seltsamer Zufall: Sie hatte ihre Klasse einen Aufsatz über Narzissen schreiben lassen! »Ihr sollt selbst urteilen, ich lese sie euch laut vor. Wie ihr euch *amüsieren* werdet!« Mit einem Kichern der Vorfreude tauchte sie ihre Feder in das rote Tintenfaß.

Das Quietschen von Rädern: Draußen ging langsam eine junge Frau vorbei, die einen Kinderwagen vor sich herschob. Sie lehnte sich schwer auf den Griff, kippte den Kinderwagen auf zwei Rädern in die Höhe und starrte mit offenem Mund auf die Fenster.

»Wie hübsch, daß sie soviel Interesse hat«, dachte Miss Murcheson und klappte das erste Schulheft auf. »Aber für das Baby ist das bestimmt nicht gut.«

Den Aufsätzen mangelte es an Originalität. In jeden Absatz schielte man plump nach einem passenden Zitat als Eröffnung, und jeder wurde eilig mit einem triumphierenden Aufatmen abgeschlossen.

And then my heart with pleasure fills
And dances with the daffodils.

Fair daffodils, we weep to see
You fade away too soon

Sie fragte sich, ob jemand in ihrer Klasse das Dahinscheiden einer Narzisse beweinen würde. Meistens hatten sie die eigene Zuständigkeit für eine solche Schwäche mit der strikten Vorbemerkung von sich gewiesen: »Wie der Dichter sagt –« Flora Hopwood, entsann sie sich, hatte einen »Zitatenschatz« ins Spiel gebracht. Gewiß hatte er in ihrem Kreis die Runde gemacht.

»Ich muß das verbieten. Warum können sie die Dinge nicht mit eigenen Augen sehen und sich selbst etwas ausdenken? Ich glaube nicht, daß sie jemals wirklich *sehen*. Sie übernehmen alles auf Treu und Glauben von anderen Leuten. Ich könnte ihnen wer weiß was vormachen. Wie verantwortungsvoll es ist, Lehrer zu sein – oder etwa nicht? Sie würden mir alles glauben, aber es wäre ihnen egal – wirklich, es würde keinen Unterschied machen.

Sie sind so schrecklich an allerlei Dinge gewöhnt. Nichts ist neu für sie, alles kennen sie von klein auf. Sogar ihre Gefühle holen sie sich aus Büchern. Nichts überrascht oder beeindruckt sie. Wenn der Frühling kommt, sind ihre Gedanken woanders, dann starren sie verträumt aus dem Fenster. Bestimmt denken sie sich dann ihre neuen Hüte aus. Oh, wenn ich sie doch bloß nicht so gut kennen würde – oder ein bißchen besser!

Wenn ich meine eigene Schule hätte«, grübelte sie, während ihre Augen den Zeilen folgten und sie mechanisch Rechtschreibfehler unterstrich, »dann würde ich sie zum Denken bringen. Ich würde ihnen notfalls richtig Angst machen. Aber hier, an einer High School – wie könnte man als Lehrer überhaupt dran denken? Miss Peterson würde –

Sie *mögen* mich, ja, zumindest ein paar von ihnen, das weiß ich. Ich bin fast so etwas wie ein Idol, sie finden mein Tizianhaar schön. Bestimmt würden sie mich noch mehr mögen, wenn sie ihre Sache besser machten, und wenn sie die Dinge mehr mit *meinen* Augen sehen könnten. Ihre Sentimentalität ist mir peinlich. Auf eine Art sind sie so furchtbar reif, und ich fühle mich ihnen gegenüber im Nachteil. Wenn sie bloß ein bißchen spontaner wären! Aber mit Spontaneität ist zur Zeit bei ihnen nichts zu holen. Sie sind einfach nur Kälber, ziemlich raffinierte Kälber.«

Sie träumte vor sich hin – bis vertrautes Gelächter sie hochfahren ließ. Es war kein Lachen eines bestimmten Menschen, aber es klang wie in der High School, oder? Drei Mädchen, die sich untergehakt hatten, gingen dicht am Fenster vorbei. Miss Murcheson blickte auf die ausdrucksvollen, leicht geneigten Ovale ihrer Matrosenhüte hinab; einem Impuls folgend klopfte sie kräftig auf das Fensterbrett, um auf sich aufmerksam zu machen. Sofort schauten drei rosige, überraschte Gesichter zu ihr auf und verzogen sich zu einem breiten Lächeln des Erkennens.

»Hallo, Miss Murcheson!«

»Hallo, Kinder! Kommt für eine Minute rein, ich möchte mit euch reden. Ich bin ganz allein zu Hause.«

Millicent, Rosemary und Doris zögerten. Fluchtbereit beäugten sie sich, doch dann riefen sie einstimmig: »Au ja, prima!«

Miss Murcheson war ganz flattrig, sie ging hin, um die Tür zu öffnen. Als sie einen Blick zurück in das Wohnzimmer warf, war ihr, als hätte sie den Raum noch nie gesehen.

Warum hatte sie sie hereingebeten, diese gräßlichen Mädchen, mit denen sie bis heute kaum ein Wort gewechselt hatte? Sie würden sie nur auslachen und es den anderen erzählen.

Dann war der Raum voll von ihnen, voll von ihrer Neugier und ihrem linkischen Getue und ihrem albernen Gekicher. Ihr war nie aufgefallen, was für große Mädchen sie waren, wie rundlich und gut entwickelt. Es entging ihr nicht, daß sie den Stapel ihrer so frevelhaft behandelten Verwandten begafften – die Photos, die sie kurzerhand auf einen Stuhl gepackt hatte. Ihre Blicke flitzten von den Photos zu den Narzissen, von den Narzissen zu den aufgeschlagenen, mit reichlich Rot gesprenkelten Schulheften.

»Ja«, sagte sie, »das sind eure Werke, wenn ich so sagen darf. Erkennt ihr sie wieder? Ich war gerade dabei, ›Narzissen‹ zu korrigieren und wurde dabei ganz trübsinnig – aber setzt euch doch, ja? Ich frage mich, ob eine von euch jemals ihren Grips benutzt hat, ob ihr überhaupt schon mal etwas gerochen, *gesehen* habt. Na los, nun setzt euch schon hin!«

Ihr war, als riefe sie in einen Wald aus dicken Leibern hinein. Sie setzten sich verwirrt nebeneinander auf den Rand einer Ottomane; dies war ein Abklatsch ihrer Sitzordnung im Klassenzimmer, so daß sie sich bei ihrem Anblick furchtbar dienstlich und lehrerhaft vorkam. Sie versuchte dieses Gefühl abzuschütteln.

»Es ist gemein, nicht wahr, euch hier aufzulauern, euch ins Haus zu zerren und euch eine Standpauke über das zu halten, was ihr gegenüber Narzissen *nicht* empfindet!«

Ihr nervöses Lachen erfüllte glöckchenhell die Stille.

»Es war ein gemeines Aufsatzthema«, sagte jemand bedächtig.

»Gemein? Oh, Rosemary, hast du denn noch nie eine Narzisse gesehen?«

Sie kicherten.

»Sie dir *richtig* angeschaut?« Ihr Ernst fegte das Gefühl von Peinlichkeit beiseite. »Ich meine: nicht nur von ihnen gehört – ach ja, Narzissen: gelbe Blumen; Frühling, Mutters Vasen, Knollen, Beete, ein rascher Blick in das Schaufenster von einem Blumenladen –, sondern eine in die Hand genommen und sie erfühlt?«

Wie sie ihnen zusetzte!

»Es ist sehr schwer, was Kluges über Sachen zu schreiben, die man ständig sieht«, sagte Millicent. »Deshalb ist Geschichte soviel leichter. Sie erzählen uns alles mögliche, und wir schreiben es auf.«

»Deshalb seid ihr so faul. Ihr benutzt *mein* Gehirn! Ihr gebt mir wieder, was ich euch gegeben habe, nur ist es ein bißchen abgedroschener.«

Sie blickten gekränkt und unbehaglich drein.

Doris stand auf und ging zum Kamin.

(»Gut«, sagte sich Miss Murcheson, »es wird die Spannung ein bißchen lockern, wenn sie sich hier etwas umschauen.«)

»Was für ein hübsches Photo, Miss Murcheson. Wer ist das? Doch nicht etwa Sie?«

»*Ich?*« sagte Miss Murcheson amüsiert. »Aber ja, warum nicht? Überrascht es dich denn?«

»Sie haben so einen *niedlichen* Hut auf!« rief das Mädchen mit naivem Staunen.

Die anderen beiden nahmen Doris in die Mitte.

»Sie sehen ganz anders aus«, meinte Doris, die noch immer das Photo anstarrte. »So irrsinnig glücklich und wohlhabend und – absolut selbstsicher.«

»Vielleicht lag es an dem Hut«, vermutete Millicent.
»Oh, Millicent, du bist schrecklich!«
Sie kicherten alle drei und blickten verstohlen zu ihr hinüber. Sie fragte sich verwundert, warum sie sich nicht gekränkter fühlte.
»Wenn ihr es genau wissen wollt«, klärte sie sie auf, »lag das an einem Strauß Narzissen. Seltsamerweise illustriert es genau, was ich euch klarzumachen versucht habe.«
Sie waren noch ganz von dem Bild gefangen.
»Oh, Miss Murcheson!«
»Wann ist das Bild gemacht worden?«
»An Ostern, in den Ferien, fast genau vor einem Jahr. In Seabroke. Von einem Bekannten.«
»Schenken Sie mir eins, *bitte*!«
»Mir auch!«
»Tut mir leid, das ist der einzige Abzug, den ich habe – und der gehört meiner Mutter.«
»Hatten Sie nicht mehr davon?«
»Ja, aber sie sind alle weg. Seht ihr, ich hatte schon seit Jahren nicht mehr vor einer richtigen Kamera gestanden. Als ich dann diese Schnappschüsse bekam, wurden sie mir alle von Leuten weggeschnappt, die mich schon längst um ein Photo gebeten hatten.«
»Leute?« Sie stieg sichtlich in der Achtung der Mädchen.
»O ja, Freunde von mir.«
»Warum eigentlich Narzissen?« kam Rosemary auf das eigentliche Thema zurück.
»Jemand hatte mir gerade einen Riesenstrauß geschenkt.« Sie war beeindruckt vom Interesse der drei. »Ich frage mich, ob eine von euch jemals so wegen ein paar Narzissen aussehen wird.«
»Wissen Sie, das kommt darauf an«, sagte Millicent listig. »Wir haben noch nie welche geschenkt bekommen. Vielleicht, wenn einer käme und –«
»*Tatsächlich?*« meinte Miss Murcheson mit naiver Betroffenheit. »Dann nehmt doch den ganzen Strauß, wenn er euch derartig inspiriert! Wirklich, meine Lieben, ich *möchte* es.«
Sie raffte die Narzissen zusammen und hob sie tropfnaß aus der Vase.

Die Mädchen wichen zurück.

»Oh, nein, nicht *Ihre* Narzissen! Auf keinen Fall!«

»Wir wollten nicht –«

»Nein, nicht *Ihre* Narzissen, Miss Murcheson, darum *ging* es doch überhaupt nicht!«

Offenbar ein falscher Schachzug ihrerseits. Sie war von den Mädchen verwirrt, konnte nicht die Tiefen ihrer Kinoromantik ergründen.

Doris hatte das Photo wieder an seinen Platz gestellt und stand nun mit dem Rücken zu den anderen. Sie befingerte die Verzierungen am Kaminsims.

»Es gibt eine Menge Dinge«, sagte sie rasch, »die man nur wegen anderer Leute fühlt. Das ist der einzige Grund, wozu Dinge überhaupt da sind, glaube *ich*. Sonst würde man sie gar nicht bemerken, sie würden einem nichts bedeuten. Sie sind sozusagen nur –« Sie brach ab. Ihre Ohren leuchteten knallrot unter ihrem Hut hervor.

»– Verbindungen«, seufzten die beiden anderen bedeutungsschwer.

»Genau darum geht es!« rief Miss Murcheson aus. »Wir haben all die netten, frischen, eigenständigen Dinge der Außenwelt derartig mit unseren sentimentalen Gefühlen, Vorurteilen und – Gedankenverbindungen zugekleistert, daß wir sie nur noch in bezug auf uns selbst sehen können. So kommt es, daß ihr – *wir* – an den Dingen vorbeileben und sie uns verderben. Ihr – nein: wir alle sind anscheinend unfähig zu *entdecken*.«

»Das Leben«, meinte Doris sentenziös, »ist ein großes Abenteuer. Das ist uns natürlich allen klar.«

Die anderen beiden warfen ihr einen schnellen Blick zu. Plötzlich ging von den dreien etwas Feindseliges aus. Sie fühlten sich offenbar von ihr ermuntert, gegen die Formen gesitteter Unterhaltung zu verstoßen. Ja, es war schlechter Stil, so unverblümt über ein Thema zu diskutieren und hinterher hitzig und geheimnistuerisch miteinander zu tuscheln.

Für sie waren diese Mädchen nicht ganz ernst zu nehmen. Das bestätigt zusehen, war nicht ihr Wunsch gewesen.

»Ich glaube nicht, daß ich das sagen wollte«, meinte sie ein bißchen lahm. »Natürlich wird euer Leben voller interessanter Dinge sein, und sie werden nur euch etwas angehen. Aber wenn ich es nur schaffen könnte – ich versuche es doch immer wieder! –, euer Interesse an den schönen kleinen Dingen zu erwecken, die ihr sonst so leicht übergehen könntet und die so tief im Grund wurzeln! Ich würde euch gern so glücklich sehen, wie ich es gewesen bin und auch wieder sein werde«, fuhr sie impulsiv fort. »Ich würde gern erleben, wie ihr nach Verlassen meiner Klasse in der Schule höher und höher steigt, wie ihr größer und größer werdet, und wie ihr schnurstracks und unbeirrt auf die wesentlichen Dinge zusteuert.«

Die Quaste der Vorhangschnur klopfte leise gegen das Fensterbrett. Sie blickten zwischen den raschelnden Gardinen hindurch auf die Straße.

Sie waren auf irgendeine intime, persönliche Enthüllung gefaßt gewesen. Aber Miss Murcheson hatte ihnen nichts gesagt, sie hatte ihnen nur den Stein ihres eigenen abstrakten, farblosen Idealismus gereicht, während sie dort mit offenen Mündern gesessen und nach dem Brot sentimentaler Gefühle gehungert hatten.

»Wollt ihr nicht zum Tee bleiben?« fragte sie. »Bleibt doch! Wir essen einen Happen, wir setzen den Wasserkessel auf und lassen uns die klebrigen Rosinenbrötchen schmecken – ich habe eine ganze Tüte voll. Wir feiern zu Ehren der Narzissen ein kleines Fest.«

Die Aussicht schien ihr verlockend. Es wäre ein fabelhaftes Zwischenspiel gewesen.

Alle drei erhoben sich.

»Doris und Millicent gehen mit mir nach Hause, Miss Murcheson. Meine Mutter erwartet uns. Danke, furchtbar nett von Ihnen. Wir wären sonst gerne dageblieben.«

»Wir wären gerne dageblieben«, echoten die anderen. »Furchtbar nett von Ihnen.«

Sie empfand stechende Enttäuschung, aber auch Erleichterung, während sie, die Augen auf die Narzissen gerichtet, die Kinder mit klappernden Absätzen die Treppe hinunterlaufen hörte.

Morgen werden sie wieder unpersönlich sein – drei rosige Monde in einem Firmament von Gesichtern.

Wieder frei, schauten sich die drei mit stummem Einverständnis an.

»Miss Murcheson hat nie richtig *gelebt*«, meinte Doris schließlich.

Sie hakten sich unter und schlenderten die Straße hinab.

Heimkommen Auf dem ganzen Heimweg von der Schule brannten Rosalind die Backen, und sie hatte ein Pochen in den Ohren. Manchmal war es schlimm, so weit weg zu wohnen. Noch bevor ihr Körper um die erste Ecke gebogen war, hatte sie in der Phantasie schon viele Male das Tor aufgezwängt, war ebenso oft, mit dem Schulheft winkend, den vertrauten Weg zwischen den dumpfen Gerüchen des Gartens entlanggelaufen und hatte die allerliebste Mammi ans Fenster treten sehen. So etwas war bisher weder ihr noch Mammi passiert: Dies war der große Augenblick, auf den sie sich während all der Jahre zubewegt hatten, und sie würden die schattenhaften Jahre einer unbestimmten Zukunft damit verbringen, auf diesen einen Augenblick zurückzuschauen.

Rosalinds Aufsatz war laut vorgelesen und von jedem gelobt worden. Sie waren alle dabeigewesen. Die großen Mädchen hatten seitlich an der Wand gesessen, sie hatten die Augenbrauen in die Höhe gezogen, sich nach ihr umgeblickt und gelächelt. Während einer halben Ewigkeit war der Raum von nichts anderem erfüllt gewesen als von der schönen, sich hebenden und senkenden Stimme von Miss Wilfred, die Rosalinds klugem Kopf huldigte. Als diese Stimme verstummte, da war der Raum wieder so schrecklich voll gewesen, und Rosalind hatte mit einem Blick auf die Uhr festgestellt, daß das Vorlesen vier und eine halbe Minute gedauert hatte. Sie stellte auch fest, daß ihr Mund trocken war, daß ihre Augen schmerzten, weil sie die ganze Zeit einen kleinen festen Punkt im Zentrum wirbelnder Kreise angestarrt hatte, und daß ihre Hände feucht geworden waren und zitterten. Jemand gab ihr von hinten einen kleinen Knuff in den Rücken. Alle Gedanken im Raum galten ihr; sie fühlte, wie Bewunderung und Aufmerksamkeit der anderen in kleinen Wellen an ihr hochschwappten. Irgendwo ganz hinten rief jemand wiederholt ihren Namen. Begriffsstutzig stand sie auf, und alle lachten. Miss Wilfred wollte ihr nur das rote Aufsatzheft zurückgeben. Rosalind setzte sich wieder hin und dachte daran, wie durcheinander sie war, durcheinander vor lauter Ruhm. Schon begann sie, nach Worten zu suchen, die sie zur Herzensmammi sagen wollte.

Sie hatte schon vor einiger Zeit begriffen, daß für sie nichts Wirklichkeit wurde, wenn sie keine Zeit hatte, es nochmals zu durchleben. Eine tatsächliche Begebenheit – das war die Fassungslosigkeit nach einem Schock, dann das Begreifen, *daß* etwas passiert war. Und hinterher konnte man sich dann zurücktasten, in sich hineinschauen und ein paar neue Dinge in sich finden, eindeutig und solide. Es war, als wartete man draußen vor dem Hühnerstall, bis die Henne herauskam und man selbst hineingehen konnte, um nach dem Ei zu sehen. Rosalind berührte ein Ei nie, solange ihre Herzensmammi nicht dabei war. Erst dann ging sie hinein und schaute es sich mit ihr zusammen an. Dieser heutige Nachmittag würde für sie ganz plötzlich und lebhaft zu einer neuen Wirklichkeit werden. »Ich will noch nicht daran denken«, sagte sie sich, »aus Angst, alles zu verderben.«

Die Häuser wurden weniger, die Straßen grüner. Rosalind entspannte sich ein wenig, sie war fast daheim. Sie warf einen Blick auf die Fliederbüsche am Tor, und es war, als hätte sie ein kalter Wind gestreift. Angenommen, die allerliebste Mammi war nicht zu Hause...?

Sie war fast gelaufen, doch nun verlangsamte sie ihre Schritte. An dieser Stelle konnte sie Mammi rufen. Falls sie nicht antwortete, gäbe es immer noch eine verschwindend kleine Hoffnung: Sie konnte hinter dem Haus sein. Rosalind beschloß, so zu tun, als sei es einerlei, so oder so; das hatte sie schon öfter so gemacht, und sie fühlte, daß sie damit einem »Jemand« den Wind aus den Segeln nahm. Sie rückte das verrutschte Aufsatzheft zurecht, das sie unter den Arm geklemmt hatte, trat nahe an das Tor heran, drehte sich um, um es sorgsam zu schließen, und ging langsam den Gartenweg entlang, den Blick auf die Schuhspitzen gerichtet, nicht auf das Wohnzimmerfenster. Bestimmt dachte ihre Herzensmammi, sie spiele eines ihrer Spielchen. Aber warum hörte sie sie nicht mit dem Fingerhut an die Scheibe klopfen?

Gleich nach Betreten der Diele wußte sie, daß das Haus leer war. Die Uhren tickten sehr laut. Unten und auch eine Treppe höher waren die Türen nur angelehnt und ließen fahle Streifen Licht durch. Nur die Küchentür am Ende des Flurs war zu. Rosalind konnte hören, wie Emma drinnen hin und her ging. Das Licht schimmerte geisterhaft auf der weißen Täfelung. Auf dem Tisch stand eine Vase mit Schlüsselblumen. Mammi mußte sie heute morgen dort hingestellt haben. In der Diele war es sehr kühl. Rosalind kam nicht dahinter, warum ihr die Schlüsselblumen solche Angst einjagten. Dann erinnerte sie sich an den Kranz und wie er gerochen hatte, als er dort auf der nackten, neuen Erde von dem Grab lag... Das Paar graue Handschuhe lag nicht mehr in der Schale mit den Visitenkarten. Mammi hatte also den Morgen mit diesen tödlichen Schlüsselblumen verbracht, sie hatte die grauen Handschuhe angezogen und war fortgegangen, ausgerechnet am späten Nachmittag, obwohl sie wußte, daß ihr kleines Mädchen um diese Zeit nach Hause kam. Viertel nach vier. Das war unverzeihlich von Mammi. Seit über zwölf Jahren war sie eine Mutter gewesen, nur für Rosalind allein, und trotzdem fiel ihr anscheinend nichts Besseres ein als so was. Andere Mütter hatten schlimme kleine Babys. Sie rannten höchstens mal schnell aus dem Haus, um gleich wieder bei ihnen zu sein. Oder sie hatten Männer, die rauchten und mit ihren großen Füßen im Zimmer herumsaßen. Andere Mütter wirkten immer so fahrig, aber die Herzensmammi, die gehörte einem ganz...

Mammi hatte wohl nie so richtig an sie glauben können, niemals hatte sie wirklich daran geglaubt, daß sie, Rosalind, in der Schule etwas so Wunderbares schaffen würde. Sonst hätte sie darauf geachtet, daß sie zu Hause war, um sich alles erzählen zu lassen. Rosalind stürzte ins Wohnzimmer. Honigfarben und hübsch lag es im blassen Frühlingslicht. Eine kleine Uhr tickte irgendwo in einem Winkel, und es gab noch mehr Vasen mit Schlüsselblumen und schwarzäugigen, sich neigenden Anemonen. Der trübe Spiegel an der Wand mit seinem milden, malvenfarbenen Glanz verzerrte tadelnd Rosalinds ärgerliches Gesicht. Der Fenstertisch war zum Tee gedeckt, Tee für sie beide, den sie vielleicht nie... Auf dem Fensterplatz mit seinen zerknautschten Kissen lag *ihre* Handarbeit und ein aufgeschlagenes Buch. Den ganzen Nachmittag hatte sie dort gesessen, gearbeitet und gewartet. Und jetzt? Arme kleine Mammi, vielleicht war sie weggegangen, weil sie sich einsam fühlte.

Es gab Leute, die gingen aus und kamen nie zurück. Und da stand sie nun, war auf Mammi wütend, und die ganze Zeit... Na ja, sie hatte sich bestimmt die grauen Handschuhe angezogen, war hinausgegangen und wanderte durch die Straßen, entrückt und schön, weil sie einsam war. Was nun?

Sollte sie Emma fragen? Nein, nicht *die*! Allein die Vorstellung! »Ja, deine Mutter ist gleich zurück, Rosie. Jetzt lauf und zieh dich um, sei ein braves Mädchen.« Nein, nicht zum Aushalten.

Das ganze Haus war erfüllt von dem Duft und der Angst, die die Schlüsselblumen verbreiteten. Rosalind ließ ihr Aufsatzheft auf den Fußboden fallen, warf einen Blick darauf, zögerte, preßte beide Hände vor den Mund und ging, ihre Schluchzer unterdrückend, nach oben. Sie hörte, wie die Küchentür aufgemacht wurde. Emma kam heraus. O Gott! Sie selbst stand jetzt neben Mammis Bett. Draußen streiften schwankende Zweige das Fenster. Sie vergrub ihr Gesicht in der weichen Daunendecke, roch und schmeckte den feuchten Dunst des Satinbezuges. Sie hörte, daß Emma unten in der Halle nach ihr rief, dann etwas murmelte und die Küchentür hinter sich zuschlug.

Wie hatte sie ihre Herzensmammi jemals allein lassen können? Sie hätte es wissen können, sie hätte es wissen müssen. Das Gefühl der Unsicherheit war in ihr Jahr für Jahr gewachsen. Ein anderer Mensch konnte vielleicht Teil von einem selbst sein, er konnte einem fast körperlich gehören, aber wenn man wegging, dann konnte es passieren, daß es plötzlich aus war, absolut aus. Dieses Meer von Angst, das an den Rändern der Welt ebbte und flutete, und dessen Gezeiten in den Zeitungen angegeben wurden – dieses Meer konnte einen Menschen mit einer langen Welle wegfegen. Es gab keine Sicherheit. Geborgenheit und Glück waren ein Spiel, das die Erwachsenen mit Kindern spielten, damit sie nichts begriffen, vielleicht auch, damit sie selbst nicht nachdenken mußten. Aber sie dachten trotzdem nach, und genau das machte sie ja zu Erwachsenen. Komisch. Jedenfalls konnte alles passieren, und es gab keine Sicherheit. Und jetzt die Mammi!

Dies war ihre Kommode mit den langen, herunterbaumelnden Perlenketten und den bunten Glastöpfchen und Fläschchen, in deren Mitte kleine Flammen aus Licht brannten. Vor diesem Spiegel, von einer dünnen Puderwolke überhaucht, hatte sich Mammi den Hut aufgesetzt – zum letzten Mal. Angenommen, alles, was sich hier jemals gespiegelt hatte, wäre irgendwo in der Tiefe des Spiegels gefangen? Der blaue Hut mit der nach unten gebogenen Krempe hing an einer Stuhllehne. Rosalind hatte für diesen Hut noch nie etwas übrig gehabt, sie fand, daß er Mammi nicht stand. Aber Mammi hatte ihn so geliebt. Heute mußte sie mit dem braunen ausgegangen sein. Rosalind ging zum Kleiderschrank, stellte sich auf die Zehenspitzen und schaute ins oberste Fach. Ja, der braune Hut war weg. Nie wieder würde sie Mammi mit dem braunen Hut auf dem Kopf sehen, wie sie ihr auf der Straße entgegenkam und sie nicht gleich entdeckte, weil sie in Gedanken woanders war. Aus den Falten der Kleider stieg ein Hauch von *Peau d'Espagne* auf; das blaugoldene, mit weichem Pelz besetzte Nachmittagskleid rieselte ihr aus dem Schrank entgegen. Rosalind hörte sich selbst, wie sie ganz hinten aus der Kehle einen hohen, wimmernden Ton ausstieß, wie ein Hündchen. Sie spürte, daß ihre geschwollenen Züge wieder von einem Weinkrampf verzerrt wurden.

»Ich ertrage es nicht, ich halte es nicht aus. Was habe ich getan? Ich hab sie lieb gehabt, ich hab sie so schrecklich lieb gehabt!

Vielleicht war noch alles mit ihr in Ordnung, als ich aus der Schule kam. Dann hörte ich auf, sie lieb zu haben. Ich hab sie gehaßt und war wütend auf sie. Da ist es passiert. Sie rannte über die Straße, und es ist ihr etwas passiert. Ich war wütend, und sie ist gestorben. Ich hab sie umgebracht.

Ich weiß nicht, ob sie wirklich tot ist. Aber ich gewöhne mich wohl besser an die Vorstellung, damit es hinterher nicht so weh tut. Angenommen, sie kommt diesmal zurück: Dann ist es doch nur für kurze Zeit. Ich werde sie nicht für immer behalten können. Seit ich das weiß, werde ich nie wieder glücklich sein. Leben, das heißt nur, darauf zu warten, daß etwas Schreckliches passiert, obwohl man die ganze Zeit versucht, an etwas anderes zu denken.

Mammi! Wenn sie doch nur dieses eine Mal noch zurückkäme!«

Emma kam, sie blieb auf halber Höhe der Treppe stehen. Rosalind drückte sich hinter der Tür flach an die Wand.

»Willst du schon mit dem Tee anfangen, Rosie?«
»Nein. Wo ist meine Mutter?«
»Ich hab sie nicht weggehen gehört. Das Wasser im Kessel kocht gerade. Soll ich dir nicht doch deinen Tee machen?«
»Nein. *Nein!*«
Rosalind warf die Tür zu, sie hörte, wie Emma mit ärgerlichem Gemurmel die Treppe hinunterging. Die silberne Uhr neben Mammis Bett tickte. Es war fünf Uhr. Sonst tranken sie immer um Viertel nach vier Tee. Die Herzensmammi kam nie zu spät, nie. Bald würden Männer kommen, sie würden kommen, um »es« ihr zu sagen, sie würden es Emma sagen, und Emma würde nach oben kommen, mit einem erschrockenen, triumphierenden Ausdruck auf dem Gesicht, um es ihr zu sagen.

Sie sah zwei Hände in grauen Handschuhen mit gespreizten Fingern im Staub.

Ein Geräusch, unten am Gartentor. »Ich ertrage es nicht, nein, ich halte es nicht aus! Lieber Gott, rette mich!«

Schritte auf dem Kies.

Mammi!

Sie trat ans Fenster, sprachlos, mit zusammengepreßten Lippen.

Die allerliebste Mammi kam langsam den Gartenweg herauf, sie hatte ihren Schleier gelöst, so daß die langen Enden ihr bis auf die Schultern hingen. Unter dem Arm trug sie ein in Papier gewickeltes Päckchen. Sie blieb stehen, blickte lächelnd auf die Narzissen hinab. Dann zuckte sie zusammen und schaute zu den Fenstern auf, als hätte sie jemanden rufen gehört. Rosalind zog sich ins Zimmer zurück.

Sie hörte die Schritte ihrer Mutter auf dem Steinboden der Diele, hörte, wie sie an der Wohnzimmertür zögerte und dann unten am Fuß der Treppe stehenblieb. Das war ihre Stimme, die rief: »Lindie! Lindie, mein Spatz!« Jetzt kam sie die Treppe herauf.

Rosalind lehnte sich mit ihrem ganzen Gewicht gegen die Kommode und betupfte ihr Gesicht mit der großen Puderquaste. Das Puder klebte wie Teig an ihren nassen Wimpern, es bildete oben an der Nase und auf den Backen richtige Flecken. Rosalind war

nicht glücklich, sie war nicht erleichtert, sie hatte keine besonderen Gefühle für die Herzensmammi, sie wollte sie nicht einmal sehen. Irgend etwas in ihr war schlaff geworden, und ihr war fast ein bißchen übel.
»Oh, du bist *da*!« sagte Mammi von draußen. Sie hatte sie wohl gehört. »Wo hast du... Wo warst du –?«
Sie stand in der offenen Tür. Nichts war also zum letzten Mal passiert. Sie war zurück. Niemals würde man ihr erklären können, wie falsch das von ihr gewesen war. Sie streckte die Arme aus. Etwas zog einen zu ihr hin.
»Na, mein kleiner Clown«, sagte Mammi und wischte den Puder ab. »Nanu!« Sie beäugte das glasige, verweinte Gesicht. »Sag mir warum.«
»Du warst nicht da.«
»Ja, das war gemein von mir – bist du mir böse? Aber wie dumm von dir, Rosalind! Ich kann nicht immer zu Hause sein!«
»Aber du bist meine Mutter.«
Mammi war belustigt. Sie lachte in kleinen Schüben und wirkte sehr zufrieden. »Du hast doch wohl nicht *Angst* um mich gehabt, du Dummerchen!« Ihr Tonfall schaltete auf Kummer und Sorge: »O Rosalind, sei nicht böse!«
»Bin ich nicht«, sagte Rosalind kühl.
»Dann komm...«
»Ich wollte nur meinen Tee.«
»Rosalind, sei nicht so –«
Rosalind ging an ihr vorbei zur Tür. Sie kränkte ihre Herzensmammi – wie schön sie sie kränkte! Nie wollte sie ihr von dem Aufsatz erzählen. Alle würden darüber reden, aber wenn die allerliebste Mammi davon erfuhr und Fragen stellte, dann würde sie sagen: »Oh, das? Ich dachte, es würde dich nicht interessieren.« Das tat bestimmt weh. Rosalind ging hinunter ins Wohnzimmer, vorbei an den Schlüsselblumen. Die grauen Handschuhe lagen auf dem Tisch. Dies war der malvenfarbene und goldene Raum, in den Mammi zurückgekehrt war, noch vom Tod umschattet, und hier hatte sie ihre kleine Tochter vorzufinden erwartet... Hier hätten sie am Fenster beisammengesessen, während Rosalind ihren Aufsatz

laut vorlas, und sie hätten die Köpfe zusammengesteckt, während es im Zimmer dunkelte.

All das war verdorben.

Arme Herzensmammi, allein dort oben im Schlafzimmer, ratlos, gekränkt, enttäuscht. Jetzt nahm sie wohl gerade den Hut ab. Sie hatte nicht geahnt, daß man ihr so weh tun würde, als sie da draußen stand und auf die Narzissen hinabblickte, lächelnd. Das rote Aufsatzheft lag aufgeblättert auf dem Teppich. Und dort war das Päckchen, das Mammi mitgebracht hatte. Es lag auf dem Tisch nahe der Tür. Es waren Makronen, lauter zerquetschte Makronen, weil sie falsch getragen worden waren. Durch einen Riß in der Verpackung quoll ein kleines Rinnsal von Krümeln.

Wie ergreifend diese Makronen waren! Welch stiller Schmerz! Rosalind rannte nach oben ins Schlafzimmer.

Mammi hörte sie nicht kommen, sie hatte schon alles vergessen. Sie stand mitten im Zimmer, das Gesicht dem Fenster zugekehrt, und schaute in die Ferne. Lächelnd und leise vor sich hinsingend rollte sie ihren Schleier auf.

Zu Besuch

Roger wurde an jenem Morgen früh vom unvertrauten Rauschen der Bäume im Garten der beiden Misses Emery geweckt. Es waren diese Bäume gewesen, die das Zimmer am Abend so verdunkelt hatten, weil sie die vertrauten Lichter der Stadt verdeckten, so daß er sich im Gästezimmer der Emery-Schwestern irgendwie weit weg und herrlich isoliert gefühlt hatte. Während sich nun der Himmel in dieser sonnenlosen Morgenfrühe blaß färbte, zeichnete sich an der Zimmerdecke schwach ein Netzwerk von Schatten ab, und als später die Sonne den Garten für kurze Zeit in ihrem Licht badete, wurden diese Schatten deutlich und kräftig, ja aufdringlich. Da fühlte sich Roger, als wäre er ein Kälbchen, das, in ein Netz gewickelt, zum Markt gekarrt wurde. Wohlig erschauernd rollte er sich auf den Rücken und hing dieser Vorstellung nach.

Aber das Phantasiespiel verlor seinen Reiz heute schneller als sonst, es mußte diese Niederlage hinnehmen, während Roger sich immer deutlicher bewußt wurde, wo er sich befand. Hier lag er, allein wie auf einer Insel und umfangen von Tragik. Die ganze Nacht hatte etwas neben seinem Bett gekauert – er hatte es durch den dünnen Stoff seiner Träume hindurch gespürt. Jetzt streckte er wiederum die Hand danach aus, scheu gab er der unwiderstehlichen Versuchung nach, es zu berühren, aber er mußte feststellen, daß es sich davongeschlichen hatte: Es hatte sich in einen Hinterhalt verdrückt, hatte sich ihm ganz entzogen und ihm kaum eine Erinnerung gelassen.

Nie zuvor hatte er im Gästezimmer anderer Leute geschlafen. Das Gästezimmer daheim war für ihn etwas Wunderbares gewesen: ein Hafen, ein Bogengang, ein unpersönlicher Raum ohne Gerüche mit nichts Eigenem außer den Möbeln, unendlich wandelbar durch die persönliche Ausstrahlung von Haarbürsten und Kulturbeuteln, durch die Attitüde von Schuhständern und die Geste eines achtlos über eine Stuhllehne geworfenen Kleides.

Das Gästezimmer der beiden Emery-Schwestern hatte lange, gravitätische Vorhänge, die ungerafft mit ihrem schattigen Faltenwurf die Fenster umrahmten. Diese Vorhänge rührte man nie an.

Wenn man das Zimmer verdunkeln wollte, zog man ein Rollo herunter, dessen Rand unten mit Spitzen besetzt und das über und über mit einem Eichenblattmuster bedruckt war. Als die eine Miss Emery Roger gestern abend zu Bett gebracht hatte, war sie nahe daran gewesen, das zu tun: Sie hatte die eichelförmige Quaste an der Schnur des Rollos in die Hand genommen, und Roger hatte sich inständig gewünscht, sie möge es nicht tun. Sie hatte es tatsächlich nicht getan, obwohl es für sie eine ausgemachte Sache war, daß niemand gern vom Bett aus den Himmel sieht. Sie war eine verständnisvolle Frau, und irgendwie schaffte sie es, daß Roger in steigendem Maße die Dinge leid taten, die ihm bisher beim Anblick ihrer Blusen durch den Kopf gegangen waren.

Die Möbel waren allesamt aus gelblichem Holz, und dieses Holz war so glänzend und so weich, daß man den Wunsch verspürte, hineinzustechen und Beulen hineinzuschlagen. Da gab es wollene Bettvorleger, die Miss Dora Emery selbst gemacht hatte – sie hatte Roger sogar versprochen, ihm zu zeigen, wie man so etwas macht. Das hatte sie gestern abend versprochen, während Roger neben ihr in einem Salon saß, wo im gleißenden Licht der Gaslampen alles schimmerte und, ehrlich gesagt, sogar ein bißchen hin- und herzuwackeln schien. Ein halbfertiger Bettvorleger lag auf Doras Knien, und als sie sich bewegte, rollte er sich von alleine auf und glitt geräuschlos zu Boden. Dieses wollige, halb lebendige Ding erfüllte Roger mit einem vagen Gefühl von Ekel. »Ich mache mich jetzt an die schwarze Umrandung«, hatte Miss Dora erklärt, während sie mit dem Häkelhaken zwei kurze, dicke Wollfäden durchzog und sie mit einer schnellen Bewegung aus dem Handgelenk miteinander verknotete. »Bald kommt der grüne Teil mit dem Muster dran. Ich werde da ein paar Tupfer Scharlachrot einarbeiten. Dann mußt du gut aufpassen, Roger. Das ist nämlich so hübsch, daß es dir richtig Spaß machen wird.« Roger fragte sich insgeheim, ob sie es jemals bis zum Scharlachrot oder auch nur bis zum Grün schaffen würde, bevor seine Mutter starb. Miss Emery arbeitete nicht sehr schnell. »Wieviel Schwarz kommt noch, bevor das Muster anfängt?« erkundigte er sich. »Drei Zoll«, antwortete Miss Emery, und er maß diese Breite ungefähr mit zwei Fingern ab.

An den Wänden des Gästezimmers hingen Gemälde von schottischen Moorlandschaften mit weidenden Rindern, und über der Kommode mit den Schubladen hing ein kleineres Bild in einem grüngoldenen Rahmen mit dem Titel »Enfin–Seuls«. Das war französisch. Zu sehen waren eine Dame und ein Herr, die sich eng umschlungen hielten und sich in einem Salon voll Zimmerpalmen küßten; über irgend etwas schienen sie sehr glücklich zu sein. Die Tapete hatte ein Muster – und dabei hatten Rogers Vater und Mutter doch immer gesagt, gemusterte Tapeten seien gräßlich. Roger schaute näher hin und fing an, in seiner Phantasie von einem der knotigen Gebilde zum nächsten zu springen – sie sahen wie kleine Inseln aus Gänseblümchen aus –, und dabei tat er so, als wäre er ein Frosch, dem jemand die Chance gegeben hat, sich mit genau acht Sprüngen vor einem Drachen in Sicherheit zu bringen.

Draußen im Gang tickte eine Uhr vor sich hin. Es mußte eine sehr große sein, vielleicht eine Bahnhofsvorsteheruhr, die Miss Emery von einem Verwandten bekommen hatte. Sie hatte keinen Ausdruck, keine Stimme; sie trieb einen nicht an und hielt einen auch nicht zurück, sondern gab einfach ganz unparteiisch ihren Kommentar zu der wie im Flug verstreichenden Zeit. Sechzigmal Ticktack ergab eine Minute, kein einziges Ticken mehr und keines weniger, und die Zeiger der Uhr würden auf einer bestimmten Stunde und Minute stehen, wenn jemand käme, um Roger das mitzuteilen, worauf er innerlich gefaßt war. Eine Runde nach der anderen drehten diese Zeiger und warteten auf jene Stunde. Roger wurde von dem Wunsch durchflutet, der Uhr ins Gesicht zu sehen, und da im Haus nichts zu hören war und sich noch niemand rührte, schlich er zur Tür, öffnete sie geräuschlos einen Spaltbreit, blickte den Flur hinunter und sah, daß die Uhr genau den Ausdruck, besser gesagt die Ausdruckslosigkeit hatte, wie er es sich vorgestellt hatte. Ein Stück weiter hinten, jenseits der Uhr, sah er den prächtigen, dunkelroten Samtvorhang des Bogendurchgangs, der zur Treppe führte, und daneben eine blaßblau lackierte, halboffene Tür, durch die der Fußboden des Badezimmers zu sehen war.

Roger hatte immer nicht so recht daran glauben können, daß die beiden Misses Emery oder irgendwelche andere Leute, die er mit seiner Mutter besuchte, tatsächlich weiter existierten, nachdem man ihnen »Auf Wiedersehen« gesagt und ihnen den Rücken zugekehrt hatte. Diese Zweifel hatte er seiner Mutter gegenüber nie zum Ausdruck gebracht, aber er ging davon aus, daß sie sich darin stillschweigend einig waren. Natürlich *wußte* er mit dem Kopf, daß die Misses Emery (genau wie alle anderen Leute auf den Straßen ringsumher) weitermachten wie ihre Uhren, Runde um Runde; daß sie schwatzten und aßen und sich wuschen und ihre Gebete hersagten. Aber er *glaubte* es nicht. Nein, nachdem man sie verlassen hatte, wurden sie alle geschwind und ohne viel Aufhebens zusammengerollt und bis zur nächsten Gelegenheit weggeräumt. Wenn es möglich wäre, dem lieben Gott einen Streich zu spielen und sich blitzschnell umzudrehen, würde man bestimmt feststellen, daß sie alle fort waren. Und wenn man einer der beiden Misses Emery auf einem Spaziergang begegnete, ging man unwillkürlich davon aus, daß sie irgendwie außer Sichtweite wie ein Pilz aus dem Boden gewachsen sein mußte. Nachdem man an ihr vorbei wäre, würde das Nichts sich wieder wie ein Vorhang auf sie herabsenken und sie verbergen. Roger *wußte*, daß alle Türen oben am Treppenabsatz im Haus der beiden Misses Emery in verschiedene Zimmer führten – jedenfalls würde es sich so verhalten, sofern er immer dann durch eine Tür ging, wenn man es von ihm erwartete. Falls er jedoch eine Tür öffnete, wenn man es *nicht* von ihm erwartete – würde er dann dahinter etwas anderes als die Leere und die Leichtigkeit des Himmels vorfinden? Vielleicht gäbe es dort nicht einmal einen Himmel. Das Märchen vom armen Curdie kam ihm in den Sinn.

Vom Gästezimmer zweigte ein sehr privater kleiner Korridor ab, an dessen Ende es nur eine einzige Tür gab, nämlich die zum Badezimmer. Die beiden Misses Emery konnten unmöglich den ganzen Charme dieses Zimmers begriffen haben, sonst hätten sie es für sich selbst haben wollen. Roger besaß ein eigenes, imaginäres Haus, in dem er, sobald es in seiner Phantasie ganz fertiggestellt wäre, eines Tages leben wollte: Dort gab es hundert Korridore, die strahlenförmig von einem Springbrunnen in der Mitte ausgingen und an deren Ende jeweils ein Zimmer lag, das einen privaten

Garten hatte. Die Mauern um diese Gärten waren so hoch und glatt, daß niemand in den Garten eines anderen hinüberklettern konnte. Wenn man sich begegnen wollte, mußte man kommen und miteinander im Becken des Springbrunnens baden. Einer dieser Räume war für seine Mutter bestimmt, ein anderer für seinen Freund Paul. Siebenundneunzig waren noch nicht verteilt, und jetzt sah es so aus, als würden es bald achtundneunzig sein.

Jemand zog unten in einem Zimmer rasselnd ein Rollo in die Höhe und machte sich dann daran, einen Teppich auszubürsten. Der Tag brach an in einem neuen Haus.

Das Frühstückszimmer der beiden Misses Emery war hübsch. Am Fenster hing ein Käfig mit einem Kanarienvogel, der von einer Sitzstange zur anderen hüpfte und dabei ein gleichmäßiges, sirrendes Geräusch erzeugte. Draußen war die kleine frühmorgendliche Brise wieder erstorben; die Bäume standen schweigend da und hielten ihre Blätter sehr still. Da an diesem Morgen keine Sonne schien, vereinigte der Frühstückstisch konkurrenzlos allen Glanz auf sich und strahlte ihn in den Raum ab. Keine Sonne hätte runder und leuchtender sein können als die herzerfrischend lächerliche Messingkanne auf ihrem Dreifuß mit dem blauen, zitternden Flämmchen darunter. Da gab es rosa und dunkelrote Dahlien, und Marmelade in einem Glastopf von der Form eines Fäßchens warf einen goldenen Schimmer auf das Tischtuch. Und dann war da noch ein monströser Teewärmer, sinnigerweise mit einer Spitze wie eine Zipfelmütze. Die eine Miss Emery lächelte Roger über diese Spitze hinweg zu. Der Teewärmer war mit Papageien bedruckt; sie zankten sich, und die Darstellung war so brillant, daß man sie fast kreischen hörte. Konnte es in einer Welt, zu der solch ein Teewärmer gehörte, überhaupt Tod geben? Miss Emery hatte sich vorne an den Kragen eine Fliege mit buntem Schottenmuster gesteckt. Hätte sie das getan, wenn sie davon ausgegangen wäre, daß das, worauf sich Roger innerlich vorbereitete, bald geschehen würde? Mußte es überhaupt passieren, oder konnte es vielleicht doch nur ein Traum sein?

»Komm herein, mein Lieber«, sagte die eine Miss Emery,

während Roger dies auf der Türschwelle erwog und Miss Dora Emery, die nicht gekommen war, um ihm beim Anziehen zu helfen (vielleicht gestattete man ihr das nicht) rasch ein Stück Würfelzukker zwischen den Gitterstäben hindurch in den Käfig des Kanarienvogels zwängte, um anschließend um den Tisch herumzugehen und ihn zu begrüßen. Roger betrachtete unschlüssig ihre Wange: Sie war rosig wie ein Pfirsich, und im Gegenlicht zeichneten sich auf ihrer gekurvten Linie feine Härchen ab. Roger fragte sich, was jetzt von ihm erwartet wurde. Sie beäugten sich beide mit einem flüchtigen Gefühl von Peinlichkeit, dann rückte Miss Dora mit einem Ruck einen Stuhl vom Tisch ab, sagte: »Du sitzt hier, an Claudes Platz«, schob den Stuhl mit Roger drauf wieder an den Tisch und verharrte anschließend noch sekundenlang über ihn gebeugt, um ein Messer neben seinem Teller zurechtzurücken.

Auf dem Tisch waren die Truppen zum Frühstück ordnungsgemäß zu zwei gegnerischen Formationen aufgestellt: Das Toastbrot, die Eier, der Schinken und die Marmelade hatten sich auf Miss Doras Seite geschlagen, aber die Teekanne und deren Vasallen wie Salz- und Pfefferstreuer oder das Stück Bienenwabe, das so hübsch auf einem Teller mit Blumenmuster blutete, sie alle waren bis zum letzten Mann für die andere Miss Emery. Nur der Brotlaib, der Roger gegenüber auf dem Tisch kauerte, verhielt sich schamlos neutral. Roger blickte ein paarmal von einer Miss Emery zur anderen.

»Viel Milch, stimmt's? Claude wollte zum Tee immer viel Milch. Ich sag's ja immer: Kleine Jungen mögen genau das, was gut für sie ist, also macht euch keine Sorgen, ihr Erwachsenen.«

»Zwei Scheiben Schinken? Hör mal, wenn dieses Ei zu weich ist, stipp es einfach mit ein bißchen Brot auf. Ich würde es so machen. Das ist zwar angeblich nicht sehr fein, aber –«

»Ja, bitte«, sagte Roger, und: »Vielen Dank, das werde ich tun.«

Was für lustige Fräuleins die beiden Misses Emery waren!

Sie blickten ihn besorgt an. Befürchteten sie, daß es ihm hier nicht gefiel und daß er sich bei ihnen nicht ganz wohl fühlte? Vielleicht hatten sie nicht oft Besuch. Sie waren Tanten, und sie hatten einst einen Neffen namens Claude gehabt, aber der war erwachsen geworden und nach Indien gegangen, und er hatte nur ein bißchen Angelzeug und ein Buch über Eisenbahnen hinterlassen, das die beiden Roger geschenkt hatten. Blickten sie, schmerzlich betrogen um ihre Tantenrolle, ihn etwa mitleidig an? Oder fragten sie sich vielleicht insgeheim, ob er es *wußte*, wieviel er wußte, und ob sie es ihm vielleicht sagen sollten? Sie waren zwei Ladys mit wachen Augen, die sich leicht mit allerlei Emotionen füllten. Sie hatten weiße, flinke Hände und einen ausladenden Busen. Roger vermeinte sie sagen zu hören: »Der arme, mutterlose Junge, der arme, mutterlose Junge!« Sie würden ihn sich schnappen, ihn an sich ziehen und abwechselnd seinen Kopf tief in ihren Busen drücken, so tief, daß er vielleicht nie wieder zum Vorschein käme.

Roger schrumpfte vor lauter furchtsamen Vorahnungen zusammen: *Ich muß fliehen, ich muß fliehen, ich muß fliehen*... Gestern hatte er den ganzen Tag schwindeln müssen, um allein zu sein: den kleinen Schwestern irgendeine Flunkerei auftischen und nichts wie weg... dem Vater irgendeine Flunkerei auftischen und nichts wie weg... Vater ging derzeit nicht zur Arbeit, sondern lief im Haus und im Garten umher, sein gerötetes Gesicht bestand nur noch aus gräßlichen Sorgenfalten und hatte so einen idiotischen Ausdruck, während er sich eine Zigarette nach der anderen anzündete und sie nach ein paar Zügen fortwarf. Manchmal suchte er fast ängstlich nach einer Zigarette, die er weggeworfen hatte, und wenn er dann feststellte, daß sie ausgegangen war, seufzte er jedesmal bekümmert. Vater war Architekt. Immer wieder ging er in sein Arbeitszimmer, zog irgendeine Zeichnung aus einer Mappe, eilte damit zu seinem Schreibtisch, brütete eine Weile darüber, zuckte plötzlich zusammen, warf einen schuldbewußten Blick über die Schulter zur Tür, starrte den Entwurf wiederum unverwandt an, schob ihn schließlich von sich und stand auf, um seine ruhelose Wanderung fortzusetzen. Zuerst ging er im Raum eine Weile auf und ab, dann machte er fast einen Satz zur Seite, als hätte er unversehens einen Ausweg erblickt, und verschwand durch die Tür in den Garten. Er ließ sich jedoch immer wieder dort blicken, wo Roger sich gerade aufhielt. Er konnte eben niemanden allein lassen. Seine Anwesenheit war eine Qual und ein Ärgernis. Roger mochte keine Leute, die sich lächerlich gebärdeten, und er hatte es nie über sich gebracht, seinen Vater lange anzuschauen. Vater hatte dunkelbraunes Haar, das so flauschig war wie das eines Babys und vom Kopf abstand. Sein Gesicht war leicht gerötet und stets ein wenig schrumpelig, seine Augenbrauen dick und so weit von den Augen entfernt, daß man schon vergessen hatte, daß es sie überhaupt gab, wenn man endlich bei ihnen anlangte. Lois und Pamela liebten ihn; sie fanden ihn schön. Also war alles ganz gerecht verteilt. Roger fand nämlich, daß *sie* wunderbar war, besonders die Art, wie sie ihn immer toleriert und ihm erlaubt hatte, sie zu küssen. Die beste Stunde des Tages für sie und für Roger war immer dann gekommen, wenn die kleinen Mädchen zu Bett gegangen waren und *er* noch nicht da war. Sein Gesicht war mittlerweile ganz verschrumpelt, seine Augen verängstigt und gräßlich, und immer streckte er die Hände aus nach Roger, um ihn mit den Worten an sich zu ziehen: »Na komm schon, Alterchen, laß uns reden. Laß uns ein bißchen miteinander reden.« Dabei hatten sie sich nichts zu sagen – nichts. Und jederzeit konnte dieser Mann, der kein Gefühl für Anstand hatte, anfangen, über *sie* zu reden.

Angenommen, eine Miss Emery finge jetzt an, von ihr – aber nein, das war unvorstellbar. Außerdem wußten sie vielleicht gar nicht Bescheid.

»Was wird Roger denn heute tun?« fragte die eine Miss Emery ihre Schwester.

»Hm, na ja«, sagte Miss Dora und dachte nach. »Er könnte dir im Garten helfen, nicht wahr? Du hast doch selbst gesagt, daß du jemanden beim Sortieren der Äpfel gebrauchen könntest. Erst gestern hast du gesagt: ›Wenn ich doch nur jemanden hätte, der mir beim Sortieren der Äpfel hilft!‹ Nun frage ich mich allerdings: Mag Roger überhaupt Äpfel sortieren?«

»Ich hab's noch nie probiert«, sagte Roger, »aber ich glaube, es könnte sehr nett sein.«

»Ja, das würde dir gefallen«, sagte die andere Miss Emery voller Begeisterung.

»Claude mochte es, stimmt's, Doodsie?« schaltete sich Miss

Dora ein. »Erinnerst du dich noch, wie er dir zu jeder Jahreszeit, sogar im März und im April nachlief und dich fragte: ›Tante Doodsie, könnte ich dir nicht helfen, die Äpfel zu sortieren?‹ Ich hab ihn dann geneckt und gesagt: ›Hör mal, Mister, ich weiß, was du willst! Ist es das Sortieren oder sind es die Äpfel?‹ Claude mochte Äpfel so gern«, schloß Miss Dora ernst, »wirklich sehr gern. Du auch, nehme ich an?«

»Ja, danke, sehr.«

»Freust du dich darauf, daß bald wieder die Schule losgeht?« fragte die eine Miss Emery, und ihre Stimme verriet, daß sie sich bewußt war, etwas Heikles zu sagen. Zurück in die Schule! Sobald Mutter erst tot wäre, würde Vater ihn in die Schule mit all den häßlichen kleinen Jungen mit ihren runden Mützen schicken. Vater behauptete, es sei die beste Zeit im Leben; Vater hatte die Schule gemocht, er war einer von diesen kleinen Jungen gewesen. Schule – das bedeutete *jetzt* eine Tagesschule, wo man Blumen malte, wo Mütter hereingerauscht kamen, sich hinter einen stellten und einen bewunderten. Obwohl über die Hälfte der Schüler Jungen waren, drei davon älter als Roger, hatten sie eine Schulleiterin. Vater sagte immer, das sei eigentlich nicht die richtige Schule für einen erwachsenen Mann von neun Jahren. Es lag daran, daß Vater die Schulleiterin nicht mochte; sie behandelte ihn verächtlich, und er wurde in ihrer Gegenwart zappelig.

»Was für eine Schule?« fragte Roger zum Befremden der beiden Tanten, als er einen Mundvoll Honig und Brot hinuntergeschluckt hatte.

»Hm, na ja«, meinte Miss Dora zögernd, »natürlich die Schule, in die du jetzt gehst.« Schneller werdend redete sie weiter: »Mir scheint das eine sehr nette Schule zu sein. Ich sehe es gern, wenn ihr rauskommt und draußen spielt, und ich mag auch das nette Mädchen mit dem roten Haar, das hinter dir sitzt.«

»Ja«, sagte Roger, »das ist Miss Williams.« Er kaute schweigend und dachte nach. Dann sagte er herausfordernd: »Ich würde gern für immer dort bleiben.«

»Oh je!« entfuhr es Miss Dora tadelnd. »Aber doch nicht mit kleinen Mädchen! Wenn du erst ein größerer Junge bist, werden dir kleine Mädchen albern vorkommen, und spielen willst du dann auch nicht mehr mit ihnen. Claude mochte keine kleinen Mädchen.«

»Wie lange soll ich eigentlich hier bleiben?« fragte Roger und beobachtete sie genau.

»So lange, wie es dein Vater für richtig hält, nehme ich an«, wich Miss Dora geschickt aus. »Doodsie, bitte laß doch Bingo rein – oder soll ich es tun? Und gib ihm sein Frühstück. Ich kann ihn draußen in der Halle hören.«

Roger ignorierte den leberfarbenen Spaniel, der hereingeschwänzelt kam, neben ihm stehenblieb und an seinen nackten Knien schnüffelte.

»Vater? Aber *warum*?« beharrte er eigensinnig und blickte Miss Dora mit aggressiv hochgezogenen Augenbrauen an.

»Bingo – Bingo – Bingo – Bingo – *Bingo*!« rief Miss Dora plötzlich, und als hätte sie vor lauter Verzweiflung krampfhafte Zuckungen, klatschte sie sich mehrmals mit der flachen Hand auf die Schenkel. Der Spaniel nahm keine Notiz von ihr; er zuckte mit einem Ohr, ließ von Roger ab und trollte sich hinüber zum Kamin, wo er sich hinsetzte und die leere Feuerstelle angähnte.

Roger verbrachte den Vormittag mit der einen Miss Emery, er half ihr, die Äpfel zu sortieren und sie im Apfelraum so auf die Wandregale zu legen, daß sie sich fast, aber wirklich nur fast berührten. Der Apfelraum war warm, dämmrig und roch irgendwie nach Nüssen; er hatte keine Fenster, weshalb sie die Tür zum Obstgarten offenließen, ein weißes Viereck aus Tageslicht mit einem Apfelbaum darin, einer in den Boden gerammten Mistgabel und, am Ende dieser Mistgabel, Miss Doras kokett geneigtem Gartenhut. Der Tag war heiß, es gab keine Schatten, es gab keinen Wind, und man hörte nicht das leiseste Geräusch. Miss Emery ging mit aufgerollten Ärmeln ein und aus, sie brachte Körbe voll Äpfeln, die für einen kleinen Jungen zu schwer waren. Roger hockte auf dem Boden, suchte die Äpfel mit Druckstellen heraus – solche Äpfel werden schlecht, hatte sie gesagt, sie müssen sofort gegessen werden – und reichte ihr jene hinauf, die grün und makellos waren, damit sie irgendwo zwischen den anderen auf den Regalen ihren Platz einnahmen. »Die selige Schar«. Ja, es war wie am Tag des Jüngsten Gerichtes, und die Regale waren das Paradies. Die Hölle – das war die Kiepe in der muffig riechenden Ecke, vollgestopft mit Bastmatten. Dort hinein legte er die Böcke, und er tat dies widerstrebend, denn er sah sich selbst als gütigen Engel, der flehend zum gestrengen Richter zurückblickt, während er voller Bedauern die erbarmungswürdige Schar dort unten vor sich hertrieb.

Die Äpfel fühlten sich steinkalt an. Sie hatten einen bläulichen Schimmer und waren glatt wie Elfenbein – oder wie die Gesichter von Verstorbenen in Büchern, wenn sich andere Leute über sie beugen, um sie zu küssen. »Das sind Kochäpfel«, sagte Miss Emery, »sie sind überhaupt nicht süß. Deshalb geb ich dir auch keinen zum Essen. Wenn wir fertig sind, bekommst du einen rotbäckigen Winterapfel.«

»Wenn ich darf, würde ich gern in einen von diesen beißen«, sagte Roger. »Nur reinbeißen.«

»Na gut, dann beiß rein«, sagte Miss Emery. »Aber nimm keinen großen. Das wäre Verschwendung. Essen wirst du ihn ja sowieso nicht.«

Roger biß zu. Der köstlich bittere Saft quoll schäumend hervor wie Milch; er vergrub die Zähne tief in das widerspenstige weiße Fruchtfleisch, bis er sich fast die Kinnladen verrenkte. Dann hörte er in der angespannten Stille des Obstgartens Schritte, die sich vom Haus her näherten. Oh, Gott, nicht hier! Nicht in dieser Falle bei Miss Emery und den Äpfeln, wo er doch nichts dringlicher wünschte, als mit der Uhr allein zu sein, wenn es soweit wäre. Falls es hier passierte, würde er Äpfel hassen – und er würde sich selbst dafür hassen, sie hassen zu müssen. Verzagt blickte er sich zu den mondrunden Gesichtern der Äpfel um, die über den Rand der Regale zu ihm herablugten. Seine Zähne klappten aufeinander, und er biß ein solch fabelhaftes Stück aus dem Apfel, daß sein Mund auf geradezu angsteinflößende Weise verstopft war. Die Frucht entglitt seinen Fingern und kullerte über den Fußboden. Kein Vogel, kein Baum erhob die Stimme. Miss Emery, die hinter ihm auf einem Stuhl stand, rührte sich kaum – lauschte sie? Die Schritte näherten sich langsam, wie unter dem Gewicht schwerer Gram. Sich an etwas

festhalten, etwas umklammern! Aber da gab es nichts, nicht einmal den Apfel. Etwas verdunkelte die Tür.
»Der Metzger ist gekommen, Miss. Irgendwelche Bestellungen?«
Das gab trotzdem den Ausschlag: Er konnte Äpfel nicht mehr ertragen. Roger fragte, ob er jetzt in den Garten zum Spielen dürfe.
»Müde?« fragte Miss Emery enttäuscht. »Na, du wirst aber schneller müde als Claude – er konnte den ganzen Tag dabeibleiben. Tut mir leid, daß der Apfel eine Enttäuschung war. Nimm einen rotbäckigen, Lieber. Schau, da drüben, auf dem Regal in der Ecke!«
Sie war so gütig. Er brachte es nicht übers Herz, den rotbäckigen Apfel auszuschlagen. So nahm er ihn denn und ging zwischen den Obstbäumen mit dem schon bräunlich verfärbten Laub davon. Ein Blatt glitt durch die Luft und verfing sich an Rogers wollenem Pullover, ein bronzefarbenes Blatt mit einem bläulichen Schimmer, zu einer müden Linie gekrümmt. Herbst – das war die Jahreszeit des Todes, aber er liebte diese Zeit, er liebte den Geruch des Herbstes. Und er fragte sich, ob das Sterben um diese Zeit wohl leichter sei. Oft schon hatte er über den Tod nachgedacht und bei ihr dasselbe neugierige Fragen gespürt; gemeinsam hatten sie dort befremdet hineingeschaut wie in eine Bärengrube, sie hatten es betrachtet wie etwas, das niemals an sie rühren könnte. Sie war älter, sie hätte es wissen müssen – ja, sie hätte es wissen müssen...
Das Gras war lang und glanzlos, es ließ seine Füße nur widerstrebend durch. Angenommen, es wickelte sich um sie und wuchs in sie hinein. Wollte ihm jemand eine Falle stellen? Schon war er wieder mittendrin in seinem Spiel.
Miss Dora stand ans Gartentor gelehnt und unterhielt sich mit zwei Damen, einer Mutter und deren Tochter, rosig und zugleich irgendwie mit Hunger im Blick. Sie wandten ihm die Köpfe zu, als sie seine Schritte im Gras vernahmen. Er schlug die Augen nieder und tat so, als bemerkte er sie nicht. Sie sogen ihn in sich hinein, redeten leiser und steckten die Köpfe noch näher zusammen. Er ging unter den Bäumen an ihnen vorbei, und er war sich bewußt, daß sie ihn sahen, oh, ja, alles an ihm war sich dessen bewußt: So ging ein kleiner Junge, dessen Mutter im Sterben lag... Ja, sie

waren große Freunde gewesen, unzertrennliche Freunde. Ja, sie konnte jederzeit sterben – armer kleiner Junge, wie schrecklich für ihn!... Er änderte die Richtung und ging geradewegs von ihnen fort, zurück zum Haus. Ihre beobachtenden Blicke leckten an seinem Rücken wie Flammen. Dann haßte er sich selbst: Er mochte es, wenn man ihn anschaute.

Nach dem Mittagessen nahm ihn Miss Dora mit hinunter zur High Street, um Wolle zu kaufen. Sein Mund war noch klebrig von den Apfelknödeln, die ihm schwer im Magen lagen, obwohl die Tanten ihm eine Zeitschrift mit Pferdebildern gegeben und ihn für ein halbes Verdauungsstündchen fortgeschickt hatten. Jetzt gingen sie durch Nebenstraßen; Miss Dora wollte keinem Bekannten begegnen. Vielleicht war es ihr peinlich, mit einem kleinen Jungen gesehen zu werden, der halb eine Mutter hatte und halb nicht.

Miss Dora ging und sprach rasch, die Hände in einem Muff; eine Feder nickte ihm über den Rand ihres Hutes zu, und unter ihren Füßen raschelte das Laub. Er wollte sich nicht an letzten Herbst erinnern, und wie die Blätter geraschelt hatten... Auch nicht, wie sie um die Wette gelaufen und sich gegenseitig eingeholt hatten. Er sperrte sein Denken und Fühlen dagegen und biß sich auf die Lippen, bis ihm richtig übel wurde. Auf keinen Fall wollte er daran denken, wie es gewesen war, *zum Tee ins Haus zu gehen* – nein, nicht das!

»Was ist los, Roger?« fragte Miss Dora und blieb betroffen stehen. »Möchtest du woanders hin? Hast du Kummer?«

»Nein, o nein«, sagte Roger. »Ich hab mir nur gerade diese weißen Mäuse vorgestellt und wie schrecklich es sein muß, sie zu verlieren, wirklich schrecklich. Erzählen Sie mir mehr davon, Miss Dora – und auch von Claude.«

»... Er packte also seine Sachen, weil die Schule wieder anfing – und da war dieses kleine Nest, unten auf dem Boden seiner Spielzeugkiste, mit einer zusammengerollten Mäusemutter darin. Da sagte Claude...« Miss Dora erzählte ihm lang und breit die ganze Geschichte.

Als sie beinahe in der Stadt waren, sahen sie von weitem am unteren Ende der High Street die beiden scharlachroten Baskenmützen von Lois und Pamela. Sie hüpften neben der Lady, die *sie* mitgenommen hatte, auf und ab. Jemand hatte Lois einen neuen Reifen geschenkt; sie trug ihn in der Hand. Pamela hüpfte den Rinnstein hinauf und hinunter, in die Gosse und wieder zurück. Sie sah so aus, als würde ihr die Sache mit Mutter nicht das geringste ausmachen. Pamela war so jung – sie war erst sechs. Roger wäre am liebsten hingegangen und hätte ihr gesagt, daß das, was sie da tat, falsch und böse sei, daß die Leute bestimmt aus allen Fenstern der High Street auf sie herabblickten und sich fragten, wie sie sich unterstehen konnte.

»Da sind deine kleinen Schwestern, Roger – *rrrrenn!*«

Bestimmt würden alle Leute sagen: »Da sind diese armen kleinen Kinder! Seht nur, wie sie aufeinander zulaufen!« Flüsternd würden sie sich hinter den Fensterscheiben der High Street erzählen, was demnächst passieren würde. Roger wollte nicht, daß man ihn mit seinen Schwestern sprechen sah, eine klägliche kleine Schar.

»Los – *rrrrenn!*«

Er rannte nicht. Er sagte, er würde nach dem Tee bei ihnen vorbeischauen – bestimmt. »Hast wohl Angst vor Mrs. Biddle?« fragte Miss Dora leichthin. Er ließ sie bei dieser Annahme. »Na ja, sie ist natürlich ein bißchen... ich meine, sie ist nicht ganz...«, sagte Miss Dora. »Aber ich glaube, die kleinen Mädchen mögen sie. Ich wußte übrigens nicht, daß du ein so schüchterner kleiner Junge bist!«

Gegen halb vier waren sie zurück im Haus der beiden Misses Emery, und Roger mußte feststellen, daß es noch lange hin war bis zur Teestunde und daß er nichts zu tun hatte, nichts, in das er sich hätte flüchten können. Der Spaziergang mit Miss Dora hatte ihm sein Phantasiespiel zerstört, und es würde bis morgen nicht zurückkommen, vielleicht sogar bis übermorgen nicht. Er lehnte sich an einen Apfelbaum, fühlte sich ganz elend und versuchte sich Claude vorzustellen. Ein gräßlicher kleiner Junge, ein furchtbarer kleiner Junge. Er würde Roger am Haar ziehen und ihn hänseln, weil er mit seiner Mutter gespielt hatte. Glücklicherweise war er unwiderruflich ins mittlere Lebensalter eingetreten; er war jetzt erwachsen und würde über Roger lächeln, wie vom dunstverhangenen Olymp herab. Roger kam nicht gut mit anderen kleinen Jungen aus, er mochte sie nicht; sie kamen ihm wie sein Vater vor: äußerlich laut und innerlich verängstigt. Er fragte sich, wie bald er in die Schule müßte. Vielleicht schrieb sein Vater in diesem Augenblick an die Schulleiterin – während Mutter eine Treppe höher mit geschlossenen Augen dalag und sich keine Gedanken darüber machen konnte. Roger malte sich aus, daß sich Vater mit dem Brief schwer tat, und diese Vorstellung ließ ihn versonnen lächeln.»Liebe Mrs. Soundso, meine Frau ist noch nicht tot, aber sie wird es bald sein, und sobald es soweit ist, würde ich meinen kleinen Jungen gern in Ihre Schule schicken, wenn es nicht zu teuer ist. Ich bin kein reicher Mann.« Rogers Vater sagte oft:»Ich bin kein reicher Mann«, und er sagte das mit dem Ausdruck bescheidener Selbstgefälligkeit.

Roger war gar nicht so weit von seinem eigenen Zuhause fort, während er im Garten der beiden Misses Emery stand. Nur ungefähr zwanzig Minuten Weg. Von der Spitze des Apfelbaums könnte man bestimmt die hohen weißen Schornsteine sehen. Etwas Wunderbares war – einst – von diesen Schornsteinen ausgegangen, wie sie da vor dem ziemlich weit entfernten Buchenwald in die Höhe ragten und mit ihrer blassen, reglos in der Luft hängenden Rauchwolke die Buchen fast verdeckten. Ja, von dort oben wäre man sicher in der Lage, die Fenster vom Dachgeschoß zu sehen, man könnte feststellen, ob die Fenster schwarz, also offen waren, oder ob die weißen Rollos unten waren. Wenn er jetzt gleich hinaufkletterte und oben bliebe, könnte er jene Fenster beobachten, Tag und Nacht, und nichts würde ihm entgehen. Sobald dann die Rollos ganz sacht heruntergelassen würden, so daß er nicht mehr hineinschauen konnte, würde er Bescheid wissen. Man bräuchte ihm nichts mehr zu sagen, und er wäre gegen alles gewappnet. Dann könnte er im Haus der beiden Misses Emery die Treppe hinauflaufen und oben auf dem Treppenabsatz allein mit der Standuhr sein. Und wenn sie dann hinter ihm herkämen und so tief Luft holten, daß sie ganz aufgebläht waren, bevor sie »es« ihm mitteilten, dann könnte er sich einfach zu ihnen umdrehen und mit ruhiger, ein bißchen müder Stimme zu ihnen sagen: »Oh, schon gut, vielen Dank, aber ich weiß Bescheid.« Dann würden sie gequält wegblicken und fortgehen. Die ach so nette Miss Emery und der ach so nette Vater würden gequält dreinblicken, und sie würden sich überhaupt nicht darüber freuen, daß man ihnen diese Sache vor der Nase weggeschnappt hatte.

Roger blickte in den Apfelbaum hinauf. Die Äste waren dick und weit auseinander, die Borke sah glitschig aus. »Ich hab Angst«, dachte er und versuchte dagegen anzukämpfen. Er war ein kleiner Junge, und er hatte Angst vor dem Schmerz des Todes. »Ich trau mich nicht raufzuklettern, und ich trau mich nicht, zurück ins Haus zu gehen. Aber ich *muß* es wissen, ich kann nicht zulassen, daß *sie* es mir sagen! Oh, hilf mir, laß nicht zu, daß sie kommen und es mir sagen! Es wäre genauso, als würden sie mich beobachten, während ich mit ansehe, wie es dich umbringt. Laß es nicht soweit kommen!«

Aber es würde und müßte soweit kommen, und es geschah ausgerechnet jetzt, während er hier grübelte und sich ängstigte. Roger sah, wie sein Vater das Tor zum Obstgarten aufmachte, unschlüssig stehenblieb und sich zwischen den Bäumen umblickte. Er trug keinen Hut. Sein Gesicht war runzlig und verstört. Oh, jetzt wegrennen, jetzt rasch zu jemandem rennen, der nicht Bescheid wußte, jemand, der annahm, seine Mutter sei noch am Leben, und der nie zu erfahren brauchte, daß es nicht so war! Jetzt bei jemandem sein, der einen tröstete und der von nichts eine Ahnung hatte! Jetzt die Korkgriffe eines Fahrradlenkers umklammern, damit diese Hitze ihn nicht so versengte! Diese gräßlichen Schritte, diese gräßliche graue Gestalt, die jetzt wieder ein paar Schritte vorwärts machte und wieder so verloren zwischen den Bäumen stehen blieb. »Roger?« rief eine Stimme. »Roger!«

Roger wich zurück. Auch er war so grau wie die Baumstämme, und er war dünner als sie. Er drückte sich gegen einen dieser Stämme, täuschte hoffnungslos Unsichtbarkeit vor, wäre am liebsten geschmolzen. »Roger!« rief die müde Stimme unaufhörlich. »Roger, mein Alterchen!«

Jetzt kommt er genau auf dich zu, dachte Roger. Jetzt sieht er

dich. Er durchschaut dich mit einem Blick, sieht, daß du wehrlos bist, holt einmal tief Luft und sagt *es*. Nirgends eine Miss Emery, keine Köchin, kein Tod, kein Versteck, nur ein Baum, der vor einem zurückweicht!
»Ah, Roger!«
Er steckte sich die Zeigefinger in die Ohren. »Ich *weiß*, ich *weiß*!« schrie er. »Geh weg, ich halt es nicht aus! Ich sag dir doch, daß ich es weiß!«
Das gerötete Gesicht des Vaters schien länger zu werden, und er starrte Roger aus verschreckten Augen an, während Roger dastand und wie von Sinnen schrie. Eine Stimme erscholl, versuchte gegen sein Geschrei anzukommen und mußte sich geschlagen geben. Roger hielt mit beiden Armen den Apfelbaum umschlungen und preßte knirschend die Stirn gegen die Borke, während der Obstgarten von seinen Schreien widerhallte. Später, als ihn seine Stimme verließ, hörte er, wie still es war, so still, daß er zuerst dachte, auch sein Vater sei tot und läge irgendwo im hohen Gras, doch als er sich dann umwandte, sah er ihn neben sich. Er stand wie zuvor und hielt ihm etwas hin.

Er hielt ihm eine Ansichtskarte hin, und er wollte offenbar, daß Roger sie nahm. »Beruhige dich, mein Alterchen«, sagte er, »beruhige dich, Roger, du zitterst ja. Beruhig dich doch, mein Alter!«

»Was... was... was... –«, stammelte Roger und starrte mit wildem Blick die Postkarte an. Sie glänzte und war sehr blau: blaues Meer, unendlich glatt und fern; darüber ein wolkenloser Himmel; weiße Häuser, am Meeresufer fröhlich zusammengeschart; weiter hinten noch mehr weiße Häuser, die die Hügel herabzueilen schienen, und jenseits von alledem, ganz weit in der Ferne, die klaren, feinen Umrisse eines Berges, der in den Himmel aufragte. Etwas zog Rogers Blick auf sich: ein Bogengang. Er stand da und blickte hindurch.

»Sie ist für dich«, sagte Vater. »Tante Nellie hat sie geschickt. Das ist die Bucht von Neapel.«

Dann ging er fort.

Dies war der blaue, leere Ort, es war der Himmel, in den man irgendwann eintrat, alles hinter sich lassend. In der blauen, windstillen Luft, in der Gelöstheit jenes zeitlosen Tages lief Roger springend und singend den Berg hinauf, um nach seiner Mutter zu schauen. Er hatte keinen Gedanken mehr für die graue Gestalt, die verängstigt, töricht und trostlos mit unsicherem Schritt zwischen den Bäumen hindurch zurückging und lange am Tor herumhantierte.

Charity

Nachdem Rachel es hinter sich gebracht hatte, Charity den Garten zu zeigen, setzten sich die beiden neben den blühenden Johannisbeerstrauch in eine Schubkarre, baumelten übertrieben mit den Beinen und vermieden es dabei, sich anzusehen. Noch eine Stunde bis zum Tee. Kein Zweifel, in ihrer Rolle als Gast und Gastgeberin waren sie sich noch ziemlich fremd. Alles, was Rachel für diesen Nachmittag geplant hatte, hatte geklappt – das heißt: Irgendwie hatte es doch nicht so ganz geklappt, denn heute hatte ihr Zuhause etwas Seltsames, Unberechenbares, auf das sie keineswegs vorbereitet war. Nichts schien wie sonst zu sein. Nachdem sie die Hälfte des Hauses besichtigt hatten, hatte Rachel jedesmal, wenn sie eine Tür öffnete, gedacht: »Vielleicht weihe ich Charity in mehr ein, als ich selbst weiß?« Und als sie dann in das Spukloch unter der Treppe blickten und sie zum Spaß zu Charity sagte, dort werde das Familiengespenst aufbewahrt, da hatte sie selbst schreckliche Angst. Sogar der Johannisbeerstrauch war schon ein bißchen davon befallen: Er roch so scharf und durchdringend, daß sie glaubte, sie müsse irgendeine Erklärung dafür finden. Das Summen und Brummen der Bienen in ihm und um ihn herum erfüllte auf fast beklemmende Weise die Stille. Etwas über die Bienen zu sagen oder sie zu ignorieren wäre Rachel gleichermaßen lebensfremd vorgekommen. So lachte sie denn laut und gekünstelt vor sich hin und gab der Schubkarre einen Fußtritt.

Aber vielleicht war es doch Charity, von der diese Fremdheit ausging? Sie trug einen geblümten Hut, unter dem ihre Nase in einem ungewöhnlichen Winkel herausragte, und wenn sie diesen Hut abnahm, strich sie sich jedesmal mit der Hand übers Haar. Sprach sie zu Vater oder Mutter, kehrte sie »Manieren« heraus. Sie war (rückwärts) aus dem Zug gestiegen – in einem flaschengrünen Kleid, das viel länger als gewöhnlich war. Rachel hatte sofort begriffen, daß sie nicht befürchten mußte, Charity könne zu Hause kein Erfolg werden; andererseits schien Charity von allem durchaus nicht so beeindruckt, wie man erwartet hatte. Ihre Augen verschlangen die Dinge und machten sie klein. Ihr eigenes Zuhause und ihre nicht weiter bekannten familiären Verhältnisse folgten ihr wie ein Schatten. Sie hätte durchaus eines jener »kleinen Mädchen deines Alters« sein können, die Mutter immer zum Tee einlud. Während sie jetzt an den Blumenbeeten entlangwandelten, ertappte sich Rachel bei dem Wunsch, sie wären wieder im Schulhof. Dort hätte sie es aufregend gefunden, mit Charity herumzuspazieren, Arm in Arm... Die geheime Stelle zeigte sie ihr nicht.

Deshalb quälte sie ihr Gewissen. »Weißt du«, fragte sie, »daß ich jetzt eigene Kaninchen habe?«

»Zeig sie mir!« sagte Charity.

Mit einem herrlichen Gefühl der Ungebundenheit liefen sie los.

Rachel hatte schon seit Tagen gebetet, Adela möge an diesem ersten Nachmittag zum Tee ausgehen. Doch sogar als der Gong ertönte, war sie sich ihrer Sache nicht sicher. Da sie es für besser hielt, Charity vorzubereiten, sagte sie unterwegs in der Halle zu Charity: »Du wirst lachen, wenn du meine Schwester siehst!«

»Ich dachte, die ist erwachsen«, sagte Charity und blickte nachdenklich auf einen Messingkübel hinab, der, abgesehen von einer Zimmerpalme, etliche von Vaters und Adelas Zigarettenstummeln enthielt.

»Trotzdem ist sie ganz schön verrückt«, sagte Rachel vorsichtig. Sie gab Charity einen Knuff ins Kreuz, damit sie als erste durch die Tür ging. Charity boxte zurück, und so neckten sie sich auf der Türschwelle ganz ungezwungen wie in der Schule. Dabei fiel es Rachel jedoch auf, daß das Eßzimmer und der runde weiße Tisch im Nachmittagslicht nicht wie sonst aussahen, sondern eher wie ihr eigenes Spiegelbild. Vater und Mutter zu beiden Seiten bildeten den lächelnden Rahmen: Was für zwei fröhliche, kleine Mädchen!

Sie nahmen Platz. Vater und Mutter beobachteten sie nicht allzu auffällig, während sie sich miteinander unterhielten. Von Zeit zu Zeit unterbrachen sie sich, um ein paar aufmunternde Worte zu der »kleinen Freundin« zu sagen, die mit gesenktem Kinn dasaß, aus einem großen Glas trank und höflich lächelte. Im Eßzimmer während der Ferien Tee zu trinken, gab Rachel das ungewohnte und angenehme Gefühl, in diesem Haus voller Erwachsener drehe sich alles nur um sie. Niemand sonst genoß es. Es gab einfachen

Napfkuchen und Ingwerkekse, aus denen sich keiner außer ihr etwas machte. Vater pflegte rasch seine zwei Tassen Tee zu trinken und zu verschwinden. Adela rief dann immer: »Müssen wir denn wirklich diesem Kind beim Essen zusehen?«, schob ihren Stuhl zurück und schlug die Beine übereinander. In dieser Haltung rauchte sie, stöhnte mehrmals »Oh, Gott, oh, Gott!«, nahm schließlich Mutter am Arm und führte sie durch die Terrassentür in den Garten. Mutter ging mit, runzelte die Stirn, lachte, fühlte sich sehr geschmeichelt und war doch innerlich zerrissen und voller Widerstreben. Für Rachel wurde es dann gelegentlich trübsinnig, doch es lohnte sich auch, mit dem Kuchen alleingelassen zu werden.

Vater kramte, Charity zu Gefallen, all seine üblichen, ziemlich albernen Fragen und Witzchen über die Schule hervor: »Verhaut man euch mit dem Rohrstock?« fragte er sie ständig. »Müßt ihr lateinisch sprechen? Feiert ihr im Schlafsaal Feste?« Charity kicherte leise. »Oh, Major Monstrevor, *Sie* sind mir einer...« Beim Tee benahm sich Rachel sehr vornehm. Marmelade lehnte sie ab, weil sie, wie sie sagte, klebrig sei. Auf die äußere Erscheinung ihres Vaters war sie stolz, sie fand, er sehe »soldatisch« aus; aber wenn er zu viel redete, war ihr das unerträglich. In einem Anflug von Nervosität und wohl auch in der geheimen Absicht, von sich abzulenken, wandte sie sich ihrer Mutter zu und fragte: »Wo ist Adela? Ist sie nicht zu Hause?«

Bei dieser Frage stieg ihr das Herz in die Kehle und blieb dort, bis sich die Mutter, geistesabwesend, die Antwort abrang: »Oh, Adela? Die spielt Tennis.«

Rachels Gebet war also erhört worden, aber sobald Adela erst zurück wäre, könnte es schlimmer denn je kommen: Wenn man sie über ihr Tennis reden hörte, wurde einem richtig heiß. Sie war mindestens so schlimm wie Susan. Man wußte bei ihr nie, wo man hinschauen sollte.

Mutter sagte mal wieder das Unvermeidliche. Sie stand auf, und während sie die beiden kleinen Mädchen anstrahlte, fragte sie: »Und was werdet ihr jetzt miteinander anfangen?«

Ein absolut leerer Augenblick: Alle Blicke waren auf Rachel gerichtet. Ihr fiel ein, daß *dies* der Nachmittag war, auf den sie sich innerlich seit der Mitte des zweiten Schulhalbjahres vorbereitet hatte. Am liebsten hätte sie geweint. Wäre sie doch nur wieder in der Schule, um Charity alles zu erzählen! Aber dies *war* Charity, die sie ein bißchen hochnäsig aus kritischen, kleinen, klaren, blassen Augen ansah. Dies war Charity, und sie wartete darauf, unterhalten zu werden. Ein absolut leerer Augenblick. »Ach, weiß nich«, sagte Rachel. »Wir trödeln ein bißchen rum...«

Mutter lächelte hilfreich; dieses Lächeln hielt eine oder zwei Minuten an, während ihre Gedanken wanderten.

»Die Kaninchen?« sagte Vater.

»Die Kaninchen hat sie schon gesehen...«

So nahm er die beiden mit ins Arbeitszimmer und zeigte Charity seine Schmetterlingssammlung. Einen Glaskasten nach dem anderen führte er ihnen vor, und alle waren voll mit diesen armen, zerbrechlichen, bunten Geschöpfen. Lieber würde man sterben, als sie anfassen. Rachel fand es abscheulich, wie diese Schmetterlinge plötzlich an ihren Stecknadeln zitterten, als würden sie wieder lebendig; sie war sicher, daß auch Charity sie abscheulich fand, war ihrem Vater aber dennoch dankbar. Damit alles reibungslos lief, stieß sie beim Anblick der Schmetterlinge laute Rufe aus, als hätte sie sie nie zuvor gesehen, und fragte eifrig nach ihren Namen. Dabei hoffte sie, daß Charity sich nicht an das erinnern würde, was sie einst auf dem Weg zur Turnhalle über Vaters Schmetterlinge gesagt hatte. Charity, die ihren eigenen Vater nicht leiden konnte, hatte gesagt, Väter seien wirklich das Letzte. Rachel hatte ihr augenblicklich zugestimmt, jedoch nicht ohne die Empfindung eines Schocks, und, nach irgendeiner Schwäche ihres Vaters Ausschau haltend, war ihr seine Sammlung eingefallen. Ist es nicht schrecklich grausam, hatte sie gesagt, einen noch ziemlich lebendigen Schmetterling aufzuspießen? Als sie »schrecklich grausam« sagte, hatte sie allerdings *nichts* gemeint, das mit Vater zu tun hatte.

Er dachte wohl an etwas Wichtiges, denn unvermittelt legte er die Schaukästen mit den Schmetterlingen beiseite und drehte den beiden Mädchen gelangweilt den Rücken zu. So schob Rachel denn Charity durch die Tür (es kam ihr so vor, als hätte sie Charity den ganzen Tag lang durch Türen geschoben, aber noch war kein Ende in Sicht), und sie gingen zurück in den Garten, um mit einem Tennisball eine Art Krickett für Kinder zu spielen.

Charity spielte eine brillante Partie, ihr war nicht beizukommen. Ziemlich rot im Gesicht, fing sie an, Spaß an der Sache zu finden. Schon bald schlug sie, wenn Rachel Anstoß hatte, den Ball verächtlich und mit – scheinbar – fest zusammengekniffenen Augen über den ganzen Platz. Am Ende schoß sie den Tennisball durch das Fenster des Salons und traf einen Topf mit Azaleen, der umfiel.

»Mist!« rief sie. »Werden *die* böse sein? Wir wollen es ihnen später sagen... Ich finde das ein dummes, altmodisches Spiel!«

Die rüde Art, wie sie das sagte, gab Rachel grünes Licht. Es war die Höflichkeit gewesen, die sie den ganzen Tag gestört hatte. Erregt schrie sie: »Bist selber dumm!« und ging, in die Rolle des »Lachenden Tomahawk« schlüpfend, volle Kraft voraus auf Charity los. Charity, darauf nicht vorbereitet, verlor prompt das Gleichgewicht und purzelte vornüber. Ein, zwei Augenblicke lang lag sie, mit beiden Beinen nach Rachel tretend, auf dem Boden, und es schien, als würde sie es dabei bewenden lassen. Doch dann sprang sie plötzlich auf – dieses grüne Kleid! –, klopfte den Staub von sich ab und sagte kalt: »Halt den Mund! Hättest du das bloß nicht gemacht!« Jetzt war sie in jeder Hinsicht eine Fremde. Ihr grünes Kleid hatte an der Seite eingenähte Falten und Kupferknöpfe, die auf und ab hüpften. Wie muß ich als Lachender Tomahawk mit schreiendem, blutrotem Mund ausgesehen haben, dachte Rachel zerknirscht.

»Sollen wir da raufklettern«, fragte sie Charity, »und uns auf das Dach vom Fahrradschuppen setzen?«

»Meinetwegen«, antwortete Charity. »Machst du das oft?«

Ja, das tat Rachel. Dort oben las sie ihre Bücher, entwarf Kathedralen, schrieb in den Ferien jedesmal ein neues Testament und bewahrte unter einem Blumentopf den Schlüssel zu einem schrecklich geheimen Code auf. Dort oben lag sie herum, schwenkte über ihrem Kopf einen Zweig des Holunderbaumes wie einen Fächer hin und her und dachte über Charity nach, während sie mit dem Absatz kleine Beulen in das Dach schlug. Als sie nun Charity in diesen Kreis schrecklich geheimer Gedanken hineinhievte, tat sie das mit einem peinlichen Gefühl; am liebsten wäre sie zuerst hinaufgestiegen, um dort oben ein bißchen Ordnung zu schaffen. Manchmal dachte sie sich Gespräche aus, ein andermal brannte die Schule, oder es hätte beim Baden fast einen tödlichen Unfall gegeben. Bisweilen brach auch ein Krieg aus, und da keiner der Männer tapfer genug war, zog sie mit Charity in den Kampf.

»Das ist bestimmt furchtbar schlecht für das Dach«, sagte Charity und hüpfte herum. »Sieh dir nur die Beulen an! Haben *sie* wirklich nichts dagegen?« Aber Rachel nahm den Schlüssel für den Geheimcode heraus, und plötzlich, mühelos, ohne es zu merken, so wie man einschläft, nachdem man es immer wieder vergeblich versucht hat –, plötzlich waren sie wieder vereint. Der Nachmittag verstrich furchtbar schnell.

Ein Fahrrad kam klappernd näher, Zweige streiften raschelnd eines der Räder. Adela kam heim. Adela hatte sich ihren roten Filzhut wie einen Sombrero tief in die Stirn gezogen; oben sah sie spanisch aus, der Rest war bis zum Kinn wie bei einem Antarktisforscher vermummt. So kam sie selbst bei größter Hitze vom Tennis zurück, vermutlich, weil es ziemlich professionell aussah. Irgendwie schaffte sie es immer, düster und lustlos zu wirken, selbst wenn sie ein Fahrrad zwischen Fliederbüschen hindurchschob. »Mist!« sagte Charity deutlich hörbar bei ihrem Erscheinen.

Adela sah sie unter ihrem Hut hervor finster an, hob das Kinn jedoch nicht aus dem Schal und sagte nichts. Die beiden Mädchen rollten sich auf den Bauch und beobachteten vom Rand des Daches herab, wie Adela ihr Fahrrad abstellte.

»Ihr wißt genau, daß das schlecht für das Dach ist«, sagte Adela mit ihrer erloschenen Stimme, als sie wieder aus dem Schuppen kam.

(»Da hast du's!« sagte Charity zu Rachel.)
»Heißt du *Faith* oder *Hope*?« fragte Adela. Charity kicherte. Sie wußte nicht, daß Adela vor ihrer Ankunft über sie gesprochen und sie das *Caritas*-Kind genannt hatte, und daß sie Mutter in Rachels Anwesenheit gebeten hatte, sie gründlich zu desinfizieren. »Bei *Caritas*-Kindern«, hatte sie gesagt, »weiß man nie so recht.«

Adela stand dort unten auf dem Pfad im Licht des späten

Nachmittags wie zu einer Salzsäule erstarrt, doch dann begann sie sehr behutsam (aus Angst vor einer Lungenentzündung) sich aus einigen ihrer Hüllen zu pellen. Ihr Kinn, kalkweiß wie die Nasenspitze, kam zum Vorschein, und dann auch ihr langer, dünner Kieferknochen, der dem eines schönen Krokodils nicht unähnlich war. Sie grinste in sich hinein; ihr Scherz war für keine der beiden bestimmt, aber sie hatte nichts dagegen, wenn die da oben merkten, daß sie sich amüsierte. »Über dich hab ich die *schrecklichsten* Dinge gehört«, sagte sie mit einem Blick auf Charity, schüttelte entsetzt den Kopf und verschwand zwischen den Büschen. Dem friedlichen Nachmittag hatte sie eine klaffende, tödliche Wunde zugefügt. Als die beiden wieder mit den Absätzen auf das Dach trommelten, klang es dumpf und hohl wie in einem Kerker, und unten im Schuppen klapperte leise Adelas Fahrrad.

Charity konnte sich nicht mehr auf die Geheimschrift konzentrieren. Ihr Gesicht war stark gerötet. »Was hast du ihr nur erzählt?« fragte sie freudig erregt. »Nichts«, sagte Rachel; Adela erzählte sie nie etwas. »Na, ich muß schon sagen, *so* hab ich sie mir nicht vorgestellt«, bemerkte Charity spitz.

Adela hatte in Rachels Augen gar nicht so schlecht abgeschnitten. Dies ließ in ihr wieder eine gewisse Hoffnung keimen, Adelas Scheußlichkeit könne lediglich auf einem Irrtum ihrerseits beruhen, und daß Adela für die anderen einfach nur ihre ältere Schwester sei. »So schlimm ist sie gar nicht«, meinte sie zufrieden und ganz von ihrer Geheimschrift in Beschlag genommen.

»Na, ich muß schon sagen, daß sie ... daß sie nicht gerade das hat, was man guten Stil nennt.«

Rachel war so wütend, ohne zu wissen auf wen, daß sie kaum sprechen konnte.

Zum Abendessen erwartete man Besuch, also sollten Rachel und Charity im Gästezimmer ein »Tablett« bekommen. Das kam ihnen sehr vornehm vor, besonders, wenn man ein Spitzentaschentuch über den Tisch am Fenster breitete und sich vorstellte, dies sei ein Restaurant. Trotzdem hatte es einen unangenehmen Augenblick gegeben, nämlich als Rachel sah, wie Charity zwei schöne Abendkleider auspackte und sie wortlos in den Schrank hängte. Ist dies, so fragte sie sich, das einzige Haus der Welt, in dem zwölfjährige Mädchen nicht unten mit den anderen essen dürfen? Das Gästezimmer war ein fabelhaftes Zimmer (wie in einem Haus, das anderen Leuten gehört), überall gab es Spiegel. Sie tanzten ein Pyjamaballett, umringt von ihren eigenen Spiegelbildern. Im Raum wurde es so dämmrig, daß sie, als das Tablett mit ihren Rühreiern gebracht und irgendwo abgestellt wurde, keine Augen dafür hatten und vergaßen, daß dort ihr Abendessen stand.

Sie saßen auf dem Fensterbrett, erzählten sich Geschichten und hörten den Saatkrähen beim Schlafengehen zu: Zuerst kam immer ein jäher Schrei, dann schien sich ein Baum zu schütteln, und dann wurde der Himmel ganz dunkel, so viele waren es; nachdem sich die Vögel pausenlos etwas zugerufen hatten, würden sie sich anschließend wieder auf den Zweigen niederlassen. Das wiederholte sich immer wieder, aber jedesmal flogen weniger Krähen auf, und das gab einem das Gefühl von tiefem Frieden, als würde die ganze Welt sacht und tröstlich zu Bett gebracht. Dies waren die Abende, die Rachel am schmerzlichsten vermißte, wenn sie wieder in die Schule mußte.

Das Glücksgefühl, auf das sie den ganzen Tag gewartet hatte, hatte offenbar etwas zu tun mit dem Licht hinter den Bäumen, den Krähen und dem trockenen Geruch der Chintzvorhänge, den sie wahrnahm, wenn sie ihren Kopf nach hinten, gegen das Zimmer zu, an sie lehnte. Außerdem kam man sich irgendwie unbesiegbar vor, so hoch oben zu sitzen und mit den Beinen zu baumeln.

Plötzlich fiel den beiden das Abendessen ein, und sie tauchten in die Dunkelheit hinab, um nach den Rühreiern zu suchen. Sie zündeten eine Kerze an, und Charity, die sehr komisch sein konnte, saß schmachtend im Lichtschein, klimperte mit den Wimpern und aß geziert von der Gabelspitze. Rachel war ihr Leibgardist und offerierte ihr unermüdlich und voller Hingabe Champagner oder Cocktails. »Ein *Pilz*-Cocktail«, sagte sie einschmeichelnd, und sie fanden beide, daß das köstlich klang. Cocktails, stellten sie sich vor, waren kleine rote Dinger, ähnlich wie Garnelen, die mit aufgerichteten Schwänzen unten im Glas saßen.

Rachel, noch immer in der Rolle des Leibgardisten, sprang auf, schlang die Arme um Charitys Hals und küßte sie heftig. »Oh, seid *vorsichtig*, Captain de Vere!« quietschte Charity. »Von Ihrem Schnurrbart tropft Champagner... Oh, mein Reveille, mein Rossiter!« Sie tupfte den Champagner, der aus Captain de Veres Schnurrbart getropft war, von ihrer Pyjamajacke und wrang das Taschentuch über ihrem Teller aus.
Dann richtete sie sich steif auf und schob Rachel von sich. Jeglicher Ausdruck war von ihrem Gesicht plötzlich wie weggewischt, so daß es nichtssagend aussah. »Hör doch mal!« stieß sie hervor und lauschte. Rachel vernahm einen Augenblick lang überhaupt nichts; es war gruselig – als hörte Charity ein Gespenst. Um sich Mut zu machen und um besser hören zu können, zündete sie noch mehr Kerzen an, patschte barfuß im Zimmer herum und strengte sich an, nicht mit der Streichholzschachtel zu rasseln. Doch alles, was sie dann hörte, war Adela, die sich nebenan bewegte, Schubladen aufzog und sie geräuschvoll wieder schloß. Für einen Moment fragte sie sich verwundert, was Adela dort wohl um Mitternacht zu schaffen hätte – es kam ihr nämlich vor wie Mitternacht, und sie fühlte sich meilenweit von den alltäglichen Dingen entfernt, wie im Delirium und irgendwie schuldig. Dann fiel ihr auf, daß der Gong noch nicht geschlagen worden war. Es konnte höchstens acht Uhr sein. Bestimmt zog sich Adela nur zum Abendessen um.

Als Charity es auch hörte, stand sie auf und stolzierte im Zimmer umher. Es ist wunderbar, wozu man bei Kakao und mit ein bißchen Phantasie fähig ist. Charity gab Rachel mit der größten Selbstverständlichkeit das Gefühl, alle anderen im Haus seien ihre Feinde.

»Machen wir einen Überfall!« schlug sie vor. »Binden wir ihre Türklinke fest!«

»Au wei!« meinte Rachel zögernd, jedoch durchaus interessiert.

»Nein, wir gehen da rein und tun so, als müßten wir uns auf ihrem Bett übergeben.«

»Aber Mutter würde –«

»Was geht uns deine Mutter an?«

Sie legten die Gürtel ihrer Morgenröcke ab und schlichen hinaus auf den Korridor. Adelas Tür war nur angelehnt, und alle Lampen brannten bei ihr. Sie summte vor sich hin, und vielleicht lauerte sie wie ein Panther. Dann, als hätte sie sie gehört, stürzte sie heraus und stand in der Türöffnung. Sie war groß, und jeder Zollbreit an ihr schien im Licht der Gaslampen drohend zu funkeln. Augenblicklich rollte sich Rachel innerlich zusammen wie eine Kugelassel, denn sie war darauf gefaßt, daß Adela gleich loslegen würde. Ziemlich töricht standen sie dort eine Armeslänge von Adela entfernt, die zusammengerollten Gürtel ihrer Morgenmäntel wie Lassos in der Hand. Adela hatte sich jedoch endgültig für den Abend in Schale geworfen, sie hatte ihre Perlenkette und ihre Ohrringe angelegt und war nicht bereit, sie noch einmal abzunehmen, nicht einmal für *sie*.

»Was zum Teufel – «, legte sie los, aber es klang nett, als redete sie mit Freunden.

Da den beiden nichts einfiel, standen sie da, zogen die bloßen Zehen ein und fragten sich, was Adela wohl als nächstes tun würde. Adelas Gedanken waren noch ganz bei ihrem Abendkleid, während sie auf Rachel und Charity hinabblickte. Sie hielt den Kopf gesenkt, runzelte die Stirn und tat ganz so, als gäbe es die beiden überhaupt nicht. Behutsam und forschend berührte sie zuerst den einen, dann den anderen ihrer großen Ohrringe und schraubte sodann den einen, den Kopf leicht zur Seite geneigt, ein bißchen fester zu. Danach schüttelte sie – anfangs sehr vorsichtig – den Kopf, aber die Ohrringe hielten, obwohl sie heftig hin- und herbaumelten. Aus Erleichterung darüber wurde Adela noch freundlicher. »Was wollt ihr eigentlich?« fragte sie, zog die Brauen hoch und tat ein bißchen verzweifelt, als müßte sie zu einer kleinen, dummen Schwester besonders nett sein.

Charity kam in Bewegung. »Wir sind gekommen«, sagte sie ehrfürchtig und holte tief Luft, »um dich zu fragen, ob du nicht zu uns reinkommen und uns gute Nacht sagen möchtest?«

»Wirklich rührend«, meinte Adela geschmeichelt. Der goldgefaßte Saum ihres Kleides schwang hin und her, als sie zurück in ihr Zimmer trat, um eine Schranktür zu schließen und das Licht zu löschen. Sie waren gerettet – jedenfalls sah es so aus.

»Du hast Nerven!« flüsterte Rachel mit zittriger Stimme, aber

Charitys Gesicht verzog sich nur zu einer gräßlichen Fratze. »Los, komm! Nun komm schon!« sagte Rachel ziemlich entnervt und riß an Charitys Morgenmantel. »Den Klauen des Todes entronnen! Den Pforten der Hölle entkommen!« sagte sie halblaut zu sich selbst. Ihr war klar, daß sie jetzt wohl das war, was alle anderen als »sehr erregt« bezeichneten. Ja, sie war so aufgeregt, daß es in ihren Ohren pochte. Sie hätte gern geschrien und wäre am liebsten durch den Flur zurückgerannt, bevor etwas Schlimmeres als Adela einen langen Arm ausstreckte und sie in das dunkle Zimmer zerrte. Sie wollte dem FEIND die Tür des Gästezimmers vor der Nase zuschlagen und sich verbarrikadieren, vielleicht mit dem Kleiderschrank. »Du wirst uns nicht kriegen!« – Dieser Schrei lag ihr auf den Lippen. »Du kriegst uns nicht, auch wenn du das Haus ansteckst!« Sie fühlte sich danach, die ganze Nacht aufzubleiben. Mit ganzer Kraft zog sie an Charitys Morgenmantel.

»Laß los!« Eine ihr fremde, wütende Person fuhr plötzlich zu ihr herum, der Morgenrock wurde ihr entrissen. »Laß los, du Idiot!« Randvoll mit Argwohn und Feindseligkeit, gingen sie einander verloren, sie rauften und glitten auf dem gewachsten Boden aus. Schluchzend und atemlos rief Rachel: »Nein, hör doch zu, Charity! ... Charity, sei kein Biest!« Doch Charity schien mit jedem Augenblick, der verstrich, ein Jahr älter zu werden. Rachels Protestgeschrei wurde schriller und eindringlicher: »Nein, Charity, ehrlich, hör mir zu! ...«

»*Du* bist das Biest!« sagte Charity wie von weit her, gerade als Adela wieder in der dunklen Türöffnung erschien. Mit einer Handbewegung, als hätten sich dort zwei Spatzen gezankt, scheuchte Adela die beiden auseinander. Sie legte einen Arm um Charitys Schulter, und so gingen sie hinüber ins Gästezimmer. *Ich und meine Freundin* – das schienen die beiden Gestalten, die eine klein, die andere groß, selbst von hinten zueinander zu sagen.

»Du mußt jetzt *wirklich* ins Bett!« sagte Adela und warf einen Blick über die Schulter. »Du bist *so* erregt!«

Rachel saß im Dunkeln auf ihrem Bett und dachte über den vergangenen Tag nach. Ihre Tür war angelehnt, und sie hörte von nebenan aus dem Gästezimmer ständig Gemurmel und Gelächter.

Dann kam Adela heraus, auf ihrem Gesicht lag dasselbe Lächeln, mit dem sie Charity gute Nacht gewünscht hatte, und sie bewahrte es wohl für die Besucher unten im Salon auf. Auf der obersten Stufe hielt sie inne, tastete nochmals nach ihren Ohrringen und schüttelte den Saum ihres Kleides. Dann drehte sie die Gaslampe niedriger und ging hinunter. »Ich kann nur hoffen«, dachte Rachel, »Charity hat es *genossen*, daß Adela sie ins Bett gepackt hat. Ich kenne niemanden, der einen so *miese* zu Bett bringt und zudeckt wie sie.« Sie war voller Geringschätzung, jedoch auf seltsame Weise glücklicher, als sie es den ganzen Tag über gewesen war. Sie wußte, daß Charity auf sie wartete, na klar – und da hörte sie auch schon: »Huhu! He!«

»Huhu! He!« wiederholte Charity alle paar Sekunden. Rachel lag mit geschlossenen Augen da und nahm keine Notiz. Später verbreitete sich dann ein ratloses, verärgertes Schweigen. »Ich werde jetzt schlafen«, sagte Rachel zu sich selbst und begann Schäfchen zu zählen. Nach einer Weile glaubte sie, Charity schluchzen zu hören. Sie lag da und lauschte den unbestimmten, unregelmäßigen Geräuschen, und sie beobachtete, wie das Licht der Gaslampe an der Decke über der Tür des Gästezimmers flackernd verblaßte. Als Rachel fast eingeschlafen war, kam Charity herausgeschlichen; die Ellbogen an den Leib gepreßt, stand sie auf dem Treppenabsatz.

»Oh, ich kann nicht schlafen«, stöhnte sie. »Ach, ich hab solches Heimweh! Oh, ich fühl mich so einsam da drinnen! Ach, was für eine *gräßliche* Art, einen Gast zu behandeln!«

»Heimweh?«

»Natürlich«, antwortete Charity und erbebte würdevoll. »Hättest du etwa keins – so weit weg von deinen Eltern?«

Unaufgefordert tastete sie sich durch den dunklen Raum und legte sich zu Rachel ins Bett, schluchzend und zitternd.

»Also, ich muß schon sagen«, sagte Rachel, ihr Platz machend, »*dich* verstehe ich überhaupt nicht!«

Der Dschungel

Gegen Ende des Schuljahres entdeckte Rachel den Dschungel. Am Rand des Küchengartens, dort, wo er schon ziemlich verwildert war, kletterte man über eine Mauer und watete durch kniehohe Nesseln, vermischt mit Sauerklee und Löwenzahn, immer an der Hecke entlang, die Mr. Mordens Grundstück begrenzte, bis man zu einer Stelle kam, wo diese Hecke ganz unten eine Lücke hatte und wo man hindurchkriechen konnte. Dann mußte man über die Koppel rennen (das war der aufregendste Teil), den kleinen Teich umrunden und schließlich über ein hohes Brettertor klettern, durch das man nicht hindurchgucken konnte, um einen aufgefahrenen Feldweg zu erreichen. Diesen Weg verließ man weiter hinten bei einer Böschung, auf der eine Hecke wuchs (eine ziemlich »räudige«, dünne Hecke), und hinter der Hecke begann, von mehreren Stellen aus betretbar, der Dschungel. Dort gab es eine Menge Trampelpfade, die sich zwischen enormen Brombeerbüschen hindurchschlängelten, und unter den Büschen waren höhlenartige Verstecke. Um sich einen Überblick zu verschaffen, konnte man auf einen der Weißdornbäume klettern. Ungefähr in der Mitte wuchsen dicht zusammengedrängt ein paar Holunderbüsche und verbreiteten einen schwülen, süßlichen Geruch. Dies war ein absolut vernachlässigter, verwilderter Ort; er schien niemandem zu gehören, und hier kam niemand her außer Landstreichern. Die Landstreicher, deren Kleidung so viel leichter zu zerreißen schien als die eigene, hatten an den Büschen kleine, flatternde Wimpel hinterlassen, ein paar vergilbte Zeitungen, die man mit einem Fußtritt unter die Brombeersträucher beförderte, einen verrotteten alten Stiefel, der einem Moosklumpen ähnelte, und von rötlichem Rost überzogene Konservenbüchsen, wahllos in die eine oder andere Richtung geneigt und mit Regenwasser gefüllt. Zwei oder drei dieser Blechdosen waren wie bei einem schrecklichen Wutanfall zertrampelt worden.

Als Rachel zum ersten Mal hierher gekommen war, hatte sie sich mit vor Angst wild pochendem Herzen und von der schauerlichen Ahnung erfüllt, daß sie hier eine tote Katze finden würde, diese Trampelpfade entlanggepirscht. Sie wußte, daß Katzen sich zum

Sterben verkrochen, und von diesen Büschen ging die düstere Wahrscheinlichkeit aus, daß sie es hier taten. An diesem Spätnachmittag im Juli, eine Stunde vor dem Abendessen, hatte Rachel ein Buch mitgebracht, aber sie las nicht darin. Sie setzte sich unter die Holunderbüsche und faltete die Hände über den Knien. Beim Betreten des Dschungels hatte sie in ihrem Inneren ein seltsam taumeliges Gefühl verspürt. Alles in ihr schien zuerst durcheinanderzupurzeln und dann wieder getrennt zu werden, aber danach verhielten sich die Dinge ein bißchen anders zueinander, alles war ein wenig verändert.

Rachel war zu diesem Zeitpunkt vierzehn Jahre alt; sie hatte keine »beste« Freundin, sondern durchlebte eine Art Übergangszeit. Manchmal empfand sie den Zwang, viele Dinge für sich behalten zu müssen, als eine solche Qual, daß es sie fast zerriß, aber wenn sie dann diejenigen der Mädchen, mit denen sie eng befreundet gewesen war, kritisch mit anderen Mädchen verglich, die eventuell für eine enge Freundschaft in Frage kamen, dann mußte sie sich eingestehen, daß sie sich alle sehr ähnelten. Keine von ihnen würde sie wahrscheinlich besser verstehen als irgendeine andere... Der Dschungel vermittelte Rachel das starke Gefühl, daß sie hier dem »vollendeten Menschen« hätte begegnen können, doch andererseits hätte der durch seine Anwesenheit hier alles verdorben. Rachel wollte, daß dieser Ort ganz in sich selbst ruhte. Deshalb saß sie reglos da und starrte das undurchdringliche Brombeerdickicht an.

Am letzten Schultag fuhr Rachel mit Elise Lamartine, einem Mädchen aus der Klasse unter ihr, das im New Forest Reitferien verbringen wollte, im selben Eisenbahnabteil nach Hause. Diese Elise trug das Haar kurz wie ein Junge und galt in Französisch als furchtbar gut, sonst jedoch als dumm. Sie hatte eine zielstrebige, rasche Art, Dinge zu erledigen, und eine nachdenkliche, bedächtige Art, andere Menschen anzuschauen, wenn sie etwas hinter sich gebracht hatte. Rachel ertappte sich bei dem Wunsch, vor ihr lägen nicht die Ferien. Als sie aus dem Zug kletterte, hinein in die Schar wartender Mütter, sagte sie leichthin: »Wir schreiben uns, ja?« Und Elise antwortete herrlich unbekümmert: »Ja, prima, laß uns das tun.«

Während der Ferien wurde Rachel fünfzehn. Ihre Mutter ließ den Saum ihrer Röcke ein paar Fingerbreit aus, sagte zu ihr, sie sei jetzt wirklich kein kleines Mädchen mehr, und forderte sie auf, über ihre Zukunft nachzudenken. Sie wurde bei anderen Leuten zum Tennis eingeladen, und da gab es sonderbare junge Männer, die immer zögerten, wenn es darum ging, sie irgendwie anzureden, und die sie am Ende stets Miss Ritchie nannten. Ihre schon verheiratete Schwester Adela versprach, sie nächste Sommerferien für ein paar Tage dazubehalten und mit ihr zu »Tanzereien mit Jungen und Mädchen« zu gehen. »Bin ich denn jetzt noch kein Mädchen?« fragte Rachel scheu. »Doch, aber für *so was* solltest du als Mädchen abwarten, bis du sechzehn bist«, beschied Adela sie.

Rachel hatte einen schrecklichen Traum vom Dschungel und erwachte zitternd. Es hatte irgend etwas mit einer Leiche zu tun, mit dem Arm eines Mädchens, der aus den Büschen herausragte. Sie versuchte jeden Gedanken an den Dschungel zu unterdrücken, und dachte auch tatsächlich nicht mehr an ihn, bis sie ein paar Nächte später im Traum wieder dort war, diesmal mit einer schattenhaften Person, die sich immer ein wenig hinter ihr hielt und in der sie irgendwann Elise erkannte. Als sie zu dem Busch gelangten, aus dem im ersten Traum der Arm herausgeragt hatte, versuchte Rachel, Elise davon zu berichten und klarzustellen, daß es tatsächlich ein *Traum* gewesen war, doch sie brach ab, weil sie begriff, daß sie den Mord selbst begangen hatte. Sie wollte weglaufen, aber Elise stellte sich neben sie und ergriff mit viel Zuneigung ihren Arm. Rachel erwachte in einem Schwall von Empfindungen. Es war, als wäre eine dieser Traumschleusen geöffnet worden, die sich nicht mehr schließen ließ, so daß einem der ganze Vormittag, manchmal sogar der ganze Tag überschwemmt wurde. An jenem Morgen fand Rachel auf dem Frühstückstisch einen Brief von Elise.

Es war ein schrecklicher Brief, voll mit Pferden und Brüdern. Vieles von dem, was man im New Forest gewiß auch hätte erleben und empfinden können, schien Elise nicht einmal aufgefallen zu sein. Rachel war mehr als entmutigt, sie blickte dem nächsten Schuljahr teilnahmslos entgegen. Es war unmöglich, etwas für jemanden zu empfinden, der so viel machte und so wenig dachte. Sie schob den Brief unter ihren Teller und hatte nicht vor, ihn zu beantworten, aber später am Tag ging sie nach oben und schrieb an Elise einen Brief über Tennis-Partys. »Es war die Rede davon«, schrieb sie, »ob ich schon zu richtigen Tanzereien gehen soll, aber ich habe noch nicht so richtig Lust dazu.«

»Wer ist eigentlich zur Zeit deine beste Freundin?« wollte Mutter wissen, die hereingekommen war und ihre Tochter schreiben sah. Jedesmal, wenn sie darauf zu sprechen kam, setzte sie ein ängstliches Gesicht auf. Schließlich war Rachel jetzt eine »heranwachsende Tochter«.

»Ach, eigentlich niemand«, antwortete Rachel. »Ich schreib nur rasch ein paar Zeilen an eins von den Mädchen.«

»Da war doch diese Charity – was ist mit ihr? Schreibst du ihr nie?«

»Oh, ich mag sie ganz gern«, sagte Rachel, die in diesen Angelegenheiten einen starken Sinn fürs Private hatte. »Ich find sie nur ein bißchen affektiert.« Während sie das sagte, fragte sie sich im stillen, ob Elise wohl versetzt würde oder nicht. Rachel sollte demnächst in die IVa aufrücken. Dann wäre es ein Ding der Unmöglichkeit, mit jemandem zu verkehren, der zwei Klassen tiefer war.

Als sie alle aus den Ferien zurück waren und die Schule wieder anfing, stellte sich heraus, daß Elise tatsächlich in die IVb versetzt worden war (angeblich, weil sie in Französisch so gut war), aber man wollte sie auch für die Turnriege der Schule haben, und deshalb verbrachte sie einen großen Teil ihrer Freizeit beim Training. Rachel schaute ein paarmal in der Turnhalle vorbei und sah ihr zu, wie sie an den Geräten irgendwelche Sachen machte. Wenn Elise gerade mal nicht turnte, sah man sie immer nur mit dieser ziemlich nichtssagenden Joyce Fellows, mit der sie schon im letzten Schuljahr gegangen war. Sie saßen in derselben Bank, gingen zusammen spazieren und machten am Samstagnachmittag im Umkleideraum Ringkämpfe. Jedesmal, wenn Rachel sah, daß Elise in ihre Richtung schaute oder auf sie zukam, blickte sie woanders hin oder ging fort. Ihr wurde klar, daß sie ihre Ferien mit allerlei phantastischen Träumereien verplempert hatte und daß sie diese Zeit gar nicht richtig erlebt, sondern sie vergeudet hatte. Das gab ihr ein hoffnungsloses, dumpfes Gefühl von Sinnlosigkeit, und sie redete sich selbst ein, sie leide an Heimweh. Am zweiten Wochenende nach Schulbeginn hatten sie und Elise noch kaum ein Wort gewechselt. Sie hatte auch noch nicht wieder den Dschungel aufgesucht, und irgendwie schämte sie sich fast, daß es ihn überhaupt gab. Eines Sonntags, zwischen Frühstück und Kirchgang, ergab es sich, daß sie sich an der Tür begegneten.

»Hallo!« sagte Elise.
»Oh! Hallo!«
»Kommst du mit raus?«
»Oh, ja, prima«, sagte Rachel ohne Begeisterung.
»Hast du was Besonderes vor? Ich kenne einen Baum mit drei Äpfeln, die man beim Pflücken vergessen hat. Wir könnten ja mal hingehen und schauen, ob —«
»Ja, das könnten wir«, stimmte Rachel zu. Arm in Arm gingen sie los.

Es war Anfang Oktober, der Tag roch nach Gewächshaus und schorfigen, nassen Baumstämmen. Morgens beim Aufstehen hatte der Bodennebel das Haus wie ein Meer umschlossen; jetzt verzog sich der Dunst allmählich, und die Sonne brach durch die wogenden Schwaden. Das weiße Gartentor war in blasses Gold getaucht, und die Blätter an den Büschen wippten zwinkernd hin und her. Zwischen den viereckig gestutzten Hecken, dem gelben Laub der Spaliere und den Neu-England-Astern, die in kleinen Gruppen beieinanderstanden und mit den Köpfen nickten, hingen noch immer dicke weiße Nebelfetzen. Sie sehen aus wie Stoffetzen, dachte Rachel, die sich in Brombeerbüschen verfangen haben.

Elises Apfelbaum stand auf halbem Weg zum hinteren Teil des Küchengartens. Sie blickten hinauf: Einer der Äpfel fehlte. Entweder war er heruntergefallen oder irgend so ein Dummkopf, der hier nichts zu suchen hatte, hatte mit einem Stein nach ihm geworfen und ihn sogar getroffen. Die anderen beiden, schön und bronzefarben, hatten sich in einer Höhe von ungefähr zweieinhalb Metern wohlig ins dichte Laub gekuschelt. Die Mädchen blickten sich um. Der Küchengarten war leer.

»Wir könnten mit irgendwas nach ihnen schmeißen«, sagte Rachel, »wenn das nicht zuviel Krach macht.«
»Ich wette, daß ich mich raufschwingen kann«, sagte Elise zuversichtlich. Sie trat ein paar Schritte zurück, nahm einen kurzen Anlauf, sprang und klammerte sich mit beiden Händen an einen Ast über ihrem Kopf. Sie begann mit zusammengeklemmten Beinen hin- und herzuschaukeln und kickte dabei ruckartig die Zehenspitzen in die Luft. Dadurch kam sie jedesmal ein bißchen höher, und es würde nicht lange dauern, bis sie ihre Beine über den Ast schwingen, sich zuerst hinsetzen und dann vorsichtig aufrichten könnte, um nach den Äpfeln zu greifen.

»Was für Turner wir sind!« sagte Rachel mit der spöttischen Bewunderung, die bei einem solchen Anlaß *de rigueur* war. Elise mußte fast lachen, aber sie hatte keine Puste dafür. Sie schob ihre Unterlippe vor und warf einen abschätzenden Blick auf den Ast. Ihr Sonntagsrock rutschte ihr flatternd bis zur Taille; sie trug enge, schwarze, bis zum Knie reichende Schlüpfer.

»Elise!« ertönte eine schrille Stimme vom Gartentor her. »Rachel Ritchie! Laßt den Baum in Ruhe! Was macht ihr da?«

»Nichts, Miss Smyke«, rief Rachel verärgert zurück.

»Also gut, hört auf damit!« sagte die Stimme ein wenig besänftigt. »Und trödelt nicht herum! Bis zum Gottesdienst sind noch vierzig Minuten. Paßt auf, daß ihr keine nassen Füße kriegt!«

Elise hörte auf zu schaukeln, sie hing ein paar Augenblicke lang schlaff an dem Ast, dann winkelte sie die gespreizten Knie an und ließ sich fallen. »Verdammt!« fluchte sie ungeniert. Rachel selbst sagte immer »verflixt!«, manchmal auch »zum Teufel!«. Sie kannte Leute, die ziemlich oft »zum Teufel!« sagten, aber sie hatte noch nie eine Freundin gehabt, die »verdammt!« sagte. »Sei nicht ordinär«, rief sie und lachte vor lauter Aufregung.

Elise stand wie eine reuige Sünderin da und rubbelte sich das Moos von den Händen. »Verdammt ist nicht ordinär«, sagte sie. »Ich meine, es hat nichts mit Gott zu tun.« Sie ergriff wieder Rachels Arm, und gemeinsam schlenderten sie zum hinteren Ende des Küchengartens. »Wirst du im nächsten Halbjahr konfirmiert?«

»Ich glaub schon. Und du?«

»Ja, bestimmt. Weißt du, Religion wird in unserer Familie ganz groß geschrieben. Wir waren früher Hugenotten.«
»Aha, das hab ich mir die ganze Zeit gedacht. Hat man dich deshalb –«
»– Elise genannt? Ja, der Name ist für unsere Familie typisch. Magst du ihn nicht?«
»O doch, ich mag ihn – aber ich glaub nicht, daß er zu dir paßt. Er ist so ein seidenweicher, zarter und irgendwie mädchenhafter Name. Du... du bist zu –« Sie brach ab. »Es gibt eben Leute, mit denen man nicht über sie selbst reden kann, ohne gleich so ein konfuses, aufgeregtes und irgendwie schummriges Gefühl zu kriegen. Manche Personen wirkten einfach viel persönlicher. »Man hätte dir irgendeinen kurzen, zackigen Namen geben sollen – Jean oder Pamela... oder vielleicht Margaret – nein, *nicht* Marguerite.«
Elise hörte nicht zu. »Ich wäre lieber ein Junge geworden«, sagte sie nüchtern und überzeugt. Sie rollte einen Ärmel hoch. »Fühl mal meine Muskeln! Da, schau her!«
»Hör zu, Elise, ich kenne eine ziemlich seltsame Stelle, nicht weit von hier. Ich hab sie selbst entdeckt und Dschungel genannt, einfach um sie von anderen Stellen zu unterscheiden. Ich will damit nicht sagen, daß es dort aufregender ist als anderswo«, fügte sie rasch hinzu. »Dort ist es wahrscheinlich ziemlich schmutzig, weil sich da immer Landstreicher rumtreiben. Aber es ist trotzdem genau das, was ich früher einen *geheimen* Ort genannt habe.« Sie kickte eine Kartoffel vor sich her den Weg entlang und lachte beim Sprechen. Seit einiger Zeit vermied sie das Wort »geheim«. Einmal hatte sie einer Freundin namens Charity gegen Ende von deren Besuch einen »geheimen Ort« zu Hause im Garten gezeigt, und Charity hatte den anderen lachend davon erzählt, als sie wieder zurück in der Schule waren.
»Wo geht es lang?«
»Wir müssen über die Mauer klettern. Macht es dir was aus, wenn es ein bißchen an den Beinen piekst?«
Die Nesseln und die Kletten rochen säuerlich und waren schwer von Tau. Die Sonntagskleidung war den Mädchen hinderlich. Sie stopften den Rocksaum in den Bund ihres Schlüpfers und wateten

durch das Unkraut. »Es ist gut«, sagte Rachel, »daß wir schwarze Strümpfe anhaben, weil man ihnen nicht ansieht, wenn sie naß sind. Braune gehen gerade noch so, aber man kann an ihnen schon die Hochwassermarke erkennen.« Das nasse Gras auf Mr. Mordens Koppel quietschte und quatschte, wie nasse Schlangen rollte es sich um ihre Fußgelenke und schnitt in ihre Knöchel. Keuchend holte Rachel Elise unten im Hohlweg ein. »Hast du wirklich noch Lust?« fragte sie Elise. »Vielleicht gibt es dort Brombeeren.«

Als sie den Dschungel erreichten, drang sie vor Elise in ihn ein, indem sie die Brombeerzweige resolut auseinanderdrückte. Jetzt war es ihr egal, ob hier vielleicht *wirklich* eine tote Katze lag: Sie hätte es fast mit Erleichterung aufgenommen. Sie schaute sich auch nicht um, um zu sehen, was Elise tat oder was ihr wohl durch den Kopf ging. Sie befanden sich in einer Senke, es war dunstiger hier, und noch behauptete sich eine frühmorgendliche Stille. Ein Rotkehlchen flog vor ihr von einem Busch auf. Dieser Ort war sogar noch schöner, als sie ihn in Erinnerung hatte; sie wünschte, sie wäre allein hergekommen. Es war dumm, andere Leute und die eigenen Gedanken in einen Topf zu werfen. Dies war die Stelle, wo der Arm des toten Mädchens, bläulich weiß, aus den Büschen herausgeragt hatte. Dies war die Stelle, wo sich Elise in dem späteren Traum neben sie gestellt und sie so seltsam berührt hatte. Hier hingen noch immer die Stoffetzen seit ihrem ersten Besuch, schwärzer und schlaffer... derselbe Schuh –

»Willst du einen hübschen Schuh?« fragte sie scherzhaft.

Elise kam näher, scheppernd trat sie gegen eine der Konservendosen. »Das ist 'ne wahnsinnig gute Stelle«, sagte sie. »Ich wünschte, *ich* hätte sie gefunden.«

»Ja, sie ist nicht schlecht«, sagte Rachel und blickte sich beiläufig um.

»Machst du so was gern – ich meine, kommst du gern hierher?«

»Ich nehm mir immer ein Buch mit«, verteidigte sich Rachel.

»Oh, das würde alles verderben! Ich würde hierherkommen und ein Lagerfeuer anzünden. Ich würde auch gern kommen und hier schlafen. Laß uns zusammen am Samstag hergehen und beides machen.«

»Ich finde schlafen doof«, erwiderte Rachel verblüfft.
»Und ich find es toll«, rief Elise aus und umarmte sich wohlig erschaudernd. »Ich schlaf sofort ein wie ein Hund. Wenn man die Nässe nicht so sehr hinten auf meinem Kleid sehen würde, dann würde ich mich jetzt hinlegen und hier ein bißchen schlafen.«
»Meine Güte, wie *abwegig!*«
»Meinst du?« sagte Elise ungerührt. »Dann bin ich meinetwegen eine abwegige Person.« Sie war vor einem Busch stehengeblieben; ein paar Brombeeren hingen daran, aber sie waren nicht sehr gut; wie ein stämmiger, dicker Junge in ihrem langen schwarzen Schlüpfer lehnte sie sich auf einem Fuß stehend und mit dem anderen die Balance haltend über den großen, runden Brombeerbusch und griff mit der Hand mal hierhin, mal dorthin. Es fiel einem schwer zu glauben, daß sie, abgesehen von ihren Armen und Beinen, so etwas wie ein Eigenleben hatte; außer wenn sie einen mit diesem Blick anschaute, äußerlich ausdruckslos und im Inneren nachdenklich. Rachel jedenfalls bezweifelte es, und sie war erbost darüber; sie hockte sich neben den Busch und begann wahllos und rasch reife und unreife Brombeeren zu essen. »Ich bin ein sehr normaler Mensch«, sagte sie aggressiv, um zu sehen, was dabei herauskommen würde. Sie fragte sich, ob Elise ahnte, wie sie wirklich war.

»Nein, das bist du nicht«, sagte Elise, »du bist wahrscheinlich gescheit. Wie alt bist du?«

»Ich bin im August fünfzehn geworden. Und du? Wie alt –«

»Ich werde im März fünfzehn. Trotzdem ist es schlimm, wenn man bedenkt, daß du um eine ganze Klasse gescheiter bist als ich.«

»Ich bin nicht gescheit«, sagte Rachel rasch.

Elise lachte. »Das Komische an gescheiten Leuten«, sagte sie, »ist, daß sie sich deswegen schämen... Schau mal, wieviel Würmer in manchen von diesen Beeren sind. Eines sag ich dir, wenn ich noch mehr davon esse, wird mir übel. Die taugen überhaupt nichts, ehrlich. Nur Kerne, weiter nichts, aber ich schaffe es einfach nicht, was zu essen auszuschlagen. Und du?«

»Nein, nie«, sagte Rachel. »Zu Hause hab ich oft drei Portionen gegessen – ich meine natürlich von Sachen wie Eclairs oder Fasan oder Torte mit Zuckerguß – die macht unsere Köchin ganz toll. Jetzt

mache ich das nicht mehr, seit ich länger aufbleibe und spät zu Abend esse. Das macht einen Riesenunterschied, und man ißt tagsüber nicht mehr dasselbe, von der Menge ganz abgesehen.«
»Ich würde niemals drei Portionen essen, allein schon wegen meiner Muskeln. Ich will richtig stark bleiben und nicht wabbelig werden, wie es bei Frauen so ist. Ich weiß genau, was Männer nicht essen, wenn sie im Training sind. Du auch?«
»Nein. Ißt du zu Hause auch mit den anderen spät zu Abend?«
»Bei uns wird nicht spät gegessen«, erwiderte Elise verächtlich. »Bei uns gibt es zu einer ganz normalen Uhrzeit Abendbrot, und seit ich acht war, durfte ich so lange aufbleiben.«
Elises Familie mußte tatsächlich sehr exzentrisch sein.

Man sah sie atemlos durch den Garten laufen, zwanzig Minuten zu spät für den Gottesdienst. Miss Smyke empfing sie in der Tür wie der Engel mit dem Flammenschwert. »Was hatte ich euch gesagt?« fragte Miss Smyke rhetorisch. »Was hatte ich euch *gesagt*? Jetzt hat es keinen Sinn mehr, in die Kirche zu gehen.« Das klang abwehrend – als hätten die beiden einen solchen Wunsch geäußert. »Die andern sind schon beim Te Deum. Geht hoch, zieht euch andere Strümpfe an und bleibt auf eurem Zimmer, bis ich nach euch schicke.« Sie drehte sich um und ging zurück zur Kapelle. Alles an ihr wirkte zufrieden und fromm.

Zusammen bestraft zu werden schuf Intimität; sie fühlten sich wie aneinandergeschweißt. Sie wurden strenger als üblich bestraft, und das lag an Elise, die eine bestimmte Art hatte, die Unterlippe vorzuschieben... Sie hatte auch eine bestimmte Art, den Kopf in den Nacken zu werfen, die Rachel an eine trotzige, heldenhafte Person kurz vor der Hinrichtung erinnerte. Zum Glück kam es nicht heraus, daß sie das Schulgelände verlassen hatten; der Dschungel blieb also unbedroht. Man befahl ihnen, sich für den Rest des Tages aus dem Weg zu gehen (was ihre »große Freundschaft« besiegelte), und Rachel, die eine Bestrafung normalerweise als Demütigung empfand, ging herum und fühlte sich wer weiß wie klug und kühn. Am Montagabend hielt sie im Speisesaal einen Platz für Elise frei, aber dann sah sie, wie Elise Arm in Arm mit dieser Joyce Fellows hereinkam und an einem anderen Tisch Platz nahm. Sie schaute nicht hinüber. Nach dem Essen sagte Elise: »Sag mal, warum bist du nicht gekommen? Joyce und ich haben dir einen Platz freigehalten.« Das Schuljahr nahm seinen Fortgang, und alles war ziemlich schwierig und interessant. Rachel war ein Snob; sie mochte es, wenn ihre Freundinnen ziemlich distinguiert waren, und sie konnte es nicht leiden, von einem Mädchen aus einer tieferen Klasse »herumkommandiert« zu werden. Denn darauf lief es hinaus: Elise nahm nie viel Rücksicht, ihre unverblümte Art hatte etwas Herrisches. Wenn sie sagte: »Laß uns dieses oder jenes tun«, dann bedeutete das (und es klang auch so): »Mach mit, wenn du willst. Ich weiß jedenfalls, was ich jetzt tun werde.« Immer, wenn sie etwas zusammen machten, gab es am Ende Probleme. Rachel wünschte sich schon bald, Elise würde ihre Unterlippe in Gegenwart von Leuten wie Casabianca nicht so vorschieben und auch nicht so hochnäsig tun. Ein paar Erzieherinnen äußerten sich abschätzig darüber, daß sie sich »mit Jüngeren abgab«, aber nie wurde sie aufgefordert, auf Elise vorteilhaft »einzuwirken«, und das bewies, daß sie die Verhältnisse richtig einschätzten. Die Klasse IV b schien so unendlich weit unter Rachels Klasse zu sein, aber trotzdem ging diese Elise in den Fluren mit schlenkernden Armen vor einem her und rief einem ohne sich umzublicken zu: »Na los, halt dich ran!« Und dann war da noch diese Joyce Fellows, eine alberne, nichtssagende, ziemlich unglücklich gewählte »entourage«.

Eines Abends machte Charity während der Schularbeiten auf einer Seite ihres Hefts eine Zeichnung, riß sie heraus und reichte sie Rachel. Sie war *Jakob (Rachels Maharadscha)* betitelt und stellte Elise dar, die in Hosen mit dem Kopf nach unten an einem Dachbalken der Turnhalle hing, vor ihrem Mund eine Sprechblase mit den Worten: »Na los, halt dich ran, ich warte!« Rachel war schlecht im Seilklettern, und ihr wurde immer übel, wenn sie irgendwo hinauf mußte. Deshalb war diese Zeichnung bösartig. Der Titel kam ihr blöd vor, aber die Zeichnung selbst war ziemlich gelungen. Rachel zeigte sie abends beim Essen Elise, die puterrot wurde und sagte: »Was für eine verdammte, blöde Idiotin!« Sie hatte nicht viel Sinn für Humor, wenn es um sie selbst ging.

Am nächsten Abend lag auf Charitys Bank eine Zeichnung von einer Person, die zwei runde Dinger wie Tennisbälle hatte. (Charitys Figur begann damals mit alarmierender Geschwindigkeit weibliche Kurven zu entwickeln.) Charity schaute hin, lachte und hob dann die Zeichnung geziert zwischen Daumen und Zeigefinger in die Höhe. »Ich hab natürlich nichts dagegen«, sagte sie, »aber ich nehme an, du weißt, daß dieses gemeine kleine Biest von deiner Freundin nichts in unserem Klassenzimmer zu suchen hat?«

Rachels Backen brannten. Zwar hätte es nicht den geringsten Unterschied gemacht, wäre die Zeichnung gekonnter gewesen, aber Elise hatte vom Zeichnen leider keinen Schimmer: Dies war einfach nur dumm und vulgär. »Ich weiß nicht, warum du glaubst, daß du gemeint bist«, sagte sie zu Charity, »aber wenn dir der Hut paßt...«

Später ließ sie ihren Zorn an Elise aus: »Wenn du Charity eins auswischen wolltest, hättest du dir etwas Gescheiteres einfallen lassen sollen.«

»*Ich* versuche nicht, gescheit zu sein«, erwiderte Elise.

»Ich hätte dir nie den Zettel gezeigt, wenn ich gewußt hätte, daß du solch ein total blöder Esel bist!« brauste Rachel auf.

Elise betrachtete sie unverwandt aus weit aufgerissenen, blaßgrauen Augen, in deren Tiefen sich etwas Wachsames verbarg, das mit ihrem Gehirn nichts zu tun hatte. »Du hast gewußt, daß ich so was nicht komisch finde, stimmt's?« fragte sie.

Rachel zögerte. Elise gab mit zusammengekniffenen Lippen durch die Nase ein kleines, schnaubendes Geräusch von sich, das wie Lachen klang.

»Ehrlich gesagt«, sagte Rachel, »hielt ich es bisher für unwichtig, dir zu sagen, was meine Klassenkameradinnen von dir halten. Du weißt ja wohl selbst, daß du die anderen in letzter Zeit ganz schön rumgeschubst hast.«

»Ich weiß nicht, wovon du redest«, erwiderte Elise. »Aber wahrscheinlich weißt du es selbst nicht. Wen meinst du mit den ›anderen‹? Ich achte auf niemanden, höchstens, wenn mir eine zufällig gefällt, und wenn die anderen meinen, ich würde sie herumschubsen, dann ist das ihr Problem. Ich lege es nicht darauf an, aber ich kenn ein paar, die richtig gemein sind!«

»Hältst du mich für gemein?«
»Ja, du kannst manchmal ganz schön gemein sein.«
Dies spielte sich im Speisesaal ab, ein schrecklicher Ort für ein solches Gespräch. Rachel und Elise mußten Seite an Seite sitzenbleiben, die Teller der Mädchen anstarren, die ihnen gegenübersaßen, zwischendurch abbeißen und mit vollem Mund an ihrem Marmeladenbrot kauen. Irgendwann verschluckte sich Rachel fast, weil sie den Mund zu voll genommen hatte, und da wandte sie sich rasch ab und mischte sich in das Gespräch von zwei Mädchen auf der anderen Tischseite. Zu dritt »fachsimpelten« sie über die Algebra-Hausaufgabe. Elise blieb einfach dabei, verwirrte Rachel mit ihrer Nähe und verhielt sich absolut natürlich. Als Rachel sich verstohlen nach ihr umsah, merkte sie es nicht. Sie hatte wie immer eine schlechte Haltung, ihren leicht geneigten Kopf hatte sie zwischen die Schultern gezogen, und Rachel wußte, daß sie die Unterlippe vorgeschoben hatte und daß sie vermutlich vor sich hin lächelte. Nach dem Dankgebet stießen sie ihre Stühle zurück und flitzten in verschiedenen Richtungen davon. Draußen in der Halle wurde die Anschlagtafel belagert. Rachel wandte sich ab, lief in ihr Klassenzimmer und setzte sich an ihr Pult. Als die anderen fort waren, ging sie hinaus und stellte sich vor die Tafel. Die Listen für die nächsten Spiele hingen aus. Elise war in der Schlagball-Mannschaft.

Am vorletzten Sonntag vor den Ferien ging Rachel nachmittags wieder zum Dschungel. Es war ein goldener, schöner Dezember. Die Bäume schimmerten rosig im Nachmittagslicht, Saatkrähen zogen ihre Kreise, und das Gras der im Schatten liegenden Rasenflächen war vom Frost der letzten Nacht steifgefroren. Rachel war in einem langen Mantel losgegangen, die Nase in einen Wollschal vergraben und die Hände in gefütterten Handschuhen aus Kaninchenfell, doch schon bald wickelte sie sich aus dem Schal und stopfte die Handschuhe in eine Tasche. Die herrlich dünne Luft schien sich erwärmt zu haben; ihr Atem war ein leichter, durchsichtiger Hauch. Die Mauer, die Hecke und das Tor zur Koppel weckten in ihr eine schmerzliche Empfindung.

Sie stolperte über die Koppel und strauchelte einmal fast über das Ende ihres langen Wollschals, während der lange, aufgeknöpfte Mantel ihr um die Beine flatterte. »So muß man dieses Schuljahr beschließen«, dachte sie. »Jetzt fehlt nur noch, daß Mr. Morden mich erwischt.«

Mit dem ersten Halbjahr war wirklich nicht viel los gewesen. Sie hatte nicht viel gearbeitet, sie hatte nirgends einen Erfolg zu verzeichnen, sie hatte niemanden dazu gebracht, sie zu mögen. Die anderen in der IV a waren nett zu ihr gewesen, seit sie wieder ganz »dazugehörte«, aber sie hatten sie unabsichtlich vergessen; denn seit Schulanfang hatten sie sich daran gewöhnt, alles mögliche in Zweier- oder Dreiergruppen zu machen, und sie, Rachel, war links liegengeblieben – natürlich. Sie fühlte sich einsam, ziellos und absolut unterlegen; sie probierte eine Menge neue Frisuren aus, entwarf ein schwarzes Samtkleid für sich selbst und freute sich auf zu Hause. Sie erwähnte ziemlich willkürlich Charity und andere Mädchen in ihren Briefen, damit Mutter nicht merkte, was für eine Niete sie war. Wegen Elise fühlte sie sich so schlimm, daß sie jedesmal, wenn sie zum Schlagballspielen ging, darum betete, von einem Ball am Kopf getroffen zu werden.

Elise hatte die wunderbarste und natürlichste Art, einen zu übersehen. Sie sagte »Verzeihung«, wenn man im Gang mit ihr zusammenstieß, oder ließ einen beim Gottesdienst mit ins Gesangbuch sehen, wenn man zufällig neben ihr saß. Und wenn man draußen auf dem Weg zum Sportplatz von ihr überholt wurde, dann warf sie einem von der Seite nur einen gleichgültigen Blick zu, als wäre man einer von den Großen. Nach dem dritten Match war sie endgültig in die Schulmannschaft aufgenommen worden und hatte ihr Mitgliedsabzeichen erhalten. Bisher hatte das noch niemand nach weniger als fünfzehn Spielen geschafft. Alle wichtigen Leute machten sich an sie ran und redeten über sie. In der IV a war man sich darüber einig, daß man eigentlich nichts gegen sie hatte, ganz im Gegenteil; wenn sie nur ein bißchen bescheidener und netter im Umgang gewesen wäre und nicht solch ein selbstgefälliges Miststück. Wenn Rachel dabei war, sprach man nie über sie, und auch Rachel erwähnte sie niemals.

Unten im Hohlweg gab es tiefe Fahrspuren. Sie ging zwischen ihnen auf dem erhöhten Streifen mit bröckeligen Rändern entlang. Irgendwo auf Mr. Mordens Gelände bellte ein Hund, er biß kleine Stücke aus der Stille heraus und schwieg dazwischen, so daß die Wunde wieder heilen konnte. Die Böschung am Rand des Dschungels war zertrampelt und glatt. Rachel hielt sich an Wurzeln fest und zog sich hinauf. Der Dschungel lag im Schatten. Das Gras stand wie ungekämmtes Haar in Büscheln und war ein klein wenig mit Rauhreif überfroren. »Es ist schön, wieder hier zu sein«, sagte Rachel laut. »Letztes Mal war ich nicht *richtig* hier, aber jetzt ist es schön, wieder dazusein.« Sie bückte sich und bog die Brombeerbüsche auseinander. Die Blätter waren purpurrot und fast schwarz. Ein paar halbverfaulte, braune Blätter lösten sich bei der Berührung und segelten zu Boden.

Als sie aus dem Brombeerdickicht trat, erblickte sie vor sich auf dem schmalen Pfad einen Arm. »Oh, Gott, nein, nicht an diesem einsamen Ort!« entfuhr es Rachel. »Bitte laß es keine Leiche sein!«

Sie wurde von etwas regelrecht hin- und hergeschüttelt, und mit einer bewußten, theatralischen Geste, die extreme Angst ausdrückte, legte sie eine Hand auf ihr Herz, das heftig pochte. Der Arm lag so dicht vor ihr, daß sie nur drei Schritte zu machen brauchte, um darauf zu treten. Der Daumen war geknickt, die rötlichen Finger mit den viereckigen Nägeln waren gekrümmt und berührten leicht die Innenfläche der Hand.

»Elise, bist du das?« wisperte Rachel. Sie wartete ab, zupfte Blätter vom Brombeergestrüpp, hörte den Hund bellen und ging schließlich um den Busch herum zu der Stelle, wo Elise in einer Kuhle zwischen den Sträuchern lag.

Elise lag halb auf der Seite, als beugte sie sich zu dem ausgestreckten Arm hin. Die Knie hatte sie angewinkelt, der andere Arm lag eng an ihrem Körper, ihr Kopf war mit einem Wollschal vermummt, und ihre Wange ruhte auf einem Kissen aus totem Laub. Der Schal war von ihrem Gesicht zurückgerutscht wie die Kapuze einer Kutte. So lag sie in der stillen Luft zwischen den schützenden Büschen, gerötet vom Schlaf und von der Wärme, die der Wollschal spendete. Dies war Elise, aber sie wirkte verhaltener, gedämpfter, verändert; ihr Mund, um dessen fest geschlossene, ein wenig vorgeschobene Lippen zumeist ein grimmiges Lächeln spielte, war jetzt schlaff und schien zu schmollen; dicke, kurze Wimpern, die Rachel nie zuvor aufgefallen waren, zeichneten sich deutlich auf der Haut unterhalb ihrer geschlossenen Augen ab. Rachel hatte sie bisher immer nur eingehend betrachten können, nachdem sie zuvor ihren geraden Blick wie einen Wachtposten passiert hatte, doch jetzt schien ihr Gesicht wehrlos. Rachel stand da und blickte auf sie hinab: Das einzig Schöne an Elise war das Grübchen an ihrem Kinn. Sie stand so lange da, bis ihr die Beine weh taten. Erst da verlagerte sie ihr Gewicht. Ein Zweig knackte. Elise öffnete die Augen und blickte zu ihr auf.

»Ich hab dir doch gesagt, daß ich zum Schlafen herkommen würde«, sagte sie.

»Ja, aber ist es nicht schrecklich kalt?«

Elise hob den Kopf, blickte sich um, ließ den Kopf wieder sinken und räkelte sich wohlig. »Nein«, sagte sie. »Mir ist richtig mollig warm. Bist du gerade eben gekommen?«

»Ja, aber ich geh gleich wieder.«

»Geh noch nicht.« Elise zog die Beine noch enger an den Körper und machte in der kleinen Kuhle Platz für Rachel. »Setz dich!« Rachel setzte sich.

»Komisch, daß du ausgerechnet jetzt hierherkommst. Bist du oft hier gewesen?«

»Nein«, antwortete Rachel und starrte angestrengt ins Brombeergestrüpp, als beobachtete sie darin ein wildes Tier, das sich auf seinem Lager bewegte.

»Einmal hab ich Joyce Fellows mitgebracht. Wir kamen hierher, um Zigarren zu rauchen. Ich hasse Rauchen. Joyce wurde davon speiübel.«

»Wie *gräßlich*!«

»Ach was, ich glaub nicht, daß noch etwas davon übrig ist. Wir haben Erde drübergetan. Auf jeden Fall werde ich nie viel rauchen. Es ist so schlecht für die Kondition.«

»Oh«, sagte Rachel, »ich hab dir ja noch gar nicht gratuliert, daß du in der Schulmannschaft bist.«

Elise hatte dagelegen, die Hände unter dem Kopf gefaltet, und zum Himmel aufgeblickt. »Vielen Dank«, sagte sie, und jetzt schaute sie Rachel an.

»Ist es nicht verrückt von uns«, meinte Rachel beklommen, »so etwas im Dezember zu tun?«

»Warum sollten wir nicht, wenn wir es nur warm genug haben? Sag, Rachel, warum sollten wir nicht?«

»Es wird bald dunkel sein.«

»Dunkel? Daß ich nicht lache!« rief Elise. »Wir haben noch eine Menge Zeit... Weißt du was, Rachel? Ich sag dir jetzt, was wir tun könnten –«

Rachel wickelte sich in ihren Wollschal, was als Protest gemeint war. Sie hatte dabei ein komisches Gefühl, als würden ihre Gedanken aus der Reihe tanzen. Sie war bereit, alles zu tun, wirklich alles. »Kommt drauf an, was es ist«, meinte sie zurückhaltend.

»Du könntest dich so lange im Kreis drehen, bis dir herrlich schwindlig wird, dann könnte ich mich drehen, dann könnte ich meinen Kopf auf deine Knie legen, und dann könnte ich wieder einschlafen...«

Der runde, wie bei einem Jungen kurzgeschorene Kopf lag auf Rachels Knien. Sie fühlte sich verkrampft und verwirrt. Von Bequemlichkeit konnte keine Rede sein. Elise lachte ein- oder zweimal, zog die Knie noch höher und schob eine Hand unter die Backe, wo der grobe Wollstoff des Mantels ihre Haut kitzelte.

»Ist es schön so?« erkundigte sich Rachel und beugte sich über sie.

»Hmm – *hmm*.«

Der Hund hatte zu bellen aufgehört; der Dschungel, über den sich die Stille breitete, rückte zuerst ein wenig enger um sie zusammen und weitete sich dann zu einem großen, weiten Kreis aus Unwirklichkeit und Einsamkeit. Ihnen war, als befänden sie sich ganz allein an Bord eines Schiffes, das hinaustrieb...

»Elise«, flüsterte Rachel, »meinst du, daß wir –«

Aber der Kopf auf ihren Knien war schwer geworden. Elise schlief.

Mrs. Moysey 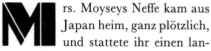rs. Moyseys Neffe kam aus Japan heim, ganz plötzlich, und stattete ihr einen langen Besuch ab. Daß er so gern bei ihr weilte, rührte sie zutiefst, machte sie jedoch auch nervös, denn Mr. Moysey war nun schon seit einiger Zeit tot und ihr Haushalt folglich nicht mehr ganz auf die Bedürfnisse eines Gentleman eingestellt. Leslie erwies sich jedoch als gefällig und freundlich, und er übte in allem Nachsicht. Sie flehte ihn geradezu an, nur ja nicht schüchtern zu sein, falls er etwas brauche, und schon bald ließ er sich das nicht mehr zweimal sagen. Gesellschaft brauchte man ihm nicht zu leisten, denn er saß fast den ganzen Tag am Fenster im Speisezimmer, lehnte sich bequem zurück, rauchte und beobachtete, wie die Leute die High Street entlanggingen. Manchmal klingelte er nach dem Hausmädchen oder ging zu seiner Tante, um sich nach jemandem zu erkundigen. Beide gaben ihm mit dem größten Vergnügen Auskunft. Die Menschen, die Leslie am meisten interessierten, waren zumeist Frauen, junge oder nicht mehr ganz so junge verheiratete Ladies mit hübscher Figur.

Mrs. Moysey war nach Leslies Ankunft auch deshalb etwas nervös, weil sie (und der Haushalt) in letzter Zeit ein bißchen eigen geworden waren, und sie brauchte sich nur auszumalen, jemand beobachte sie, und schon kam sie sich albern vor. Sie ging entweder früh morgens aus dem Haus, wenn noch keiner unterwegs war, oder so spät, daß die meisten Leute bereits wieder daheim waren, und stets kam sie dann mit einem solchen Arm voll Päckchen nach Hause, daß sie den Stapel mit dem Kinn vor dem Absturz bewahren mußte, während sie ihren Hausschlüssel suchte. Der Tür gab sie jedesmal einen kleinen, wohlbemessenen Schubs und schlüpfte flink durch den Spalt. Irgendein witziger Mensch hatte einmal gesagt, sie sähe jeden Tag aus wie an Heiligabend. Den größten Teil des Tages pflegte sie im Schlafzimmer zu verbringen, einem sehr gemütlich eingerichteten Raum mit Blick auf die Gärten jenseits der Straße. Wenn jemand bei ihr anklopfte, fragte sie stets mit gedämpfter und zugleich strenger Stimme: »Wer ist da?« Nie sagte sie: »Herein!«, weil sie eigentlich nicht wollte, daß jemand hereinkam. Wenn man dann hartnäckig blieb, kam sie selbst nach ein paar Minuten mit ziemlich gerötetem Gesicht heraus. Als Leslie dies ein paarmal mitgemacht hatte, gab er es schließlich auf und klopfte nicht mehr bei ihr an. Er war eben voller Feingefühl. Wenn seine Tante abends nach unten kam, das bleiche, lockere Haar auf dem Kopf kunstvoll übereinandergetürmt wie Sahne auf einer Torte, mit einer Bluse aus Ecru-Spitze, eine Kette aus grünen Muscheln zweimal um den Hals geschlungen und auf dem Busen geknotet, rief er stets halb schmachtend, halb hingerissen: »Tantchen!«, nahm die Füße von der Querstrebe eines Stuhls und erhob sich. Das tat er jedesmal langsam genug, um sie spüren zu lassen, wie wohlerzogen er doch war, überhaupt aufzustehen. An den Abenden gebärdeten sie sich sehr gesellig und machten es sich miteinander gemütlich, obwohl Mrs. Moysey die Angewohnheit hatte, nirgends lange herumzusitzen und sich ganz zu entspannen, sondern eher so wirkte, als probierte sie ein neues, nicht sehr zufriedenstellendes Korsett aus. Um zehn Uhr brachte das Hausmädchen die Wärmflaschen. Dann pflegte Mrs. Moysey zu sagen: »Nun, ein gutes Nächtchen wünsche ich dir!« und stand anschließend mit einer Mischung aus Freude und Bedauern auf.

Alle Menschen in der Stadt kannten Mrs. Moysey und mochten sie, trotz ihrer »kleinen Schwäche«, wie man es nannte. Niemand ließ sich näher darüber aus, worin diese kleine Schwäche bestand; man war sich eben stillschweigend einig. Doch es mußte kurios erscheinen, daß die Päckchen, mit der man sie in der Morgenkühle oder in der Abenddämmerung nach Hause huschen sah, zwar quadratisch oder vieleckig wie ein Diamant, hart oder prall aussahen, jedoch nie von zylindrischer Form waren. Und noch nie hatte jemand gesehen, wie sie ein – nun, sagen wir: ein gewisses Örtchen betreten oder verlassen hatte. Doch was half alles Erröten, alles Herumhuschen und alle Geheimnistuerei – zweifellos tat sie es.

Als sich Leslie wie eine exotische Wachsfigur im Fenster zur Schau zu stellen begann, reagierten Mrs. Moyseys Freundinnen mit Sympathie und Interesse. Wo die Arme nun junges Blut im Haus hatte, würde sie seltener in Versuchung geraten, dachten sie. Kurze Zeit später veranstaltete Mrs. Moysey eine kleine Gesellschaft und lud alle Damen ein, die Leslie am meisten bewunderte. Sie kamen, erfüllten den Salon mit ungewohntem Glanz und funkelten selbst wie Kristallüster. Leslie jedoch mochte die Konversation der Damen weniger als ihre Figur. Vielleicht wäre er einzeln besser mit ihnen zu Rande gekommen, doch so verfiel er in eine Art Apathie, blinzelte und ging, nachdem er jede von ihnen beäugt hatte, in durchaus nicht netter Manier dazu über, sie überhaupt nicht mehr zu beachten. Noch bevor das Teekränzchen aufgehoben wurde, stand er auf und ging hinaus: Sie konnten ihn im Eßzimmer mit Gläsern und dem Siphon hantieren hören. Auf dem Heimweg waren sie sich alle einig, daß er sehr orientalisch aussah, daß offensichtlich die ganze Familie die *Schwäche* habe, und daß es abscheulich von ihm sei, auf Kosten seiner Tante zu leben.

Leslie schien in der Tat die feine Trennungslinie zwischen »besuchen« und »wohnen« überschritten zu haben. Mrs. Moysey war darüber erfreut, doch begann sie sich seinetwegen Sorgen zu machen. Wie sollte es in Japan weitergehen? Mußte er nicht irgendwann dorthin zurückkehren? Sie brachte es nicht über sich, ihn zu fragen. Das Hauspersonal wurde allmählich ein bißchen unruhig, das Mädchen neigte zu Weinkrämpfen und mußte schließlich fortgeschickt werden. Die Köchin ließ immer öfter das Abendessen anbrennen, wurde ruppig, wenn Mrs. Moysey darauf zu sprechen kam, und erwähnte gewisse Vorkommnisse. Mrs. Moysey aß abends nie viel, Mahlzeiten interessierten sie nicht, aber wenn sie sah, wie Leslie mit der Gabel in dem Essen herumstocherte, die Stirn runzelte und den Teller von sich schob, dann errötete sie stärker denn je, verdrehte vor Scham und Qual die Augen und bat ihn mit bebender Stimme um Nachsicht. Dies geschah im Beisein des Hausmädchens, die das war, was man gemeinhin eine »Perle« nennt, aber die Wäschestärke, mit der sie alles behandelte, was sie am Leibe trug, schien ihr auch in die Seele gedrungen zu sein. Leslies Teller schnappte sie sich mit einer Bewegung, als wollte sie sagen: »Na, dann eben nicht!«

Trotz der schlechten Küche und des Mangels an angenehmer Gesellschaft schien Leslie, stets voller Rücksicht auf die Gefühle seiner Tante, zum Bleiben geneigt. Er hatte einen sehr ausgeglichenen Charakter, der zwar nicht sonnig genannt werden konnte,

deswegen aber noch längst nicht schlecht war. Mrs. Moysey geriet deshalb um so mehr aus der Fassung, ja es erschütterte sie sogar, als sie sich eines Morgens auf dem Weg zum Einkaufen durch die Halle stahl und dabei durch die offene Eßzimmertür einen kurzen Blick auf Leslie erhaschte, der eindeutig »außer sich« war. Leslie, dessen bleiches Gesicht zu einem starren Grinsen verzogen war und dessen Lippen sich derart über den Zähnen spannten, daß alles Blut aus ihnen gewichen war, zerriß einen Brief in kleine Fetzen, die vor dem hellen Hintergrund langsam wie bei einem Schneesturm auf einer Theaterbühne zu Boden rieselten.» – – sie!« sagte er leise, fast zärtlich. »Die – –! Die – – kleine –!«
»K-keine schlechte Nachricht, Les, hoffe ich?« erkundigte sich Mrs. Moysey.
Leslie borgte sich von seiner Tante zehn Pfund und fuhr nach London. Beim Abschied sagte er, er hoffe, nicht länger als ein, zwei Tage fortzubleiben; er lächelte jetzt öfter als sonst, aber es war das unfrohe Lächeln einer Maske; eine lauernde, furchteinflößende Nettigkeit sprach aus seinem Verhalten. Während Mrs. Moysey dastand, die gefalteten Hände an den Busen gepreßt, und hörte, wie die Haustür zugeschlagen wurde, hoffte sie, daß er genug Geld mitgenommen, daß er in der Stadt ein paar nette Freunde hatte, und daß er (oh, wie konnte sie nur so etwas denken?) nicht etwa hinfuhr, um einen Mord zu begehen. Eine Adresse hatte er nicht hinterlassen.
Mrs. Moysey vermißte ihn schrecklich. Abends ging sie nicht hinunter, sie ertrug das leere Haus nicht. Man brachte ihr das Abendessen auf einem Tablett ins Zimmer, und bis gegen Mitternacht hörten die Hausangestellten Grammophonmusik. Passanten sahen, daß das Fenster im Speisezimmer leer war, genauer gesagt, daß der Tisch mit den Topfpflanzen, der inzwischen woanders gestanden hatte, wieder dort war. Ein paar Farne mit Blättern wie aus Wachs und eine Schale mit dickfingrigen Kakteen, deren tastendes Wachstum man fast zu spüren vermeinte, traten Leslies Nachfolge an.
Drei Tage später stand eine junge Frau, die Hände in den Taschen ihres Regenmantels, vor dem Haus, blickte zu den Fenstern hinauf, machte ein paar unschlüssige Schritte und klopfte schließ-

lich an die Tür. Das Hausmädchen öffnete, und die beiden Frauen starrten sich an. Etwas, das ihnen gemeinsam war, vielleicht eine potentielle Widerstandsfähigkeit gegen einen Mann wie Leslie, die die Hausangestellte an der anderen ahnte, schwang bei der stummen Musterung mit. Nachdem die unbekannte Besucherin resolut darauf beharrt hatte, ihr Name tue nichts zur Sache, wurde sie schließlich vorgelassen. Mrs. Moysey, durch die Schlafzimmertür hindurch informiert, erwiderte mit einer Stimme, die noch abweisender und belegter klang als sonst, sie wünsche niemanden zu sehen. Die Haushälterin hüstelte. »Jawohl, Madam, verstehe, Madam.« Aber ein paar Sekunden später klopfte sie schon wieder.
»Die junge Dame sagt, es sei dringend.«
»Nichts ist so dringend! Ich sagte doch, daß ich nicht angekleidet bin. Ich kann sie jetzt nicht empfangen.«
»Sie sagt, sie würde gern warten, Madam.«
»Was *will* sie denn?«
»Glauben Sie nicht auch, es könnte etwas mit Mr. Leslie zu tun haben?«
»Seien Sie nicht albern!« sagte Mrs. Moysey, aber schon kurze Zeit später glitt der Saum ihres bodenlangen purpurroten Rockes über den Teppich des Salons. Auf die junge Besucherin, die sie zum ersten Mal sah, wirkte sie nicht gerade wie eine frischgebackene, von einer ganz neuen Wärme und Würde erfüllte Tante. Nein, sie sah eine rosige, recht ausladende Dame mit runden, furchtsamen Augen und einer Frisur à la Pompadour, die ihr ein ziemlich kopflastiges Aussehen verlieh.
»Ja?« sagte Mrs. Moysey unter Verzicht auf alle Formalitäten.
»Also, ich bin wegen Ihrem Neffen gekommen –«
»Wegen Leslie? Nun, was gibt's denn?«
»Nur, daß er mein Mann ist. Ich...«
Die beiden Frauen schauten sich zutiefst erschrocken an.
»Hören Sie, Sie können nicht einfach in mein Haus kommen und so etwas sagen! Ich kenne Sie nicht.«
»Das hab ich auch nicht erwartet, daß Sie jemanden wie mich kennen«, erwiderte die junge Frau schnippisch, aber mit einem Beben in der Stimme. »Mein Mann ist nicht zu Hause, nehme ich an?«

»Nein, mein Neffe ist nicht da.«
»Das wundert mich nicht. War dumm von mir, ihm zu schreiben.« Vor Ärger zuckten ihre Schultern, so daß der Regenmantel raschelte. »Mein Name ist Emerald – Emerald Voles, jawohl, so heiße ich! Ich hab zwei Babys, ich kann sie Ihnen zeigen. Sie sind im Bahnhofshotel.«
»*Kleine* Babys?« fragte Mrs. Moysey, vor Verlegenheit puterrot im Gesicht.
»Das eine ist drei, das andere zwei – Tante Moysey.«
Emerald hatte kein nettes Gesicht. Es wirkte verkniffen, hart und aggressiv; ihre Worte hatten geklungen, als wäre die Bezeichnung »Tante« etwas Beleidigendes. Sie könnte doch zumindest versuchen, mir sympathisch zu sein, dachte Mrs. Moysey bekümmert. Vielleicht ist sie hungrig? Vielleicht, überlegte Mrs. Moysey weiter und betrachtete den eher nach innen als nach außen gewölbten Regenmantel, hat sie da nicht viel drunter. Sie vermochte sich nicht vorzustellen, daß Leslie für ein Mädchen dieses Schlages schwärmen könnte. Um ein Haar hätte sie im Brustton der Überzeugung gesagt: »Sie müssen sich irren, Leslie würde niemals eine Frau ohne Kurven heiraten.«
Seltsam, daß Emerald einen solchen Regenmantel trug. Mrs. Moysey kannte eine Menge Frauen, denen es nicht allzu gut ging, aber sie hätten trotzdem nicht den lieben langen Tag ein solches Ding getragen. Vielleicht *wollte* diese junge Frau heruntergekommen aussehen? Mag sein, daß sie es auf die mitleidheischende Tour versuchte – sie, Mrs. Moysey, war davor oft genug gewarnt worden.
»Wollen Sie nicht diesen Regenmantel ausziehen?«
»Nur, wenn Sie mir etwas anderes zum Anziehen geben.«
»Oh, wie furchtbar! ... Sind Sie etwa aus Japan gekommen?«
»Ja, aber vor zwei Jahren, kurz bevor unser zweites Baby geboren wurde. Ich verkaufte alles, um die Überfahrt bezahlen zu können, und ich wollte erst mal zu meiner Mutter, aber damit hatte es keine Eile, das sollte ich bald merken, sie war nämlich kurz nach meiner Abreise gestorben. Leslie wollte eigentlich nur drei Monate wegbleiben, aber er kam nicht zurück, und Geld hat er mir natürlich auch nicht geschickt. Ich hab nichts mehr von ihm gehört. Da

schrieb ich dem Konsul, bei dem er diese Stellung gehabt hat, und auch ein paar anderen Leuten, aber das führte zu nichts. Zuerst dachte ich, Leslie hätte sich auf so eine Sache eingelassen, also schaute ich, daß ich irgendwie durchkam, und wartete ab. Vor ein paar Tagen wendete ich mich dann an eine Dame, die ich da unten flüchtig kennengelernt hatte. Sie zeigte mir zuerst die kalte Schulter und war genauso, wie Leslie sie beschrieben hatte, aber dann ließ sie durchblicken, daß Leslie seinen Job verloren hatte und nach Hause gefahren war. Über das Londoner Büro ihrer Firma besorgte mir diese Frau seine Adresse – er hatte ein paar Briefe an die Firma geschrieben –, und da hab ich mir ausgerechnet, daß er bestimmt bei seiner Tante Moysey untergekommen war«, schloß Emerald. Mit einer (für Mrs. Moysey) gräßlichen Selbstgefälligkeit blickte sie sich im Zimmer um und setzte sich.

Mrs. Moysey war so verblüfft, daß sie, als hätte sie jemand auf eine Selbstverständlichkeit hingewiesen, ebenfalls Platz nahm. So unauffällig wie möglich rutschte sie mit dem Oberkörper noch ein Stück weiter aus dem Korsett, rückte das Ding verstohlen zurecht, entließ aus der Tiefe ihres eingeschnürten Leibes einen Seufzer und meinte versonnen: »Nun, das scheint ja eine traurige Geschichte zu sein – «

»Ja, sehr«, pflichtete ihr Emerald nachdrücklich bei.

»Ich muß aber leider sagen, daß ich nicht ganz sehe, wie ich – «

»Wenn Sie ein paar Minuten warten wollen, bring ich die Kinder sofort rüber. Vielleicht wird Sie Daph nicht gleich überzeugen, sondern erst, wenn sie schläft oder schmollt, aber bei dem kleinen Bobby ist das anders, da gibt's gar keinen Zweifel.«

»Ich bin aber nicht auf Kinder eingestellt«, wandte Mrs. Moysey kläglich ein. Emerald (die dafür natürlich nichts konnte) hatte jedoch schon das Zimmer verlassen.

Genau zehn Minuten später war Emerald wieder da. Mrs. Moysey beobachtete sie durch einen Spalt im Vorhang. Sie sah verwilderter aus denn je, als sie, die Nase im Wind und einen zusammenklappbaren Kinderwagen vor sich herschiebend, die Straße heraufkam. Klein-Bobby, eine blaue Wollmütze auf dem Kopf, bewegte sich watschelnd vorwärts, indem er sich an einer

Querstrebe des Kinderwagens festhielt, und Daph, unter deren verrutschtem Häubchen hinten flachsgelbe Korkenzieherlocken hervorquollen, torkelte, von der linken Hand ihrer Mutter gehalten, mit Trippelschrittchen nebenher. Schon bevor der Kinderwagen die Stufen der Vortreppe hinaufrumpelte, hatte Mrs. Moysey, die es in diesem schicksalhaften Moment heiß und kalt überlief, sich schon in ihre Rolle als Großtante gefügt. Die Art, wie die Kinder das Haus betraten, gab dann vollends den Ausschlag. Daph, flach gegen den mütterlichen Regenmantel gepreßt, hatte das Profil eines Kohleneimers, aber als dann hinter dem Regenmantel ein kleines, dunkles, stupsnäsiges Gesicht zuerst hervorlugte und dann, nach einem Schubser, ganz erschien; als die Hand der Mutter hinabgriff, dem Kerlchen die Mütze vom Kopf riß und ihm einen Klaps auf den gelockten Schopf gab; als sich Klein-Bobby, stämmig, bis zu den Ohren in einem Pullover steckend und nach dem erzwungenen Gewatschel noch halb aus dem Gleichgewicht, den Blicken seiner Tante darbot – da gab es keinen Zweifel mehr.

»O je!« wisperte Mrs. Moysey, entsetzt über das, was Leslie angerichtet hatte.

»Kleiner Liebling!« flötete sie wenig später. Sie saß bequem zurückgelehnt in dem geräumigen Sessel, so daß ihre Knie weit hervorstanden und sie in dieser Haltung fast gegen ihren Willen einen für derartige Zwecke durchaus tauglichen, bislang jedoch nicht genutzten Schoß darbot. Daph, aus ihrer Matrosenjacke befreit und ohne das Häubchen viel munterer, scharwenzelte erst, ganz in Rosa, eine ganze Serie von Knicksen vollführend, um sie herum, verkrallte sich dann mit erhobenen Armen in ihren Rock und kuschelte sich an sie, das warme, unter dem silbrig-feinen Haar so wunderbar runde Köpfchen zur Seite gedreht, als lauschte sie ...

»Kleiner *Liebling!*« ... Bobby wahrte mehr Distanz. Er begrabschte die Lehne eines Sessels wie jemand, der einen ihm gehörenden Gegenstand sichergestellt hat. Seine Augenlider hoben und senkten sich, während er die Großtante und die Schwester von der Seite mit verschleierter Intensität musterte. Das hatte er von seinem Vater.

Genau wie Emerald es angeordnet hatte, blieben die Kinder bei

Mrs. Moysey (wo es ihnen sicherlich gut ergehen würde), während Emerald, ganz die nimmermüde, reiz- und erbarmungslose Ehefrau, nach London zurückfuhr, um die Suche nach ihrem Mann fortzusetzen. Ständig wiederholte sie: »Oh, deswegen bin ich *wirklich* nicht hergekommen, es ging mir nur um die Kleinen –«, aber am Ende nahm sie doch die Fünf-Pfund-Note und auch das Jäckchen aus Shetlandwolle, über das sie ihren Regenmantel zog. Den Kindern gab sie seltsamerweise nur einen raschen, flüchtigen Kuß, riß sich von ihnen los und eilte durch die Eingangshalle zur Tür, doch da begann sie plötzlich mit kehliger Stimme zu schimpfen, daß es wie ein Bellen klang: Sie war im Halbdunkel mit dem Kinderwagen zusammengestoßen. »Herrje, so'n Ding ist wirklich hart«, sagte sie und betastete ihre Augen und die Spitze ihrer Nase mit der für sie so typischen unbändigen Direktheit.

»Ja, schrecklich«, schien Mrs. Moysey ihr beizupflichten, aber ihr Blick war zur Garderobe gewandert, und als sie dort Leslies karierte Mütze hängen sah, empfand sie verwerflicherweise auf einen Schlag Mitleid mit ihm, den Emerald wie ein Wild hetzte.

»Bei der Heirat hab ich versprochen, meinem Mann eine gute Frau zu sein«, sagte Emerald, »und ich *bin* für meinen Mann eine gute Frau gewesen. O nein, ich brauche kein Mitleid – von niemandem. Aber ich muß sagen, daß es mich ganz schön hart getroffen hat. Und wenn ich daran denke, daß ich jetzt von meinen Kleinen weg muß –«

»Hier, nehmen Sie den Regenschirm«, sagte Mrs. Moysey. »Ich benutzte ihn nur selten. Und schreiben Sie mir, wenn Sie mehr Geld brauchen. Ich werd Ihnen jeden Tag schreiben, wie es Bobby und Daph geht, das verspreche ich. Und wenn Leslie zurückkommt –«

»– dann schicken Sie mir sofort ein Telegramm und lassen ihn nicht wieder weg!« rief Emerald ihr über die Schulter zu, während sie die Stufen der Vortreppe hinabeilte.

»Und ich werd mir bestimmt irgendwann die Namen von den beiden Rangen merken«, versicherte Mrs. Moysey schwer atmend. »Ich werd ihnen sogar beibringen, jeden Abend für Sie zu beten.«

»Mit Beten ist bei denen nichts«, rief Emerald. »*Mir* hat Beten noch nie was gebracht.« Sie stieß mit jemandem zusammen, sagte etwas Unflätiges, während sie zurückwich, und rannte dann wie eine Flüchtende die Straße hinunter.

Der Haushalt, der sich langsam und unter Schmerzen wieder an die Bedürfnisse eines Gentleman angepaßt hatte, mußte dadurch wohl an Elastizität gewonnen haben, denn er verkraftete auch mühelos die Anwesenheit von Daph und Bobby, ja er absorbierte die Kinder geradezu. Nur eine oder zwei Luftblasen, ein paar kleine Wellen, die sich rasch verliefen und die Oberfläche leicht kräuselten – dann schloß sich wieder ungetrübte, ruhige Geborgenheit um die Kleinen. Sie verließen nie das Haus. Hin und wieder tauchten ihre Gesichter über einem Fensterbrett auf, oder ein gespreiztes Patschhändchen zeichnete sich wie ein Seestern auf einer Scheibe ab. In einem der oberen Stockwerke wurden Eisenstangen quer vor ein Fenster geschraubt, und während sich der Herbst übers Land senkte, wurde hinter jedem Fenster jeden Abend gegen fünf Uhr Licht gemacht. Sobald der Raum jedoch hell erleuchtet war und bis nach draußen etwas von der kribbeligen Lebendigkeit erahnen ließ, mit der ihn seine nimmermüden kleinen Bewohner erfüllten, verschwand alles mit hämischem Triumph hinter der Maske eines leuchtend roten Vorhangs. Nachbarn, die nach hinten hinaus wohnten, konnten zuschauen, wie sich die Kinder gleich Küken im Garten herumkugelten, scheinbar ohne Aufsicht. Dann und wann pflegte die Köchin hinauszugehen und ein paarmal in die Hände zu klatschen. Oder Mrs. Moyseys Fenster öffnete und schloß sich quietschend, wenn eine Ermahnung fällig war. Ihre regelmäßigen Einkäufe wurden häufiger, hastiger und, was ihren Zeitpunkt anbetraf, immer unberechenbarer, die Päckchen immer zahlreicher – fast strauchelte sie unter dieser Last. Erklärungen gab sie keine ab, und ihr Haus blieb Besuchern verschlossen. Den grimmig dreinblickenden Hausangestellten, weniger mitteilsam denn je, war nichts zu entlocken.

Neugierde, durch diese Geheimnistuerei auf die Spitze getrieben, verwandelte sich in Argwohn. Da waren diese Kinder, unangekündigt, ungerechtfertigt, kleine Kinder, denen noch etwas von der Unschicklichkeit ihrer Geburt anhaftete. Gesellschaftliche Umstände, die diese Unschicklichkeit hätten mildern können, wurden nicht publik gemacht, zweifellos, weil es keine gab. Jemand hatte diese Kinder in aller Heimlichkeit »gekriegt«. Aber wer? Mrs. Moysey war dergleichen nicht zuzutrauen, allein schon aus physiologischen Gründen. Doch selbst wenn man all dies beiseite ließ – war die arme Mrs. Moysey für solche Kinder überhaupt die richtige Gesellschafterin und Aufpasserin? In letzter Zeit hatte sie sich seltsamer denn je benommen; ihre Handlungsweise, nein, ihre Tatenlosigkeit ließ nur die düstersten Schlußfolgerungen zu. Wenn sie sich ein, zwei Tage lang nicht blicken ließ, galt es als abgemacht, daß sie mal wieder auf »Tour« war, und erschien sie zwei oder drei Tage hintereinander, war dies ein Anzeichen dafür, daß die »Schwäche« sie noch stärker gepackt hatte und immer größere Mengen an Nachschub verlangte. Frauen mit Kindern erschauerten bei dem Gedanken, was den armen kleinen Würmern zugemutet wurde. Frauen ohne Kinder, eifrig auf wohltätige Aktivitäten bedacht, erhoben die Forderung nach einem Eingreifen – nach einer »Rettung«, wie man es bald nannte. Auch Leslies Name wurde genannt: Sogar er, obschon ein durchweg ungezogener junger Bursche, habe sehr wohl gewußt, daß es Grenzen gäbe, aber vielleicht war er ja auch gerade deshalb gegen seinen Willen aus dem Haus gedrängt worden... Die *arme* Mrs. Moysey, die doch sonst so nett hätte sein können!

Die arme Mrs. Moysey war tatsächlich nicht mehr die alte. Sie lebte in einem Zustand ständiger Erregung und war vor Glück ganz zappelig. Jeden Morgen durchzuckte ein geschärftes Bewußtsein für die Gegenwart ihren noch schlaftrunkenen Geist wie ein stechender Schmerz, und dieses Bewußtsein war ausgeprägter als der Sinn der Jugend für Kommendes – oder die Rückbesinnung des Alters auf Vergangenes. Tagtäglich schrieb sie an Emerald, doch die Briefe wurden kürzer und kürzer, denn so wenig von alledem ließ sich artikulieren und noch weniger taugte dazu, Emerald mitgeteilt zu werden. Daph und Bobby seien wahre Goldkinder, schrieb sie, richtige Engel. Ihr Appetit sei außerordentlich, ihre Verdauung funktioniere tadellos wie ein Uhrwerk. Es sei doch kein Fehler gewesen, nicht wahr, ihnen Fasan zu geben, natürlich ganz klein gehackt? Das schmecke ihnen offenbar besonders gut. Übrigens lerne Daph gerade ein kleines Gedicht, um es irgendwann ihrer Mammi aufzusagen. Tagtäglich erkundigten sich die beiden nach ihrer Mammi (mit dieser konventionellen Formel beschloß Mrs. Moysey jeden ihrer Briefe). Ob das nicht süß von ihnen sei? Tatsächlich mußte das Süße an Daph und Bobby in bezug auf ihre Mammi immer nachdrücklicher beschworen werden, denn Mammi war für sie nur noch ein Wort: Sie hatten sie vergessen. Je mehr sich Mrs. Moysey dessen mit einer Mischung aus Freude und Schrecken bewußt wurde, desto gewissenhafter verwies sie auf die Mammi. Aber vielleicht hatten die Kinder etwas von Leslies Vorliebe für Weiches, Rundes und von seinem Sinn für Ungebundenheit abbekommen. Jedenfalls mußte sich Mrs. Moysey mit Skrupeln und bangem Glück eingestehen, daß sie Emerald ausgestochen hatte.

Daph und Bobby hatten nicht das Zartgefühl ihres Vaters geerbt und zeigten sich folglich von den hinsichtlich Mrs. Moyseys Schlafzimmertür im Haus herrschenden Gepflogenheiten unbeeindruckt. Für sie war eine Tür eine Tür. Nachdem sie daraufgekommen waren, daß sich hinter deren Paneelen ihre Tante Moysey verbarg, trommelten sie pausenlos dagegen. Irgendwann pflegte Mrs. Moysey dann, nachdem sie sich drinnen raschelnd auf den Besuch vorbereitet hatte, herauszukommen und die Kleinen in eine Wolke aus Flanell und Marabu-Seide zu hüllen. Mit kolossalem Schwung und wehenden Boas oder Schals trug sie sie ins Kinderzimmer, um dort endlos lange mit ihnen zu spielen. Eines Tages wurde die Tür unerwartet einen Spalt breit offen gelassen (was der ungläubig staunenden Haushälterin fast den Atem nahm), so daß sich Daph und ihr Bruder hindurchzwängen konnten, ein Privileg, auf das sie sich künftig an allen verregneten Vormittagen und an allen Nachmittagen beriefen. Sie waren ins Allerheiligste des Hauses aufgenommen worden. Die Haushälterin und das Mädchen kamen mit dem Kohleneimer oder dem Teetablett wie zuvor nur bis zur Tür und nicht weiter, sie hörten, daß drinnen geredet, manchmal auch ausgelasen getobt oder einträchtig geschwiegen wurde. Im übrigen blieb es unverrückbar dabei, daß nach dem allmorgendlichen Staubwischen und Aufkehren und nach sonstigen Verrichtungen, die Kamin und Waschkommode betrafen, niemand mehr eingelassen wurde. Pünktlich um sechs Uhr abends klingelte Mrs. Moysey, und dann fand man die Kinder, staunend und verwirrt, als wären sie aus einer orientalischen Märchenwelt zurückgekehrt, draußen auf dem Läufer des Flures stehn.

Ungefähr um diese Zeit machte sich bemerkbar, daß sich das Aussehen, das Verhalten und der Gemütszustand der Kleinen langsam verschlechterte. Diese beunruhigende Entwicklung beschleunigte sich nach Ablauf einer Woche und äußerte sich auch in einer zunehmenden Appetitlosigkeit. Das weibliche Hauspersonal wurde befragt und tippte auf Verstopfung, aber die Verabreichung von Abführmitteln wirkte sich auf das Aussehen der Kinder kaum vorteilhaft aus, sondern verbesserte nur für ein Weilchen ihre Stimmung. Daph schob Abend für Abend ihren Teller von sich, und Bobby tat es ihr gleich; »leckerer Brei« und »Brot, in Milch aufgeweicht – hm! hm! –« erfüllte diese früher so hungrigen und dankbaren Kinder jetzt mit Abscheu; sie zankten und bissen sich, und häufig mußten sie schon um fünf Uhr greinend nach oben getragen und zu Bett gebracht werden. Sie wurden immer gelber im Gesicht, hatten fleckige Haut und waren kaum noch zu bändigen, und es schien kein Kraut dagegen gewachsen. Ihre Niedlichkeit war in einem stetigen Niedergang begriffen. Mrs. Moysey beobachtete diese Entwicklung voller Angst, doch von ihrem Personal darauf angesprochen, stritt sie alles spröde ab.

»Sie sind Kinder und noch sehr *klein*«, hielt sie der Köchin vor. »An solche kleinen Kinder sind Sie eben nicht gewöhnt. Sie haben manchmal ein Wehwehchen – genau wie wir. Versuchen Sie's doch mal mit... ja, geben Sie ihnen irgendein kleines Mittel.«

»Ich möcht ihnen aber nicht mehr Medizin geben, als sie schon von mir gekriegt haben«, widersprach die Köchin schlecht gelaunt und warf Mrs. Moysey einen ungnädigen Blick zu. »Fast könnte man meinen, jemand hätte ihnen von etwas, das überhaupt nicht gut für sie ist, zu viel zu essen oder zu trinken gegeben. Aber das kann wohl nicht sein, ich paß ja selbst auf, was sie essen und trinken, auf *alles* paß ich auf.«

»Gewiß, gewiß«, pflichtete ihr Mrs. Moysey bei. Sie wirkte noch fahriger als sonst.

»Richtig versohlen würd ich sie mal, wenn Sie mich fragen«, fuhr die Köchin fort, ungerührt wie eine Gottheit. »Sind ganz schön verwöhnt, die beiden, sag ich.«
»Nein, nie! Ich verbiete es Ihnen!« legte Mrs. Moysey los, lenkte aber gleich wieder ein und schloß etwas weinerlich: »Versprechen Sie mir, niemals auch nur daran zu denken!«
»Ganz wie Sie meinen, Madam«, erwiderte die Köchin steif. Mit der Beliebtheit von Mrs. Moyseys kleinen Gästen ging es scheinbar unaufhaltsam bergab. Die Zeit verstrich, und die Köchin wußte von gewissen Vorgängen im Haus zu berichten. Während Bobbys und Daphs Geschrei Tag für Tag von den Häuserfronten der High Street zurückgeworfen wurde, machte die Rettungsmannschaft endgültig mobil und schickte eine Abordnung zum Pastor.

Emerald folgte Leslies Spur bis zu einer Pension in West Kensington, wo er, wie er ihr gegenüber behauptete, vollkommen ruhig vor sich hingelebt und niemandem etwas zuleide getan hatte. »Dann kamst *du* daher«, sagte er immer wieder mit einer weißglühenden Empörung, die ihre eigene Entrüstung weit in den Schatten stellte. Man hätte ihn mit dem Heiligen Antonius vergleichen können und Emerald, angesichts deren wenig verführerischer Erscheinung er eine Miene vergeistigten Abscheus zur Schau trug, mit der hartnäckigsten seiner Versuchungen. Er war mit Herz und Geist gegen alles gefeit, nur nicht gegen Vergebung; von den Fangarmen dieses eisigen, dürren Verzeihens umschlungen, das sich schon gleich nach Emeralds Erscheinen auf ihn herabgesenkt hatte, wäre er ihr auf die Dauer nicht gewachsen gewesen. Mochte er sich auch drehen und wenden – sie bot sich ihm in all ihrer Unterwürfigkeit dar, wie man einem störrischen Kind immer wieder einen halb leergegessenen Teller mit Hammelfleisch vorsetzt; mit ihrer Beharrlichkeit setzte sie ihm genauso zu, wie irgendwo eine Köchin seinen Kindern mit Tellern voll »leckerem Brei« zusetzte. Unablässig sprach Emerald von den Kindchen: »Es ist ja so grausam, daß sie keinen Papi haben! Bobby fängt schon an zu plappern. *Pa-pi, Pa-pi* sagt er die ganze Zeit. Weißt du, er kann es nicht verstehen. Natürlich hab ich ihm nie was gesagt, Leslie, ich würde es schrecklich finden, wenn sie wüßten, daß...« Schon wieder setzte sie ihm den Teller mit kaltem Hammelfleisch vor die Nase.

Leslie hatte in der Pension in West Kensington nicht allein gewohnt; er befand sich dort in Gesellschaft der netten Mrs. Moss, die er auf der Heimreise von Japan kennengelernt hatte. Sein Taktgefühl und sein daraus folgender dringlicher Wunsch, eine Begegnung zwischen Emerald und Mrs. Moss zu verhindern – Mrs. Moss konnte jederzeit erscheinen –, spielten Emerald in die Hände. Den Ausschlag allerdings gab Emeralds gutes Einvernehmen mit Leslies Tante Moysey. Offenbar war diese mit der ganzen »Sache« großartig fertig geworden, denn sonst hätte sie die Kinder nicht bei sich aufgenommen. Um die Tante gänzlich zurückzugewinnen, war wohl nur eine Zurschaustellung ehelicher Eintracht vonnöten, und dazu bequemte sich Leslie schließlich resigniert. »Hast du denn wirklich alles eingerenkt?« fragte er seine Frau vorsichtig. »Bist du *sicher*, daß alles glatt geht?« Nun, was die Voles als *Familie* anginge, sei sie sich wohl sicher, entgegnete Emerald. Er selbst könne es ja auf die charmante Tour versuchen. »Na gut, wenn du meinst«, seufzte Leslie. Mit der Miene eines bedauernswerten Opfers legte er sich aufs Bett und überließ Emerald das Packen. Sie verstaute seine Sachen in einer Reisetasche, bestellte ein Taxi, beglich seine Rechnung (die arme Mrs. Moss würde bestimmt Augen machen, sobald sie feststellen würde, daß sie ihre eigene Zeche zahlen mußte!) und zog ihn mit sich fort. Eigentlich gar nicht so übel, dachte Leslie und lehnte sich mit geschlossenen Augen im Taxi zurück, während Emerald ihre Ausgaben in einem Notizbuch vermerkte und das Wechselgeld zählte. Gar nicht so übel, wieder eine richtige Ehefrau zur Seite zu haben. Man braucht immer jemanden, der sich um einen kümmert. Mrs. Moss zum Beispiel hat nie etwas für mich getan; sie erwartete eigentlich das genaue Gegenteil. Ja, sie war eine von diesen Kletten, die man nicht mehr los wird.

Im Zugabteil jedoch kam in Leslie wieder die Empörung über Emerald wegen deren Mangel an mütterlichen Gefühlen hoch. Nachdem er eine Weile darüber nachgedacht hatte und sich noch immer nicht schlüssig war, ob es sich überhaupt lohnte, darüber zu reden, meinte er träumerisch: »Du weißt natürlich sicher, was du getan hast, aber ich muß sagen, daß es mir nie im Traum eingefallen wäre, kleine Kinder da zurückzulassen, wo du deine gelassen hast.«

»Mir schien es das Richtige zu sein«, erwiderte Emerald schnippisch.

»Na gut, meinetwegen, wenn du so vorurteilsfrei bist«, sagte Leslie und zog die Brauen hoch. »Du weißt doch über Tantchen Bescheid, nehme ich an?«

»Ich weiß mehr über sie, als sie über dich wußte.«

»Du kennst auch ihre Angewohnheiten?«

»*Angewohnheiten?*«

Leslie hob einen Ellenbogen und legte den Kopf mit einer sehr beredten Geste in den Nacken. »Sie pichelt wie eine Verrückte«, sagte er betrübt. »Die arme, liebe Alte!« Offenbar hatte er sich im Ort mit mehr Leuten angefreundet, als Mrs. Moysey vermutet hätte.

»Das ist doch nicht dein *Ernst*, oder? Oh, Leslie! Die gräßliche alte Schachtel! Sie sah so respektierlich aus. Wie konnte ich das wissen?«

»Schrecklich, nicht wahr?« stimmte ihr Leslie zu. »Ich muß sagen, sie versteht es großartig, den äußeren Schein zu wahren. Bei Tisch trinkt sie nie einen Tropfen. Übrigens bin ich sicher, daß mit den Kindern alles in Ordnung ist. Haben wahrscheinlich nur ein bißchen Angst. So etwas macht auf kleine Kinder großen Eindruck, aber wie gesagt, ich glaube, daß alles in Ordnung ist.«

»Und ich glaub, ich werd verrückt«, sagte Emerald, doch auf ihrem Gesicht lag grimmige Entschlossenheit. Was sie nicht alles durchgemacht hatte! Und jetzt die Kinder... Leslie war inzwischen eingeschlafen.

Emerald schoß an dem Hausmädchen vorbei in die Vorhalle; Leslie trat nach ihr ein. Er war sehr erleichtert, seine karierte Mütze noch immer an der Garderobe hängen zu sehen. Er nahm sie, warf einen Blick auf ihr Futter und hängte sie wieder an den Haken. »Wieder daheim, Phyllis«, sagte er liebenswürdig zu dem Mädchen. Aber Phyllis führte ihn in den unpersönlichen, dämmrigen Salon, als wäre er irgendein beliebiger Besucher. Mit ruckartigen Bewegungen zog sie die Rollos hoch und kniete sich dann mit leise krachenden Gelenken vor den Kamin, um Feuer zu machen. »Ich sag der Mistress Bescheid«, sagte sie schließlich und sah sich dann aufrecht kränkende Weise im Raum um, als wollte sie sich dessen gesamtes Inventar merken.

Emerald versperrte ihr den Weg. »Wo sind die Kinder?«

»Das weiß ich nicht, ehrlich nicht, Madam. Wahrscheinlich oben bei der Mistress im Zimmer.«

So weit war es also schon gekommen! Mochte es Emerald an äußeren Reizen mangeln, so waren bei ihr doch die Instinkte ihres Geschlechts vollzählig vorhanden. Sie stürmte die Treppe hinauf, und es wäre nicht verwunderlich gewesen, hätte sie sich auf der ihr noch immer fremden ersten Etage erst einmal ratlos und suchend umgeblickt, doch mit untrüglichem Gespür steuerte sie auf die gefirnisten Paneele, auf das teilnahmslose, verhaltene Glänzen von Mrs. Moyseys Tür zu. Durch die mütterliche Sorge gerechtfertigt, legte sie ein Ohr ans Schlüsselloch. Zuerst vernahm sie die hohen, quengelnden Stimmen ihrer Kinder, dann war es kurz still, dann stöhnte jemand beschwichtigend, dann quietschte die von einem Gewicht befreite Federung eines Polstersessels, dann bewegte sich die imposante Mrs. Moysey zaudernd und zerstreut – oder hatte sie sich etwa nicht mehr unter Kontrolle? – unüberhörbar im Zimmer hin und her. Ein paar angstvolle Augenblicke lang lauschte Emerald angestrengt, dann klopfte sie: *tock-tock-tock*. »Wer ist da?« fragte drinnen eine gedämpfte Stimme. *Tock-tock-tock*. Emerald ließ nicht locker. »Nun, was ist denn?« *Tock-tock-tock*.

Mrs. Moysey auf der anderen Seite blieb heftig atmend dicht an der Tür stehen. Mit einem gurgelnden Geräusch holte sie tief Luft und hielt den Atem an. So belauschten sich die beiden Frauen ein Weilchen gegenseitig. Dann, ermutigt durch eine Fehleinschätzung von Emeralds Schweigen, schob Mrs. Moysey verstohlen den Riegel zurück. Emeralds Finger waren derweil zum Türknauf gekrochen, den sie nun mit einer raschen Bewegung drehte, während sie sich zugleich mit ihrem ganzen Gewicht gegen die Tür warf. So brach sie ins Zimmer, prallte seitlich von Mrs. Moysey ab und warf einen Wandschirm um, der den Blick auf das Zimmer versperrte.

Emeralds Kinder blickten zu ihr auf. Sie saßen inmitten einer bunten, wie von einem Erdbeben verwüsteten Spielzeugstadt. Vom Auftreten der Mutter erschreckt, wandten sie sich zur Flucht; vergoldete, geblümte und mit bunten Bildern geschmückte Schachteln, aus nachgiebigem Pappkarton gefertigt, wurden unter ihren panischen Schritten zermalmt. Wie ein gestürztes Herrscherpaar räumten die beiden Kleinen ein aus Pralinenschachteln erbautes Reich. Eine Art Straßensystem aus Stoffbändern schlängelte sich über den Teppich; ein runder Deckel, auf dem der Kopf einer Miezekatze abgebildet war, die durch ein Hufeisen hindurchblinzelte, rollte auf Emerald zu, drehte sich zu ihren Füßen noch ein paarmal um die eigene Achse und blieb dann still liegen. Die Schachteln waren allesamt sehr künstlerisch und auffallend gestaltet: Blütenpracht oder Zoo-Szenen, Drachen, umrahmt von frei erfundenen Ornamenten, eine Darstellung des Angelus-Gebetes und der Lady Hamilton, in volkstümlicher Manier ausgeführte Mädchenköpfe, der Tower von London im Mondschein, Jagdszenen, der Prinz von Wales, der *Monarch of the Glen* – solche und viele andere Schachteln, prunkvoll und doch zurückhaltend beschriftet, waren zu Türmen und Brücken übereinandergestapelt oder so nebeneinander gelegt, daß sie ein Muster bildeten. Andere, ausgesondert oder auf ihre Verwendung wartend, lagen in wahllosem Durcheinander herum.

»Oh, Sie sind das, Emerald?« brachte Mrs. Moysey schließlich hervor. »Haben Sie es wirklich so eilig?«

Emerald fühlte sich dem Zusammenbruch nahe. Die brave kleine Frau fühlte sich wie nie zuvor betrogen und mit Füßen getreten. Lange rang sie vergeblich um Fassung, und ihr war klar, daß sie Mrs. Moysey diesen Verrat niemals verzeihen würde.

»Ich bin hergekommen, um Ihnen mitzuteilen«, sagte sie schließlich mit vor Kränkung tonloser Stimme, »daß ich Leslie heute morgen gefunden habe. Ich dachte mir, es ist gut, wenn Sie das wissen.«

»Tatsächlich? Nun, das freut mich«, erwiderte Mrs. Moysey distanziert. »Ehrlich gesagt«, fuhr sie fort und staunte selbst darüber, daß sie ärgerlich war und daß sich diese Verärgerung in ihr noch mehr breit machte, »haben Sie mir einen ganz schönen Schrecken eingejagt. Ich bin nicht sehr kräftig, und eigentlich hatte ich gedacht, daß Sie das wissen. Sie haben auch den Kindern Angst gemacht... Na kommt, meine kleinen Lieblinge, ist ja alles gut... Nicht weinen, Daphne, meine Süße... Das ist doch eure Mammi! Komisch, nicht? Sie hat euch überrascht, eure Mammi, versteht ihr? Mammi ist einfach reingekommen und hat ›Kuckuck‹ gerufen, jawohl, Kuckuck hat sie gerufen.«

Mit einer für eine Großtante erstaunlichen Behendigkeit ließ sich Mrs. Moysey auf die Knie nieder, mitten zwischen die zerstreuten Spielsachen, und breitete die Arme aus. Die Kinder flogen ihr geradezu entgegen, von Schluchzern geschüttelt verbargen sie die kleinen Gesichter an ihrer Brust. Ähnlich wie ein Vogel Strauß den Kopf in den Sand steckt, wühlten sich hier nun ein blondes und ein schwarzes Köpfchen immer tiefer in die leuchtend rote Geborgenheit dieses ausladenden Busens. Mrs. Moysey schlang mit der resoluten Gebärde der Beschützerin die Arme um die Kinder und fing an, sachte und behutsam in den Kniegelenken hin- und herzuschaukeln. »Ja, ja, Daphne, ist ja alles gut«, sagte sie. Daphne äugte verstohlen über die schützende Schulter, erblickte Emerald, die eine Hand nach ihr ausstreckte, duckte sich rasch wieder und verdoppelte ihr angstvolles Gegreine.

»Ich fürchte, Sie müssen sich noch eine oder zwei Minuten gedulden«, sagte Mrs. Moysey. »Die Kinder fürchten sich noch sehr vor Ihnen. Ich kenn mich mit ihnen aus, das sehen Sie ja selbst.«

»Was ist das für eine Art, mit einer *Mutter* zu reden!« ereiferte sich Emerald.

Mrs. Moysey hockte mit gesenktem Kopf da und war ganz in die Aufgabe versunken, zu streicheln, besänftigende Worte zu murmeln, mit einem Taschentuch Tränen abzutupfen, Küsse zu verteilen und wiederum zu tupfen.

»Sie müssen in einer ganz üblen Verfassung sein«, fuhr Emerald fort. »Noch nie haben sie sich mir gegenüber so aufgeführt!« Über ihre Sprößlinge entrüstet, die sich wie Christen in der Arena aneinander kauerten, nahm sie in einiger Entfernung Platz und machte sich daran, die Pralinenschachteln zu zählen. Als sie bei achtundfünfzig angekommen war, fiel ihr auf, daß die Türen des Kleiderschranks offenstanden, und daß in den Fächern eine noch weitaus größere Anzahl von Schachteln übereinander gestapelt war. Resigniert gab sie auf. Alles wirkte hier so gemütlich: ein geräumiger Sessel – nur einer, in dem man behaglich ohne Korsett sitzen und sich frei fühlen konnte, ohne den Drang, in der unangenehmen Verschnürung ziellos herumzulaufen und sich dabei die ganze Zeit nach Bequemlichkeit zu sehnen –, ein Tisch mit einem Stapel dicker Schreibhefte, ein weißes, vom Kaminfeuer überglänztes Bärenfell, ein zylindrischer Hocker am anderen Ende des Bettvorlegers, und auf diesem Hocker noch eine von diesen Schachteln – ohne Deckel und durchaus nicht leer. Sie war ungefähr so groß wie ein Suppenteller, und von ihrem Inhalt fehlte nur ein rundes Dutzend Pralinen; der Rest war sehr hübsch so angeordnet, daß sich die Umrisse einer Rose ergaben. Auf Emerald wirkten diese Süßigkeiten wie etwas, das sich gewisse sittenlose Damen von ihren steinreichen Ehemännern schenken lassen. Diese Pralinen waren also gerade an der Reihe, verzehrt zu werden! Bestimmt würde bald keine einzige mehr von ihnen übrig sein. Emerald prüfte sich selbst in Gedanken und testete jede eventuelle Schwachstelle, dann wanderte ihr Blick zurück zum Kleiderschrank und zu der Spielzeugstadt auf dem Fußboden.

»Haben Sie die etwa alle gegessen, Tante Moysey?« fragte sie mit der Schlichtheit eines Rotkäppchens.

Tante Moysey blickte über die Köpfe der Kinder hinweg zu ihr auf. »Nun, ja, ich glaube schon. So nach und nach...« Sie umfaßte all die Schachteln mit einem Blick, aus dem Staunen und unverhohlene Genugtuung sprachen.

Emeralds angespannte Erwartung verlangte anscheinend nach weiteren Stellungnahmen.

»Im Lauf der Zeit kommt einiges zusammen, wie es scheint«, fuhr Mrs. Moysey fort. Allmählich kam sie in Fahrt und legte eine gewisse Unbekümmertheit an den Tag. »Ich werfe eben die Schachteln nicht fort. Sie sind so kunstvoll, finde ich. Da, schauen Sie sich beispielsweise diesen Sonnenuntergang an! So etwas würden Sie als Bild in einer Galerie nicht einmal für teures Geld kaufen können. Eine ganz schöne Kollektion hab ich im Lauf der Jahre zusammen-

bekommen, nicht wahr? Glauben Sie mir, ich schau sie mir sehr oft an.«
»Haben Sie sie Leslie gezeigt?«
»Oh, nein! Ich meine, er hätte mich nur für ziemlich töricht gehalten, verstehen Sie? Anscheinend haben Männer für solche schönen Dinge nicht so viel übrig wie wir Frauen. Was meinen Sie?«
»Keine Ahnung. Ich hab so was nie gehabt – ich meine solche schönen Sachen.«
»Ich weiß, ja, ich *weiß*«, sagte Mrs. Moysey. »Aber genau das macht es mir ja so schrecklich schwer, meine kleine Schwäche einfach zu genießen. Genau deshalb schäme ich mich so. Denken Sie nur an all die kleinen Kinder, die überall in der Welt verhungern! Wenn ich an sie denke, weiß ich kaum noch, was ich tun soll.«

Ihre, die inzwischen zu weinen aufgehört hatten, zappelten und strampelten an ihrer Brust herum. Mrs. Moysey öffnete die Arme und ließ sie frei, behielt sie aber noch ein paar Sekunden lang im Auge. Dann schaute sie zur Mutter der Kleinen auf, und in ihrem Blick lag etwas verblüffend Klares und Persönliches, als offenbarte sich blitzartig durch all die umständliche Geheimnistuerei hindurch ihr wahres Ich, so wie man manchmal in dichtem Unterholz plötzlich einen Blick auf einen seltenen, scheuen Vogel erhascht. Ihr Blick prallte von Emeralds hartem, vor lauter Denken kaltem Gesicht ab. Dennoch kostete sie, vielleicht zum ersten Mal, die Süße des Selbstverrates.

»So wenige Menschen würden mich verstehen«, fuhr sie fort. »Das klingt doch schrecklich, nicht? Für mich wäre es schlimm zu wissen, daß andere Leute – Leslie oder Sie oder die Nachbarn – schlecht über mich denken. Ich bin immer sehr vorsichtig gewesen. Das Wunderbare an Kindern ist, daß sie verstehen, nicht wahr? Bobby und Daphne machen einfach alles mit – sogar aus meinem Buch lese ich ihnen vor.«

»Oh, Sie können aber nicht von ihnen erwarten, daß sie *das* verstehen, fürchte ich. Sie schreiben also ein Buch?«

Mrs. Moysey warf Emerald von der Seite einen Blick zu. Es war, als duckte sich der Vogel irgendwo im Dickicht, bevor er mit einem seltsamen Schrei aufflog.

»O ja, ich hab schon eine ganze Menge geschrieben, sozusagen meine Lebensgeschichte – nein, eigentlich ist es nicht mein Leben, das wäre nicht interessant genug. Ich hab die Dinge hier und dort ein bißchen zurechtfrisiert. Es gibt im Leben so viele Momente, wo man um ein Haar... Ehrlich gesagt finde ich nichts dabei, sich über solche Dinge auszulassen – was ist denn schon das Leben als solches, wenn man genauer hinschaut? Natürlich lasse ich auch manches weg. Man erwartet ja auch nicht unbedingt, daß einem jemand in seinem Buch von seinen Verdauungsproblemen erzählt... Daph und Bobby mögen die Geschichte jedenfalls, sie hören immer ganz gespannt zu –«

Hier mußte Mrs. Moysey abbrechen, denn Emeralds Mangel an Aufmerksamkeit wirkte auf sie genauso, als hätte ihr jemand das Wort abgeschnitten. Der Blick der jungen Mutter, völlig illusionslos, aber von ihrem Sinn fürs Praktische geschärft, hatte wieselflink das Taschentuch entdeckt, das, nachdem es soeben noch mit tantenhafter Fürsorge verwendet worden war, nun von den Rockfalten halb verdeckt auf Mrs. Moyseys Schoß lag. Dieses Taschentuch war zerknüllt, feucht und hatte klebrige, hellbraune Flecken. Mrs. Moysey stutzte und blickte ebenfalls auf das Taschentuch hinab. Emeralds Blick wich seitwärts aus. Ihre Kinder hatten sich mit verweinten Gesichtern darangemacht, die Stadt wieder aufzubauen. Daph packte den Prinzen von Wales auf das Angelus-Gebet, aber Bobby schubste ihn wieder herunter. Die Kinder fauchten sich an. Dicke braune Flecken, die von ihren verschmierten Mündern stammten, waren durch Mrs. Moyseys Getupfe über die kleinen Gesichter verteilt worden. Ein dünnes, bräunliches Rinnsal aus flüssiger Schokolade zog sich über Daphs Jäckchen.

»Was haben Sie ihnen gegeben?« rief Emerald. »*Wieviel von dem Zeug haben sie gegessen?*« Es folgte ein entsetztes Schweigen, dann das hohle Geräusch übereinanderpurzelnder Schachteln. Die Kinder tauschten zuerst einen Blick, dann schauten sie zu ihrer Tante auf. Stummes Einvernehmen verband diese drei Menschen miteinander, und Emerald blieb endgültig draußen, als wäre ihr eine Tür vor der Nase zugeschlagen worden. Sie zitterte am ganzen Körper. Ihre knochigen Hände, im Schoß gefaltet, bebten, und dieses Beben erfaßte jetzt auch ihre Schultern, deren Haltung in mitleiderregender Weise die ganze Entrüstung einer ehrbaren Frau ausdrückte. Mit einer ruckartigen Bewegung warf sie den Kopf in den Nacken, als wäre ihr von hinten ein Lasso um den Hals geworfen worden.

»Das hab ich ihnen nie erlaubt! Sie *wissen*, daß das nicht erlaubt ist! Und *Sie* wissen auch, daß es nicht sein darf! Kein Wunder, daß sie krank und vergiftet sind und nicht einmal ihre eigene Mutter wiedererkennen. Verkauft worden bin ich!« sagte Emerald bedächtig. »Jawohl, verkauft worden bin ich!«

Es gab anscheinend wirklich niemanden, dem sie trauen konnte.

»Seien Sie still!« entfuhr es Mrs. Moysey, doch dann schlug sie voller Entsetzen beide Hände vors Gesicht.

»Gestohlen hat man sie mir!« sagte Emerald. »Man hat mir meine eigenen Kinder gestohlen!«

Mehr sagte sie nicht, aber ihre rechtschaffene Empörung, die durch den Mangel an Wortgewandtheit noch schlimmer wurde, türmte sich im Zimmer zu einer Woge auf, die sie selbst zwergenhaft klein erscheinen ließ, und als würde diese Welle gleich donnernd alles unter sich begraben, streckten beide Frauen die Arme nach den bedrohten Kindern aus.

Von Panik erfaßt kamen die Kleinen torkelnd auf die Beine, schauten erst hierhin, dann dorthin, stürzten sich schließlich einmütig mit gesenktem Kopf in Mrs. Moyseys Schoß und klammerten sich dort voller Verzweiflung, hätte man meinen können, grapschend fest.

»Das ist...«, begann Emerald leise, fast zärtlich, und gleich darauf entrangen sich ihr die glucksenden Geräusche trockener Schluchzer.

Wirklich, man hätte meinen können, daß es für ehrbare Frauen in dieser Welt keinen Platz und keine Heimat mehr gibt.

Mrs. Moysey, diese höchst unfreiwillige Siegerin, zog die Kleinen einerseits halb an sich, weil deren Mutter sie so erschreckte, und schob sie andererseits auch halb von sich fort, weil die Mutter so einsam war. Die arme Mrs. Moysey, diese halbherzige Genießerin, wußte nicht, wohin sie schauen sollte...

Die Crans

erberts Füße waren durch das lange Herunterbaumeln in der Straßenbahn vor Kälte in den Stiefeln abgestorben; so trampelte er denn mit diesen ›Särgen‹ auf den blau-beigen Mosaikkacheln herum. Bei den Crans waren die Kleiderhaken in der Garderobe zu hoch angebracht. Onkel Archer half ihm und hängte seine Matrosenmütze mit der Aufschrift *HMS Terrible* über einen karierten Ulster. Tommy Cran, eine eindrucksvolle Erscheinung, lehnte derweil im Flur schräg an der Wand. »Nun komm schon!« rief er voller Ungeduld. Man hätte fast meinen können, daß auch er sich gerade zu dieser Weihnachtsparty, von der niemand auch nur einen Augenblick versäumen wollte, eingefunden hatte.

Jetzt kam Mrs. Cran von irgendwo herbeigeschwebt, mit kleinen runden Ruderbewegungen teilte sie die festliche Gesellschaft – in Spreu und Weizen. Ihre Ärmel rutschten in tausend Rüschen über ihre Ellbogen. Sie ergriff Onkel Archers Rockaufschläge, um sich aber gleich wieder aus seinem Bannkreis zu lösen und davonzuschweben. Onkel Archer küßte jedoch nach einem prüfenden Blick auf ihren Mistelzweig geräuschvoll ihr zartes rosa Zuckergesicht. »Ha!« rief Tommy und zückte einen unsichtbaren Dolch. Herbert lachte verlegen.

»Denkt nur, Nancy hat schon vor dem Tee alle Knallbonbons losgehen lassen! Ziemlich ungezogen von ihr, aber hinter dem Piano sind ja noch mehr... Ah, ist das der kleine Herbert? Herbert...«

»Ganz richtig, danke«, sagte Herbert und gab ihm widerstrebend die Hand. Dies war sein erster Weihnachtstag ganz ohne Vater; die Neuigkeit war ihm vorausgeeilt. Er hatte sich von seiner Mutter, die sehr tapfer war mit ihrem Stechpalmenkranz, an der Straßenbahn zum Friedhof verabschiedet. Sie und Vater würden diesen Weihnachtsnachmittag zusammen verbringen.

Mrs. Cran beugte sich mit glitzernden Augen zu ihm herab und hob ihn mit dem kraftvollen Schwung eines Engels hinauf in den Trubel. »*Schöne Nancy!*« Ja, er schwärmte für Nancy. Mittlerweile hatten bestimmt alle die Papierhütchen auf. Mrs. Cran stieß eine weiße Tür auf und eilte mit Herbert in einen anderen Raum.

Das Zimmer, in dem sich alle versammelt hatten, schien wie aus Glas gefertigt, es fing das ganze Tageslicht ein. Die Kerzen warteten. Über dem Garten hing noch der Tag wie eine rosa Fahne. Jenseits der Bäume, die gefrorenen Federn glichen, der verzauberte vereiste See und der weite Rasen; in der Fensternische ein Tisch. Als Herbert hereingebracht wurde, schlug eine Uhr vier. Die zahlreichen Herren und vergnügten Damen lehnten sich zurück. Herbert und Nancy sahen sich ernst an.

Er erblickte eine feierliche Nancy mit einer Krone auf dem Kopf, denn sie war heute die Königin. Jemand schubste ihn vor. Er ging um den Tisch herum und setzte sich linkisch neben sie.

Sie sagte: »Wie geht's dir? Hast du unseren See gesehen? Er ist ganz zugefroren. Sag, hast du ihn vorher schon mal gesehen?«

»Ich war noch nie hier.«

»Hast du unsere beiden Schwäne gesehen?«

Sie war so schön mit ihren Ringellocken, die das Licht noch runder erscheinen ließ, und mit ihren von einem Spitzenkleidchen bedeckten Schultern, daß er ziemlich schroff erwiderte: »Ich hätte nicht gedacht, daß euer See groß genug ist für zwei Schwäne.«

»Das ist er aber«, sagte Nancy. »Er geht rings um die Insel herum, und er ist sogar groß genug für ein Boot!«

Um die Weihnachtstorte versammelt, wartete man darauf, daß der Tee serviert würde. Mrs. Cran schüttelte die Bänder an ihrer Gitarre und begann wieder zu singen. Sehr leise und geheimnistuerisch schlichen Herbert und Nancy zum Fenster. Sie zeigte ihm das gewundene Seeufer. Jetzt konnte er sich vorstellen, wie sich ihr Boot im Sommer durch die Wasserlilien hindurch einen Weg bahnte. Sie wies auch auf das Bootshaus, innen rostrot von einer Lampe erhellt und stabil gebaut. »Wir haben die Lampe für die armen, frierenden Schwäne reingestellt.« (Die Schwäne schliefen tatsächlich daneben.) »Wie alt bist du, Herbert?«

»Acht.«

»Oh, ich bin neun. Spielst du Räuber und Gendarm?«

»Wenn du willst«, sagte Herbert.

»Oh, nicht ich, ich mag es nicht, aber ich kenne Jungs, die es spielen. Hast du viele Geschenke bekommen? Onkel Ponto hat mir

eine Eisenbahn mitgebracht, sie ist wohl eigentlich eher etwas für einen Jungen. Ich könnte sie dir geben – vielleicht.«
»Wie viele Onkels –?« setzte Herbert an.
»Zehn unechte und keinen richtigen! Ich bin adoptiert worden, weil Mammi und Pappi keine Kinder haben. Ich finde das sogar lustiger. Du nicht auch?«
»Ja«, sagte Herbert, nachdem er darüber nachgedacht hatte.
»Geboren werden kann jeder.«
Die ganze Zeit über hatte Nancy nicht aufgehört, ihn ernst und abschätzend anzuschauen. Sie waren beide schon jetzt am Nachmittag müde von dieser ausgelassenen Erwachsenengesellschaft; lieber hätten sie ihre Ruhe gehabt, und obwohl Nancy von zehn Märchenonkeln geliebt wurde und eine Perlenkette trug, während Herbert dick war, Brille trug und sich irgendwie mißgestaltet vorkam, weil alle die Sache mit seinem Vater wußten, waren sie gern beieinander und fühlten sich wohl.
»Nancy, schneide die Torte an!« rief Mrs. Cran, und alle klatschten ihr zuliebe in die Hände. So wurden denn die bunten Kerzen angezündet, und der Garten, dunkel in seiner Verlassenheit, verschwand hinter Vorhängen. Zwei der Onkels stülpten sich Teppichbrücken über und hüpften herum wie Bären und Löwen; die Gesichter der anderen bildeten einen leuchtend roten Kreis um die silberne Teekanne. Mrs. Cran konnte sich nicht entschließen, die Gitarre fortzulegen, und so bemächtigte sich eine zappelige Dame, die schon mehrere Ehen hinter sich hatte, der Teekanne. »Ach, nun laßt das doch!« kreischte sie und wehrte die Hände mehrerer Herren ab, die sie um die Taille fassen wollten. Und all die anderen lehnten mit den Schultern aneinander und lachten vor Freude darüber, daß sie bei Tommy Cran eingeladen waren. Ein Dutzendmal verging jeder vor Lachen und kam wieder zu sich – Gespenster mit noch röteren Köpfen. Teetassen schwirrten die Kette der Hände entlang. Nancy, die nun, um die Torte anzuschneiden, sehr aufrecht stand, sah aus wie eine Puppe, die senkrecht in ihrem Pappkarton angeheftet ist und fast darauf zu warten scheint, vornüberzufallen und die zarten Finger zu brechen, wenn man nur hinten die Schnur durchschneidet.

»Oh je!« seufzte sie, während das Messer über den Zuckerguß glitt, aber niemand außer Herbert hörte das, denn jemand, der sie in ihrem weißen Kleid vor diesem Palast von einer Torte stehen sah, intonierte: »Es lebe die Braut!« Und ein gewisser Onkel Joseph, der seinen Tee in der Tasse hin- und herschwappen ließ, starrte sie unablässig aus wässrigen Augen an. Aber niemand außer Herbert sah das.

»Nach dem Tee«, flüsterte sie, »gehen wir zum See.« Und das taten sie, während die Großen Verstecken spielten. Als Herbert einmal kurz zum Fenster zurückblickte, sah er die Onkels den kichernden Tanten nachjagen. Es war nicht kalt auf dem See. Nancy sagte: »Ich habe nie an Feen geglaubt – du auch nicht?« Sie erzählte ihm, sie habe einen weißen Muff bekommen und wolle Organistin werden, mit einer eigenen Orgel. Nächsten Monat werde sie nach Belfast fahren, um auf einem Wohltätigkeitsfest zu tanzen. Sie sagte auch, sie könne ihm die Eisenbahn doch nicht schenken, aber sie wolle ihm statt dessen etwas geben, an dem sie sehr, sehr hänge: ein Schmuckstück, ein Windspiel aus rosa Glas...

Als Onkel Archer und Herbert sich zu Fuß zur Endhaltestelle der Straßenbahn aufmachten, war die Party gerade auf ihrem Höhepunkt. Um das Piano im Salon versammelt, sangen die andern: »Hört die Fanfare!« Nancy saß auf Onkel Josephs Knien, und zwar nicht nur aus Höflichkeit.

Onkel Archer wäre am liebsten auch noch nicht nach Hause gegangen. »Das war ein nettes kleines Mädchen, nicht?« sagte er.

Herbert nickte. Da fragte der Onkel, froh darüber, daß der kleine Kerl letztlich doch kein so trostloses Weihnachtsfest gehabt hatte, beherzt weiter: »Hast du ihr einen Kuß gegeben?« Herbert sah ziemlich verdutzt drein. Um die Wahrheit zu sagen, war ihm das nie in den Sinn gekommen.

Er küßte Nancy erst viel später; sein Tod sollte sogar indirekt durch ihren Verlust verursacht werden; ihre Beziehungen waren jedoch nie leidenschaftlich, und er war ihr nie näher als hier am See unter den fröhlich leuchtenden Fenstern. Herberts Mutter kannte Onkel Archers lebenslustige Freunde nicht. Sie hatte schon immer ein ruhiges Leben vorgezogen, und als sich ihr Bedürfnis nach

Tröstung immer mehr legte, sahen sie und Herbert immer weniger von Onkel Archer; sie sahen ihn eigentlich so selten wie eh und je. So kam es, daß Herbert jahrelang nicht mehr abgeholt und quer durch Dublin zu dem Haus am See gebracht wurde. Einmal sah er Nancy, wie sie mit ihrem weißen Muff einen Laden betrat, aber er blieb wie angewurzelt stehen und lief ihr nicht nach. Ein andermal sah er Mrs. Cran draußen in Stephen's Green, wie sie den Enten Bonbons zuwarf, aber er ging nicht zu ihr hin; es gab nichts zu sagen. Er wurde zur Schule geschickt, wo er unter Qualen lernte, einigermaßen ungezwungen mit den anderen Jungen umzugehen. Sein Sehvermögen besserte sich nicht, und es hieß, er müsse sein Leben lang eine Brille tragen. Jahre danach – Herbert war inzwischen dreizehn –, gaben die Crans jedoch eine Tanzparty und vergaßen ihn nicht. Er tanzte einmal mit Nancy. Sie war schweigsamer als früher. Immerhin fragte sie ihn: »Warum bist du nie wieder zu uns gekommen?« Er konnte es ihr nicht erklären, trat ihr auf die Zehen und tanzte schwerfällig weiter. Ein Lampion fing Feuer, und in dem allgemeinen Durcheinander verlor er sie. Am selben Abend sah er Mrs. Cran in Tränen aufgelöst im Wintergarten. Nancy hatte die Arme um sie geschlungen, sie preßte ihren Kopf mit den herabbaumelnden rosa Bändern an Mrs. Crans Schulter – oder vielleicht auch Mrs. Crans Schulter an ihren Kopf. Bald war alles wieder in Ordnung, und Mrs. Cran sang mit lauter Stimme das Lied ›Sir Roger‹, aber Nancy hatte sich plötzlich wie ein Geist in Luft aufgelöst. Eine Woche später bekam er einen Brief:

Bitte treffe Dich mit mir zum Tee bei Mitchell; ich brauche unbedingt Deinen Rat.

Sie war fahrig und unkonzentriert; sie war nach Dublin gekommen, um ihre goldene Armbanduhr zu verkaufen. Die Crans hatten all ihr Geld verloren. Fairerweise hätte man auch nicht erwarten können, daß sie es für immer behielten: Sie waren großzügige, lebenslustige Leute. Nancy überlegte angestrengt, was jetzt zu tun sei. Herbert lief mit ihr von Juwelier zu Juwelier, aber man empfing sie lachend und hatte nichts als freundliche Redensarten parat. Ihr Gesicht mit den zarten schönen Augenbrauen nahm unter der Pelzmütze einen tragischen Ausdruck an. Es regnete pausenlos. Mit ungläubiger Miene blickten Herbert und sie in all die erwachsenen Gesichter. Sie fragten sich, wie weit man sich ins Leben vorwagen konnte, ohne zu verzweifeln. Am Ende gab ihnen ein Mann unten am Hafen achteinhalb Shilling für die Uhr. Herbert hatte inzwischen acht Shilling von seinem Taschengeld für das Taxi ausgegeben, aber sie hatten trotzdem durchweichte Schuhe. Durch das Fenster sahen sie verblüfft mit an, wie Tommy Cran draußen aus einem Wagen sprang und wohlgemut im ›Shelbourne‹ verschwand. Später stellte sich heraus, daß er irgendwo Geld aufgetrieben hatte. Das sah ihm ähnlich.

Jedenfalls verkauften sie das Haus mit dem See und zogen in ein dekoratives Schloß an der Dublin Bay. Die Gegend war grau und das Licht am Meer eher spärlich, aber es gab eine heitere Terrasse mit großen Töpfen voller Geranien, eine prächtige Freitreppe mit einer verschnörkelten Balustrade – und all den grandiosen Stuck! Hier spielte eine Kapelle zu den Nachmittagspartys auf, und hier – sie waren zwanzig und einundzwanzig – fragte er sie, ob sie ihn heiraten wolle.

Ein Mops, mit Glöckchen am Hals, lief bimmelnd auf der Terrasse herum. »Oh, ich weiß nicht recht, Herbert, wirklich, ich weiß es nicht.«

»Meinst du, du liebst mich nicht?«

»Ich weiß nicht, wen ich liebe. Alles müßte so anders sein, Herbert, und ich weiß überhaupt nicht, wie wir jemals *leben* sollen! Wir kennen anscheinend schon alles. Aber es muß doch etwas geben, das wir noch nicht kennen, oder?« Sie schloß die Augen. Sie küßten sich, ernst und suchend. Wie er sie so in den Armen hielt, fühlte sie sich weich und füllig an. Berühren konnte er sie nicht. Das lag an dem wunderschönen Pelzmantel, einem Überraschungsgeschenk von Tommy Cran, der es liebte, bei freudigen Gelegenheiten Geschenke zu machen. Sie wollten nämlich demnächst an die Riviera reisen. In vier Tagen sollte es an Bord gehen. Nancy und Mrs. Cran hatten noch eine Menge Einkäufe zu erledigen, sie mußten noch viel von Tommy Crans Geld ausgeben, denn er liebte es, wenn sie beide elegant aussahen. Eine letzte Party war noch zu feiern, bevor sie ihr Haus verließen. Mrs. Cran kam kaum vom

Telephon weg. Unterwegs, in London, wollten sie im Euston Hotel *noch* eine Party geben.
»Wie könnte ich sie verlassen?« fragte Nancy. »Ich muß mich um sie kümmern.«
»Weil sie nicht deine richtigen Eltern sind?«
»Oh, nein«, sagte sie mit vorwurfsvollem Blick, aber sie wußte, daß sein Unverständnis nur seiner Erbitterung entsprang. »Ich muß auf jeden Fall für sie da sein, egal, wer ich bin. Sie sind nun mal so, verstehst du?«

Die Crans kamen lustlos und niedergeschlagen von der Riviera zurück, und sie gaben nicht mehr Feste als unbedingt nötig. Als Reminiszenz an den Midi brachten sie an allen Fenstern des Schlosses sonnengelbe Vorhänge an und wappneten sich auch sonst gegen die Verzweiflung. Ihre Freunde machten sie warnend darauf aufmerksam, sie seien ruiniert, und das waren sie tatsächlich, doch gab es herzerfrischende Abende voller Trost. Nach einem solchen Abend weinte Mrs. Cran beim kummervollen Erwachen leise in Nancys Armen, und Tommy hielt sich schweigsam zurück. Von Nancy hatten sie eine hohe Meinung, sie richteten sich an ihrer Zuversicht auf. Nancy wußte, daß alles wieder in Ordnung kommen würde, sie versicherte ihnen, daß sie die besten Menschen seien, glücklich und beliebt: »Seht nur, wie das *Leben* immer wieder zurückkehrt und euch um Verzeihung bittet!« Um es ihnen vollends zu beweisen, fand sie sich mit dem viele Tausend Pfund schweren Jeremy Neath ab – damit die Welt sah, wie glücklich sie war. Ja, alle Welt sollte sehen, daß Tommy Cran mit Frau und Tochter das Glück gepachtet hatte. Herbert gab sie keinerlei Erklärung. Im Namen der Crans erwartete sie von ihm alles.

Nancys scheinbarer Höhenflug lenkte die beiden Crans von der Erfahrung ihres eigenen Ruins ab. Sechs Monate lang sahen sie in ihr die Königin einer nicht endenwollenden Weihnachtsparty, bis sie selbst zusammenbrachen, pompös und prachtvoll wie ein Weltreich. Da kam Nancy, um sie mit hinüber nach England zu nehmen, wo ihr Mann für Tommy einen kleinen Posten besorgt hatte, eine Art Vorwand für eine Pension. Lange hielt es Tommy da jedoch nicht aus, er hatte schon einen Plan, eine Mordssache, eine todsichere Geschichte: Man müsse nur hundert Leute anschreiben und ein paar Pfund lockermachen. An jenem letzten Abend lief er mit den Prospekten in der Hand herum, treppauf, treppab in einem Schloß, das ihm nicht mehr gehörte, und in dem es nicht einmal mehr Teppiche gab. Er bot Herbert an, in die Sache einzusteigen: Er wolle dafür sorgen, daß Herbert doch noch ein reicher Mann werde.

Herbert und Nancy gingen im Dunkeln auf der Terrasse spazieren. Sie sah kränklich und müde aus. Sie erwartete ein Kind.

»Als ich dich fragte, ob du mich heiraten willst«, sagte er, »hast du mir nicht geantwortet, und die Antwort steht noch immer aus.«

Sie erwiderte: »Es gab keine Antwort darauf. Wir hätten uns nie lieben können, aber wir werden uns immer liebhaben. Wir sind wie Verwandte.«

Herbert, dieser schwerblütige Mensch, jung und doch nicht jung, ging neben ihr her, alle Verzweiflung hinter sich lassend. Er wollte keinen Frieden, er wollte ein Schwert. Immer wieder kehrte er zu jenem einzigartigen Augenblick der Fremdheit zurück, damals, bevor sie als kleines Mädchen zu ihm gesprochen hatte, und bevor er, von all dem Gelächter verwirrt, begriffen hatte, daß auch sie schweigsam war.

»Du hast nie gespielt«, sagte er, »oder an Feen geglaubt oder an sonstwas. Ich hätte dir zuliebe jedes Spiel auf deine Art gespielt, und ich hätte gut gespielt. Du hast zugelassen, daß sie alle Knallbonbons vor dem Tee losgelassen haben, und dabei hätte ich sie selber gern für mich gehabt. An dem Tag, als wir uns bei Mitchell trafen, um deine Uhr zu verkaufen, wolltest du kein süßes Gebäck, obwohl ich dich damit trösten wollte. Du hast mich nie eingeladen, mit dir in deinem Boot um die Insel herumzufahren, aber ich habe mich so danach gesehnt, daß ich fast gestorben wäre. Nicht ein einziges Mal habe ich deine Schwäne wach gesehen. Du enthältst mir alles vor und erwartest von mir Verständnis. Warum sollte ich verstehen? In Gottes Namen, was für ein Spiel spielen wir eigentlich?«

»Aber du verstehst doch?«

»O Gott!« schrie er in hellem Aufruhr. »Ich will nicht! Und jetzt bekommst du ein Kind von einem anderen!«

Mit trauriger Stimme sagte sie in die Dunkelheit hinein: »Da-

mals sagtest du: ›Jeder kann geboren werden.‹ Herbert, du und ich, wir haben mit Kindern nichts zu schaffen. Dies Kind wird bestimmt ein Kind wie die anderen.«
Als sie sich wieder dem Fenster zuwandten, lächelte sie, und in ihrer Stimme lag Zärtlichkeit, doch nicht für ihn. Drinnen, in dem hell erleuchteten, ausgeräumten Zimmer ging das Ehepaar Cran auf und ab, frei und losgelöst voneinander und dennoch wie Liebende. Sie sprachen von dem Vermögen, das sie erwerben wollten, und von dem Kind, das irgendwann geboren würde. Tommy warf sich in die Brust und zeichnete schwungvolle Linien in eine Luft, die ihm nicht mehr gehörte. Vereinzelte, auf rosa Papier gedruckte Prospekte flogen flatternd ins Dunkel. Leute wie die Crans machten eben weiter, für immer und ewig. Ihre Saat ging immer auf.

Maria

»Wir haben selbst Töchter, wissen Sie«, sagte Mrs. Dosely und lächelte warmherzig. Damit schien alles geregelt zu sein. Marias Tante, Lady Rimlade, entspannte sich nun endlich in Mrs. Doselys Sessel, und während sie ihren Blick noch einmal über die wehenden weißen Vorhänge im Salon des Pfarrhauses, über die so lebendig wirkenden Photographien und die von rosa Wicken überquellenden, schlanken Silbervasen schweifen ließ, hatte sie das Gefühl, daß sie Maria diesen wohltuenden Einflüssen ruhig überlassen konnte.

»Es wird bestimmt ganz wunderbar«, sagte sie in jenem sanften, aber bestimmten Ton, mit dem sie schon viele Wohltätigkeitsbasare eröffnet hatte. »Nächsten Donnerstag also, Mrs. Dosely? Nachmittags zum Tee?«

»Ja, das wäre wunderbar.«

»Wirklich *sehr* freundlich von Ihnen«, beendete Lady Rimlade das Gespräch.

Maria konnte den beiden Damen nicht beipflichten. Das schmollende Gesicht unter der Hutkrempe verborgen, saß sie da und machte Knoten in ihre Handschuhe. Aha, dachte sie, jetzt muß sie für mich bezahlen.

Maria machte sich ziemlich oft Gedanken über Geld; sie hatte kein Verständnis für das Getue, das andere Leute darum machten, denn sie genoß es, ein reiches junges Mädchen zu sein. Sie bedauerte nur, daß sie nicht wußte, wieviel sie anderen Leuten wert war. Man hatte sie nach draußen in den Garten geschickt, während ihre liebe Tante ein kurzes Schwätzchen mit der Pfarrersfrau hielt. Den Anfang des Gesprächs, bei dem es um ihren Charakter ging, hatte sie mühelos mitverfolgen können, während sie die verschlungenen Wege zwischen den halbmondförmigen Lobelienbeeten unter dem Wohnzimmerfenster entlanggegangen war. Doch gerade, als die beiden Stimmen sich veränderten – die eine nahm einen noch unbekümmerteren, die andere einen sehr, sehr unsicheren Klang an –, war Mrs. Dosely ans Fenster getreten und hatte es mit einer Geste absoluter Geistesabwesenheit geschlossen: Maria war endgültig ausgesperrt.

Maria besuche eines jener bequemen Internate, in denen für alles gesorgt sei. Sie habe (das hatte sie ihre Tante Ena soeben Mrs. Dosely erklären hören) keine Mutter und sei ein sensibles, manchmal schwieriges und zutiefst in sich gekehrtes Mädchen. In der Schule behandele man sie, einschließlich ihrer leichten Veranlagung zu einer Rückgratverkrümmung und ihrer Abneigung gegen jede Art von Pudding, mit liebevoller Rücksichtnahme. Dort werde sozusagen ihr Charakter »geformt« – später, wenn sie mit der Schule fertig sei, bliebe noch immer Zeit genug, um etwas für ihre Frisur und ihr Aussehen zu tun. Übrigens lerne sie auch schwimmen, tanzen, etwas Französisch, einiges über die harmloseren Aspekte der Geschichte und *noblesse oblige*. Es sei wirklich eine nette Schule. Trotzdem gelinge es ihnen nicht, Maria, wenn sie in den Ferien nach Hause komme, darüber hinwegzutrösten, daß sie ein Kind ohne Mutter sei, und daß man sie weggegeben habe.

Dann war im letzten Spätsommer Onkel Philip aus einer unbegreiflich selbstsüchtigen Laune heraus krank geworden und beinahe gestorben. Tante Enas Briefe wurden während jener Zeit seltener und wirkten immer zerstreuter, und als Maria daheim ankam, eröffnete man ihr, ohne die geringste Rücksicht darauf zu nehmen, daß sie keine Mutter hatte, ihr Onkel und ihre Tante stünden kurz vor der Abreise zu einer Kreuzfahrt; für sie, Maria, werde jedoch »gut gesorgt«.

Dies war leichter gesagt als getan. Alle Verwandten und Freunde der Familie (die behauptet hatten, sie würden alles nur Erdenkliche tun, falls Sir Philip einmal krank wäre), drückten in ihren Antwortschreiben ihr großes Bedauern darüber aus, daß es ihnen gerade jetzt nicht möglich sei, Maria bei sich aufzunehmen, obwohl sie natürlich, hätten es die Umstände erlaubt, nichts lieber als dies getan hätten. »Der eine hat eben seine Farm, der andere sein Geschäft«, meinte Mr. MacRobert, der Pfarrer, als Lady Rimlade bei ihm Rat einholte. Anschließend schlug er seinen Kollegen und dessen Frau, Mr. und Mrs. Dosely aus der Nachbargemeinde Malton Peele, vor. Da Mr. Dosely auch in der Ortschaft Lent Gottesdienste abhielt, fuhr Lady Rimlade hin und sprach mit ihm. Er schien solch ein netter Mensch zu sein, aufrichtig, freundlich und ernsthaft. Seine Frau sei von fast übertriebener Mütterlichkeit, hieß es. Manchmal nehme sie, um besser über die Runden zu kommen, indische Kinder bei sich auf. Diese Doselys, das spürte Marias Tante sofort, entsprachen genau ihren Vorstellungen. Als Maria sich wütend sträubte, senkte sie ihre mondän geschminkten, pinkfarbenen Augenlider und sagte, Maria solle gefälligst aufhören, unartig zu sein. Am nächsten Nachmittag fuhr sie mit ihr und den beiden kleinen Griffons zu Mrs. Dosely hinüber, um ihr einen Besuch abzustatten. Sollte Mrs. Dosely wirklich so liebenswürdig sein, dann könnte man, so dachte sie, auch gleich die Hündchen bei ihr lassen.

»Mrs. Dosely hat mir übrigens erzählt, daß sie selbst Töchter hat«, berichtete Lady Rimlade auf der Heimfahrt. »Es sollte mich nicht wundern, wenn ihr gute Freunde würdet. Und es würde mich auch nicht wundern, wenn ihre Töchter die Blumensträuße gepflückt hätten. Ich fand, die Blumen waren sehr hübsch arrangiert, sie fielen mir gleich auf. Gewiß, ich persönlich mache mir nichts aus solchen kleinen Silbervasen, die die Form von Füllhörnern haben, aber ich finde, daß sie dem Wohnzimmer im Pfarrhaus eine sehr heitere und heimelige Atmosphäre verleihen.«

Maria wählte ihre Worte sehr sorgfältig. »Vermutlich kann man von niemandem, der sich nicht in meiner Lage befunden hat, erwarten, daß er versteht, wie man sich fühlt, wenn man kein Zuhause hat.«

»Ach, Maria, Liebes...«

»Ich kann dir gar nicht sagen, was ich von dem Haus halte, in dem du mich unterbringen willst«, fuhr Maria fort. »In dem kleinen Dachzimmer, das sie für mich bestimmt haben, bin ich auf dem Bett rumgehüpft – es ist steinhart. Vermutlich ist dir bekannt, daß man sich gerade in Pfarrhäusern allerlei Krankheiten holen kann? Aber natürlich werde ich das Beste daraus machen, Tante Ena. Ich möchte nicht, daß du denkst, ich würde mich beschweren. Trotzdem – dir ist sicherlich überhaupt nicht klar, welchen Gefahren ich ausgesetzt sein könnte, stimmt's? Wie oft wird durch Achtlosigkeit das Leben eines Mädchens in meinem Alter einfach ruiniert.«

Tante Ena sagte nichts; sie kuschelte sich ein bißchen tiefer in ihre Reisedecke und senkte die Lider, als wehte ein starker Wind.

Abends, als Mrs. Dosely hinunterging, um die Hühner in den Stall zu sperren, begegnete sie Mr. Hammond, dem Kaplan, der damit beschäftigt war, den Kricketplatz der Pfarrei zu walzen. Er war unermüdlich, und obwohl er sich als Anhänger der Hochkirche orthodoxer gab, als es den anderen lieb war, fand er doch an gewissen Aktivitäten im Freien Gefallen. Die Mahlzeiten nahm er regelmäßig bei den Doselys ein, weil seine derzeitige Hauswirtin nicht kochen konnte, ein junger Mann jedoch kräftig essen muß. Und außerdem waren Mrs. Doselys Töchter noch viel zu jung, als daß man sie als Mutter der Kuppelei hätte verdächtigen können. Auf jeden Fall hielt sie es für besser, wenn er Bescheid wußte.

»Wir sind ab heute bis zum Ende der Ferien eine Person mehr im Haus«, sagte sie. »Lady Rimlades kleine Nichte Maria – sie ist ungefähr fünfzehn Jahre alt – kommt zu uns, solange ihr Onkel und ihre Tante verreist sind.«

»Fein«, entgegnete Mr. Hammond finster. Er haßte Mädchen.

»Es wird bestimmt eine lustige Runde, nicht wahr?«

»Je mehr, desto lustiger, würde ich meinen«, erwiderte Mr. Hammond. Er war ein hochgewachsener junger Mann mit einem ziemlich verdrießlichen Zug um den Mund. Er sagte nie viel, und Mrs. Dosely ging davon aus, daß ihm familiärer Anschluß gut täte.

»Sollen sie nur alle kommen«, meinte Mr. Hammond und wandte sich wieder seiner Arbeit zu. Eine Blechschüssel unter den einen Arm geklemmt und einen Korb über den anderen gehängt, stand Mrs. Dosely am Rande des Spielfeldes und beobachtete ihn.

»Sie schien mir ein nettes kleines Ding zu sein – nicht gerade hübsch, aber mit einem ernsten, charaktervollen Gesichtchen. Ein Einzelkind, wissen Sie. Als ich ihr beim Abschied sagte, daß ich hoffe, sie und Dilly und Doris seien bald unzertrennlich, leuchtete ihr Gesicht richtig auf. Sie hat keine Mutter, wie traurig für sie.«

»*Ich* hatte auch nie eine Mutter«, bemerkte Mr. Hammond und zog die Walze verbissen hinter sich her.

»Ja, ich weiß, aber ich glaube, für ein junges Mädchen ist das noch viel trauriger... Ich fand Lady Rimlade charmant, so ungekünstelt. Ich sagte ihr, daß wir alle hier ein ziemlich einfaches Leben führen und daß wir Maria, falls sie zu uns kommt, wie eine von uns behandeln würden, und da sagte sie, das sei genau das, was Maria gefallen würde... Wissen Sie, altersmäßig liegt Maria exakt zwischen Dilly und Doris.«

Sie brach ab; unwillkürlich mußte sie daran denken, daß Maria in drei Jahren durchaus schon auf ihren ersten Ball gehen könnte. Anschließend stellte sie sich vor, wie sie ihrer Freundin, Mrs. Brotherhood, klagte:»Es ist schrecklich, ich sehe meine Mädchen in letzter Zeit so gut wie überhaupt nicht mehr. Sie sind anscheinend immer drüben bei Lady Rimdale.«

»Wir müssen dafür sorgen, daß sich das arme Kind hier wie zu Hause fühlt«, sagte Mrs. Dosely vergnügt zu Mr. Hammond.

Die Doselys waren daran gewöhnt, anglo-indische Kinder auf den rechten Weg zu bringen. Daher waren sie auch in Marias Fall optimistisch.»Man muß Zugeständnisse an den Charakter jedes einzelnen machen«, war der Leitsatz in dieser warmherzigen Hausgemeinschaft, in der ein ständiges Kommen und Gehen von Kaplanen mit gewissen Neigungen, launischen Bediensteten, unausgefüllten weiblichen Besucherinnen und gelbgesichtigen Kindern ohne Moral herrschte. Maria wurde förmlich erdrückt vom liebevollen Wohlwollen der Familie; sie kam sich vor, als müßte sie gegen eine Daunendecke boxen. Doris und Dilly hatten schon richtige Falten im Gesicht: Sie lächelten immerzu. Maria war sich noch nicht schlüssig, wie sie die beiden wohl am besten ärgern könnte; sie stellten ihren Einfallsreichtum auf die Probe. Was sie nicht wissen konnte, war, daß Dilly sofort bei sich gedacht hatte:»Sie hat ein Gesicht wie ein kranker Affe«, oder daß Doris, die eine von diesen stinknormalen Schulen besuchte, genauso schnell für sich entschieden hatte, es sei für Mädchen ein schockierend schlechter Stil, Diamantarmbänder zu tragen. Doch hatte Dilly diesen unfreundlichen Gedanken sofort bereut (obwohl sie sich dann doch nicht verkneifen konnte, ihn in ihr Tagebuch zu schreiben), und Doris bemerkte bloß:»Was für ein hübscher Armreif! Hast du keine Angst, ihn zu verlieren?« Mr. Dosely fand, daß Maria blendend aussah (sie hatte ein blasses, kleines Gesicht mit eckigem Kinn und säuberlich zurechtgestutzten Ponyfransen über finster zusammengezogenen Brauen), blendend, aber irgendwie abstoßend – an dieser Stelle hüstelte er sozusagen in Gedanken und, indem er sich vorbeugte, fragte er Maria, ob sie bei den Pfadfindern sei.

Maria antwortete, ihr sei der Anblick von Pfadfindern verhaßt, worauf Mr. Dosely herzlich lachte und meinte, das sei schade, denn dann müsse ihr auch der Anblick von Dilly und Doris verhaßt sein.

Beim Abendessen wackelte der Tisch vor Ausgelassenheit. Maria, die in ihrem roten Crêpekleid fröstelte (es war ein regnerischer Augustabend, im Zimmer brannte kein Kaminfeuer, ein Fenster stand offen und draußen schüttelten sich die Bäume vor Kälte), blickte zu Mr. Hammond hinüber, der sich ungerührt und mit abweisender Miene auf seine Portion Käse-Makkaroni konzentrierte. Er fand das alles gar nicht komisch. Maria hatte immer geglaubt, daß Kaplane gern kichern; sie verabscheute Kaplane, gerade *weil* sie kicherten. Auf Mr. Hammond jedoch war sie wütend, weil er überhaupt nicht kicherte. Sie sah ihn eine Weile lang prüfend an, und da er nicht aufblickte, fragte sie ihn schließlich: »Sind Sie ein Jesuit?«

Mr. Hammond (der gerade an den Kricketplatz gedacht hatte) fuhr heftig zusammen, und seine Ohren wurden puterrot; schnell sog er noch eine der röhrenförmigen Nudeln in sich hinein, dann sagte er: »Nein, ich bin kein Jesuit. Warum?«

»Ach, nur so«, gab Maria zurück. »War bloß 'ne Frage. Ehrlich gesagt weiß ich überhaupt nicht, was Jesuiten sind.«

Keiner fühlte sich so recht wohl. Angesichts der Natur von Mr. Hammonds Neigungen hatte die arme, kleine Maria in ihrer Unschuld etwas höchst Unpassendes gesagt. Mr. Hammonds Neigungen waren sehr ausgeprägt, und da er wußte, für wie ausgeprägt die Doselys seine Neigungen hielten, war er in diesem Punkt überaus empfindlich. Mrs. Dosely sagte, sie nehme an, daß Maria Hunde sehr gern möge. Maria erwiderte, sie mache sich nichts aus Hunden, Schäferhunde ausgenommen. Mrs. Dosely war froh, nun Mr. Hammond fragen zu können, ob nicht er es gewesen sei, der ihr einmal von einem Cousin, der Schäferhunde züchte, erzählt habe.

Mr. Hammond bejahte dies. »Aber leider«, fügte er hinzu, wobei er zu Maria hinübersah, »kann ich Schäferhunde überhaupt nicht ausstehn.«

Mit Genugtuung stellte Maria fest, daß sie Mr. Hammonds Haß auf sich gezogen hatte. Das war nicht schlecht für den ersten Abend. Mit der Gabel stocherte sie zuerst in ihren Makkaroni herum, dann legte sie die Gabel recht ungnädig beiseite. Das unverhohlen Gesunde war ihr zuwider – bei Speisen wie bei Menschen. »Dies ist mein drittletztes – nein, mein vorletztes Abendessen in diesem Pfarrhaus«, beschloß sie insgeheim.

Es hatte alles so einfach ausgesehen, es schien immer noch so einfach zu sein, und doch stieg sie fünf Abende später immer noch in das Dachzimmer hinauf, das Mrs. Dosely als »das kleine weiße Nest, das wir für unsere Freundinnen reserviert haben« bezeichnete. Tatsächlich waren die Doselys in gewisser Hinsicht eine ganz neue Erfahrung für Maria, die bis dahin noch nie jemandem begegnet war, der sie mochte, wenn sie nicht gemocht werden wollte. Französische Dienstmädchen und Gouvernanten, deren hohe Entlohnung fast einer Bestechung für ihre Dienste gleichkam, waren sang- und klanglos wieder verschwunden. Maria hatte so etwas herrlich und bemerkenswert Un-Gewinnendes an sich... Dennoch: hier war sie noch immer. Zweimal schon hatte sie ihrer Tante geschrieben, sie könne hier weder schlafen noch essen und befürchte, nicht ganz gesund zu sein. Worauf Lady Rimlade ihr zurückschrieb und riet, über all das ein paar Worte mit Mrs. Dosely zu sprechen. Mrs. Dosely, so betonte sie, sei eine sehr mütterliche Person. Maria erzählte also Mrs. Dosely, sie sei unglücklich und glaube krank zu sein. Mrs. Dosely rief aus, das sei sehr betrüblich, aber um keinen Preis dürfe Lady Rimlade damit behelligt werden – das verstünde Maria doch? Lady Rimlade habe ausdrücklich darum gebeten, mit keinerlei Sorgen belastet zu werden.

»Sie ist ja *so* liebenswürdig!« sagte Mrs. Dosely und tätschelte Marias Hand.

Maria dachte bloß: »Diese Frau ist verrückt.« Mit einem matten Lächeln sagte sie, es täte ihr leid, aber das Tätscheln ihrer Hand verursache bei ihr ein unangenehmes Kribbeln. Ungezogenheiten

Mrs. Dosely gegenüber glichen jedoch einem Stück Butter, das man auf einen heißen Teller legt – es gleitet ab und schmilzt dahin.

In der Tat war in der vergangenen Woche Mr. Hammond Marias einziger Trost gewesen. Sie hatte so überaus großen Gefallen an ihm gefunden, daß er drei Tage nach ihrer Ankunft Mrs. Dosely eröffnete, er nehme nicht an, daß er weiterhin zu ihnen zum Essen kommen werde. Er bedanke sich, aber seine Hauswirtin habe inzwischen kochen gelernt. Maria verstand es dennoch so einzurichten, daß sie ihm häufig begegnete. Sie fuhr mit Doris' Fahrrad ungefähr zehn Meter hinter ihm her durch das Dorf; sie war dabei, wenn er im Kreis des kirchlichen Frauenbundes ein Gebet sprach; sie vergaß nie vorbeizukommen, wenn er auf dem Kricketplatz arbeitete (»Wird Ihnen nicht furchtbar heiß?« fragte sie ihn immer mitfühlend, wenn er sich den Schweiß unter dem Kragen abwischte. »Oder ist Ihnen gar nicht so warm, wie Sie aussehen?«); und nachdem sie gemerkt hatte, daß er jeden Abend um sechs Uhr die Kirchenglocken läutete und dann für ein, zwei Frauen die Abendandacht hielt, kam sie Abend für Abend allein in die Kirche, setzte sich in die vorderste Bank und sah zu ihm auf. Beim Wechselgesang gab sie den Ton an und wartete höflich, wenn Mr. Hammond einmal den Faden verlor.

Heute abend jedoch lief Maria flink und geheimnistuerisch in das kleine weiße Nest hinauf und sperrte die Tür ab, aus Angst, Mrs. Dosely könnte hereinkommen, um ihr einen Gute-Nacht-Kuß zu geben. Jetzt war auch Maria der Meinung, daß Musik die Gedanken beflügeln kann. Die Doselys hatten sie nämlich zur Galavorstellung des Gesangvereins mitgenommen, und dies hatte eine ganz außerordentliche Wirkung auf Marias Phantasie gehabt. Mitten in einem Kanon mit dem Titel »Hinaus in die Berge« war ihr der Gedanke gekommen, daß sie, wenn sie erst aus diesem Pfarrhaus raus wäre, in die Schweiz reisen, dort in einem Palast-Hotel wohnen und ein bißchen Bergsteigen könnte. Sie würde sich eine Pflegerin nehmen, falls sie sich beim Klettern verletzte, malte sie sich aus, und einen Schäferhund anschaffen, um die Hotelgäste zu ärgern. Bei dieser Vorstellung wurde ihr richtig heiß – doch gegen Ende von

»He, Nanni, Nanni!« kam ihr eine noch bessere und weitaus konstruktivere Idee, die die erste völlig in den Schatten stellte. Sie preßte ihr Taschentuch gegen den Mund, gab Dilly, die sie beobachtet hatte, auf diese Weise zu verstehen, ihr könne jeden Moment schlecht werden, und verließ hastig das Schulgebäude. Nachdem sie unbehelligt in ihrem weißen Nest angekommen war, stellte sie den Kerzenleuchter mit einer brüsken Bewegung ab, kramte ihr Briefpapier hervor, fegte ihre Haarbürsten vom Toilettentisch und setzte sich hin, um folgenden Brief zu schreiben:

Liebste Tante Ena! Sicher wunderst Du Dich, warum ich so lange nicht geschrieben habe. Es liegt daran, daß ein ganz wunderbares Erlebnis mich alles andere hat vergessen lassen. Ich weiß kaum, wie ich das alles in Worte fassen soll. Die Sache ist die: Ich liebe einen Mr. Hammond, den Kaplan hier, und er liebt mich auch. Wir sind schon richtig verlobt und möchten bald heiraten. Er ist ein faszinierender Mann und äußerst strenggläubig. Geld hat er keines, aber mir macht es nichts aus, als Frau an der Seite eines armen Mannes zu leben, wozu ich gezwungen sein werde, wenn Du und Onkel Philip mir böse seid, obwohl es Euch vielleicht leid tun würde, wenn ich eines Tages mit meinen kleinen Kindern vor Eurer Tür stünde, um Euch zu besuchen. Wenn Ihr Eure Zustimmung verweigert, werden wir durchbrennen, aber ich bin mir sicher, liebe Tante Ena, daß Du Deiner kleinen Nichte in ihrem großen Glück wohlgesonnen bist. Alles, worum ich Dich von ganzem Herzen bitte, ist, mich nicht von hier wegzuholen. Ich glaube, ich kann nicht mehr leben, ohne Wilfred jeden Tag zu sehen – oder vielmehr jede Nacht, denn dann treffen wir uns auf dem Friedhof und sitzen engumschlungen im Mondschein auf einem Grabstein. Die Doselys wissen noch nichts davon, da ich es für meine Pflicht hielt, Dir als erste davon zu erzählen, jedoch fürchte ich, daß die Leute aus dem Dorf schon etwas gemerkt haben, denn durch den Friedhof führt ein öffentlicher Weg, aber wir wissen nicht, wo wir uns sonst hinsetzen sollen. Ist es nicht seltsam, wie recht ich hatte, als ich sagte, Du seist Dir offenbar überhaupt nicht im klaren darüber, welchen Gefahren Du mich in diesem Pfarrhaus möglicherweise aussetzen würdest? Doch jetzt bin

ich so froh, daß Du mich all dem hier ausgesetzt hast, weil ich nämlich mein großes Glück gefunden habe. Ja, ich bin rundum glücklich, von einem aufrichtigen Mann geliebt zu werden. Lebe wohl, ich muß hier abbrechen, denn der Mond ist aufgegangen, und ich gehe gleich hinaus, um Wilfred zu treffen.
Deine Dich liebende, überglückliche kleine Nichte
Maria.

Maria, restlos zufrieden mit ihrem Werk, schrieb den Brief noch zweimal ab, machte einen Schnörkel unter die hübschere der beiden Abschriften und ging zu Bett. Die spitzenbesetzten Musselinvorhänge in dem weißen Nest bewegten sich sacht in der nächtlichen Brise; der Mond ging auf und warf seinen Glanz auf den Friedhof und die bleichen Nachtkerzen, die den Gartenweg säumten. Keine von Mrs. Doselys Töchtern hätte im Dunkeln zärtlicher lächeln oder unschuldiger einschlafen können.

Mr. Hammond hatte keinen Kalender in seiner Wohnung: Zu Weihnachten schickte man ihm immer so viele, daß er sie alle fortwarf und zuletzt keinen einzigen mehr hatte. Deshalb hakte er die Tage sozusagen im Gedächtnis ab. Drei Wochen und sechs lange Tage mußten noch vergehen, bis Marias Besuch hier zu Ende wäre. Er schloß sich ganze Vormittage lang in seiner Wohnung ein, vernachlässigte seine Gemeinde und schrieb angeblich an einem Buch über Kardinal Newman. Täglich erhielt er Postkarten mit schneeweißen Kätzchen darauf, die durch rosenrote Blumengirlanden sprangen; einmal hatte er sogar einen Blumenkohl auf dem Wohnzimmertisch vorgefunden, zusammen mit einem Zettel, auf dem zu lesen stand: »Von einer Verehrerin.« Mrs. Higgins, die Hauswirtin, vermutete, diese Verehrerin müsse durch das Fenster eingestiegen sein, denn *sie* habe niemanden hereingelassen, und so hielt Mr. Hammond denn seit kurzem sein Fenster verriegelt. Heute morgen, es war der Samstag nach der Galavorstellung des Gesangvereins, saß er über den Tisch gebeugt und schrieb seine Predigt, als plötzlich ein Schatten auf die unteren Scheiben des Fensters fiel. Es war Maria, die da mit ihrem Körper den Lichteinfall blockierte, so daß sie nur schwer etwas im Zimmer erkennen konnte; ihre Nase war weiß und plattgedrückt; ihre Augen rollten wild hin und her, während sie sich bemühten, die Düsternis zu durchdringen. Dann versuchte sie sogar, das Fenster aufzustoßen.

»Verschwinde!« schrie Mr. Hammond und fuchtelte wild mit den Armen, als wollte er eine Katze verscheuchen.

»Sie müssen mich reinlassen, ich hab Ihnen etwas Furchtbares zu erzählen«, rief Maria, die Lippen dicht an der Fensterscheibe. Als er nicht reagierte, ging sie um das Haus herum zur vorderen Tür und wurde von Mrs. Higgins mit der gebührenden Höflichkeit empfangen. Strahlend bat Mrs. Higgins die kleine Dame aus dem Pfarrhaus, die, so sagte sie, gekommen sei, um eine wichtige Nachricht von Mrs. Dosely zu überbringen, ins Haus.

Ihre keck nach hinten geschobene scharlachrote Baskenmütze auf dem Kopf, trat Maria ein, ganz in der Manier einer feschen, eleganten jungen Dame, die sich einen Märchenprinzen angeln will.

»Sind wir allein?« fragte sie laut und vernehmlich und wartete ab, bis Mrs. Higgins die Tür hinter sich geschlossen hatte. »Ich habe überlegt, ob ich Ihnen schreiben soll«, fuhr sie dann fort, »aber da Sie in letzter Zeit so kühl zu mir gewesen sind, hielt ich es für aussichtslos.« Sie stellte sich mit den Absätzen auf das Blech vor seinem Kamin und wippte vor und zurück. »Mr. Hammond, ich warne Sie: Sie müssen Malton Peele sofort verlassen.«

»Ich wünschte, *du* würdest das tun«, entgegnete Mr. Hammond, der dasaß und äußerlich ruhig mit geballtem Widerwillen an ihrem linken Ohr vorbeisah.

»Ich denke, das könnte ich sehr wohl«, räumte Maria ein, »doch ich möchte nicht, daß Sie dadurch in meinen Untergang hineingezogen werden. Sie müssen an Ihre Zukunft denken. Sie könnten es bis zum Bischof bringen. Ich bin nur eine Frau. Sehen Sie, Mr. Hammond, so wie wir miteinander verkehrt haben, glauben viele Leute sowieso schon, daß zwischen uns etwas ist. Ich möchte Sie nicht in Verlegenheit bringen, Mr. Hammond.«

Mr. Hammond war durchaus nicht verlegen. »Ich hab dich schon immer für ein abscheuliches kleines Mädchen gehalten, aber ich wußte nicht, daß du so dumm bist«, sagte er.

»Wir waren leichtsinnig. Ich weiß nicht, was mein Onkel dazu sagen wird. Ich hoffe nur, daß man Sie nicht zwingen wird, mich zu heiraten.«

»Geh vom Kaminblech runter!« befahl Mr. Hammond. »Du ruinierst es mir sonst noch... Nein, bleib dort, ich will dich mal richtig ansehen. Ich muß schon sagen, so etwas wie dich habe ich noch nie erlebt.«

»Ja, nicht wahr?« meinte Maria selbstgefällig.

»Ja, alle häßlichen, unscheinbaren kleinen Mädchen, die ich bisher gekannt habe, versuchten wenigstens, ihre völlige Reizlosigkeit durch ein angenehmes oder hilfsbereites Wesen wettzumachen, manche auch durch gute Erziehung oder Tischmanieren, andere durch ihre Klugheit, die sie zu amüsanten Gesprächspartnerinnen machte. Wenn die Doselys nicht auf deine arme Tante Rücksicht nehmen müßten – die, wie ich von Mr. Dosely erfahren habe, so dumm ist, daß man sie fast schon für schwachsinnig halten könnte –, dann würden sie dich, da sie sich ja dafür verbürgt haben, auf dich aufzupassen, in einer Art Hütte oder Verschlag im hintersten Teil des Hofes hausen lassen... Ich möchte mich nicht von meinem Ärger hinreißen lassen«, fuhr Mr. Hammond fort. »Glaub übrigens nicht, daß ich ärgerlich bin. Du tust mir einfach nur leid. Mir war schon immer bekannt, daß die Doselys kleine anglo-indische Kinder bei sich aufnehmen, aber wenn ich gewußt hätte, daß sie sich auch mit... mit Fällen deiner Sorte abgeben, wäre ich wahrscheinlich nie nach Malton Peele gekommen – wirst du wohl den Mund halten, du kleiner Satansbraten! Ich werde dich lehren, mich an den Haaren zu ziehen –«

Maria hatte sich plötzlich auf ihn geworfen und riß ihn voller Tücke am Haar.

»Du widerlicher Bolschewik!« kreischte sie und ließ nicht von ihm ab.

Er packte ihre Handgelenke und hielt sie fest.

»Au! Hören Sie auf, Sie tun mir weh, Sie gräßlicher brutaler Kerl! Au! Wie können Sie so grob zu einem Mädchen sein!« Weinend trat sie ihm gegen das Schienbein. »Ich – ich bin nur gekommen«, schluchzte sie, »weil ich mit Ihnen Mitleid hatte. Ich hätte nicht zu kommen brauchen. Und jetzt springen Sie so grob mit mir um – autsch!«

»Du kannst von Glück reden«, entgegnete Mr. Hammond heftig mit ernster und dennoch gelassener Miene, wobei er ihr die Handgelenke noch stärker verdrehte. »Ja, mach nur weiter, schrei ruhig – ich tu dir nicht weh! Du kannst ganz schön froh sein, daß ich ein *Kaplan* bin... Ob du es glaubst oder nicht, ich bin damals wegen einer Rauferei von der Schule geflogen... Seltsam, wie sich so was wiederholt...«

Sie rangen miteinander. Maria kreischte schrill und biß ihn ins Handgelenk. »Ha, das würde dir so passen, wie? Oh, ja, ich weiß, du bist nur ein kleines Mädchen – und ein ganz schön ungezogenes dazu! Der einzige Grund für mich, warum man kleine Mädchen nicht verprügeln soll, war immer, daß sie angeblich netter, liebenswerter und hübscher sind als kleine Jungen.« Er parierte einen Fußtritt, umklammerte weiterhin Marias Handgelenke und hielt sie sich auf Armeslänge vom Leibe. Zornig funkelten sie sich an, beide puterrot vor Wut.

»Und so was will ein Kaplan sein!«

»Und so was will mal eine richtige Lady werden, solch ein widerlicher kleiner Quälgeist! Das wird dir eine Lehre sein! – Oh!« seufzte Mr. Hammond voller Behagen. »Wie die Doselys sich freuen würden, wenn sie das wüßten!«

»Sie fieser Kerl! Sie fieser, gemeiner Kerl!«

»Wärest du meine kleine Schwester«, meinte Mr. Hammond bedauernd, »wäre so etwas schon viel früher passiert, aber dann wärst du jetzt natürlich bei weitem nicht so eklig... Ich würde dich den ganzen Tag durch den Garten jagen und auf Bäume raufhetzen!«

»Sozialist!«

»Na, na, jetzt nimm mal wieder Vernunft an!« Mr. Hammond ließ Marias Handgelenke los. »Mit so einem Gesicht kannst du nicht vor die Tür gehen. Wenn du einen Massenauflauf vermeiden willst, dann kletter lieber durch das Fenster... Und nun lauf heim und heul dich bei Mrs. Dosely aus.«

»*Das* wird Ihnen die Karriere ruinieren!« drohte Maria und rieb

sich mit unheilvoller Miene die Handgelenke. »Ich werde dafür sorgen, daß die Zeitungen schreiben: *Nichte einer Baronin von Teufelskaplan gefoltert!* Das wird Ihre Karriere zerstören, Mr. Hammond!«
»Ich weiß, ich *weiß*, aber das ist es mir wert!« rief Mr. Hammond exaltiert. Er war vierundzwanzig und meinte haargenau, was er sagte. Er stieß das Fenster auf. »Jetzt aber raus mit dir!« herrschte er Maria an. »Sonst befördere ich dich mit einem Fußtritt ins Freie!«
»Irgendwie sind Sie jetzt wie ein Bruder zu mir, stimmt's?« bemerkte Maria, die, schon auf dem Fensterbrett, ein bißchen Zeit zu schinden versuchte. »Auf Gewalt war ich nicht gefaßt, weil mich bisher noch nie jemand angegriffen hat, aber ich vergebe Ihnen, denn Ihre Wut war gerecht. Trotzdem – ich befürchte, daß man schon über uns redet. Lesen Sie dies hier! Denselben Brief hab ich vor drei Tagen an Tante Ena geschickt.«
Maria gab ihm eine Abschrift des Briefes.
»Ich mag verdorben und häßlich und schlecht sein, doch eines müssen Sie zugeben, Mr. Hammond: Dumm bin ich nicht.« Sie beobachtete ihn, während er den Brief las.

Eine halbe Stunde später näherte sich Mr. Hammond, vor Zorn glühend wie ein Schürhaken und Maria wie einen schlaffen Lappen hinter sich herschleifend, dem Pfarrhaus. Maria schluchzte und schluchzte, sie fand, Mr. Hammond habe überhaupt keinen Sinn für Humor. Und sie argwöhnte, er sei voller Eitelkeit. »Du erbärmliche kleine Lügnerin«, hatte er zu ihr gesagt, als wäre sie irgendeine Schlampe, und nun schleppte er sie doch tatsächlich wie ein Bündel hinter sich her! Sicherlich hätte er sie sogar am Kragen gepackt, wenn sie einen gehabt hätte. Von ihm so grob behandelt zu werden, hatte Maria richtig Spaß gemacht, aber sie haßte es, verachtet zu werden. Jetzt waren sie unterwegs zum Arbeitszimmer, wo ihr, Maria, noch eine Szene mit Mr. und Mrs. Dosely bevorstand. Anscheinend würde sie um eine weitere Beichte nicht herumkommen, aber inzwischen war sie schon derart durchgeschüttelt worden, daß ihre übliche Methode versagte und ihr keine Idee kam, wie sie sich verhalten sollte. Benommen fragte sie sich, was wohl als nächstes geschehen würde, und ob Onkel Philip vielleicht kommen und mit der Reitpeitsche in der Hand nach Mr. Hammond suchen würde.

Mr. Hammonds Gesicht war eine einzige grimmige Fratze. Sein Gesicht hatte wirklich einen unangenehmen Ausdruck. Doris Dosely, die oben hinter dem Wohnzimmerfenster stand, starrte ihn einen Moment lang mit einer Mischung aus Staunen und Entsetzen an, dann verschwand sie.

»Doris!« brüllte Mr. Hammond. »Wo ist dein Vater? Maria will ihm etwas sagen.«

»Weiß nicht«, sagte Doris, die nun in der Haustür stand. »Aber hier ist ein Telegramm für Maria – Mutter hat es geöffnet: Es steht irgend etwas über einen Brief drin.«

»Das wundert mich nicht«, sagte Mr. Hammond. »Gib her!«

»Ich kann nicht, ich will nicht!« sagte Maria und wich zurück. Mr. Hammond, hörbar mit den Zähnen knirschend, nahm das Telegramm von Doris entgegen.

Dein Brief aus meiner Hand über Bord geweht (las Mr. Hammond laut vor). *Nach Lesen von erstem Satz krank vor Sorge. Bitte wiederhole Inhalt per Telegramm. Onkel Philip wünscht Deine Ankunft Marseille Mittwoch. Werde an Doselys schreiben. Deine Tante Ena.*

»Wie furchtbar nervös die arme Lady Rimlade jetzt sein muß«, meinte Doris gutmütig.

»Sie ist eine bessere Tante, als viele Leute verdient haben«, sagte Mr. Hammond.

»Ich glaube, die dumme, langweilige Kreuzfahrt wird mich ganz schön anöden, nachdem ich hier im Kreis der Familie wie unter Brüdern und Schwestern gelebt habe«, sagte Maria versonnen.

Zimmer eines
kleinen Mädchens

Das war der Moment für Geraldines Auftritt. Mrs. Letherton-Channing brauchte nur mit dem Kopf zu nicken, und schon machte die Kleine die Runde von Zigarette zu Zigarette, wobei sie sorgsam die Flamme ihrer Wachskerze abschirmte. Die Ernsthaftigkeit ihrer Bewegungen, die hübsche Muschel ihrer Hand, die weichen Zöpfe, die, wenn sie sich bückte, über ihre Schultern rutschten und hin- und herbaumelten, das leise Knirschen ihrer geflochtenen Sandalen bei jedem Schritt – all dies legte sich wie ein Zauber über die Plaudernden: Schweigen folgte ihr gleich einem Schatten.

Clara Ellis runzelte die Brauen: ein hochgradig skandalträchtiges Gespräch war unterbrochen worden. Dann rief sie nach einem raschen Blick auf Geraldines Arm: »Mein Gott, du bekommst ja Sommersprossen wie eine Rothaarige!«

»Wirklich?« Geraldine errötete.

Die anderen sagten: »Die liebe Kleine!«, oder »Wie nett von dir, liebe Geraldine!«

General Littlecote beugte sich mit grimmiger Miene zu der Flamme zwischen ihren Händen, als schmeckte ihm das Vergnügen bitter. Rauch stieg im nachmittäglichen Licht des Raumes empor: ein grüngetäfelter Salon mit Schalen voll üppiggelben Rosen und reich bestückt mit florentinischen Möbeln. Der Rauch zog durch die hohen, weitgeöffneten Fenster und über Magnolien hinweg, die irgendwo blühten. Geraldine hatte den Sessel ihrer Stiefgroßmutter erreicht und wartete wohlerzogen ab.

»Mr. Scutcheon hat sich verspätet«, sagte Mrs. Letherton-Channing.

»Er ist schon da«, erwiderte Geraldine leise. »Ich sah ihn durch den Garten kommen.«

»Tatsächlich?« Mrs. Letherton-Channings Gesicht wurde vor Ärger ausdruckslos. »Woher weiß er den Weg?« Wie sollte dies alles enden? Was nützten all diese Lehrer für Griechisch und Latein, Italienisch und Deutsch, diese Mathematiker und Historiker oder gar die schwedische Koryphäe für Körperkultur, wenn solche Leute jederzeit quer durch den Garten gingen! Sie waren eine Bedrohung für die beschaulichen Gespräche im engsten Freundeskreis: Geraldine wurde vorwiegend daheim erzogen.

»Vielleicht hat Miss Weekes ihm den Weg gezeigt?« meinte Geraldine. Und: »Soll ich jetzt gehen?«

»Nun, gewiß, wo *er* doch schon da ist«, fertigte Mrs. Letherton-Channing die Kleine ungnädig ab. Ihre Freunde begriffen, daß dieser Mr. Scutcheon zu früh gekommen war.

Mrs. Letherton-Channing war verwitwet und hatte nur einen Stiefsohn. Dessen Frau Vivien, eine recht schwierige und schnippische Stief-Schwiegertochter, war vor vier Jahren gestorben. Auf diese Weise war die ältliche Mrs. Letherton-Channing zu einem kleinen Mädchen gekommen, aus dem sie ein Wunderkind zu machen entschlossen war. Vivien hatte ihre Geraldine früher immer ganz für sich in Beschlag genommen, doch nun, aus der starken Position der Langlebigeren heraus, konnte es sich Mrs. Letherton-Channing erlauben, voller Großmut von ihrer Stieftochter zu sprechen. Luke Letherton-Channing, der ständig von einem Ende der Welt zum anderen unterwegs war, hatte sein achtjähriges Töchterchen gleich nach dem Tod der Mutter in das italienisch angehauchte Haus seiner Stiefmutter nach Berkshire gebracht.

Vivien, für die das Problem mittlerweile gegenstandslos geworden war, hatte einmal erklärt, sie könne in jenem Haus nicht frei atmen. »Da soll ich Geraldine hinbringen?« hatte sie ausgerufen. »Aber dort würde aus ihr doch nur irgend so eine gräßliche kleine Figur wie auf einem Verrocchio-Brunnen!« Vor ihrem ebenso leidvollen wie eiligen Abschied vom Leben hatte sie jedoch nicht versucht, Luke zu einem Versprechen zu nötigen, das er ohnehin nicht hätte einlösen können. Als sie starb, hinterließ sie unbezahlte Rechnungen und unbeantwortete Einladungen, aber kein Wort über die Zukunft ihrer Tochter.

So gelangte die Kleine also in Mrs. Letherton-Channings Haus, wo die Atmosphäre einer mit Würde getragenen Verbannung herrschte; wo sich britische Wohlanständigkeit auf einem toskanischen Hügel niedergelassen zu haben schien; und wo der englische Hochsommer kaum mit dem italienischen April mithalten konnte – die Rosen hatten schon im Juli eine Aura delikater Frühreife, und das Mittagslicht warf einen Schimmer von Steineiche und Olive gegen die Plafonds. Hier wirkten sogar die Gäste wie Verbannte, und die mit Kohle gespeisten Kaminfeuer waren rotglühende Geister ihrer selbst; sie bullerten unter Simsen, die sich unter all den glasierten Della Robbia-Zitronen und bläulichen Birnen zu biegen schienen. Clara Ellis, die immerhin unverhohlen boshaft war, gab vor, dieses Klein-Italien aus der Wigmore Street zu lieben. Von jedem Fenster aus, meinte sie, könne man das starke Auge des Glaubens über eine Gozzoli-Distanz schweifen lassen, auch wenn draußen der Februarhagel herunterprasselte und Rotkehlchen in der bitteren Kälte verhungerten. Wenn dann der Tee serviert wurde und man sich unversehens in die Zeit König Georgs versetzt fühlte; oder wenn bei Tisch ein Lendensteak aufgetragen wurde – dann pflegte Clara erfreut auszurufen: »Aber das ist ja richtig englisch!«

Geraldine, die in dieser Atmosphäre heranwuchs, wurde von allen Seiten angespornt, außergewöhnlich zu sein. Auf jede junge Ranke, die dieses Pflänzchen trieb, wartete schon ein Kletterdraht, an den sie sich klammern konnte. Sie erblühte, umzingelt von Fürsorge und Wohlwollen, aber die ganze Zeit lauerte Mrs. Letherton-Channing wie ein Luchs auf die allerzaghaftesten Offenbarungen jugendlicher Genialität. Geraldine war etwas Besonderes, das stand für sie fest. Während das kleine Mädchen darauf vorbereitet wurde, über sich selbst hinauszuwachsen, wurde es sorgsam behütet, sorgfältig erzogen und über die Maßen gehätschelt. Bisweilen lag etwas von Ehrfurcht im Verhalten der Stief-Großmutter. Gewiß, die Kleine bewegte sich beim Tanzen noch mit unbeholfenem Eifer; sie traf beim Singen mit ihrem klaren, dünnen Stimmchen nicht jeden Ton; sie widmete sich den Schreibübungen ein wenig lust- und dem Klavierspiel schwunglos; der Strich ihres Bogens auf der Geige war nicht leicht genug; und die Flamme ihres kleinen Intellekts schwankte und flackerte bedenklich. Aber sie war gelehrig, wenngleich ohne große Neugier. Eigentlich konnte sie mit zwölf Jahren das göttliche Attribut der Genialität nur deshalb für sich beanspruchen, weil in ihren glänzenden Augen noch immer eine vage Verheißung zu liegen schien, und weil sie sich bei allem, was sie tat, offenbar nie anstrengen mußte. Niemand hielt es für geraten,

Geraldine zurechtzuweisen; und ihre Gefühle zu verletzen, wäre einer Straftat gleichgekommen. Um sie herum wurde »das Schöne« in allen erdenklichen konkreten Erscheinungsformen zur geflissentlichen Betrachtung aufgestellt – bis sie, in ihrer eigenwilligen Phantasiewelt, das Dasein als eine Art Hindernisrennen empfand.

Mrs. Letherton-Channings Besucher an diesem Nachmittag, alte Bekannte, denen all dies bewußt war, atmeten insgesamt erleichtert auf, als Geraldine den Raum verließ. Das Gespräch nahm mit der üblichen Indiskretion seinen Fortgang. Die Gegenwart des Kindes hatte etwas von der unpassenden Reinheit einer Blume gehabt, die man abends bei Tisch neben seinem Teller findet und die dem Appetit eher abträglich ist. »Aber was fängt die arme kleine Kreatur wohl den lieben langen Tag mit sich an?« sagte eine hübsche, etwas begriffsstutzige junge Mutter, die noch nicht lange dazugehörte, leise zu Miss Ellis.

Miss Ellis äußerte die Vermutung, das Mädchen sei weitgehend sich selbst überlassen.

»Aber hat sie denn keine Gouvernante?«

»Ach du liebe Güte! Nein, wie prosaisch!« rief Miss Ellis aus. Das Kind bedeutete für sie in diesem Augenblick nicht mehr als einen kleinen, dünnen, sommersprossigen Arm.

Geraldine ging nicht sofort in die Bibliothek, wo Mr. Scutcheon nägelkauend auf sie wartete. Er war aus Reading gekommen, um sie in Griechisch zu unterrichten. Sie stellte sich unauffällig in der Halle auf und ergatterte ein weiteres Stück von dem Schokoladenkuchen, den der Butler im Salon abräumte. Dann ging sie in den Garten. Als sie mit dem Kuchen fertig war, leckte sie sich die Finger und zerzupfte eine Rose, wobei sie auch die Staubgefäße nicht verschonte. Mit einem Anflug von Triumph beäugte sie den Kelch, aber sie dachte sich nichts dabei. Sie schnitt ein paar Wasserspeierfratzen, und da sie sich gern selbst gesehen hätte, rannte sie zum Teich, doch der war ganz mit Wasserlilien zugewachsen.

»*Die alte Miss Ellis*«, sagte sie laut, »*ist so rot, wie die Höll' is.*« Und: »*General Littlecote... raucht wie ein Schlot. Lady Miriam Brooke... läuft rum wie 'ne Glucke.*« Sie dachte kurz nach und fügte hinzu: »*Mit Beinen, so dicken, daß die Küken ersticken. Aber unsere Geraldine... ist so flink wie 'ne Biene.«* Sie lief ins Haus zurück. Nach ihrer Berechnung mußte Mr. Scutcheon jetzt schon kochen vor Wut.

Sie hatte ihr Ziel erreicht, denn Mr. Scutcheon war in der Tat wütend. Bleich hob sich sein Gesicht vor dem Hintergrund geprägter und vergoldeter Buchrücken ab. Die Bibliothek mit all ihrer Opulenz ging ihm auf die Nerven. Er war so hungrig, daß er am liebsten in eines der Bücher gebissen hätte. Mrs. Letherton-Channing ließ ihm nie Tee bringen. Anscheinend glaubte sie, Hauslehrer suchten sich ihr Futter wie die Krähen. Es war eine kostspielige, für sie jedoch durchaus erschwingliche Marotte, eine Stiefenkelin wie eine Renaissanceprinzessin erziehen zu lassen: Mr. Scutcheons Honorar war ungewöhnlich hoch. Allein diese Tatsache quälte ihn in seiner übellaunigen und menschenfeindlichen Rechtschaffenheit, denn er hielt Geraldine für unbelehrbar. Im übrigen hatte er noch nie gern die Anfangsgründe seines Faches vermittelt. Noch aus einem weiteren Grund eignete er sich nicht dafür, Kinder zu unterrichten: er war ungeduldig und nervös. Geraldine trat mit ekstatischer Selbstvergessenheit auf Mr. Scutcheon zu, wie eine Märtyrerin, die sich einem Löwen nähert.

»Du kommst fünfundzwanzig Minuten zu spät!« tadelte er.

»Oh, das tut mir aber leid!« sagte sie. »Oder sind Sie zu früh dran?«

»Durchaus nicht! Ich habe alles getan, um pünktlich zu sein, weil ich auf keinen Fall den Zug um sechs Uhr fünfzehn verpassen will.«

»Wir sahen Sie durch den Garten kommen. Ist er nicht herrlich?«

»Eine willkommene Abkürzung«, erwiderte er.

Er war ein hagerer Mensch, und ein häßlicher dazu. Allein schon bei Geraldines Anblick lief die Stelle, wo das Pince-nez seine Nase zwickte, rot an, so verärgert war er. Er blickte an sich herab, zuerst auf die zerschlissenen Manschetten des Hemdes, aus denen seine Handgelenke hervorragten, dann auf seine schmächtige Brust. *Dieser Mr. Scutcheon hat nie viel an,* dachte Geraldine. Laut sagte sie: »Wie geht es Ihrer kleinen Schwester?« Seine kleine Schwester war körperbehindert.

»Wie immer. Aber nun wollen wir anfangen!« Mit einem Ruck zog er seinen Stuhl näher an den Tisch.

»Glauben Sie, daß ich sie jemals kennenlernen werde?«

Mr. Scutcheons Schwester welkte in einem stickigen Zimmer in einem Haus an einer stickigen Straße dahin, mit Blick auf die Straßenbahnlinie. »Das dürfte nicht sehr wahrscheinlich sein«, sagte er und empfand bei der Vorstellung, die sie ihm zu suggerieren versuchte, heftiges Unbehagen: Geraldine, die im weißen Kleid, wie wenn sie einen Wohltätigkeitsbesuch abstattete, mit einem Strauß – nun, sagen wir: Junililien – fröhlich lächelnd aus dem Wagen stieg. »Ja, das ist wohl nicht sehr wahrscheinlich«, wiederholte er. »Übrigens hast du Krümel an den Lippen.«

»Ach du liebe Güte!« entsetzte sich Geraldine heuchlerisch. Sie leckte sich die Lippen mit der Zungenspitze und betrachtete ihn verstohlen unter den gesenkten Wimpern hervor. Er schien sich in irgendein Ressentiment verrannt zu haben, aus dem sie nicht schlau wurde. Während sich die Rötung seiner Nase vertiefte, streckte er mit einer ungehaltenen Bewegung die Handgelenke noch weiter aus den Manschetten heraus. Sein Zorn, seine schiere Präsenz machten ihr immer mehr Spaß. Er war der denkbar stupideste Gelehrtentyp, daran war nicht zu rütteln. Hätte er den Wunsch verspürt, Geraldine einmal richtig seine Meinung zu sagen, selbst auf die Gefahr hin, daß der stetige Zustrom von Mrs. Letherton-Channings Guineen versiegt wäre, so hätte er ihr selbst dann nicht zu sagen vermocht, wofür er sie hielt, nämlich für *niedrig* und sensationslüstern. Immerhin hätte er zugestanden, daß Mrs. Letherton-Channing zumindest in *dieser* Hinsicht ein Wunderkind unter ihre großmütterlichen Fittiche genommen hatte.

Seufzend entnahm Geraldine der Schublade des Tisches ihre Schulhefte und setzte sich neben ihn. »Ich fürchte, daß das nicht sehr gut ist«, sagte sie umgänglich und wies auf ihre Hausarbeit. Dabei setzte sie die Miene einer Lady auf, die Besuchern ihre Zeichnungen vorlegt. Es war wirklich nicht sehr gut: sein Rotstift fuhr aufgebracht hierhin und dorthin. Geraldine sah ihm leicht nach vorn gebeugt zu, sie atmete leise und regelmäßig, Zug um Zug. Die weichen Zöpfe fielen mit einem gedämpften Plopp! auf die Tischplatte. Gereizt zuckte er zusammen. Den Kopf fast an seiner Schulter, sagte sie sich zufrieden: »Er kann mich nicht ausstehen!«

Zugleich sehnte sie sich danach, mit Mr. Scutcheon nach Reading fahren zu dürfen. Das gestattete man ihr nur selten – die Stadt war zu laut, die Leute zu ungehobelt und so manch anderes angeblich für ihren Geist unverdaulich.

»Ich bin in allem schlecht, stimmt's?« fragte Geraldine versonnen.

»Bestimmt kannst du gut tanzen«, erwiderte Mr. Scutcheon. Vom silberhellen Läuten der Uhr gevierteilt, verstrich diese interessanteste Unterrichtsstunde in Geraldines wöchentlichem Stundenplan allzu rasch.

Mrs. Letherton-Channing stand mit Miss Ellis in der rosenüberwucherten Loggia. Es war fast sieben Uhr. Die anderen Besucher hatten sich verabschiedet. Miss Ellis wohnte im Haus.

»Ich glaube, Geraldine ist müde«, meinte Mrs. Letherton-Channing. »Sie ist anders als sonst.«

»Als sonst?« fragte Miss Ellis. Ihr hämisches, unnachsichtiges, pausbäckiges Gesicht hatte in der Abenddämmerung die dunkelrosa Färbung von Korallen.

»Ja, sie ist nicht ganz wie sonst«, wiederholte Mrs. Letherton-Channing, die jeder voreiligen Schlußfolgerung zuvorkommen konnte. »Ich glaube, wir werden uns von Mr. Scutcheon trennen müssen. Vielleicht braucht Geraldine im Sommer keinen Griechischunterricht? Dieser Scutcheon hat ein unfrohes Wesen. Und soll ich Ihnen etwas sagen? Seit neuestem hat er sich angewöhnt, quer durch den Garten zu gehen!«

»Muß sie im Winter unbedingt Griechisch lernen?« fragte Miss Ellis. »Man könnte das hintere Gartentor absperren«, fügte sie hinzu und bedachte die Widrigkeiten einer nicht reiflich überlegten Abkapselung. »Miss Weekes könnte dann aber nicht auf kürzestem Weg ins Dorf. Sie freut sich sowieso über jeden Vorwand, um durchs Haus zu gehen.« Miss Weekes, die Gärtnerin, wohnte in einem Holzhäuschen, das man geschickt hinter einer hohen Hecke versteckt hatte. Sie war ein ständiger Stein des Anstoßes und hielt unbeirrbar an ihrer altenglischen Art fest. Sie konnte pfeifen wie ein Gassenjunge, und der Aufzug, in dem sie ihre Arbeit verrichtete – Kniehosen und Arbeitskittel – war Mrs. Letherton-Channing ein

Dorn im Auge. Eigentlich war sie eingestellt worden, um nach dem Spalierobst und den Gewächshäusern zu sehen. Wenn es nach der Hausherrin gegangen wäre, hätte sie sich nirgends sonst blicken lassen dürfen. Aber es hatte sich herausgestellt, daß sie eine Anhängerin des Moriskentanzes war, nebenher als Korbflechterin arbeitete und sich an allen möglichen Aktivitäten beteiligte, die zum Ziel hatten, in dieser grünen, gefälligen Gegend von Berkshire ein zweites Jerusalem zu schaffen. In ihrer Freizeit sah man Miss Weekes durch das Dorf flitzen, immer auf der Suche nach Erleuchtung. Mrs. Letherton-Channing konnte eine verwässerte Sicht der Wirklichkeit dulden, nicht jedoch eine Phantastin, die ihr den Rang ablief. Außerdem war die Frau unfreundlich zu Geraldine. Mit Sicherheit hatte sie Mr. Scutcheon durch das hintere Gartentor eingelassen. Schade, wo sie doch mit Spargel eine so gute Hand hatte!

»Es ist nicht leicht«, seufzte Mrs. Letherton-Channing.

»Aber es muß sein!« redete ihr Miss Ellis zu.

Mrs. Letherton-Channing ließ sich vom Zynismus der Freundin nicht beirren. Nein, das Erscheinungsbild von Geraldines Stief-Großmutter verriet Feinheit, ja sogar Noblesse: sie war nicht zu übersehen. Das weiße, gewellte Haar schmiegte sich an ihr Haupt wie eine Kappe. Die dunklen leicht vorstehenden Augen blickten auf jeden Winkel der Welt, der ihrer üppigen Phantasie entzogen war, ohne Voreingenommenheit, fast ohne Verständnis. Sogar bei einem sachlichen Gespräch mit der Köchin wußte sie sich das Gebaren einer Fürstin aus dem Hause d'Este zu geben. Sie war großzügig. Sie fühlte sich Geraldines Mutter durch deren frühen Tod verpflichtet und fand seither für sie manch freundliches Wort. Eine verklärte Großmutterschaft, ohne das lästige Vorspiel echter Mutterschaft, stand ihr prächtig zu Gesicht. In ähnlicher Weise bedeutete der Witwenstand für sie, nach den Aufgaben und Pflichten der Ehe, soviel wie einen Hafen und die Krönung ihres Geistes. An den Gelenken war die Haut ihrer Hände faltig und zerknittert wie feingegerbtes weißes Ziegenleder.

Miss Ellis, die plötzlich keinen Gefallen mehr daran fand, in einer vom Sonnenuntergang rosig angehauchten Loggia das Bild einer Dame in Gesellschaft einer anderen Dame abzugeben, bemerkte scheinbar arglos: »Ich glaube, dann und wann in Geraldines Verhalten die arme Vivien durchschimmern zu sehen – ich meine besonders die schnippische Art, wie man sie bei hübschen Frauen findet.«

Mrs. Letherton-Channing lächelte. »Für mich«, sagte sie, »ist sie niemandem ähnlich als sich selbst.«

»Irgendwie wird sie sich schon durchs Leben mogeln«, meinte Clara. Mit den weichen Kuppen ihrer Finger trommelte sie auf der steinernen Balustrade ein Staccato. »Ich verstehe nicht, wie sie das schaffen!« rief sie aus.

»Sie?«

»Ja, diese Frauen, die ihre eigenen Kinder großziehen!«

Mrs. Letherton-Channing pflückte eine oder zwei welke Rosen. »Schau, wie sie zugrundegehen!« meinte sie ungerührt.

Geraldines Augen ruhten eine knappe Minute lang auf dem Abendessen: der grüne Becher voll Milch, die Romary-Biskuits, die mattglänzende Erdbeerpyramide auf dem wie ein Blatt geformten Teller. Ihr Blick war dunkel vor verschwörerischer Heimlichkeit. Sie wandte sich ab, zwischen den gespitzten Lippen eine Erdbeere, die sie langsam plattdrückte, bis süßer roter Saft über ihr Kinn rann. »Die Feinde...«, sagte sie laut vor sich hin. In ihrer Stimme lag Angst und Verzückung. »Die *Feinde*!«

Sie war allein in ihrem Zimmer, das, in sanftem Blaßrosa und angefüllt von freundlichem Licht aus dem Garten, von mehr als steinernen Mauern umschlossen zu sein schien, von feinverschlungenen Schleifen und süßen lebendigen Schatten: die Windungen im Inneren einer Muschel, das Herz einer Blume. Falls all das von Stein zusammengehalten wurde, dann war der Stein ihr gut. Hier war die geheime Mitte ihres Kleinmädchendaseins, zärtlich durchdrungen von Geist. Hier, rund um die lächelnde goldene Uhr, war die Zeit gefangen und flatterte nur mit kleinen Mottenflügeln; hier strömte dem Eintretenden die ganze Süße der Kindheit aus dem heiteren Bewußtsein der eigenen Sterblichkeit entgegen: Das schmale Bett hatte die Unschuld eines frühen Grabes. Immer wenn das kleine Mädchen hier einschlief, gab es sich an die Jahrhunderte zurück, um aus der Tiefe der Zeit an unser Innerstes zu rühren, wie ein kleines Mädchen auf einem Grabstein.

Geraldines Zimmer war mit großer Sorgfalt eingerichtet. Botticelli-Feldblumen waren in die Vorhänge eingewoben, gemalte Girlanden schmückten die Möbel, und am Kopfende des Bettes gab es ein phantasievolles Gemälde eines Segelschiffes. Über dem Bett schwebte ein bauschiger Himmel aus Perugia-Damast. Und in Augenhöhe, an der gegenüberliegenden Wand, hing Carpaccios zierliche St. Ursula, flach und ruhig daliegend, nicht einmal von einem Engel gestört, die reine Verkörperung des Schlafes am Nachmittag. Bäume schauten ins Zimmer der Heiligen hinein. Aus Geraldines Fenster erblickte man einen mit Steinplatten belegten Gartenweg, der das terrassierte Gelände hinabführte, und die jungen Spitzen von Zypressen.

Aber hier – das fiel bei genauerem Hinsehen auf – war das Leben der müßigen kleinen Geraldine gewiß nicht unbeschwert. Jedesmal, wenn ihr eigenes Abbild sie aus dem Spiegel ansprang, fühlte sie sich ganz fremd und fehl am Platz. Ein riesiger Gummiball balancierte auf dem Schreibtisch. Geraldines Strümpfe baumelten unordentlich über einer Stuhllehne. Tag für Tag trat sie Kekskrümel in den Teppich ein. Die Luft roch schwach nach Pfefferminz: ihr Zahnpulver. Früher war dies ein Gästezimmer gewesen – stets bereit für jemanden, der nie kam.

»Die Feinde...«, wiederholte sie. Bei dieser Beschwörung rückten die Wände enger zusammen, und die Luft schien sich zu verdunkeln. Geraldines Sandalen knirschten leise, ihre Lippen zupften und zupften an der Erdbeere, während sie die Gruppe der imaginären Quälgeister umrundete, die die Mitte des Raumes besetzt hielten.

Gerade erst waren sie hereingekommen.

Mr. Scutcheon, eine von Großmutters Rosen herausfordernd im Knopfloch, war auch an diesem Abend erschienen. Miss Weekes, die Hände in den Taschen ihrer Kniehose, blickte Geraldine nachdenklich und verächtlich an. Noch zwei andere Lehrer waren gekommen, desgleichen die *böse Frau aus dem Dorf*, der *kleine Junge aus dem Gartenhaus* und seltsamerweise auch ihre Mutter, die mit den anderen irgendwie im Einvernehmen zu stehen schien. (Es war acht Uhr; unten setzten sich Mrs. Letherton-Channing und Miss Ellis gerade zum Abendessen.) Im verzauberten Zwielicht standen die Feinde, warfen sich düstere Blicke zu und drängten sich gegenseitig zum Handeln.

Geraldine war hingerissen. Sie warf den grünen Zipfel der Erdbeere fort und wisperte: »Was wollt ihr?«

Wir sind gekommen, verkündete Mr. Thorne, der Geraldine in Mathematik unterrichtete. Die anderen murmelten leise.

»Geht wieder!« befahl sie hochmütig.

Wir denken nicht daran, sagte der kleine Junge aus dem Gartenhaus mit gehässigem Blick. Unterdessen tastete Miss Weekes, die Geraldine keinen Moment lang aus den gräßlichen Augen ließ, nach etwas in ihrer Tasche.

Es ist alles aus, Geraldine, sagte die Mutter mit ihrem altbekannten ironischen Lächeln. Sie wirkte gleichgültiger und weniger interessiert als die anderen. Trotzdem: irgend etwas hatte sie mit alledem zu tun! Geraldine begriff, daß sie beide sich in den vergangenen vier Jahren, seit dem Tod der Mutter, fremd geworden waren. Geraldine verknotete ihre Hände hinter dem Rücken und hob trotzig das Kinn.

Die Revolution hat stattgefunden, ließ sich Mr. Scutcheon vernehmen. Die Feinde rückten hinter ihm kopfnickend enger zusammen. Geraldine sah, wie sie sich nach den Dingen im Zimmer umblickten. Vielleicht fragten sie sich, welchen der Gegenstände sie zuerst packen sollten? An den Griechischtagen wurde Mr. Scutcheon jedesmal zu ihrem Anführer befördert. Seine Augen waren blutunterlaufen; er trug eine schwarze Fellmütze und hielt eine Flasche in der Hand. Sicher hatte er in jeder Tasche eine Pistole. (Mehr konnte Geraldines Phantasie für niemanden leisten.)

Reading erstickt im Blut, meldete Mr. Thorne, der fast genauso rachsüchtig war. Geraldine hatte von ihm jedoch kein so klares Bild; seine Wut war von minderer Art. *Und was London anbetrifft...,* fuhr Mr. Thorne fort.

Pssst! machte Miss Weekes, aber in ihren Augen lag Gier, als hätte sie sich schon lange auf diesen Augenblick vorbereitet. Sie zog ihr Okuliermesser aus der Tasche und drehte es zwischen den Fingern.

Geraldines Mutter sagte noch einmal ohne innere Anteilnahme: *Es ist alles aus, Geraldine.*

Mrs. Letherton-Channing liegt in Ketten, verkündete die Musiklehrerin, die wieder nicht wußte, wie sie sich verhalten sollte. Am Tage war diese Miss Snipe nämlich zugleich übereifrig und verzagt, aber als *Feind* hatte sie kaum Benimm. Einmal, als sie Ellbogen an Ellbogen vor dem Klavier saßen, hatte Geraldine die Miss im Verlauf der Musikstunde heimlich von der Seite angesehen und festgestellt, daß ihre Augen vor Bosheit ganz wässerig waren. Zwar trug Miss Snipe an diesem Abend eine Fellmütze, aber sie wirkte wie jemand, der sich vor seinem eigenen Mut fürchtete und den Triumph nicht richtig genießen konnte.

Was dich betrifft –, hub Mr. Thorne an. Die Feinde steckten die Köpfe zusammen; die *böse Frau* nickte. Eine schrecklich-schöne Vorahnung regte sich in Geraldine.

Geraldines Mutter warf den Feinden einen rätselhaften Blick zu. Insgesamt schien sie nicht sonderlich erfreut über die merkwürdige Gesellschaft und deren Absichten. So lächelte sie nur ihr altes Lächeln, als wollte sie sagen: *Was soll man denn dagegen tun?* In diesen Jahren des Totseins mußte sie all ihr liebevolles Mitgefühl vergessen haben – genau wie Geraldine selbst. Jedes ungesagte Wort, mit dem Mrs. Letherton-Channing Mutter und Tochter weiter entzweite, war anscheinend von der Mutter vernommen worden. Seit einiger Zeit erschien sie jeden Abend mit den Feinden, und jedesmal war sie gegen ihr verlorenes, ungetreues Kind ein wenig kälter.

Als die Feinde sich langsam aber unbeirrbar auf sie zubewegten, als hätten sie nur ein Gesicht, steigerten sich Geraldines Empfindungen zu einer solchen Heftigkeit, daß sogar die Vögel draußen vor dem Fenster verstummten. Geraldines Erregung, von allen Sinnen geschürt, wurde unerträglich. Durch die dunklen Flanken der Schar hindurch erblickte sie mit ekstatischer Verzweiflung ihren Milchbecher, der bleich und schwer wie immer auf sie wartete. »General Littlecote?« fragte sie, und erhielt die Antwort: *Auch massakriert!* Sie sah sein närrisches altes Gesicht in einer Blutlache auf der Treppe liegen. Entsetzt legte sie die gespreizten Hände auf ihr pochendes Herz. Ihre Wangen glühten. Die Erregung, der sie nach und nach die Zügel hatte schießen lassen, entglitt ihr jetzt wie ein Seil, das ihr durch die Finger sauste und die Haut versengte. Sie öffnete den Mund und schrie: »Ich lasse mich von euch nicht –!« und stampfte trotzig mit dem Fuß auf dem flauschigen Teppich auf. (Unten klirrte leise der blinkende Kronleuchter über den Köpfen von Mrs. Letherton-Channing und Miss Ellis, die geruhsam dinierten.) Die Feinde, gleichsam eine anschwellende, sich verfinsternde Blase, eine Drohung jenseits aller Vorstellungskraft, zornig funkelnde, übermächtige Genien, führten vor, wie sie mit blitzenden Messern auf Geraldine losgehen würden...

Unter ihrem Ansturm fiel Geraldine mit einem dumpfen Geräusch auf die bloßen Knie...

Geraldine stand auf, pfiff, errötete und war ziemlich durcheinander. Sie nahm ihren Becher und trank, wobei sie blubbernd in die Milch blies. Beim Trinken blickte sie sich im Zimmer um, als wäre es das Zimmer eines anderen Kindes. Die Spiegel leuchteten unschuldig. Nun ging von ihr etwas Kaltes und zugleich Kryptisches aus: Sie war dankbar, allein zu sein. Dabei war sie sich selbst eigentlich eine höchst unfreundliche Spielkameradin, denn sie war tückisch. In der Luft des Raumes hing nach wie vor etwas, das sich nicht klärte oder auflöste oder wie Staub setzte, obwohl der weiße Wollteppich, auf dem *sie* alle gestanden hatten, so faltenlos war wie zuvor. Noch immer herrschte nach dieser abendlichen Darbietung rotglühender Leidenschaften kein richtiges Schweigen.

Mrs. Letherton-Channing betrat das Zimmer ihrer Enkelin nie ohne Vergnügen, ein Vergnügen, das an diesem Abend geteilt wurde oder zumindest abfärbte, denn Miss Ellis begleitete sie. Die beiden trugen Nachmittagskleider: ihre Leiber, massive Säulen aus Fleisch, wurden in den Umrissen weicher; große Flügel aus Chiffon wallten bei jeder Bewegung auf. Zwischen ihnen lag Geraldine, seitlich in ihrem Bett zusammengerollt, eine Hand unter der Wange.

»Da ist wohl jemand müde«, sagte Mrs. Letherton-Channing und beugte sich vor.

»Und jemand hat einen Milchbart«, fügte Miss Ellis hinzu. Geraldine wischte sich den Mund ab. Mrs. Letherton-Channing beugte sich weiter vor, um ihr in die Augen zu sehen, die sich ihr wie dunkle Teiche darboten, als das Kind zu ihr aufblickte. »Da ist doch nichts, das dich stört?«

»Und wenn schon«, sagte ihre Freundin mit leisem Spott. »Wir alle sind doch Menschen.«

Mrs. Letherton-Channing überhörte die Worte. Langsam und schwerfällig wie ein Möbelstück auf Rollen setzte sie sich in ihrem Nachmittagskleid in Bewegung und machte das Fenster weit auf, um mehr Nacht einzulassen. Sie stellte eine Schale mit Blumen nach draußen: Blumen wurden nachts zu Feinden. Ihre eigene Vorstellung von Friede füllte den Raum: das Kinderbett wurde zum Bild des Schlafes schlechthin. (Ihr eigener Schlaf kam in Tablettenform aus einem Fläschchen.) Die Nacht zwischen diesen farblosen Wänden wurde so weit und so rein wie ein Himmel, von dem ihr eigener massiger Leib und auch der von Clara Ellis auf wundersame Weise herabzuhängen schienen.

Sogar Miss Ellis wisperte, das Gesicht nah bei Geraldine: »Ich wünschte, ich wäre so alt wie du.«

»Wirklich?«

Geraldine lag da und blickte ohne Neugier starr auf die Rundungen von Miss Ellis' Kinn. Aus dem Verhalten der beiden Damen und ihrem betulichen Atmen, aus dem Knirschen der Korbstühle, die von der Terrasse ins Haus getragen wurden, aus dem weitentfernten Gedudel eines Grammophons, das in Miss Weekes' Häuschen eine Tanzmelodie herunterleierte, aus dem Lichtschein eines Autos, der wie eine Sichel durch die Bäume brach und den restlichen Himmel unversehens so dunkel erscheinen ließ – aus alledem erriet sie, daß die rote Revolution noch einmal aufgeschoben worden war. Geborgenheit tastete nach ihr in der Finsternis, umwand ihre Glieder mit spitzen Fühlern, umhüllte ihre Sinne. Als sich die Tür schloß, als die beiden fort waren – da seufzte Geraldine mit wohliger Ergebenheit in ihr mit Rüschen besetztes Kissen hinein und fand in ihrem Gefängnis wieder einmal Schlaf.

Der Apfelbaum

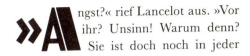»Angst?« rief Lancelot aus. »Vor ihr? Unsinn! Warum denn? Sie ist doch noch in jeder Hinsicht ein Kind!«

»Aber *genau das* meine ich ja!« sagte Mrs. Bettersley und warf ihm von der Seite, über den Rand ihres Pelzkragens hinweg, einen seltsamen Blick zu. Er wußte noch immer nicht, was sie meinte – und glaubte auch nicht, daß sie es selbst wußte.

Im ziemlich nervenaufreibenden Zusammenspiel von Wind und Mondlicht tasteten sich Simon Wings Wochenendgäste zu zweit und zu dritt einen mit Schlacke bestreuten Weg entlang, der vom Dorf zurück zu seinem Haus führte. Simon, der sich mit Gusto in seine neue Rolle als Landjunker schickte, hatte darauf bestanden, daß sie alle zusammen in der von ihm mit Spenden bedachten und erst kürzlich eröffneten Gemeindehalle, einem zugigen Holzbau ohne Charme, dem Sonnabendkonzert beiwohnten. Dort hatten sie mit kalten Füßen und steifem Rücken sieben Stühle in der ersten Reihe belegt und ein dünnes, nicht enden wollendes Repertoire von Rezitationen, Pianofortemusik und mehrstimmigem Gesang über sich ergehen lassen, während eisige Luftströme von allen Seiten her wie Pfeile auf sie eindrangen. Um den Blutkreislauf wiederzubeleben, hatten sie heftig applaudiert und damit allzu oft eine Zugabe provoziert. Simon, zufrieden mit seinen Freunden, hatte sich vorgebeugt, strahlend an der Stuhlreihe entlanggelächelt und gemeint, das werde den Dörflern gefallen. Lancelot teilte Mrs. Bettersley einen dunklen Verdacht mit: daß Simon sie alle nur deshalb dorthin geschleppt hatte.

»Das fürchte ich auch«, erwiderte sie. »Und morgen früh Kirchgang!«

Dennoch: es hatte sie alle erwärmt, Simon glücklich zu sehen. Als er auf das Podium stieg, um ein Wort des Dankes an den Vikar zu richten, war dieser große, rotgesichtige Mann vor Freude geradezu aufgeblüht: eine düstere Wolke, die bis zu diesem Augenblick allzu greifbar über ihm geschwebt hatte, war weitergezogen. Es war dieses Wiedererkennen des Simon von einst durch seine alten Freunde – ein so unmittelbares, bewegendes und fröhliches Wiedererkennen, daß es einem Handschlag, einem ersten Gruß gleichkam –, das die kleine Schar, fröhlich zu zweit oder zu dritt, auf dem Heimweg begleitete, mit dem Gastgeber geräuschvoll an der Spitze. Lancelot und Mrs. Bettersley, die das Schlußlicht bildeten, verlegten sich auf eine Diskussion über Simon (seine Ehe, sein *ménage*, seine Situation insgesamt), und diese Erörterung war von absoluter Unverblümtheit – als hätte sich auch zwischen ihnen irgendein Schatten verflüchtigt. Sie waren alte Feinde, die freundlich miteinander umgingen.

»Noch ein Kind –«, nahm Lancelot den Faden wieder auf. »Natürlich wollte ich nicht andeuten, sie sei ein Werwolf!«

»Glauben Sie, sie ist *wirklich*... na, Sie wissen schon?«

»Jedenfalls hat das *Haus* nichts Lustiges.«

Jedenfalls hatte das Haus nichts Lustiges. Unter dem unheimlichen, kalten Himmel, bleich, aber nicht hell vom Mondlicht, duckte es sich, gediegen und festgefügt, zwischen entlaubten, windzerzausten Bäumen. Erleuchtete Fenster beflügelten die Heimkehrenden mit dem Versprechen komfortabler Geborgenheit: der Schein des Kaminfeuers auf Weinkaraffen, schwere Vorhänge in allen Räumen, Simons Vorstellung vom eigenen Zuhause, die endlich, nach all den Wanderjahren, Gestalt angenommen hatte – tiefe Ledersessel, weiche Polster und Anbauregale für die Bücher, »Kathedralen des Schweigens« auf dicken Teppichen: unprätentiöse, bequeme Sachlichkeit.

»Auf mich wirkt sie, als wäre sie nur halb da«, gestand Lancelot. »Ich meine natürlich nicht geistig, sondern –«

»Sie hat eine schreckliche Zeit hinter sich – oh, das wußten Sie nicht? Wirklich nicht?« Mrs. Bettersley war hocherfreut, im Schein des Mondes näherte sie ihre Lippen seinem Ohr. »Sie war doch in dieser Schule, wissen Sie noch? Dann passierte *das*, und es war aus mit der Schule. Man schickte sie unverzüglich ins Ausland. Sie war damals zwölf, wenn ich mich recht erinnere, das arme Kind, und in einer ziemlich bösen Verfassung, das steht für mich außer Zweifel. Man gab sie zu einem Onkel und einer Tante, ihren einzigen Verwandten, die in einer Villa in Cannes wohnten. Nach Hause kam sie nie, sondern blieb die ganze Zeit bei ihnen im Ausland. Simon lernte sie dort kennen. Und dann dies...«

»In dieser Schule?« wiederholte Lancelot und verhaspelte sich vor Aufregung. »Was denn – wurden die Kinder dort mißhandelt?«
»Himmel, nein!« rief Mrs. Bettersley. »Viel schlimmer –«
Ausgerechnet an diesem Punkt – es war unerträglich – sahen sie, daß die anderen weiter vorn aufschlossen und sich zusammenscharten. Simon wartete ab, um sie alle zusammen wie ein Schäfer durch das Tor zu schleusen und es hinter ihnen zu verschließen.
»Ich hoffe«, sagte er freudestrahlend, »daß ihr euch nicht allzu sehr gelangweilt habt?«
Darauf mußten sie einfach antworten.
»Es war ein wundervoller Abend«, sagte Mrs. Bettersley. Und Lancelot fügte hinzu: »Was für talentierte Leute es in dieser Gegend gibt!«
»Ich glaube nicht, daß wir dem Dorf schlecht bekommen«, meinte Simon bescheiden und zog das Tor hinter sich mit einem Klicken zu. »Der Gesangverein legt sich mächtig ins Zeug, und ich bin nach wie vor der Meinung, daß der junge Dickinson zum Theater gehen sollte. Ich würde es mich etwas kosten lassen, ihn auf der Bühne zu sehen.«
»Oh, ich auch«, pflichtete ihm Lancelot leutselig bei. »Zu schade, daß deine Frau nicht dabeisein konnte«, fügte er nach einer kleinen Pause hinzu.
Simon wirkte auf einmal nicht mehr so locker. »Sie war bei der Generalprobe«, sagte er schnell.
»Würde sie denn nicht selbst gern spielen?«
»Ich kann sie zu keinem Versuch bewegen... So, da sind wir!« rief Simon und überquerte mit stampfenden Schritten die Terrasse.
Die junge Mrs. Wing war vom Konzertbesuch freigestellt worden. Sie fürchtete, sich ein wenig erkältet zu haben. Falls sie überhaupt schon einmal die Dorfgemeinschaft mit ihrer leuchtenden Erscheinung beehrt hatte, so hatte man heute abend jedenfalls auf sie verzichten müssen. Zweifellos war Simon enttäuscht. Seine Freunde, die hinter ihm nacheinander durch die Fenstertür in die Bibliothek traten, hofften, daß seine junge Frau inzwischen – es war halb elf – mit ihrer Erkältung zu Bett gegangen war.
Aber vom Kamin her erklang ihre flache kleine Stimme: »Hallo!«

Dort stand sie, schaute zum Fenster und beobachtete die Eintretenden, wie sie sie schon beim Gehen beobachtet hatte. Die lange, silbrig glänzende Hülse ihres Kleides ließ sie fast erwachsen erscheinen. So bereiteten sich denn alle innerlich darauf vor, nett zu der jungen Mrs. Wing zu sein. Jeder von ihnen hatte Verständnis dafür, daß diese erste Wochenend-Party, dieser Zulauf alter, so innig miteinander und mit Simon verknüpfter Freunde für die junge Mrs. Wing möglicherweise recht anstrengend war, vielleicht fast so etwas wie eine Strapaze darstellte. Sie war kaum neunzehn Jahre alt, und man konnte von ihr nicht erwarten, daß sie ihnen gegenüber so etwas wie »Haltung« an den Tag legte. Immerhin hatte sie sich einen leichten Vorteil zu verschaffen gewußt, denn Simons Heirat war für seine Freunde ein Schock gewesen. Seit Jahren schon hatte er als reif für die Ehe gegolten – so sehr, daß sein Junggesellendasein fast wie ein Versehen wirkte. Aber die Frau, die er sich dann ausgesucht hatte, dieses geschlechtslose Kind ohne Manieren, dieses unbestimmte Etwas zwischen einer Undine und einer Maus, dieses als Mutter von Söhnen kaum in Betracht zu ziehende Gespenst, dieser kalte kleine Schatten dort drüben am Kamin, hatte bei ihnen für beträchtliche Überraschung gesorgt. Gerade durch ihre Passivität fühlten sie sich von ihr angegriffen, wenn sie am wenigsten darauf vorbereitet waren.

Mrs. Wing hob nach einem fragenden Blick auf ihren Gatten mit einer einladenden Gebärde den Deckel von einer silbernen Platte mit Sandwiches. Mrs. Bettersley, die offen gesagt einen Wolfshunger hatte, nahm zwei, schälte sich Zoll für Zoll aus ihrem Pelzmantel und stellte sich, glitzernd und vollschlank, neben die kleine Gastgeberin ans Kaminfeuer. Die anderen rückten Sessel in den Halbkreis der Wärme.

»War es ein schönes Konzert?« erkundigte sich Mrs. Wing höflich. Niemand brachte eine Antwort heraus. »Es lief insgesamt sehr gut«, sagte Simon sanft, als würde er ihr eine betrübliche Nachricht überbringen.

Lancelot konnte nicht einschlafen. Die Bequemlichkeit des Bettes, die köstliche Sympathie, die die federnde Matratze seinen Gliedern entgegenbrachte, all dies empfand er bald als bedrückend. Der Wind hatte sich gelegt; das Mondlicht malte ein Fenster auf den Boden. Das Haus war ruhig, allzu ruhig; eifersüchtig und sehnsuchtsvoll stellte er sie sich alle schlafend vor. Mrs. Wings Wange würde kaum das Kissen erwärmen. In seiner Verzweiflung machte Lancelot Licht; Möbel starrten ihn freundlich an. Angewidert las er eine Seite aus *Unser gemeinsamer Freund*, dann beschloß er, sich unten nach einem Kriminalroman umzusehen. Sein Zimmer ging von einem Korridor ab, der sich oben an der Haupttreppe teilte.

Die Halle unten lag im Dunkeln. Die Luft roch nach erkaltendem Zigarrenqualm. Eine Standuhr schlug dreimal. Lancelot zuckte erschrocken zusammen. Zaghaft schien der Mond durch ein Oberlicht; die Tür zur Bibliothek war geschlossen; mit leisen Schritten ging Lancelot auf sie zu. Er öffnete sie, erblickte rote Glut und wußte im selben Augenblick, daß die Bibliothek nicht leer war. Doch wer immer sich dort im Dunkeln aufhalten mochte, bewegte sich nicht und sagte kein Wort.

Die Verwirrung – hatte er ein heimliches Treffen gestört? – und das plötzliche Gefühl einer körperlichen Bedrohung – waren dort Einbrecher? – bewirkten, daß Lancelot wie angewurzelt auf der Schwelle stehenblieb. Gewiß befand sich nicht nur eine Person im Raum. Jemand beobachtete einen anderen, trotz der Finsternis. Er wußte nicht, ob er etwas sagen sollte. Wie er dort im grauen Dämmerlicht der Halle stand, mußte er deutlich zu sehen sein.

Schließlich ließ sich Simons Stimme vernehmen. Argwöhnisch sagte er: »Hallo?« Lancelot begriff, daß er sofort gehen mußte. Er verspürte nur einen Wunsch: seine Identität zu verheimlichen. Aber Simon schien niemandem zu trauen; plump bewegte er sich quer durch den langgestreckten Raum auf die Tür zu. Als befände er sich in einer fremden Umgebung, stieß er gegen Möbel. Einen Arm hielt er vor sich ausgestreckt, wie wenn er etwas beiseiteschieben oder einen Vorhang teilen wollte. Offenbar hatte er kein Gefühl für die räumlichen Verhältnisse; Lancelot duckte sich, aber eine große Hand berührte sein Gesicht. Die Hand war eiskalt.

»Oh, *du* bist das?« sagte Simon. Seine Stimme und sein Atem verrieten, daß er sehr viel getrunken hatte. Er hielt wohl auch jetzt noch ein Glas in der anderen Hand – Lancelot hörte das leise Schwappen von Whisky, als sich die Hand mit dem Glas bewegte.

»Schon gut«, sagte Lancelot. »Ich wollte gerade wieder nach oben gehen. Tut mir leid.«

»Du – du kannst hier – nicht reinkommen«, meinte Simon trotzig.

»Nein, ich sagte doch: ich wollte gerade nach oben gehen.« Lancelot hielt inne. Freundschaftliche Gefühle stritten sich in ihm mit heftigem Widerwillen. Nicht, daß es ihm etwas ausmachte. Aber es war doch recht seltsam: Simon rührte kaum jemals Alkohol an.

Der Raum war eine Falle, eine Sackgasse; Simon, dessen Gesicht nur einen knappen Meter von seinem entfernt war, schien zu ihm wie durch Gitterstäbe zu sprechen. Er hatte furchtbare Angst: ein Mensch mit der Demut eines wilden Tieres; er verströmte Angst wie eine widerwärtige animalische Ausdünstung, mit der Folge, daß Lancelot gegen die eigene Männlichkeit aufgebracht wurde und sich vor ihr ekelte, weil sie einem solchen Verfall unterworfen war.

»Geh weg!« sagte Simon und schob ihn in der Dunkelheit vor sich her. Lancelot machte alarmiert einen Schritt rückwärts; ein Läufer rutschte unter seinen Füßen; er taumelte und umklammerte den Türrahmen. Sein Ellbogen schlug gegen einen Schalter; sofort gingen die vier hellen Lampen in der Halle an. Man war ganz benommen von der Explosion des Lichts. Lancelot legte eine Hand über die Augen; als er sie fortnahm, sah er Simons aufgedunsenes, rotgeflecktes Gesicht; hier und dort zitterte eine Schweißperle und rann hinab. Er stand seitlich, die Schulter an die Tür gelehnt. Eine Gasse aus Licht lief an ihm vorbei in die Bibliothek.

Mrs. Wing stand gerade eben außerhalb des Lichtes, unverwandt blickte sie in die Höhe und zeigte auf etwas über ihrem Kopf. Rings um sie her konnte Lancelot die großen Sessel, den Tisch mit den Karaffen und – ganz schwach – die lackglänzenden Bücherregale unterscheiden. Ihre nach oben gerichteten Augen reflektierten das Licht, zwinkerten jedoch nicht. Sie stand regungslos da. Mit einem Aufschrei und einer heftigen Bewegung schlug Simon die Tür der Bibliothek zu. Die beiden Männer blieben draußen, außerhalb ihrer glänzenden weißen Täfelung. Im Gegensatz zu dem Wesen, daß sich dort drinnen befand und ins Dunkel starrte, wirkte Simon nun wieder menschlich; unbewußt Halt suchend und vermittelnd, legte Lancelot eine Hand auf seinen Arm.

Sie blickten sich nicht an und sagten auch nichts.

Sogar hier waren sie keineswegs allein, denn das Knallen der Tür hatte Mrs. Bettersley herbeigerufen. Schon nach ein paar Sekunden blickte sie von der Galerie am Rand des hellbeleuchteten Bereiches auf sie hinab. Ihr Gesicht hatte noch schärfere Züge und wirkte wölfisch vor heftiger Neugier. Lancelot schaute hinauf; ihre Blicke kreuzten sich.

»Schon gut, nur ein Schlafwandler«, rief er ihr leise zu.

»Na schön«, erwiderte sie und zog sich zurück. Aber nicht in ihr Zimmer, das erriet er. Vielmehr lehnte sie gewiß im Schatten an der Wand der Galerie, ungerührt, wachsam, die Arme vor der Brust über dem schwarzseidenen Kimono verschränkt.

Ein paar Augenblicke später machte sie noch immer kein Geräusch. Er hätte sich über ihre Anwesenheit gefreut, denn die Rückkehr des Empfindungs- und Denkvermögens – wie Blut, das wieder zirkuliert, nachdem ein Körperglied lange und fest abgebunden war – gab Simon den Rest: ein Seitenblick, in dem fast all sein Grauen lag, dann sank seine massige Gestalt in sich zusammen, schwankte und wurde schlaff – eine plötzliche Ohnmacht. Lancelot bremste seinen Fall ein wenig und lehnte ihn sitzend gegen die Wand.

Lancelot war jetzt ganz allein. Einzelheiten fielen ihm auf: ein Hundehalsband mit offener Schnalle, Asche auf einem Läufer, Frauenhandschuhe, wahrscheinlich Mrs. Wings, zerknautscht und achtlos in eine große Messingschale geworfen. Nun zog es ihn zur Tür, wobei er sich die ganze Zeit der Absurdität seiner Position bewußt war. Er kniete nieder und legte ein Ohr ans Schlüsselloch. Stille. Gewiß stand sie noch dort drinnen und betrachtete – angstvoll und angsterregend – hoch oben etwas, das, nach dem nicht ganz starren Blick ihrer Augen zu schließen, selbst nicht starr war, sondern eher herabhing und vielleicht ein wenig hin- und herschwang. Stille. Dann – er preßte sich noch enger an die Tür – ein plopp-plopp-plopp, dreimal, wie fallende Äpfel.

Diese Vorstellung von Äpfeln kam ihm in den Sinn und blieb mit erschreckender Klarheit gegenwärtig, ein unschuldiges, ländliches Bild, verdunkelt und wie durch eine geschwärzte Scheibe gesehen. Die Vorstellung von Früchten, die sich lösten und aus laubiger Höhe in der muffigen Luft des geschlossenen Raumes zu Boden fielen, hatte die Schärfe einer Halluzination: er glaubte verrückt zu werden.

»Kommen Sie herunter!« rief er zur Galerie hinauf. Mrs. Bettersley erschien mit einem halben Lächeln voller Erwartung, sie überblickte sofort die Lage und kam die Treppe hinab. Nachdem sie Simons Ohnmacht registriert hatte – sie schien ihr ganz recht zu sein –, begab sie sich zur Tür der Bibliothek. Einen Moment lang stand sie davor, dann legte sie die Hand auf die Klinke und drückte sie behutsam nieder.

»*Sie* ist drin!« sagte Lancelot.

»Kommen Sie mit?« fragte sie.

»Nein«, antwortete er schlicht und ohne Umschweife.

»Also gut«, meinte sie achselzuckend. »Wozu bin ich eine Frau!« Sie betrat die Bibliothek und drückte die Tür hinter sich ins Schloß. Er hörte, wie sie sich zwischen den Möbeln bewegte. »Nun kommen Sie!« sagte sie. »Kommen Sie, meine Liebe...« Ein paar Augenblicke lang herrschte tiefstes Schweigen. Dann rief sie aus: »O mein Gott! Nein, das kann nicht sein!« Sie kam wieder heraus, ganz weiß im Gesicht. Sie rieb die Hände aneinander, als habe sie sich weh getan. »Es ist nicht zu fassen«, sagte sie. »Man kommt nicht daran vorbei... Es sieht aus wie ein Apfelbaum.«

Sie kniete neben Simon nieder und begann, an seinem Hemdkragen herumzufingern. Ihre Hände zitterten. Lancelot beobachtete den Anfall weiblicher Geschäftigkeit.

Die Tür ging auf, und Mrs. Wing erschien im Nachtgewand. Ihr Haar hing in zwei Zöpfen über die Schultern. Es glänzte im grellen Licht. Als sie die anderen erblickte, blieb sie verwirrt stehen.

»Ich bin Schlafwandlerin«, murmelte sie und huschte errötend die Treppe hinauf, ohne einen Blick auf ihren Mann zu werfen. Sie war noch immer verwirrt, wie wohl jede junge Frau, die im Nachthemd fremden Leuten begegnet; ihr Erscheinen und ihr Abgang boten das Bild schamhafter Überstürztheit schlechthin.

Simon kam langsam wieder zu sich. Auch Mrs. Bettersley zog sich zurück. Möglichst wenige Menschen sollten in diese Sache hineingezogen werden, wenn es nach ihnen ging.

Der Sonntagmorgen war milchig-blau, mild und sonnig. Mrs. Bettersley erschien pünktlich zum Frühstück, strahlend, rosig und unbeschwert. Lancelot wirkte bleich und aufgedunsen. Mrs. Wing erschien nicht. Simon betrat den Raum wie ein gemäßigter Nordwind. Während er die anderen begrüßte, rieb er die Hände gegeneinander. Nach dem Frühstück traten sie alle durch die Fenstertür hinaus, um auf der Terrasse zu rauchen. Der Gottesdienst sei um elf Uhr, sagte Simon mit gepreßter Stimme.

Mrs. Bettersley begehrte auf. Sie meinte, am Sonntagmorgen pflege sie Briefe zu schreiben. Der Rest machte sich nach einem bedauernden Blick auf den leuchtenden Novembertag folgsam wie eine Schafherde davon. Als sie fort waren, huschte Mrs. Bettersley die Treppe hinauf und klopfte an Mrs. Wings Tür.

Die junge Frau ruhte recht bequem; ein Feuer brannte, auf der Steppdecke lag aufgeschlagen und mit dem Einband nach oben ein leichter Roman. Dieses hübsche Brautzimmer, weiß und rosa, voll Rüschen und Rosen, in das jetzt das Läuten der Kirchglocken und der Wintersonnenschein drangen, hatte für Mrs. Bettersley in seiner ganzen Beschaffenheit eine Atmosphäre angestrengter Nachahmung und Annäherung an eine bestimmte Vorstellung vom Erwachsensein. Simons Bett war gemacht. Im Raum herrschte Ordnung.

»Ich störe doch nicht?« fragte Mrs. Bettersley, nachdem sie kurzerhand Platz genommen hatte.

Mrs. Wing erwiderte nervös, sie sei hocherfreut.

»Geht's heute morgen besser?«

»Nur eine kleine Erkältung, glaube ich.«

»Kein Wunder! Laufen Sie oft im Schlaf herum?«

Mrs. Wings kleines Gesicht zwischen den Kissen wurde eine Spur verkrampfter, härter, bleicher. Alles an ihr forderte Mrs. Bettersley unverhohlen zum Gehen auf. Sie drückte sich so flach ins Bettzeug, als hätte sie sich am liebsten unsichtbar gemacht.

Ihre Besucherin, der nicht viel Zeit blieb – das Glockengeläut hatte aufgehört; in einer Stunde wären die anderen zurück –, ließ nicht locker. »Wie alt waren Sie, als *das* passierte?« erkundigte sie sich.

»Zwölf. Bitte fangen Sie nicht –«

»Sie haben es nie einem anderen Menschen erzählt?«

»Nein. Bitte, Mrs. Bettersley, bitte nicht jetzt! Ich fühle mich so krank.«

»Sie machen Simon krank!«

»Glauben Sie etwa, ich wüßte das nicht?« brach es aus dem kindlichen Wesen hervor. »Ich dachte, er würde mich retten. Nie wäre ich auf den Gedanken gekommen, er könnte selbst Angst haben. Ich glaubte nicht, daß irgendeine Macht in der Welt... Ehrlich, Mrs. Bettersley, ich hatte wirklich keine Ahnung... Ich fühlte mich bei ihm so sicher und war überzeugt, daß all dies vorbeigehen würde. Aber wenn es jetzt kommt, ist es doppelt schrecklich. Glauben Sie, daß es ihn umbringen wird?«

»Ich würde mich nicht wundern.«

»Oh, nein!« stöhnte Mrs. Wing. Sie schlug die Hände vors Gesicht, zitterte am ganzen Leib und schluchzte, daß das Kopfende des Bettes mit leisem Rattern gegen die Wand schlug. »Er hatte so viel Mitgefühl für mich«, stöhnte sie. »Es war zuviel, ich konnte einfach nicht widerstehen. So viel Mitgefühl! Hätten Sie nicht auch geglaubt, daß er einen retten könnte?«

Mrs. Bettersley trat ans Bett, packte die Handgelenke der jungen Frau und zwang sie resolut, aber nicht ohne Zartgefühl auseinander. Ein kleines, verkrampftes Gesicht mit furchtsam starrenden Augen kam zum Vorschein. »Wir haben eine Dreiviertelstunde«, sagte sie. »Sie müssen es mir erzählen! Raus mit der Sprache! Sobald es raus ist, tut es nicht mehr weh – wie ein Zahn, glauben Sie mir. Sprechen Sie darüber, als wäre es nichts Besonderes. Reden Sie mit Simon! Das haben Sie noch nie getan, stimmt's? Niemals?«

Sie habe sich wie ein ziemlich roher Mensch gefühlt, vertraute Mrs. Bettersley später Lancelot an. Aber natürlich habe sie nicht ohne Grund diesen harten Kurs eingeschlagen.

Vor sieben Jahren hatten alle Zeitungen ausführlich über eine Tragödie in der Crampton Park-Schule berichtet: Ein kleines Mädchen hatte sich umgebracht. Gewisse Schlagzeilen und Einzelheiten hatten aufhorchen lassen, und es war zu wilden Spekulationen gekommen. Dann, nachdem irgend jemand seinen Einfluß geltend gemacht hatte, verschwand die Affäre urplötzlich aus der Presse. Gewisse Gerüchte, so manches sei »vertuscht« worden, sorgten dafür, daß der gräßliche Fall erneut ins Gerede kam, ja er wurde zum Tagesgespräch. Alle möglichen skandalösen Andeutungen wurden gemacht. Die Schule schloß, das diskreditierte Lehrerkollegium zerstreute sich. Das schöne Gebäude wurde samt Gelände unter Wert verkauft. Eine Schülerin namens Myra Conway reagierte auf den Schock mit erstaunlicher Sensibilität: Sie erlag fast einem Gehirnfieber. Einen Tag nach dem Selbstmord der Mitschülerin brach sie zusammen und rang, mit ihren Krankenschwestern in dem von Angst und Schrecken erfüllten Haus am Crampton Park alleingelassen, wochenlang mit dem Tod. Alle anderen Kinder hatte man eilig fortgeschafft. Später hieß es, ihre Gesundheit und ihre Nerven seien ruiniert. Vermutlich erging es den anderen Kindern bald besser; man hörte nichts mehr von ihnen. Aus Myra Conway wurde irgendwann Myra Wing. Bis hierhin wußten alle Bescheid, sogar Simon.

Myra Wing lag nun in ihrem Bett auf der Seite in ihrem rosa Schlafzimmer. Ihre Augen waren geschlossen, die Wange ins Kissen gepreßt. Sie sah aus, als schliefe sie. Aber ihr Körper war nicht entspannt. Mit beiden Händen klammerte sie sich an Mrs. Bettersleys Arm. Sie sprach langsam und wählte die Worte mit großer Behutsamkeit, als versuchte sie, sich in einer ungewohnten Sprache auszudrücken:

»Ich kam dorthin, als ich zehn war. Ich glaube nicht, daß die Schule jemals besonders gut war. Sie wurde von allen ›Heim‹ genannt, wahrscheinlich, weil die meisten von uns dort auch die Ferien verbrachten – wir hatten kein Elternhaus, und niemand war älter als vierzehn. Vor lauter Schule kam es uns allmählich so vor, daß dies die Welt sei. Rund um den Garten lief eine hohe Mauer. Ich glaube nicht, daß man uns schlecht behandelte, aber trotzdem ging anscheinend alles schief. Doria und ich steckten immer in der Klemme. Vielleicht gaben wir uns nur deshalb miteinander ab. Die anderen Mädchen – ich glaube, es waren insgesamt achtzehn – mochten uns nicht. Die ganze Zeit fühlten wir uns, als hätten wir eine ansteckende Krankheit. Das war so schlimm, daß wir uns schämten und uns manchmal aus dem Weg gingen: wir wollten nicht miteinander gesehen werden. Ich glaube nicht, daß wir uns selbst für unglücklich hielten. Darüber redeten wir nie. Wir hätten uns sonst noch mehr schämen müssen. Nein, wir taten so, als sei alles in Ordnung. Irgendwie schafften wir es wohl sogar, darauf stolz zu sein, daß wir anders als die anderen waren, aber ich glaube, daß wir einen schlechten Einfluß aufeinander hatten. Ich war damals sehr häßlich, und Doria war genauso schlimm dran. Sie sah sehr seltsam aus. Sie hatte Glubschaugen und trug eine Brille mit dicken runden Gläsern. Wenn wir Eltern gehabt hätten, wäre alles nicht so schlimm gewesen, nehme ich an. Aber so konnten wir einfach nicht glauben, daß sich jemals ein anderer Mensch etwas aus uns machen würde. Wir mochten uns ja nicht einmal untereinander richtig gern. Wir waren gewissermaßen nur zwei Patienten in einem Krankenhaus, die man von den anderen fernhielt, weil wir irgend eine schreckliche Krankheit hatten. Deshalb waren wir wohl aufeinander angewiesen, nehme ich an.

Die anderen Kinder waren zumeist jünger als wir. Das große Haus wirkte von außen sehr düster, aber innen hingen viele Bilder und machten es recht anheimelnd. Das Gelände war sehr weitläufig. Dort gab es viele Bäume und Rhododendronbüsche. Als ich zwölf war, sagte ich mir: Wenn dies die Welt ist, dann ist sie nicht zum Aushalten. Als ich zwölf war, bekam ich die Masern. Ein anderes, gleichaltriges Mädchen bekam sie auch. Wir mußten in einem kleinen Seitengebäude wohnen, bis wir wieder gesund waren. Sie war sehr hübsch und gerissen. Wir wurden Freunde. Sie sagte zu mir, gegen mich habe sie nichts, aber Doria könne sie nicht ausstehen. Als es uns wieder gut ging und wir zu den anderen zurückkamen, hatte ich sie so liebgewonnen, daß ich mich nicht von ihr trennen wollte. Sie hatte ein eigenes Zuhause; sie war glücklich und lustig. Sie zu kennen und sie von ihrem Leben erzählen zu hören, war für mich der Himmel. Ich strengte mich sehr an, ihr zu gefallen, und wir blieben miteinander befreundet. Die andern fingen an, mich zu mögen. Ich ließ Doria im Stich. Doria blieb allein zurück. Sie schien all das zu verkörpern, was es Schreckliches in meinem Leben gab. Von dem Augenblick an, wo wir uns trennten, ging es mit mir bergauf. Ich lachte sie zusammen mit den anderen aus.

Die einzige glückliche Zeit in Dorias und meinem Leben war die Zeit gewesen, in der wir in einem abgelegenen Teil des Gartens miteinander gespielt und uns Geschichten erzählt hatten. Dort gab es eine abschüssige Rasenfläche mit einem schönen alten Apfelbaum. Manchmal kletterten wir in seinen Zweigen herum. Nie kam ein anderer Mensch dorthin. Es war wie etwas, das uns ganz allein gehörte, und dort zu sein, machte uns glücklich und selbstbewußt.

Doria war todunglücklich, als ich sie fallenließ. Sie weinte nie, sie ging ihrer eigenen Wege. Es war, als wäre alles, wovon ich mich freigemacht hatte, auf sie zurückgefallen: Ich hinterließ ihr all meine Erbärmlichkeit. Wenn ich bei den anderen war, war sie immer allein, und ich bemerkte, daß sie mich beobachtete. Eines Nachmittags forderte sie mich auf, mit ihr zum Apfelbaum zu gehen. Sie tat mir leid, deshalb ging ich mit. Als wir ankamen, konnte ich es nicht aushalten. Ich hatte Angst, mich wieder zu verlieren. Da sagte ich schreckliche Dinge zu ihr. Ich wünschte ihr den Tod. Wissen Sie, es schien außerhalb der Schule keine andere Welt zu geben.

Wir schliefen noch immer im selben Raum, zusammen mit zwei anderen Mädchen. In jener Nacht – der Mond schien schwach – sah ich sie aufstehen. Sie band den Gürtel ihres Morgenmantels – er war sehr dick – fest um die Taille. Einmal blickte sie zu mir herüber, aber ich tat so, als würde ich schlafen. Da ging sie hinaus und kam nicht zurück. Ich lag im Bett – der Mond schien kaum noch – und hatte das schreckliche Gefühl, ein Strick sei fest um meinen Hals gewickelt. Schließlich ging ich los, um nach ihr zu suchen. Die verglaste Tür, die in den Garten ging, stand offen. Ich trat hinaus und schaute mich nach ihr um. Wissen Sie, sie hatte sich im Apfelbaum erhängt, aber als ich dort ankam, sah ich sie nicht gleich. Ich blickte mich um, ich rief nach ihr, und ich schüttelte die Zweige, aber es fielen nur zwei oder drei Äpfel herab – es war im September. Die belaubten Äste streiften jedesmal mein Gesicht. Und dann sah ich sie! Ihre Füße baumelten genau über meinem Kopf. Ich bog die Zweige auseinander, um besser sehen zu können – das Mondlicht war gerade hell genug –, und wieder spürte ich die Blätter im Gesicht. Ich schlich zurück, kroch ins Bett und wartete ab. Niemand hatte etwas gehört, keine Schritte näherten sich. Am nächsten Morgen sagte man uns natürlich nichts. Es hieß, sie sei krank, und ich tat so, als ob ich es nicht besser wüßte. Ich konnte an nichts anderes denken als an den Apfelbaum.

Während meiner Krankheit – ich war sehr krank – dachte ich, das Laub würde mich erwürgen. Jedesmal, wenn ich mich im Bett bewegte, fiel ein Apfel herab. Alle anderen Mädchen wurden fortgebracht. Als ich wieder gesund war, fand ich das Haus leer vor. Bei der ersten Gelegenheit schlich ich mich hinaus, um nach dem wirklichen Apfelbaum zu sehen. ›Es ist nur ein Baum‹, sagte ich mir. Und: ›Wenn ich ihn ansehen kann, dann geht es mir bestimmt bald besser.‹ Aber der Baum war gefällt worden. Die Stelle, wo er gestanden hatte, war mit neuen Grassoden abgedeckt worden. Die Krankenschwester schwor, dort habe es nie einen Apfelbaum gegeben. Sie wußte nicht – niemand hat es jemals erfahren –, daß ich in jener Nacht draußen gewesen war und Doria gesehen hatte.

Ich nehme an, den Rest können Sie erraten – Sie waren ja gestern nacht dabei. Sehen Sie, die Sache plagt mich. Jetzt bin ich zwar verheiratet, aber es hat sich nichts geändert. Von Zeit zu Zeit – ich weiß noch immer nicht, wie und wann es dazu kommt – sehe ich, wie Doria aufsteht, den Gürtel um die Taille schlingt und hinausgeht. Dann kann ich nicht anders, als ihr zu folgen. Immer ist dort der Apfelbaum. Seine Wurzeln sind in mir. Er nimmt mir alle Kraft, und nun fängt er an, auch Simon zu schwächen.

In solchen Nächten hält es niemand bei mir aus. Jeder, der einmal dabeigewesen ist, weiß das, aber niemand will darüber reden. Nur Simon versucht, mir zur Seite zu stehen – Sie haben es gestern nacht selbst erlebt. Es ist unmöglich, bei mir zu sein, ich mache Räume unbetretbar. Ich bin nicht wie ein Haus, das man niederbrennen oder abreißen kann, glauben Sie mir. Sie wissen, wie es ist – ich hörte Sie gestern nacht da drinnen, als Sie versuchten, mich zu erreichen –«

»Ein zweites Mal werde ich nicht versagen. Nie habe ich mich mehr geschämt«, meinte Mrs. Bettersley.

»Wenn ich hier oben bleibe, wird der Baum in diesem Zimmer wachsen. Ich fühle, daß er Simon erwürgen wird. Wenn ich hinausgehe, steht er finsterer als all die anderen vor dem Himmel... Heute morgen habe ich versucht, mich zu entscheiden. Ich muß Simon verlassen. Ich sehe ganz klar, daß ihn dies allmählich zerstört. Wenn ich ihn mit Ihnen und den anderen sehe, begreife ich, wie er früher gewesen sein könnte und vielleicht auch war. Aber wissen Sie – es ist schwer, ihn zu verlassen. Er ist mein Leben. Zwischendurch sind wir... so glücklich. Aber Sie müssen mir helfen, es zu tun, Mrs. Bettersley!«

»Ich werde dafür sorgen, daß Sie eines tun: Kommen Sie mit mir, vielleicht nur für einen Monat. Meine Liebe, wenn ich das nicht zuwege bringe, nach allem, was gestern nacht geschehen ist, dann bin ich erledigt!« rief Mrs. Bettersley.

Eine aus der Eitelkeit geborene Passion kann auf besondere Weise tief im Gemüt eines Menschen wurzeln und ihm unbeirrbare Tatkraft verleihen. Mrs. Bettersley, entschlossen, sich zu bewähren, verschwand für einige Wochen mit dem geplagten Mädchen. Lancelot leistete in der Zwischenzeit Simon Gesellschaft. Kurz vor Weihnachten tauchte ihre gemeinsame Freundin wieder auf. Nach der Strapaze wirkte sie möglicherweise ein wenig schroffer, aber auch aufgeräumter. Falls sie einen Kampf hinter sich hatte, war ihr kein Haar gekrümmt worden. Nicht einmal gegenüber Lancelot ließ sie verlauten, dank welcher Künste und welch hartgesottener Wachsamkeit es ihr in jenen Tagen und Nächten gelungen war, den bösen Geist des Apfelbaumes zu vertreiben. Der Sieg hatte sie altern lassen, aber sie war souverän wie immer. Mrs. Wing wurde ihrem Gatten zurückgegeben. Wie es nicht anders zu erwarten gewesen war, sah man danach immer weniger von dem Paar. Die beiden tauchten unter im Glück – eine sublime Art zu verschwinden.

In Verruf

Die beiden kleinen Mädchen der Carburys, Penny und Claudia, gingen mit Miss Rice, ihrer Gouvernante, nach dem Mittagessen gleich wieder hinauf. Man konnte hören, wie sich ihre Schritte auf der Galerie aus Kiefernholz oben über der Halle entfernten. Die Besucher waren enttäuscht: Mrs. Laurie mochte Kinder, und Frank Peele hatte gehofft, die Gouvernante ein bißchen länger sehen zu können. Regen trommelte auf das Oberlicht der Halle, und noch bevor sie die etwas modrig schmeckenden Zigaretten ihres Gastgebers Godwin Carbury zu Ende geraucht hatten, ließen sich diese erwachsenen Menschen in die Bibliothek schieben. Keiner der Sessel dort lud zum Platznehmen ein, und die abweisenden Bücher sahen aus, als wären sie kistenweise eingekauft und in den Regalen festgeklebt worden. Dies hätte ein hübscher Septembertag sein können. Die Blätter der Pflaumenbäume in den leicht abschüssigen Obstgärten rings umher leuchteten hellgelb, aber seit Tagen lag der Wald von Dene feucht und wolkenverhangen da.

Mrs. Laurie, eine lebhafte Person, seit dem neunzehnten Lebensjahr verheiratet, und Mrs. Carbury, fahrig und dumpf, hatten sich vor Jahren in Indien angefreundet, damals, als beide noch junge Mädchen waren. Sie hatten die Verbindung nicht abreißen lassen, denn Mrs. Carbury hatte keine andere lebenslustige Freundin, und Mrs. Laurie hatte im Leben gelernt, daß man nie wissen kann, wann einem ein treu ergebener Mensch einmal nützlich sein könnte. Außerdem hatte Mima ihr schon immer leid getan.

Mimas Leben war recht ereignislos verlaufen. Nachdem ihre Freundin geheiratet hatte, kehrte sie ohne großes Aufsehen aus Indien zurück, und erst mit sieben- oder achtundzwanzig hatte sie Godwin Carbury getroffen, der sich mit vierzig nach einer Frau zum Heiraten umsah. In der Gegend, aus der er kam, war angeblich kein Mann so unpopulär gewesen wie er, und dieser Ruf folgte ihm bis nach London. Godwin war vorsichtig, in Geldangelegenheiten sogar gräßlich vorsichtig, aber nicht vorsichtig genug, um dies zu verheimlichen. Dazu kam eine verdrießliche Selbstüberschätzung. Man ging davon aus, daß wirtschaftliche Umstände ihn gezwungen hatten, ledig zu bleiben, solange seine Mutter noch lebte und den Haushalt in Pendlethwaite führte. Möglicherweise sah Mima etwas in ihm, das sonst niemand sah; daran gewöhnt, nicht gemocht zu werden, war sie ganz darauf bedacht, eine »passende« Partie zu machen. Jedenfalls heirateten die beiden, und nach einigen Jahren hatten sie diese zwei dünnen, scheuen Mädchen bekommen. Nachbarn hatten sie wenige in Pendlethwaite, und Godwins Absonderlichkeiten schnitten die Familie immer mehr von den paar Leuten der Umgebung ab. Was für ungute Gefühle Mima auch immer haben mochte – sie stand in blinder Ergebenheit hinter ihm. Für sich selbst hatte sie nur wenig Geld übrig, und so fuhr sie denn ein- bis zweimal im Jahr nach London, machte einen Schaufensterbummel, traf sich mit Mrs. Laurie (seit einiger Zeit verwitwet) und kaufte herabgesetzte Jacken und Schuhe für die kleinen Mädchen. Erst vor kurzem hatte sie die Absicht geäußert, auf London ganz verzichten zu wollen. Die Erziehung der Mädchen werde eine schwere finanzielle Bürde bedeuten, meinte sie.

Mrs. Laurie staunte über sich selbst, weil sie sich jetzt hier in Pendlethwaite befand, aber bei ihr herrschte gerade Leerlauf, und sie hätte nicht gewußt, was sie eine ganze Woche lang anfangen sollte. Da sagte sie sich: »Versuch es mal bei den Carburys«, und sie hatte Mima geschrieben. Mrs. Laurie war eine Frau, die nicht viel von sich hermachte, aber mit einer gehörigen Portion Charme kam sie gut über die Runden. Sie konnte gewagte Dinge sagen, ohne daß sie unverschämt klangen, und sie war entschlossen, sich auf Godwins Kosten ein bißchen zu amüsieren. Darüber hinaus erwartete sie nicht viel.

Das Haus in Pendlethwaite war nicht gerade zum Verlieben. Etwa um 1880 aus bräunlichen Ziegelsteinen erbaut, knarrte es im Inneren vor lauter Kiefernholz. Schmale, an eine Kirche erinnernde Fenster lugten in die lächelnde Landschaft hinaus. Das Grundstück, von Lorbeerbäumen und kleinen, unfrohen Gruppen einer fremdländischen Fichtenart umgürtet, die ewig wie naßgeregnet aussah, verdüsterte das Tal. Das Haus selbst schien sich einem immerwährenden Januar verschrieben zu haben: Sonnige Jahreszeiten prallten von seinen Mauern ab. Die reifen, roten Pflaumen und die saftigen Äpfel, die in diesem Monat die Zweige bogen, leisteten ihm auf heidnische Art Gesellschaft. Drinnen gab es keine Elektrizität; Holztäfelungen schluckten das Lampenlicht; bis Oktober wurde nur abends Feuer in den Kaminen gemacht. Das alles hatte nicht einmal den hinterhältigen Charme des Verfalls, denn Godwin ließ es sich sehr angelegen sein, die Dinge in Schuß zu halten: Die Lorbeerbäume wurden gestutzt, die bescheidenen Mahlzeiten in aller Form aufgetragen... Mrs. Laurie hatte erfreut festgestellt, daß es noch einen anderen Hausgast gab, aber die Freude hielt nicht lange an. Frank Peele, soeben auf Heimaturlaub aus Siam zurückgekehrt, war ein Vetter zweiten Grades von Mima. Gewiß hatte er sich selbst eingeladen, weil er irgendwo unterkommen mußte. Mrs. Laurie kam er nicht wie ein Mann vor, um dessen Gesellschaft man sich riß. Etwa dreißig Jahre alt, wirkte er noch wie ein ungehobelter Schuljunge – vertrottelt, unfertig, drollig, verloren, melancholisch und vielleicht (das fürchtete sie am meisten) mit einer romantischen Seele. Sie vermutete, daß Mima es genoß, für ihn noch mehr Mitleid zu empfinden als für sich selbst... Gastfreundschaft in diesem Ausmaß mußte für die Carburys eine ziemliche Belastung sein. Mrs. Laurie glaubte fast hören zu können, wie Godwin zu Mima sagte: »Reicht man den kleinen Finger, nehmen sie die ganze Hand.« Seinen Pflichten als Gastgeber kam er mit düsterer Korrektheit nach. Wenn man einen Tag zu lang bliebe, wäre es bestimmt aus mit der Verpflegung. Jedenfalls sprang einem sein starrer Sinn für Ökonomie überall in die Augen.

Das einzige auffällig Unökonomische Sache war die Gouvernante. Mrs. Laurie, unglücklicherweise selbst kinderlos, erkannte eine teure Gouvernante, wenn sie eine sah. Miss Rice beherrschte ihr Metier vollendet. Schon die Unaufdringlichkeit ihres ersten Auftritts beim Mittagessen verschlug Mrs. Laurie die Sprache. Penny und Claudia – engstehende Augen, langes, säuberlich nach hinten über die Schultern gekämmtes Haar – umkreisten sie wie Trabanten, das war nicht zu übersehen. »Diese beiden Mäuschen beten sie an«, dachte Mrs. Laurie und erinnerte sich an den geordneten Rückzug nach dem Mittagessen: drei Menschen, die in ihre eigene Welt zurückkehren. Die Anbetung hielt sich jedoch in schicklichen

Grenzen. »Wie *schafft* Mima es nur, solch eine Frau in diesem Mausoleum zu halten? Die könnte überall unterkommen. Mima ist wohl doch nicht so eine Närrin, wie ich dachte... Ich muß es herausfinden...«

In der Bibliothek verlor sie keine Zeit. Frank Peele stand, die Hände in den Hosentaschen, vor dem Rundbogenfenster und blickte gleichmütig in den Regen hinaus; Mima schenkte dünnen Kaffee ein; Godwin verteilte düster die Tassen. Mrs. Laurie sagte liebenswürdig: »Also, ihr habt eine Gouvernante? Als wir uns letztes Mal sahen, habt ihr gerade eine gesucht.«

»Ja, ja, stimmt«, sagte Mima in ihrer zerstreuten Art.

»Miss Rice kam im Mai«, sagte Godwin mit Bestimmtheit.

»Sie scheint ihre Sache sehr gut zu machen...«

Frank Peele gab einen Grunzlaut von sich.

»Als sie hereinkam«, fuhr Mrs. Laurie fort, »war ich sicher, sie schon einmal irgendwo gesehen zu haben. Ich würde gern wissen, wo sie vorher war. Sie sieht erstaunlich gut aus, und dabei wirkt sie so taktvoll. Hat wohl irgendeinen Kummer auf dem Herzen, aber so ist das Leben nun mal, nehme ich an.«

»Mit uns scheint sie zufrieden zu sein«, sagte Godwin und reichte Mrs. Laurie mit bitterer Miene den Zucker. »Mima, hast du irgendwelche Pläne für heute nachmittag?« Seine Frau machte ein ausdrucksloses Gesicht.

»Wir müssen uns um unsere Gäste kümmern.«

»Ich hatte gleich das Gefühl«, sagte Frank und drehte sich schwungvoll um, »daß ich ihr Gesicht noch nie gesehen habe.«

»Wirklich?« sagte Godwin.

Mima griff ungeschickt nach dem Kaffeetablett; alles darauf verrutschte. Mißfiel ihr, daß Vetter Frank sich in die Gouvernante vergaffte? Die nettesten Frauen mögen es, wenn sie von Männern ohne Anhang umgeben sind. »Sie hat bestimmt eine Menge im Kopf«, sagte Mrs. Laurie leichthin.

»Ja, sie ist eine großartige Lehrerin, die Kinder gehen richtig mit. Sie scheinen einfach alles zu lernen.«

»Können sie nach dem Tee nicht alle herunterkommen und mit uns Quartett oder so was ähnliches spielen?«

»Sie machen Hausaufgaben«, sagte Godwin abwehrend. (»Der achtet darauf, daß er was für sein Geld kriegt«, dachte die Besucherin.) Mimas Augen, seltsam nervös in dem faltigen, rosafarbenen Gesicht, suchten die ihres Mannes. »Frank«, fuhr Godwin fort, »ich könnte dir jetzt diese Landkarten zeigen.« Kein Zweifel, jedes Gespräch über Miss Rice war damit beendet.

»Heute nicht, danke«, sagte Frank. »Ich hab mir irgendwie den Hals verrenkt.« Godwin verließ sie; nach einem letzten vielsagenden Blick auf Mima zog er die Tür mit stummem Tadel hinter sich zu. Frank stöberte in den Bücherregalen herum, zog *Klöster des Morgenlandes* heraus und ließ sich mit dem Ausdruck resignierten Unbehagens in einen Sessel sinken. Ein Mann mit einem Buch ist praktisch nicht anwesend. Mrs. Laurie zog flink ihre Stickerei hervor, und die beiden Frauen rückten eifrig die Stühle zu einem Plausch zusammen. Regen strömte an den Fenstern herab, Papier raschelte im kalten Kamin.

Mima hatte so wenig Besuch von Freundinnen, daß ihr die Unterhaltung in den Kopf stieg wie Wein. Die Stimmen der beiden Frauen hoben und senkten sich, ein gleichförmiger Singsang. Nach einer halben Stunde rutschte Frank das Buch auf die Knie, sein Kopf rollte zurück, der Unterkiefer fiel herab; ein lauter Schnarchlaut entschlüpfte ihm. »Also wirklich!« rief Mima und unterbrach kopfschüttelnd das Gespräch. »Wohl eine Angewohnheit aus den Tropen«, sagte Mrs. Laurie. Sie fand es besser so, ohne Frank mit seinem Buch. Nun waren sie fast allein. Sprunghaft kam sie auf das Gesprächsthema zurück.

»Mima, was hat denn Godwin noch über Miss Rice im Ärmel?«

»Miss Rice? Oh, nichts«, antwortete Mima mit übertriebener Gleichgültigkeit.

»Ist sie sein einziger kostspieliger Tick?«

»Nein«, sagte Mima, »das ist der Punkt: genau das ist sie nicht.«

»Ein billiger Glückstreffer? Du verblüffst mich. Hat die Sache mit ihr wirklich keinen Haken?«

»Meine liebe Nella, sie ist gut zu den Kindern, oder etwa nicht?« Mima fixierte ihre Freundin mit so seltsam flehenden Augen, daß Mrs. Laurie verwundert ihre Arbeit sinken ließ. »Ja, sie hat aus ihnen Prinzessinnen gemacht«, sagte sie geziert. »Wie weise du gehandelt hast, Mima!«

»Glaubst du wirklich? Sieh mal, Godwin und ich wollten das Beste, was wir kriegen konnten. Er hat viel vor mit Penny und Claudia.«

»Das spricht für ihn«, sagte Mrs. Laurie voller Wärme.

»Das glaube ich auch«, beteuerte Mima rasch. Dann legte sie mit unglücklicher Miene eine Hand an ihre Wange. »Ich mochte nie so recht... ich meine, wenn sie... ich möchte doch gerne wissen...«

»Warum ist Godwin mir ins Wort gefallen, als ich sagte, ihr Gesicht komme mir bekannt vor?«

»Wir hatten gehofft, daß niemand darauf kommen würde«, sagte Mima zu Mrs. Lauries Überraschung. »Weißt du, in der Regel besucht uns fast niemand hier, und in allen anderen Punkten schien sie ideal zu sein – und das ist sie auch. Normalerweise hätten wir sie uns nicht leisten können, aber es sah nach einer guten Gelegenheit aus. Siehst du, wir konnten ihr kein hohes Gehalt bieten.«

»Da wird die Auswahl natürlich kleiner...«

»Genau. Alle, die ich mir ansah, waren so vulgär und aufdringlich, abgesehen davon, daß sie anscheinend von nichts eine Ahnung hatten. Die Frau von der Agentur sagte: ›Was wollen Sie denn, bei diesem Gehalt?‹ Ich war richtig verzweifelt.«

»Ach ja? Und dann?«

»Ich habe mich immer mehr mit Godwins Idee angefreundet. Wie er selbst sagte, handelte es sich praktisch um einen Akt der Wohltätigkeit. Es schien unfair, daß diese Sache gegen sie sprechen sollte. Nachdem sie ihren Verteidiger bezahlt hatte, stand sie ohne einen Penny da – und ohne Zukunft. Immerhin wurde sie freigesprochen.«

»Was um Himmelswillen meinst du damit?«

Mima sah wirklich verängstigt aus, fing sich aber wieder. »Ach, meine Liebe«, sagte sie, »und ich hatte geschworen, nie darüber zu reden! Nella, versprichst du mir, daß du es nicht weitersagst? Es ist solch eine Erleichterung, mit dir darüber zu sprechen. Ich denke die ganze Zeit über an nichts anderes. Siehst du, Godwin hatte das Verfahren aufmerksam verfolgt. Die Zeugen machten so vorteilhafte

Aussagen über sie, fast alle früheren Arbeitgeber wurden gehört. Selbst der Ankläger hat nie behauptet, sie sei eine *schlechte* Gouvernante. Und am Ende wurde sie ja freigesprochen. Wenn man doch nur herausgefunden hätte, wer es getan hat!...«

»Fang bitte von vorne an.«

»Na gut... Verfolgst du Mordprozesse?«

»Ich lasse kaum einen aus.«

»Erinnerst du dich daran, daß Sir Max Rant plötzlich gestorben ist?«

»Mima! Sie ist doch nicht etwa *Henrietta Post?*«

»Pssst! Pssst!« flüsterte Mima und blickte vorsichtig zu Frank hinüber. Dann nickte sie Nella erschrocken und zugleich wichtigtuerisch zu.

Mrs. Laurie starrte ihre Gastgeberin wie versteinert an. Dann sagte sie: »Sie kann von Glück reden, daß sie noch am Leben ist. Es ging um Kopf und Kragen.«

»Ja, er war anscheinend ein gräßlicher alter Mann. Aber selbst in den schlimmsten Momenten hat niemand ihre Anständigkeit bezweifelt.«

»Kein Wunder, daß sie so gehetzt aussieht. Das war bestimmt eine grauenvolle Prüfung... aber danach – wie im Himmel...?«

»Godwin meinte, ich solle an sie schreiben – das war drei Wochen nach dem Prozeß – und ihr ein neues Leben und fünfundzwanzig Pfund im Jahr anbieten...«

»Godwin hat aber auch Nerven! Na ja, es sind eure Kinder, nicht meine... *Henrietta Post!*«

Ohne sich zu bewegen und ohne auch nur ein geschlossenes Augenlid zu heben, sagte Frank: »Wer ist Henrietta Post?«

»Miss Rice hat wieder kalte Hände«, sagte Penny.

Claudia malte noch einen Moment weiter, legte dann ihren Pinsel auf den Rand des Malwasserglases, von dem ein säuerlicher Geruch ausging und das auf dem Grund einen roten Satz hatte. Aufmerksam schaute sie über den Tisch auf Penny, die neben dem Stuhl von Miss Rice stand und deren rechte Hand anhauchte. Die Gouvernante hatte ihr Buch auf den Tisch gelegt und las, die bleiche

Wange in die linke Hand gestützt, mit abwesendem Lächeln weiter. Einmal entzog sie Penny ihre Hand, um eine Seite umzublättern.
»Was wird sie bloß im Winter machen?« fragte Claudia.
»Dann gibt's doch Feuer.«
»Das Feuer hier brennt nie besonders stark.« Sie hatten beide den gleichen verzweifelten Gedanken: »Angenommen, unser Liebling verläßt uns?«

An diesem Nachmittag zog die schwarze Kälte des Kamins die Aufmerksamkeit auf sich wie sonst nur das Feuer. Das Schulzimmer hatte verblaßte, meerblaue Tapeten, in die die Bücherschränke aus Kiefernholz und die beiden Türen wie hineingeschnitten wirkten; keine einzige richtige Farbe gab dem Raum Wärme. Die hohen Fenster blickten auf einen regenverwischten Hügel. Miss Rice hatte nichts Eigenes auf den Kaminsims gestellt, auf dem eine Reihe von Plastilin-Tieren, die die Mädchen modelliert hatten, entlangmarschierte. Im Raum verstreut waren die Ergebnisse anderer Hobbies, zu denen Kinder von guten Gouvernanten angehalten werden – auf dem Fenstersims eine Gärtnerei mit Blumentöpfen: Pausbäckige Primelchen und rosiges Warzenkraut blickten etwas wunderlich in das nüchterne Zimmer hinab, in dem diese drei Menschen lebten, so gut es eben ging.

Miss Rice legte das Buch und mit ihm ihr glückliches, selbstvergessenes Lächeln beiseite – es war *Emma*. »Seid ihr fertig mit Malen?« fragte sie.

Sie hatte den beiden einen griechischen Tempel als Aufgabe gestellt. Claudias Tempel hatte als Hintergrund einen Sonnenuntergang, Penny hatte den Raum zwischen den Säulen mit mittelmeerischem Blau ausgefüllt. Miss Rice ging um den Tisch herum und schaute sich die Werke an. »Ein Sonnenuntergang wie dieser würde vom weißen Stein gespiegelt werden, Claudia... Penny, an einem so klaren Tag wären Schatten zu sehen.« Sie sahen es ein. Immer dachte Miss Rice an etwas, woran *sie* nicht gedacht hatten. In ekstatischer Verzweiflung zogen sie die Stirn in Falten. »Penny, wenn du aufhörst, wasch die blaue Farbe aus dem Pinsel.«

»Sind Farben giftig?«

»Manchmal. Na, ist euch auch kalt?«

Nie würden sie etwas zugeben, das ihr Kummer bereiten könnte. »Schiebt den Tisch zurück und holt die Springseile.«

Die Mädchen glichen einander, obwohl zwei Jahre zwischen ihnen lagen. Es war, als könnten sie sich nicht entschließen, auf irgendeine Art auseinander zu gehen. Hinsichtlich ihrer Größe gab es kaum einen Unterschied – als hätte Penny auf Claudia gewartet. Ihre Stimmen hatten die gleiche, eindringliche Tonhöhe, und wenn sich ihre wilden, dunklen Augen trafen, schienen sie sich zu beraten. Was sie davon hielten, dazusein und zu leben, würden ihre Eltern nie erfahren. Ihr Wesen glich einer Batterie, die sich an irgend etwas auflud. Vor Miss Rices Zeit war jeden Morgen die Schwester des Doktors gekommen, um sie zu unterrichten. Lesen und Schreiben hatten sie schon vorher gekonnt, und so hatten sie von der Schwester des Doktors nur erfahren, was ohnehin jeder wußte: beispielsweise warum ihr Haus gemieden werde, wie schrecklich ihr Vater ausgelacht werde, und wie sehr man ihre Mutter seinetwegen bemitleide. Sie erfuhren, daß es ein Unglück sei, so zu sein wie sie. Sie bemerkten, wie widerwillig des Doktors Schwester jeden Morgen die Allee heraufgeradelt kam, und mit welcher Selbstüberwindung sie aß, was es mittags gab. Ihre rauhen Fingerspitzen, die fest in die fleischigen Ohrläppchen geschraubten Perlen, ihre trampelhafte Art – all dies schien Teil der Macht zu sein, mit der sie sie quälte. Sie verkörperte die Welt, und die beiden beteten, sie möge sterben, aber statt dessen heiratete sie. Danach warteten sie ab, gewappnet. Und dann kam Miss Rice.

»Wenn ihr euch warmhalten wollt, müßt ihr euch beeilen«, sagte Miss Rice.

Claudia rollte die Springseile auseinander, und jede nahm eines. Sie standen da, streckten die Arme aus und umklammerten eifrig die Handgriffe. »Eins, zwei, drei – los!« Die Seile sausten zischend über den Linoleumboden. Penny stolperte beim sechsundfünfzigsten Mal, aber Claudia hielt durch und schaffte achtundsiebzig. Ihre Zehen hüpften und hüpften, ihr Haar wippte, und die Augen fingen an, aus den Höhlen zu treten. Endlich verfing sich das Seil an einer Zehe. »Das ist der Rekord«, sagte Miss Rice, »aber vielleicht überbietet ihn Penny nächstes Mal.« Außer Atem knieten beide auf

dem Kaminvorleger. Leben durchrieselte sie von den Zehen bis zu den Wangen.
»Wenn Sie Seilspringen würden«, sagte Claudia, »würden Sie es vielleicht bis hundert schaffen.«
»Das Seil ist zu kurz«, sagte Miss Rice.
»Was haben Sie früher sonst noch gemacht – getanzt?«
»Ja, früher einmal.«
Sie hatten nie jemanden tanzen sehen, außer auf Bildern von Ballsälen; sie stellten sich Miss Rice lieber nicht von einem Arm umfangen vor, sondern allein über den Boden schwebend, mit ihrem alterslosen, weißen, glänzenden Gesicht, arglos wie ein Engel. In diesem glücklichen Augenblick, hier in ihrer Nähe, erhitzt vom Seilspringen, wähnten sie sich der Geschichte nahe, die sie nicht erzählen wollte – aber *sie* blickte hinab auf die Springseile am Boden.
»Räumt die lieber weg«, sagte sie. Außer wenn sie las, blieb sie nie lange ruhig: Sie konnten spüren, wie sich etwas von hinten an ihren Stuhl herausschlich, etwas, das ihre sprechenden Augen plötzlich kalt und dunkel wie der leere Kamin werden ließ. Dagegen war die Liebe der Mädchen machtlos. Dieses grauenvolle Warten schien nicht zu ihrem Liebling zu passen – Mutter wäre ohne ihre Sorgen nichts, und Vater war nur dazu da, vor sich hinzustarren und am Schnurrbart zu kauen –, aber *sie* schien geboren, um Licht zu verbreiten... Mit dem Gefühl, daß ihr Feind jetzt da war, standen die Kinder auf und legten hilflos die Springseile ins Regal.
»Da kommt jemand!« sagte Penny. Sie hörten, wie die Tapetentür am Ende des Flurs hinter jemandem zuklappte, dann die Schritte eines Mannes. Es pochte einmal zaghaft an der Tür. Miss Rice und die Kinder warteten. »Herein«, sagte sie.
Frank Peele lugte durch den Türspalt. »Oh!« sagte er. »Darf ich reinkommen? Tut mir leid, bin auf Erkundung. Suche nach geheimen Gängen. Ein bißchen Bewegung vor dem Tee.« Miss Rice lächelte beherrscht. »Hier seid ihr also alle«, fuhr er fort. Er schaute auf den Tisch. »Ihr malt?«
»Ja.«
»Was für ein Tag!« sagte er fast demütig zu Miss Rice. »Aber richtig lustig habt ihr es hier oben. Sie halten wohl viel von frischer

Luft?« Dann sah er, daß beide Fenster verriegelt waren: Was er spürte, war nur der Luftzug. Miss Rice war wieder an den Tisch getreten, an dem sie gelesen hatte. Frank ließ sich in den Korbstuhl fallen, daß er knarrte. Die Kinder klappten ihre Malkästen zu. »Es ist wohl bald Zeit für den Tee«, bemerkte Frank.

»Bist du hungrig, Vetter Frank?« fragte Claudia sanft.

Frank schien erleichtert, daß jemand etwas sagte. »Ich verdiene keinen Tee, ich hab in der Bibliothek geschlafen wie ein Murmeltier. Eure Mutter und Mrs. Laurie haben sich über mein Schnarchen beklagt.« Er sah sich verstohlen im Lernzimmer um, wie ein Hund. »Sie haben sich den Mund fusselig geredet. Als ich einnickte, waren sie gerade bei Indien angelangt, und als ich aufwachte, ging es um eine gewisse Henrietta Post.«

Penny lachte. »Wer ist diese Henrietta Post?« fragte sie.

»Frag mich nicht«, sagte Frank. »Miss Rice, wer ist Henrietta Post?«

Miss Rice erwog eine Antwort, während tickend die Sekunden auf der Standuhr verstrichen und ein Fuhrwerk ratternd jenseits der regennassen Obstgärten in die Stille hineinfuhr. Die Kinder wandten sich ihr zu, um zu sehen, wie sie Franks Scherz aufnahm. Sie blickte ihn zweimal an, mit stetigen, nachdenklich prüfenden, dunklen Augen. »Bestimmt wissen Sie es?« sagte sie endlich.

»Ich kenne keine Menschenseele«, erwiderte Frank. »Ich bin in Siam gewesen.«

»Aber da gab es doch Zeitungen, oder?«

»Ist sie so etwas wie eine Berühmtheit?«

»Sie wurde wegen Mordes angeklagt«, sagte Miss Rice, als erteilte sie Geschichtsunterricht. »Letzten Frühling wurde sie vor Gericht gestellt, freigesprochen, aber nie völlig entlastet. Danach verschwand sie, in der Hoffnung, vergessen zu werden.«

»Großer Gott!« rief Frank aus. »Wohin könnte eine Frau nach solch einem Spektakel verschwinden?«

»Sie kann von Glück reden, wenn sie irgendwo unterkommt.«

»Halt! Jetzt erinnere ich mich!« sagte Frank, froh darüber, ein Gesprächsthema zu haben. »War sie nicht diese Gouvernante? Das alte Schwein, in dessen Haus sie war, wollte sich die ganze Zeit an sie ranmachen, und als ihn dann jemand um die Ecke brachte, versuchte man, es auf sie zu schieben. Ich weiß noch, daß ich damals dachte –«

Miss Rices betonte Zurückhaltung erinnerte Frank daran, wo er sich befand. In die Schranken verwiesen, unterbrach er sich peinlich berührt mit einem Seitenblick auf die Kinder. *Die* saßen mucksmäuschenstill, die gefalteten Hände zwischen den Knien. Man konnte unmöglich sagen, was in ihren Köpfen vorging, die sie beide geflissentlich von ihrer Gouvernante weggedreht hatten. Frank gab sich einen Ruck, aber beim besten Willen konnte er nicht verhindern, daß es aus ihm herausplatzte: »Sie sah sehr gut aus, nicht wahr?«

»Haben Sie nie Photos von ihr gesehen?«

»Wissen Sie, bei mir da draußen gibt es nur die ›Times‹. Und da sind keine hübschen Photos drin.«

»Verstehe.«

Frank fuhr heftig bewegt fort: »Ich weiß noch, daß ich damals dachte, was für eine schockierende, unfaire Sache für eine Frau!« Miss Rice mit ihrem kühlen Lächeln blickte nachdenklich in den Kamin, als würde dort ein Feuer brennen. Sie sagte kein weiteres Wort. Die quälende Spannung ihrer Schutzbefohlenen wurde allmählich lästig. Frank summte vor sich hin und trommelte verlegen mit den Fingern auf seinem Knie herum. Sie warteten darauf, daß er sich endlich trollte. Gewiß, er war hier einfach hereingeplatzt, aber die benahmen sich hier oben alle ganz schön merkwürdig...

Der feuchte Herbstabend senkte sich so früh herab, daß die Kinder die Arbeit ruhen lassen und auf die Lampe warten mußten. Als Mrs. Carbury hereinschaute, saßen sie alle im Dunkeln da. »Nanu, was macht ihr denn?« fragte sie nervös. »Wo ist Miss Rice? Warum klingelt sie nicht nach der Lampe?«

»Die wird nie früher gebracht.«

»Vater würde es nicht gefallen, daß ihr eure Zeit so vergeudet. Wo ist Miss Rice?«

»In ihrem Zimmer«, sagte Penny so gleichgültig, daß der ganzen Aufregung etwas Närrisches anzuhaften schien. In diesem Augenblick erschien ein Lichtstreifen im Flur. Das Hausmädchen brachte die Lampe herein, und Mima sah ihre Töchter, die sich an dem

Tisch mit den Schulbüchern gegenübersaßen wie Spiegelbilder, die unkindlichen Augen dunkel im plötzlichen Licht der Lampe. Sie setzte sich und gab sich den Anschein von Ruhe, solange das Hausmädchen im Zimmer war. Trotzdem machte ihr Verhalten das Mädchen so nervös, daß es fortging, ohne die Rolläden herunterzulassen. Mrs. Carbury saß da und behielt die andere Tür im Auge. Das Schlafzimmer der Kinder lag neben dem Schulzimmer, und danach kam Miss Rices Zimmer, das durch eine Tür mit dem Zimmer der Kinder verbunden war. Mrs. Carburys Erleichterung, die Gouvernante nicht anzutreffen, war enorm. Trotzdem hatte sie das Gefühl, daß man sich über sie hinwegsetzte.

»Läßt sie euch immer allein, wenn ihr etwas vorbereitet?«
»Sie ist müde«, sagte Claudia. »Vetter Frank war hier oben.«
»Ach ja? Na gut, sagt ihr, ich will mit ihr reden. Ihr könnt mit euren Lektionen aufhören, aber nur für heute abend, und hinuntergehen. Mrs. Laurie sagt, sie möchte gern mit euch spielen.«

Die Kinder schauten auf ihre Bücher, ohne sich zu rühren, und zum ersten Mal spürte Mima Meuterei in der Luft... Sie hatte sich sehr zusammennehmen müssen, bevor sie eintrat. Zweimal schon hatte sie sich nach dem Tee zum Schulzimmer aufgemacht und war an der Tapetentür, die zu diesem Flügel des Hauses führte, umgekehrt. Seit sie Mrs. Laurie alles enthüllt hatte, befand sie sich in einem Zustand der Angst. Die Art, wie Mrs. Laurie es aufnahm, hatte ihre eigenen unterdrückten Ängste aufs grausamste bestätigt: »Henrietta Post... na ja, es sind eure Kinder, nicht meine.« Was Nella da sagte, würde jeder andere, der Bescheid wußte, auch gesagt haben. Mima war vor der Tür des Schulzimmers zurückgeschreckt mit dem Gefühl: »Nein, ich kann ihr wirklich nicht gegenübertreten.« Dann hatte sie unwillkürlich denken müssen: »Aber das ist die Frau, mit der meine Kinder die ganze Zeit zusammen sind...«
Einmal war sie sogar in Godwins Arbeitszimmer gegangen, um von ihm zu verlangen, daß er Miss Rice gleich morgen fortschickte, aber als sie dann sah, wie er zu ihr aufblickte, war der Fall erledigt. »Nichts hat sich geändert, seit ich ihrer Anstellung zugestimmt habe.« Mima wußte allzu gut, daß ihr Gatte sie für eine Närrin hielt. »Ich werde ihr zuerst kündigen und es dann Godwin sagen. Es wird

nicht so schlimm sein, solange Nella im Haus ist. Nella wird sich hinter mich stellen. *Aber wenn Godwin hört, daß ich es Nella gesagt habe?«* Vor ihrer Ankunft hatte er gesagt: ›Was ist, wenn deine Freundin zu viele Fragen stellt?‹ ... Was tun sie da oben? Was erzählt sie ihnen? Was geht da die ganze Zeit vor? Meine eigenen Kinder sind mir fremd, sie sind jetzt nicht mehr gern unten. *Was hatte der Ankläger über Beeinflussung gesagt?«*

Mima sagte lauter als nötig: »Nun lauft schon los, Kinder, Mrs. Laurie wartet.«

»Wir möchten lieber nicht, Mutter, wirklich nicht.«

»Dann seid ihr sehr undankbar. Außerdem muß ich etwas mit Miss Rice besprechen ... Penny und Claudia, schaut euch nicht so an! Es ist ungezogen, sich so anzuschauen, wenn eure Mutter euch etwas sagt!«

»Miss Rice ist müde«, wiederholte Claudia sanft.

»Wenn du ihr etwas ausrichten willst«, sagte Penny, »können wir es weitersagen.«

»Nein, ich will selbst mit Miss Rice reden«, sagte Mima mit einem unnatürlichen Klang in der Stimme.

»Wirklich, Mutter?« fragte Penny. »Normalerweise tust du das nicht.«

Der Korbstuhl, in dem Mima saß, knirschte gequält. »Wenn wir wieder allein sind, werdet ihr vielleicht lernen, eure Mutter glücklich zu machen. Mag sein, daß ihr eure Mutter dann versteht und nicht mehr unfreundlich zu ihr seid. Miss Rice wird uns morgen verlassen, Kinder.«

Penny und Claudia blickten auf den Stuhl, auf dem jetzt ihre Mutter saß, dann hinauf zu *Emma*; das Buch war auf dem Kaminsims liegen geblieben. Claudia betrachtete die Reihe ihrer jungen Pflanzen auf dem Fenstersims, die sich im Lampenschein scharf vor dem regengepeitschten Dunkel draußen abhoben, Penny blickte auf den faltigen Läufer hinab, auf dem sie heute nachmittag zu Füßen ihres Lieblings gekniet hatten. Jetzt trafen sich die sanften, wild bewegten, dunklen Augen der Mädchen wieder und hielten inne, um sich zu beraten. Mit ihren leisen Stimmen sagten sie: »Dann werden wir auch gehen.«

Tränen, törichte Tränen

Frederick brach mitten im Regent's Park in Tränen aus. Seine Mutter, die schon ahnte, was gleich passieren würde, rief: »Nein, Frederick, doch nicht hier, mitten im Regent's Park!« Nein, wirklich nicht, denn dies war eine jener belebten Stellen gleich bei einem der großen Tore, wo sich zwei Wege kreuzen und eine Brücke sich über den hübschen See mit dem gewundenen Ufer schwingt. Menschen gingen rasch vorüber, die Brücke hallte wider vom Geräusch der Schritte. Pappeln reckten sich wie zartgrüne Besen gen Himmel. Luftige Weiden, deren Trauer niemanden schockierte, bebten über dem See. Die Maisonne versprühte Gold durch das windbewegte Geäst der Bäume. Die Tulpen welkten zwar schon dahin, aber noch leuchteten sie bunt. Ein langes Boot mit drei Mädchen darin schoß unter der Brücke hindurch. Fredericks Knie zitterten, er preßte sein puterrotes, verzerrtes Gesicht an seine Mutter, als hätte er vor, sich in ihr zu verkriechen. Rasch zog sie ein Taschentuch hervor und betupfte sein Gesicht unter dem grauen Filzhut, während sie verärgert und gequält ausrief: »Mußt du dich wirklich wie ein *Baby* aufführen!« Der Klang ihrer Stimme erregte die Aufmerksamkeit einiger Leute, die sonst wohl nur gemeint hätten, daß sie ihm etwas aus dem Auge entfernte.

Zum Weinen war er zu alt: Es war eine beschämende Szene. Er trug einen Knickerbockeranzug aus grauem Flanell und sah aus wie ein Schuljunge; er war erst sieben und wurde noch immer zu Hause unterrichtet. Seine Mutter sagte zu ihm: »Ich weiß nicht, was man von dir denken wird, wenn du in die Schule kommst!« Seine Tränen waren eine Schande, über die sie mit niemandem sprechen konnte; kein noch so abstoßendes körperliches Gebrechen hätte sie mehr aus der Fassung bringen können. Einmal war sie sogar so weit gegangen, zur Feder zu greifen und sich an eine Briefkasten-Tante bei einer hilfreichen Wochenzeitschrift für Frauen zu wenden. Sie begann mit den Worten: »Ich bin Witwe, jung und von gutmütigem Naturell, und alle meine Freunde sagen, ich hätte eine Menge Disziplin. Aber mein kleiner Sohn...« Sie hatte beabsichtigt, mit »Mrs. D., Surrey« zu unterschreiben. Aber dann hatte sie innegehalten und gedacht:

»Nein, nein, immerhin ist er auch Toppys Sohn...« Sie war eine adrette, gepflegte Frau, und sie trug heute in London ein Kostüm, einen Silberfuchs, weiße Handschuhe und ein dunkelblaues Hütchen, das peinlich genau saß – jedenfalls nicht eine der Frauen, die man im Park mit einem großen, heulenden Jungen sieht, der obendrein noch ihr Sohn ist. Man hätte ihr als Mutter zwar Söhne zugetraut, aber nicht solch einen, und eigentlich hätte sie besser einen Hund spazierengeführt. »Los, komm!« sagte sie, als könnte sie die Brücke, die Pappeln und die gaffenden Leute nicht länger ertragen. Sie ging rasch weiter, am Seeufer entlang, parallel zur Baumreihe am Rand des Parks und den hochmütigen Fensterfronten der Cornwall Terrace, die über die rote Blütenpracht hinweg auf sie herabblickten. Eigentlich wollten sie in den Zoo, aber jetzt überlegte sie es sich anders: Frederick verdiente keinen Zoobesuch.

Frederick stolperte neben ihr her, zu unglücklich, um zu bemerken, was um ihn herum vorging. Seine Mutter strafte ihn nie in der Öffentlichkeit, rächte sich jedoch oft an ihm mit Kleinigkeiten. Er fühlte genau, wie recht sie hatte. Sein Mangel an Beherrschung in bezug auf Tränen war für ihn selbst genauso schockierend, genauso erniedrigend, genauso vernichtend wie vielleicht auch für sie. Er wußte nie, wie ihm geschah – ein kalter, dunkler, bodenloser Schacht tat sich jedesmal in ihm auf; es durchbohrte ihn wie ein rotglühender Klingeldraht, aus der Tiefe seines eisigen Bauches bis zu den Augenhöhlen. Und dann kam die heiße, klebrige Tränenflut, das krampfhafte Zucken im Gesicht, die gräßliche, viereckige Fratze, zu der sich sein Mund verzog – all dies machte ihn zu seinem eigenen Feind, unsauber und widerwärtig. Verzweiflung wütete in ihm wie ein heulender Wind, und während das Wasser aus seinen Augen schoß, geriet alles um ihn her ins Wanken. Es brauchte nur irgend jemand bei ihm zu sein – vor allem seine eigene Mutter –, damit die Katastrophe über ihn hereinbrach. *So* weinte er nie, wenn er allein war.

Beim Weinen fühlte er sich so verworfen, so verstoßen von anderen Menschen, daß er aus lauter Verzweiflung weiterweinte. Sein Weinen war nicht nur ein Reflex wie bei einem Säugling; es förderte all seine Häßlichkeit zutage. Kein Wunder, daß jeder davon abgestoßen wurde. Von einem erniedrigten Menschen geht etwas aus, das selbst in den gütigsten Herzen Grausamkeit erweckt. Die spiegelnden Fensterscheiben herrschaftlicher Häuser blickten an diesem Maitag mit gestrengen Richteraugen auf ihn hinab. Mädchen, die mit übereinandergeschlagenen Beinen auf Parkbänken saßen und lasen, sahen mit unfreundlichem Lächeln zu ihm auf. Sein apathisches Gestolper, seine Gleichgültigkeit darüber, daß der Ausflug in den Zoo gestrichen war, setzte seiner Mutter, Mrs. Dickinson, mehr zu, als sie ertragen konnte. Mit gepreßter Stimme, in der ihr ganzer Widerwille mitschwang, stellte sie fest: »Ich gehe mit dir nicht in den Zoo!«

»Mmmph, – mmph, – mmph«, schluchzte Frederick.

»Weißt du, ich frage mich oft, was dein Vater von dir denken würde.«

»Mmph, – mmph, – mmph.«

»Er war immer so stolz auf dich. Er und ich haben uns immer vorgestellt, wie du als großer Junge sein würdest. Eines seiner letzten Worte war: ›Frederick wird für dich sorgen.‹ Fast bin ich froh, daß er jetzt nicht hier ist.«

»Hu – hu – hu – hu –.«

»Was hast du gesagt?«

»Ich v-v-versuche aufzuhören.«

»Du weißt, daß alle Leute dich anstarren!«

Sie gehörte zu jenen Frauen, die einen untrüglichen Instinkt besitzen für das, was sie nicht sagen sollten – und es dann trotzdem sagen: Verzweiflung, Boshaftigkeit oder aber eine unbeugsame Tugendhaftigkeit treiben sie wohl dazu. Außerdem verabscheute sie alles Unnormale und wappnete sich dagegen, noch bevor es ihr etwas anhaben konnte. Ihr Mann, ein Pilot bei der Royal Air Force, war zwei Tage nach einem schrecklichen Flugzeugabsturz qualvoll gestorben, nachdem er noch ein paarmal das Bewußtsein wiedererlangt hatte. Seinetwegen hatte sie sich nie schämen müssen, und er hatte sie auch nie vor Rätsel gestellt. Ihre Intimitäten und dann sogar sein Tod hatten etwas von einer kühnen Natürlichkeit gehabt.

»Hör zu, ich geh schon voraus«, sagte Fredericks Mutter und hob ihr Kinn mit der noblen Entschiedenheit, die so vielen Leuten gefiel.

»Du bleibst hier und schaust diese Ente an, bis du endlich mit dem Geheule aufgehört hast. Komm mir ja nicht nach, bevor du dich beruhigt hast! Ehrlich, ich schäme mich für dich.«

Sie ging weiter. Eigentlich hatte er doch gar nicht so laut geheult. Heftig atmend stand er ganz still und schaute die weiße Ente an, die wie ein rundes, glattes Schriftzeichen zusammengekrümmt am grünen, grasbewachsenen Rand des Sees hockte. Als einer ihrer Augäpfel sich zu ihm hindrehte, lag darin etwas Blickloses, das ihn beruhigte. Seine Mutter ging unter den heiteren Schatten der Bäume davon. Sie beschleunigte ihren Schritt ein wenig, und die Spitze ihrer Fuchsstola schwang hin und her. Sie dachte an den Lunch, den sie mit Major und Mrs. Williams eingenommen hatte, und an die Gesellschaft, zu der sie um fünf Uhr geladen war. Zuvor mußte sie Frederick zu Tante Mary bringen. Was würde Tante Mary wohl zu seinem verweinten Gesicht sagen? Sie ging rasch; der Abstand zwischen ihr und Frederick vergrößerte sich: Sie war eine attraktive Frau, die allein spazieren ging.

Es war niemandem entgangen, wieviel Mut sie hatte. Alle sagten: »Wie tapfer sich Mrs. Dickinson hält.« Fünf Jahre waren seit der Tragödie verstrichen, und sie hatte nicht wieder geheiratet, so daß ihre Tapferkeit immer wieder in aller Munde war. Sie half einer Freundin in einem kleinen Laden namens ›Isobel‹ aus, nicht weit von ihrem Haus in Surrey; sie verkaufte junge Hunde aus eigener Zucht und verwandte den Rest ihrer Zeit darauf, aus Frederick einen Mann zu machen. Sie lächelte nett und trug den Kopf hoch. Während der beiden Tage, als Toppy im Sterben lag, war sie kaum jemals von seiner Seite gewichen. Niemand wußte, wann er wieder das Bewußtsein erlangen würde. Wenn sie nicht an seinem Bett wachte, saß sie irgendwo im Krankenhaus herum und wartete. Als Toppy dann starb, setzte ihre Freundin die scheinbar ungebeugte Witwe in ein Taxi und fuhr mit ihr zurück zum Häuschen der Dickinsons. Sie sagte fortwährend: »Weine, weine nur, dann fühlst du dich besser.« Sie machte Tee, hantierte geräuschvoll mit dem Geschirr und wiederholte mehrmals: »Achte nicht auf mich, weine dich richtig aus!« Der Druck wurde so groß, daß ihr selbst Tränen über das Gesicht liefen. Mrs. Dickinson blickte an ihr vorbei, ein höfliches Lächeln auf dem bleichen Gesicht. Das kleine Haus, das mit seinen raschelnden Vorhängen ein Gefühl von Leere vermittelte, roch noch immer nach Toppys Pfeife; seine Pantoffeln standen unter einem Stuhl. Da fiel Mrs. Dickinsons Freundin, die vor Verzweiflung ganz zappelig war, ein Gedicht von Tennyson ein, das sie als Kind gelernt hatte. Sie sagte: »Wo ist Frederick? Er ist so ruhig. Meinst du, er schläft?« Die Witwe erhob sich mechanisch und führte sie in das Zimmer, wo Frederick in seinem Bettchen lag. Ein Kindermädchen, das bei ihm gewacht hatte, stand auf, bedachte die beiden Frauen mit einem scheelen Blick und schlurfte davon. Der Zweijährige lag mit rosigem Gesicht zusammengerollt unter seiner blauen Decke, schürzte die Oberlippe im Schlaf, wie auch der Vater es immer getan hatte, und ballte gegen irgend etwas eine Hand zur Faust. Dies schien seiner Mutter plötzlich einen Schlag zu versetzen, sie sank neben dem Kinderbett nieder, vergrub ihr Gesicht in der flauschigen Decke und wickelte sie sogar um ihre Fäuste. Ihr krampfhaftes Zucken, wenngleich verständlich, war furchteinflößend. Die Freundin stahl sich davon in die Küche, wo sie eine halbe Stunde blieb und mit dem Mädchen tuschelte. Die beiden brühten noch mehr Tee auf und warteten ab, während Mrs. Dickinson ihrem Schmerz freien Lauf ließ. Doch dann lockte sie eine beängstigende Stille ins Kinderzimmer zurück. Mrs. Dickinson war kniend vor dem Bettchen eingeschlafen. Ihr Gesicht war seitlich in die Decke gepreßt, einen Arm hatte sie um den kleinen Körper des Kindes geschlungen. Frederick lag mit weit aufgerissenen Augen unter dem Arm der Mutter, still, als wäre er zu Stein erstarrt, und gab keinen Laut von sich. Der seltsame Ausdruck in den Augen des Kindes und seine Reglosigkeit versetzten die beiden Frauen in Angst und Schrecken. Das Kindermädchen sagte zur Mrs. Dickinsons Freundin: »Man könnte meinen, daß er es weiß.«

Die Tatsache, daß Mrs. Dickinson das Mitgefühl anderer so wenig beanspruchte, wirkte auf ihre Freundinnen bald ziemlich befremdend, aber die Männer mochten sie dafür um so lieber. Manche von ihnen entdeckten in ihrem geraden Blick einen ihr selbst nicht bewußten, nur an sie als Männer gerichteten Appell, und das war aufreizender als alles Kokettieren, war auf tiefe, noble

Weise erregend. Mehrere Männer hätten sie gerne geheiratet, aber ihr eigener Mut hatte ihr eine neue, spröde Art von jungfräulichem Stolz verliehen, und den liebte sie so sehr an sich, daß sie ihn nie mehr aufgeben konnte. »Nein, frag mich das nicht«, pflegte sie zu sagen und hob den Kopf mit dem ihr eigenen ruhigen, höflichen Lächeln. »Laß die Dinge, wie sie sind. Du warst so wunderbar zu mir, solch eine Stütze. Aber weißt du, ich habe ja Frederick. *Er* ist jetzt der Mann in meinem Leben. Ich muß in erster Linie für ihn da sein – und das wäre unfair dir gegenüber, nicht wahr?« Danach schüttelte sie immer noch ein Weilchen den Kopf. Sie wurde die perfekte Freundin für Männer, die sich selbst einredeten, heiraten zu wollen, jedoch froh waren, wenn nichts daraus wurde – und für Männer, die ein bißchen Pathos ohne viel Aufregung wollten.

Frederick hatte zu weinen aufgehört. Er fühlte sich völlig leer und starrte die Ente mit distanzierter Eindringlichkeit an, ihr schmiegsames Gefieder und den porzellanglatten Hals. Der brennende Tränenschleier vernebelte seinen Blick nicht mehr. Sein Bauch entkrampfte sich wie nach einem Brechreiz. Vergessen war der Angelpunkt seines Kummers, vergessen auch die Mutter. Voller Freude erblickte er den bebenden Zweig einer Weide, rein und stark wie nach überstandener Sintflut, der von oben in sein von geschwollenen Augenlidern begrenztes Blickfeld ragte. Sein ganzes Denken, geschwächt und verstört, klammerte sich an die Weide. Er wußte, daß er jetzt befugt war, seiner Mutter zu folgen, doch er hatte keine Lust dazu, fühlte sich aber deswegen weder schuldig noch ungehorsam. Er stieg über das Geländer. Kein Aufseher war in der Nähe, um ihn davon abzuhalten, und er versuchte, zärtlich, voller Respekt, den weißen Entenschwanz zu berühren. Ohne auch nur zusammenzuzucken, entzog sich die Ente mechanisch und unbeeindruckt Fredericks Zugriff und ließ sich in den See gleiten. Ihr hübscher, prozellanweißer Körper schaukelte auf dem flaschengrünen Wasser, während sie ohne Hast um eine Uferbiegung herumschwamm. Frederick beobachtete hingerissen, wie ihre mit Schwimmhäuten versehenen Füße träge durch das trübe Wasser paddelten.

»Der Aufseher wird dich fressen«, ertönte eine Stimme hinter ihm.

Frederick warf aus verquollenen Augen einen vorsichtigen Blick über die Schulter. Die »Person«, die gesprochen hatte, saß auf einer Parkbank: Es war ein Mädchen. Neben ihr lag eine Aktentasche. Das dünne Kleid aus Chinakrepp beulte sich über den großen, knochigen Kniegelenken. Sie hatte keinen Hut auf, und ihr gekräuseltes Haar ergab eine hübsche Silhouette. Sie trug eine Brille. Ihre glanzlose Haut war von zuviel Sonne gerötet. Die Art, wie sie lächelte und den Kopf hielt, hatte etwas Zwingendes und Energisches, das überhaupt nicht zu einem Mädchen paßte. »Was meinste damit – mich *fressen*?«

»Du bist auf seinem Rasen, und du streust Salz auf den Schwanz seiner Ente.«

Frederick kletterte vorsichtig zurück über das niedrige Geländer. »Ich hab ja gar kein Salz dabei.« Er blickte den Spazierweg hinauf und hinunter. Seine Mutter war außer Sichtweite, aber von der Brücke her näherte sich ein Aufseher. Er war zwar noch weit weg, aber die Art, wie er ging, verhieß nichts Gutes. »Meine Güte!« sagte das Mädchen, »was hat dich denn gebissen?«

Frederick wußte nicht, was er sagen sollte. »Da«, sagte sie, »nimm einen Apfel.« Sie öffnete ihre Aktentasche, die mit gefalteten Butterbrotpapieren vollgestopft war, und kramte einen wachsglänzenden Apfel mit heller Schale hervor. Frederick ging zögernd wie ein Pony auf sie zu und nahm schließlich den Apfel. Sein Atem war noch immer ein Japsen und Keuchen; ihm war nicht nach reden zumute.

»Na los«, sagte sie, »schluck ihn runter! Das beruhigt die Atmung. Wo ist eigentlich deine Mutter hin? Was soll das ganze Getue?« Statt einer Antwort riß Frederick den Mund auf, so weit es ging, und biß langsam und tief in den Apfel. Das Mädchen schlug wieder ein Bein über das andere und zupfte den Rock aus dünnem Chinakrepp über dem Knie zurecht. »Was hast du denn angestellt? Warst du frech zu ihr?«

Frederick hatte den Mund voll. Rasch schob er das große Stück Apfel in die eine Backe. »Nein«, sagte er knapp. »Nur geweint.«

»Das sieht man dir an. Geheult hast du! Ich hab dich die ganze Zeit auf dem Weg beobachtet.« In der Stimme des Mädchens lag

etwas Grüblerisches, und dadurch klang ihre Bemerkung eigentlich gar nicht verletzend; tatsächlich blickte sie Frederick so an, als wäre er ein Artist, der gerade seine Nummer beendet hat. Er hatte dagestanden, an seinem Apfel herumgeleckt und geknabbert, aber jetzt ging er hin und setzte sich auf das andere Ende der Bank.
»Warum tust du das?« fragte sie.
Aber Frederick wandte sich ab: Seine Ohren fingen schon wieder an zu brennen.
»Was is 'n los mit dir?« fragte sie.
»Weiß nicht.«
»Kommt das einfach so über dich? Ich kenne einen anderen Jungen, der auch so weint wie du, aber er ist älter. Er krümmt sich zusammen und heult.«
»Wie heißt er?«
»George.«
»Geht er zur Schule?«
»Mein Gott, nein, er war da Laufbursche, wo ich früher gearbeitet habe.« Sie hob einen Arm hoch, lehnte sich zurück und sah zu, wie vier Armreifen aus Zelluloid, jeder von einer anderen Farbe, bis zum Ellbogen rutschten und dort hängenblieben. »Er weiß nicht, warum er es tut«, sagte sie. »Er kann nicht anders, es ist, als hätte er was Schlimmes gesehen. Fragen kann man ihn nicht danach. Manche Leute nehmen ihn so, wie er ist, besonders Mädchen, aber ich nicht. Er tut, als wüßte er etwas, das er besser nicht wissen sollte. Ich hab mal zu ihm gesagt: ›Also los, was ist es?‹ Aber er meinte, er würde es mir nicht sagen, selbst wenn er *könnte*. Ich hab gesagt: ›Na gut, aber was ist der Grund dafür?‹ Und er hat geantwortet: ›Was ist der Grund *dagegen*?‹ Ja, ich kannte ihn mal ziemlich gut.«
Frederick spuckte zwei Apfelkerne aus, blickte sich verstohlen nach dem Aufseher um und ließ dann den Apfelrest hinter den Sitz der Bank fallen. »Und wo wohnt dieser George?«
»Wo er jetzt wohnt, weiß ich nicht«, sagte sie. »Ich hab's mich schon oft gefragt. Ich flog da raus, wo ich gearbeitet hab, und er ging gleich danach. Hab ihn nie wieder gesehen. Schmink dir das ab, wenn du kannst, bevor du so alt bist wie George. Es tut dir nicht gut. Kommt immer drauf an, wie man die Dinge sieht. Schau mal, deine

Mutter kommt zurück. Du gehst jetzt besser, sonst gibt's *noch* mehr Ärger.« Sie streckte Frederick eine Hand hin, und als er sie ergriff, schüttelte sie seine Hand so munter und so resolut, daß die vier Zelluloidreifen an ihrem Handgelenk klimperten. »Du und George«, sagte sie. »War lustig, euch beide zu kennen. Also Wiedersehen, Henry, und Kopf hoch!«
»Ich heiße Frederick.«
»Also gut. Mach's gut, Freddie!«
Während Frederick davonging, glättete sie die Butterbrotpapiere in ihrer Aktentasche und ließ das Schloß zuschnappen. Ihre Zeigefinger fuhren an den Schläfen unters Haar und drückten die Bügel der Brille fest hinter die Ohren. Um ihren Mund, einen nicht sonderlich roten Strich in einem von der Sonne schlimm verbrannten Gesicht, spielte noch immer dasselbe trotzige, brave Lächeln. Sie kreuzte ihre Arme unter der flachen Brust über dem Bauch, und die Hände umklammerten müßig die Ellbogen. Einer ihrer Füße, die in rehbraunen Sandalen steckten, wippte auf und nieder, während sie durch die Brille starr auf den See hinausblickte und an George dachte. Sie hatte den ganzen Nachmittag Zeit, denn sie mußte nicht zur Arbeit. Sie sah George vor sich, wie er an einem Tisch gesessen hatte, den Kopf auf den Armen, und wie sein verstörtes, verheultes Gesicht über dem Kragen seines Arbeitskittels zu ihr aufgeblickt hatte. Georges und Fredericks Augen waren für sie wie Wunden in der Oberfläche dieser Welt, und mochte die Welt durch diese Wunden unaufhörlich ihr unabänderliches, unstillbares, schreckliches Leid wie Blut verströmen, so wallte es doch in immer neuen Schüben auf.

Mrs. Dickinson kam den Spazierweg unter der Baumreihe entlang. Sorgsam darauf bedacht, unbekümmert zu wirken, blickte sie flink hierhin und dorthin, um zu sehen, ob Frederick in der Nähe war. Er war schon lange weg. Dann sah sie, wie Frederick irgend so einem Mädchen die Hand schüttelte und danach auf sie zu kam. Rasch richtete sie ihren freimütigen, freundlichen Blick auf den See, auf dem ein Schwan auf sie zuschwamm, als wollte er sie begrüßen. Sie berührte leicht die Fuchsstola und rückte sie auf ihrer Schulter zurecht. Was für eine schöne Mutter sie doch abgab! »Na, Frederick«, sagte sie, als er in Hörweite war, »kommst du?« Der Wind wirbelte einen kleinen Schauer von Rotdornblüten vor sich her. Sie stand still und wartete ab, bis Frederick bei ihr war. Sie wußte nicht so recht, was sie jetzt tun sollte: Es war noch immer eine Stunde Zeit, bis sie bei Tante Mary sein mußte, aber das gab ihr ein um so ruhigeres und bestimmteres Gebaren.

Frederick machte einen großen Hopser, riß den Mund weit auf und rief: »Juhu, Mutter, ich hab fast 'ne Ente gefangen!«

»Lieber Frederick, wie töricht von dir. *Du* doch nicht!«

»Oh, doch, hätt' ich wohl, hätt' ich wohl! Ich hätt' ihr nur Salz auf den Schwanz streuen müssen!« Jahre später konnte sich Frederick noch immer mit Gelassenheit, mit Freude und mit dem Gefühl, daß Einsamkeit und Schande nun hinter ihm lagen, an jene ruhige, weiße Ente erinnern, wie sie um die Ausbuchtung des Ufers schwamm. Aber Georges Freundin mit den Armreifen und auch George selbst mit seinem Kummer fielen in einen Spalt seines Gedächtnisses und waren bald vergessen.

Schau nur, all die Rosen! Lou stieß beim Anblick des Hauses, das erstaunlicherweise in einer Hülle aus Blüten steckte, einen kleinen Schrei aus. Schnell wandte sie sich in dem offenen Wagen um und blickte zurück, bis das Haus hinter der nächsten Biegung verschwand. Um diese Straßenbiegung zu erreichen – das fiel ihr auf –, beschleunigte Edward, als wäre er auf das Haus mit den vielen Rosen eifersüchtig: ein Haus mit Giebeln, einer glatten Fassade und dunklen Fensterhöhlen, die ausdruckslos und starr zwischen all den Blüten hindurchblickten. Der Garten mit seiner stummen, inbrünstigen Fröhlichkeit blieb in Lous, aber auch in Edwards Gedächtnis haften wie ein Zauberbild.

Eine gewisse Gereiztheit, wie sie manchmal zwischen zwei schweigsamen Gemütern aufkommt, hatte sich während der endlosen Fahrt eingestellt. Am Nachmittag kommt eben irgendwann der Zeitpunkt, wo Müdigkeit und ein Gefühl von Unwirklichkeit auf einem lasten. Die ewig gleiche, sich ohne ersichtlichen Sinn vor ihnen entfaltende Sommerlandschaft ließ die Nerven hinten in ihren Augenhöhlen schmerzen. Es war ein Montag Ende Juni; über Nebenstraßen fuhren sie durch Suffolk nach einem auf dem Lande verbrachten Wochenende zurück nach London. Edward, der Hauptstraßen haßte, hatte vor der Abfahrt diese seltsame Route zusammengestellt, und jetzt saß Lou neben ihm, die Landkarte auf den Knien. Spätestens gegen acht Uhr mußten sie zu Hause sein, damit Edward, der Schriftsteller war, einen Artikel fertigschreiben und abschicken konnte. Ansonsten spielte Zeit für sie beide keine Rolle. Auf London freuten sie sich nicht besonders, und auch nicht darauf, die muffige Wohnung aufzuschließen, die Milch mit ins Haus zu nehmen und im Briefkasten Rechnungen vorzufinden. Genaugenommen gab es nichts, auf das sie sich richtig freuten. Sie fuhren mit dem deprimierenden Gefühl nach Hause, daß sie nirgends sonst genauso billig hinfahren konnten. Das Wochenende hatten sie nicht sehr amüsant gefunden, aber immerhin waren sie »weg« gewesen. Jetzt lagen die nächsten Wochen ihres Lebens überschaubar vor ihnen: die Schreibmaschine, der Cocktailshaker, das Telephon, Autofahrten aus London hinaus ohne ein besonderes Ziel – bis sie wieder jemand einlud. Ein bißchen Liebe, wenn für Edward ein Scheck in der Post war, ein bißchen Streit über andere Leute auf dem Heimweg von irgendeiner Party – und immer Lous angstvolle Unruhe, die an ihnen beiden nagte. Diese Zukunft bedrückte sie wie eine dumpfe Last. Deshalb waren sie froh gewesen, den Ausflug noch um den heutigen Tag verlängern zu können. Doch unter diesem leeren Himmel, nicht sonnig, aber erfüllt von einer diffusen, glastigen Helle, war ihnen die Fahrt bald zu lang geworden: Müde und machtlos fühlten sie sich wie von einem schweren Traum umfangen. Die weiten Ausblicke bis zum Horizont hatten etwas Betäubendes. Die Landstraße wand sich durch Kornfelder, vorbei an knorrigen Ulmen, dunkel vor lauter Sommer. Während der letzten zehn Meilen hatte die Landschaft wie verlassen gewirkt. Es ging an schief in den Angeln hängenden Toren vorbei, an rostigen Viehtrögen und an saftlosem Weideland heruntergekommener Farmen mit Disteln und buschigen Grasnarben. Nie ließ sich jemand auf den Straßen blicken. Vielleicht gab es hier nirgends einen Menschen... In all dies eingebettet, wirkten die Rosen um so befremdlicher.

»Sie waren wirklich außerordentlich«, sagte Lou nach jener ersten Straßenbiegung mit ihrer müden, kleinen, rechthaberischen Stimme.

»Ja«, stimmte Edward ihr zu, »besonders, weil die Gegend aussieht, als würden hier nur ein paar reaktionäre Hinterwäldler leben.«

»Ich wünschte, *wir* würden dort leben«, sagte sie. »Das Haus sah doch wenigstens nach etwas aus.«

»Ja, aber nur solange nicht *wir* drin wohnen.«

Edward sagte das mit einer gewissen Schärfe. Er fand, er habe allen Grund, diese Wochenendausflüge zu fürchten: Sie brachten Lou durcheinander und lösten in ihr diese Hirngespinste aus. Er selbst machte sich keine Illusionen über das Landleben: Ein Leben ohne andere Menschen war für ihn absolut unmöglich. Was würden sie beide anfangen, wenn außer ihnen niemand da wäre, mit dem sie reden könnten? Schon jetzt hatten sie zwei Stunden lang kein Wort miteinander gesprochen. Lou beurteilte das Leben unter dem Aspekt ideal verbrachter Augenblicke. Und daheim, in ihrer Wohnung, erlebte sie nur selten solche Augenblicke, fand sie.

Edward fuhr fort: »Du weißt doch selbst, daß du diese Würmer, die einem ins Ohr kriechen, nicht ausstehen kannst. Außerdem müßten wir unser Leben am Telephon verbringen.«
»Um uns über Ohrwürmer zu unterhalten?«
»Nein, über uns selbst.«
Lous gescheites Äffchengesicht wurde traurig. Nie riskierte sie, allzu sehr Edwards Mißfallen zu erregen, doch gerade, als sie sich jetzt anschickte, den Mund zu öffnen und eine weitere Bemerkung zu wagen, zuckte Edward zusammen und runzelte die Stirn: Ein häßliches Klopfgeräusch hatte eingesetzt. Es schien von überallher zu kommen, doch zugleich war es wohl auch eine Art Angriff, der speziell ihnen galt. Das Klopfen mußte von einem der wichtigeren Teile des Autos ausgehen: Ratternd übertrug es sich auf die Fußsohlen. Edward bremste, bis der Wagen nur noch schlich, und hielt schließlich ganz an. Mit jener geradezu dramatischen Ausdruckslosigkeit, die sie sich beide für Anlässe vorbehielten, bei denen mit dem Auto irgend etwas nicht stimmte, blickten sie sich an. Probeweise fuhr Edward noch ein paar Meter im Schritt weiter, aber da war das Klopfen wieder, stärker als zuvor.
»Klingt, als hätte sich was Größeres gelockert«, sagte Edward.
»Ach du liebe Güte!« meinte Lou.
Trotzdem, sie war richtig froh, aus dem Wagen herauszukommen. Sie reckte sich und stand wartend im Gras am Straßenrand, während Edward, über den Motorraum gebeugt, Grimassen schnitt. Nach einem Weilchen wandte er sich ungeduldig zu ihr um und fragte sie, was ihrer Meinung nach jetzt zu tun sei. Zu seiner Überraschung – und Verärgerung – hatte sie schon eine Lösung parat: Sie wollte zu jenem Haus zurückgehen und fragen, ob es dort ein Telephon gab. Falls nicht, wollte sie um ein Fahrrad bitten und zum nächsten Ort radeln, in dem es eine Werkstatt gab.
Edward schnappte sich die Landkarte, konnte jedoch nicht feststellen, wo sie waren. Die Stelle, wo sie sich allem Anschein nach befanden, kam ihm höchst unwahrscheinlich vor.
»Ich nehme an«, sagte Lou, »du willst lieber beim Auto bleiben.«
»Nein, durchaus nicht«, gab er zurück. »Von mir aus kann es nehmen, wer es haben will... Du möchtest ja nur jederzeit wissen,

wo ich gerade bin, stimmt's?« fügte er hinzu. Er nahm ein paar Sachen aus dem Wagen, legte sie zum Gepäck in den Kofferraum und schloß ihn ab. Schweigend machten sie sich auf den Weg. Sie mußten ungefähr eine Meile gehen.

Dort hinten stand das Haus und wartete – aber warum sollte ein Haus warten? Die meisten hübschen Szenerien haben etwas Passives an sich, doch diese hier wirkte wie eine Falle, mit Schönheit als Köder, bereit, jederzeit zuzuschnappen. Das Haus stand ein wenig abseits der Straße. Lou legte eine Hand auf das Gartentor, und dann gingen sie mit betonter Unbekümmertheit hintereinander den mit Platten belegten Weg zur Haustür entlang. Zu beiden Seiten blühten Hunderte von Gartenrosen, sie trugen schwer an ihrer eigenen Farbenpracht und wirkten, als wäre dies ihre einzige große Stunde. Karmesin, korallrot, zartviolett, zitronengelb und in kühlem Weiß, verbreiteten sie mit ihrem Duft Unruhe in der toten Luft. An diesem wie von einem Zauberwort gebannten, schattenlosen Nachmittag funkelten die Rosen den Fremdlingen mit erschreckender Leuchtkraft entgegen.

Die Fassade des Hauses war von Teerosen überwuchert: wächsern und cremefarben die offenen Blüten, zinnoberrot die Knospen. Eine Tür mit abblätternder Farbe wurde von einem bizarren Gegenstand offen gehalten – einem Quarzbrocken. Dahinter lag die dunkle, kalt wirkende Eingangshalle. Lou und Edward konnten an der Tür weder eine Klingel noch einen Klopfer entdecken. Sie wußten nicht recht, was sie jetzt tun sollten. »Am besten räuspern wir uns«, sagte Lou. So standen sie also herum und hüstelten, bis sich hinten in der Halle eine Tür öffnete und eine Dame – oder war es eine Frau? Sie waren sich nicht sicher – herausschaute. »Ja?« sagte sie, ohne eine Miene zu verziehen.

»Wir konnten Ihre Klingel nicht finden.«

»Da drüben«, sagte die Frau und zeigte auf zwei Schweizer Kuhglocken. Sie hingen an Schlaufen aus dicker Schnur neben der Tür, aus der sie soeben getreten war. Nachdem sie dies klargestellt hatte, blickte die Frau zuerst wieder die beiden Besucher an und dann an ihnen vorbei durch die Tür, während sie sich zugleich geistesabwesend die kräftigen Hände seitlich an ihrem blauen

Overall abwischte. Edward und Lou vermochten sich kaum als Eindringlinge zu fühlen, wo ihr Eindringen doch so wenig Eindruck machte. Die innere Stärke dieser Person war keinen Moment durch ihr Auftauchen ins Wanken geraten. Sie war eine ziemlich verwahrloste Amazone, aber ihr Gesicht hatte die Klarheit einer Skulptur. Den Kontakt mit der Außenwelt mußte sie völlig verloren haben: An ihr gab es nichts mehr, anhand dessen man sie hätte »einordnen« können. Es sind ja gerade die Verflechtungen mit der Außenwelt – Erwartungen, Ansprüche, Neugierde, Wünsche, kleine Anflüge von Habsucht –, die einem Menschen ihren Stempel aufdrücken, was Fremden natürlich zustatten kommt. Wie die Dinge hier lagen, vermochten Lou und Edward nicht zu sagen, ob diese Frau reich oder arm, dumm oder klug, ledig oder verheiratet war. Sie schien bereit, jedoch nicht sonderlich darauf erpicht, angesprochen zu werden. Lou stand dicht neben Edward; sie gab ihm einen Stoß in die Rippen. Da erklärte er der Frau, in welcher Lage sie sich befänden, und fragte sie, ob sie ein Telephon oder ein Fahrrad habe.

Sie sagte, es tue ihr leid, aber sie habe weder das eine noch das andere. Ihr Mädchen besitze zwar ein Fahrrad, sei damit jedoch nach Hause gefahren. »Möchten Sie eine Tasse Tee?« erkundigte sie sich. »Ich habe gerade Wasser aufgesetzt. Vielleicht fällt Ihnen dann ein, was Sie unternehmen könnten.«

Angesichts ihrer Unfähigkeit, den Ernst der Lage zu erfassen, kam Edward zu dem Schluß, die Frau müsse ein bißchen dumm sein. Ärger verzerrte seine Züge. Aber Lou, die gern Tee trinken wollte und die die Aussicht auf Ruhe verlockend fand, war schon ganz darauf eingestimmt. Sie warf Edward einen beschwichtigenden Blick zu.

»Vielen Dank«, sagte er zu der Frau, »aber ich muß sofort etwas unternehmen. Wir haben nicht die ganze Nacht Zeit. Ich muß nach London zurück. Können Sie mir sagen, von wo aus ich telephonieren kann? Ich möchte unbedingt eine Werkstatt anrufen – eine gute Werkstatt.«

Die Frau erwiderte ungerührt: »Sie werden wohl zu Fuß ins Dorf gehen müssen. Von hier aus sind es ungefähr drei Meilen.« Dann gab sie ihm ein paar überraschend klare Hinweise und wandte sich wieder Lou zu. »Lassen Sie Ihre Frau hier«, sagte sie. »Zumindest bekommt *sie* dann eine Tasse Tee.«

Edward zuckte die Achseln; Lou gab einen kurzen, unentschlossenen Seufzer von sich. Gern wäre sie geblieben, aber andererseits mochte sie nicht allein gelassen werden. Dies beruhte teilweise auf der Tatsache, daß sie nicht Edwards Ehefrau war: Er war mit einer anderen verheiratet, und seine richtige Frau wollte sich nicht von ihm scheiden lassen. Vielleicht ging er eines Tages zu ihr zurück, falls sich dies für ihn als der Weg des geringsten Widerstandes erweisen sollte. Aber genausogut konnte er sich – falls sich *das* als der Weg eines *noch* geringeren Widerstandes erweise – einer anderen zuwenden. Lou war fest entschlossen, keins von beidem eintreten zu lassen. Sie liebte Edward wirklich, aber sie hing auch zu einem Gutteil aus zänkischer Mißgunst an ihm. Schon oft hatte sie sich gefragt, warum das so war. Es schien ihr wichtig, aber sie vermochte nicht zu sagen warum. Deshalb ließ sie ihn nur selten aus den Augen: Ihre Vorstellung von Liebe war gleichbedeutend mit Anhänglichkeit... Dies wohl wissend, schenkte Edward ihr ein leicht boshaftes Lächeln, sagte, sie solle wohl besser dableiben, wandte sich ab und ging ohne sie langsam den Gartenweg entlang. Lou folgte ihm wie eine herrenlose Katze bis halb zur Tür. »Ihre Rosen sind wunderschön...«, sagte sie schließlich zu der Frau und starrte mit unglücklichen Augen in die Welt hinaus.

»Ja, sie gedeihen gut bei uns. Josephine schaut sie gern an... Das Wasser kocht gleich«, sagte die gastfreundliche Frau. »Möchten Sie nicht drinnen warten?«

Lou drang tiefer ins Haus vor. Nun befand sie sich in einem langgestreckten, niedrigen, engen Salon mit einem Fenster an jedem Ende. Noch bevor sie sich umsehen konnte, spürte sie, daß jemand sie beobachtete. Ein Mädchen von etwa dreizehn Jahren lag flach wie ein Brett auf einem fahrbaren Krankenbett aus Korbgeflecht. Das Bett war quer in den Raum geschoben, so daß das Mädchen einen ungehinderten Blick auf den flachen Horizont hatte, der hinter beiden Fenstern den Himmel begrenzte. Da die Kleine kein Kissen unter dem Kopf hatte, wirkte ihr Körper übermäßig gestreckt. Lou stand ein Stück vom Fußende der Liege entfernt.

Dunkle Augen blickten sie über spitzen Wangenknochen durchdringend an. Das Mädchen hatte einen ungebrochenen, lebendigen Gesichtsausdruck. Eine ihrer Hände glitt langsam über die Decke auf ihrer Brust. Lou spürte: Dies war das Nervenzentrum, das Herz des Hauses... Die einzige Bewegung im Raum stammte von einem Kanarienvogel, der in seinem Käfig hin- und herhüpfte.

»Hallo«, sagte Lou mit jenem rücksichtsvollen Lächeln, mit dem man einem Invaliden begegnet. Als das Kind nicht antwortete, fuhr sie fort: »Du fragst dich wohl, wer ich bin?«

»Keine Ahnung, aber es stimmt, ich hab es mich gefragt, als Sie vorbeigefahren sind.«

»Gleich danach hatten wir eine Autopanne.«

»Ich weiß. Ich war ein bißchen darauf gefaßt.«

Lou lachte und sagte: »Dann hast du wohl den bösen Blick auf uns geworfen.«

Das Kind überging dies. »Das ist nicht die Strecke nach London«, meinte es.

»Trotzdem – genau da wollen wir hin.«

»Sie meinen wohl: Da *wollten* wir hin... War das Ihr Mann, der gerade weggegangen ist?«

»Ja, das ist Edward. Er geht telephonieren, aber er ist bestimmt bald zurück.« Lou, die ein schmuckes Sommerkostüm aus honiggelbem Leinen trug, das jetzt aber ziemlich zerknittert war, spürte, wie das Mädchen sie von Kopf bis Fuß musterte.

»Waren Sie auf einem Fest?« fragte die Kleine. »Oder waren Sie unterwegs zu einem?«

»Nein, wir sind nur ein bißchen aufs Land gefahren.« Lou ging nervös quer durch den Raum zum vorderen Fenster. Von dort aus konnte sie dieselben Rosen sehen, die Josephine sah. Sie fand, daß sie irgendwie gekünstelt wirkten, als wären sie durch eine magnetische Kraft zum Dasein gezwungen: Wie magnetisiert öffneten sich Knospen, entfalteten sich Blütenblätter. Allmählich erwachte Lou aus dem Traum dieses Nachmittages: Ihr Wille rührte sich. Sie wollte hier weg, sie fühlte sich hier unruhig, bedroht. »Ich nehme an, du liegst oft im Garten, bei all den Rosen?« fragte sie.

»Nein, nicht oft, ich mach mir nicht viel aus dem Himmel.«

»Du schaust lieber aus dem Fenster?«

»Ja«, erwiderte das Kind ungehalten und fügte nach einer kurzen Pause hinzu: »Welches sind die verkehrsreichsten Plätze von London?«

»Picadilly Circus und Trafalgar Square.«

»Oh, die würd ich mir gern mal ansehen.«

Die Schritte der Mutter des Mädchens waren auf den Steinfliesen der Eingangshalle zu hören: Sie kam mit dem Teetablett herein.

»Kann ich Ihnen helfen?« fragte Lou, froh über die Unterbrechung.

»Oh, danke, vielleicht könnten Sie den Tisch dort auseinanderklappen. Stellen Sie ihn bitte neben Josephine. Sie muß liegenbleiben, weil sie sich am Rücken verletzt hat.«

»Ich hab mir den Rücken vor sechs Jahren verletzt«, sagte Josephine. »Mein Vater war schuld.«

Die Mutter stellte das Tablett an den Rand des kleinen Tisches.

»Schlimm für ihn«, murmelte Lou und machte sich nützlich, indem sie die ineinandergestapelten Teetassen austeilte.

»Nein, für ihn ist es nicht schlimm«, sagte Josephine. »Er ist fortgegangen.«

Dafür hatte Lou Verständnis. Ein Mann, der etwas Unrechtes getan hat, kann nicht bleiben, wo es keine menschliche Wärme mehr für ihn gibt. Es gibt gewisse schlimme Dinge, die durch Bleiben nur noch schlimmer werden. Bestimmt war der Mann diesen Gartenweg dort entlanggestapft, so ähnlich wie Edward vor einem Weilchen. Männer können nicht mit ihrem Kummer leben, und auch nicht mit Frauen, die sich an ihren Kummer klammern. Männer können durchaus einen bestimmten Ausdruck in den Augen eines Tieres aushalten, nicht jedoch den in den Augen einer Frau. Und Männer haben einen Horror vor Starrsinn – in der Liebe wie im Schmerz. Bei der innerlich glühenden Josephine hätte man vielleicht bleiben können, aber nicht bei dieser Mutter mit ihrem geduldigen, exaltierten Gesicht...

Als die Mutter wieder fort war, um die Teekanne und den Wasserkessel zu holen, heftete Josephine erneut den Blick auf Lou. »Vielleicht bleibt Ihr Mann eine Weile fort«, sagte sie. »Sie sind der erste fremde Mensch, den ich seit einem Jahr sehe. Vielleicht verirrt er sich sogar!«

»Oh, dann müßte ich aber nach ihm suchen!«

Josephine verzog den Mund zu einem fanatischen Lächeln. »Wenn manche Leute weggehen, dann gehen sie für immer«, sagte sie. »Wozu soll auch das ganze Hin und Her gut sein, wenn sie jedesmal zurückkommen?«

»Ja, ich verstehe auch nicht, wozu das ganze Hin und Her gut sein soll.«

»Dann bleiben Sie doch hier!«

»Man geht nicht dorthin, wo man gern sein möchte, sondern wo man hin *muß*.«

»Und Sie müssen nach London zurück?«

»Oh, ja, das muß ich, glaub mir.«

»Wieso?«

Lou legte die Stirn in Falten und lächelte auf eine bedeutungsschwere, erwachsene Weise, mit der sie eigentlich genausowenig anzufangen wußte wie Josephine. Sie tastete nach ihrem Zigarettenetui und stellte betroffen fest, daß es leer war: Edward hatte das Päckchen Zigaretten mitgenommen, das sie sich an diesem Nachmittag teilten. Und er hatte auch ihr ganzes Geld.

»Sie wissen nicht, wo er hin ist, stimmt's?« bemerkte Josephine. »Wenn Sie hierbleiben, gewöhnen Sie sich rasch an alles. Wir fragen uns auch nicht dauernd, wo mein Vater ist.«

»Wie heißt eigentlich deine Mutter?«

»Mrs. Mather. Sie hat nichts dagegen, wenn Sie bleiben, im Gegenteil. Nie kommt uns jemand besuchen. Früher schon, aber jetzt nicht mehr. Wir sehen immer nur uns und niemanden sonst. Die Leute haben vielleicht Angst vor etwas...«

Mrs. Mather kam zurück, und Josephine schaute aus dem anderen Fenster. Das plötzliche Schweigen roch nach einem Komplott, an dem Lou allerdings nur gegen ihren Willen teilhatte. Während Mrs. Mather die Teekanne abstellte, sah sich Lou im Raum um, als wolle sie sich vergewissern, daß alles in Ordnung sei. Dieser kleine Salon mit dem Fenster an der hinteren Schmalseite war mit Gegenständen ausgestattet, die brav und ein wenig abgenutzt wirkten, ohne jedoch etwas von der Anmut alter Dinge zu haben. Ein heruntergewohntes Zimmer sollte etwas Anheimelndes haben. Doch dieses hier wirkte mit seinen verblichenen Tapeten und dem geisterhaften Kretonne wie ausgeplündert. Ja, Zimmer können, wenn sie zu intensiv bewohnt werden, irgendwann bleich und wie ausgeweidet wirken – oder ausgebrannt, wie nach einem Feuer. Es war der Garten, der alles Augenmerk auf sich zog. Lou gab sich eine Minute lang der erstaunlichen Phantasievorstellung hin, Mrs. Mather unter all den Rosen ruhen zu sehen... Da sagte Josephine mit scharfer Stimme: »Ich will keinen Tee!«, und Lou begriff, daß das Mädchen nicht allein trinken konnte, in Gegenwart eines fremden Menschen aber auch nicht bemuttert werden wollte – und eine Fremde war Lou hier immer noch. Mrs. Mather erwiderte nichts. Sie zog zwei Stühle an den Tisch und bedeutete Lou, Platz zu nehmen. »Es ist ziemlich schwül heute«, sagte sie. »Ich fürchte, dieser Spaziergang wird Ihrem Mann nicht viel Spaß machen.«

»Wie weit ist es, sagten Sie?«

»Drei Meilen.«

Lou hielt ihre Hand so, daß sie von der Tischkante verdeckt wurde, und warf einen verstohlenen Blick auf ihre Armbanduhr.

»Wir wohnen ja auch ziemlich weit außerhalb«, meinte Mrs. Mather.

»Aber vielleicht gefällt Ihnen das sogar?« fragte Lou.

»Ja, wir haben uns an die Ruhe gewöhnt«, antwortete Mrs. Mather und schenkte Tee nach. »Wissen Sie, dies war früher eine Farm, aber auf ihr lag kein Glück. Als mein Mann fortging, hab ich das Land verpachtet. Die meisten Dienstboten finden es hier anscheinend zu einsam – die Mädchen vom Lande sind heutzutage so anders als früher. Mein derzeitiges Mädchen ist nicht sehr helle im Kopf, aber sie arbeitet gut und fühlt sich hier draußen wohl auch nicht sehr einsam. Wenn sie frei hat, fährt sie immer nach Hause.«

»Hat sie es weit?« fragte Lou beklommen.

»Ja, ziemlich«, antwortete Mrs. Mather und blickte aus dem Fenster zum Horizont hin.

»Und Sie – fühlen Sie sich hier nicht ziemlich... allein? Ich meine für den Fall, daß etwas passiert.«

»Hier kann nichts mehr passieren«, meinte Mrs. Mather. »Und außerdem sind wir ja zu zweit. Wenn ich oben im Haus arbeite oder draußen bei den Hühnern bin, häng ich mir immer eine von den Glocken um den Hals, die Sie draußen in der Halle gesehen haben, damit Josephine hören kann, wo ich bin. Die andere Glocke binde ich an Josephines Krankenbett. Wenn ich im Garten arbeite, kann mich Josephine natürlich sehen.« Sie streifte den Verschluß aus Wachspapier von einem Konfitürenglas. »Dies ist mein letztes Glas Zwetschenmarmelade vom letzten Jahr«, sagte sie. »Bitte probieren Sie mal davon. Ich mach bald mehr. Wir haben zwei schöne Zwetschenbäume.«

»Sie sollten Mutter sehen, wenn sie raufklettert!« sagte Josephine.

»Haben Sie denn keine Angst, herunterzufallen?«

»Aber warum?« sagte Mrs. Mather und schob ihrem Gast einen großen Teller mit Butterbroten hin.

»Nein, danke, ich esse nie etwas zum Tee«, sagte Lou, die mit steifem Kreuz dasaß und wie ein Vogel an ihrer Teetasse nippte.

»Sie glaubt vielleicht, daß sie für immer dableiben muß, wenn sie etwas ißt«, meinte Josephine. Ihre Mutter nahm jedoch keine Notiz von ihr, sondern bestrich ein Butterbrot mit Marmelade und machte sich daran, es ruhig und zugleich heißhungrig zu verzehren. Lou klopfte mehrmals mit dem Löffel an ihre Teetasse: Jedesmal erschrak der Kanarienvogel und schlug mit den Flügeln. Sie wußte zwar, daß Edward auf keinen Fall schon zurück sein konnte, doch blickte sie immer wieder verstohlen zum Gartentor. Mrs. Mather, die die Hand nach einem weiteren Butterbrot ausstreckte, bemerkte das und dachte, daß Lou die Rosen betrachtete. »Würden Sie gern ein paar nach London mitnehmen?« fragte sie.

Josephines Krankenbett war hinausgerollt worden und stand nun auf der Rasenfläche zwischen den Rosenbeeten. Sie lag mit geschlossenen Augen und angestrengt gerunzelter Stirn da, denn über ihr wölbte sich der verabscheute Himmel. Aber sie mußte nun einmal nahe bei Lou sein, während jene Rosen schnitt.

In ein, zwei Tagen, dachte Lou, würde ich wohl auch eine Glocke am Hals tragen. Was soll ich eigentlich mit diesen Rosen, wenn ich sowieso hierbleibe? überlegte sie weiter, während sie die starken Stengel zwischen den Dornen durchschnitt und die Rosen am Fußende von Josephines Liege übereinanderstapelte. Wahrscheinlich mag ich danach nie wieder Rosen anschauen. – Die Zeiger ihrer Armbanduhr standen auf sechs: Edward war seit zwei Stunden fort. Ringsumher lag das Land unter dem weißen, weiten Himmel in tiefer Ruhe. Lou ging einmal zum Gartentor.

»Gibt es vom Dorf aus irgendeine Transportmöglichkeit?« fragte sie nach einer Weile das Mädchen. »Vielleicht einen Bus, der irgendwo hinfährt? Oder ein Taxi?«

»Weiß nicht«, antwortete Josephine.

»Wann kommt euer Dienstmädchen zurück?«

»Morgen früh, aber manchmal kommen unsere Mädchen überhaupt nicht zurück.«

Lou klappte das Messer zu und sagte: »So, das sind genug Rosen.« Sie ging davon aus, daß sie es hören würde, falls Edward einen Abschleppwagen schickte. Gewiß würde Edward das Auto nicht einfach stehenlassen. Wieder ging sie zum Gartentor. Hinter ihr sagte Josephine: »Bitte schieben Sie mich jetzt wieder ins Haus.«

»Wie du meinst. Ich bleibe aber draußen.«

»Dann bleibe ich auch! Aber bitte legen Sie etwas über meine Augen.«

Lou zog ein Taschentuch aus roter Seide hervor und breitete es über Josephines Augen. Jetzt wirkte der Mund des Mädchens viel markanter: Lou betrachtete von oben herab das kleine, resolute Lächeln.

»Wenn Sie lieber still sein und zuhören möchten«, sagte das Kind, »brauchen Sie nicht mit mir zu reden. Legen Sie sich hin, dann können wir so tun, als würden wir beide schlafen.«

Lou legte sich auf den trockenen, kurz geschorenen Rasen neben die Räder des Krankenbettes, faltete die Hände hinter dem Kopf, schloß die Augen und streckte sich aus, reglos wie Josephine. Anfänglich war sie so nervös, daß es ihr vorkam, als vibrierte der Rasen unter ihrer Wirbelsäule. Doch allmählich entspannte sie sich. Irgendwann kommt der Augenblick, wo man sich nicht länger gegen die Stille wehrt, so daß sie leise rauschend die ganze Seele ausfüllt. Lou ließ zu, daß ihr Zoll für Zoll das Leben entglitt, an das sie sich seit ihrer Kindheit so verzweifelt geklammert hatte: ihre Besessenheit von diesem und jenem, ihre Versessenheit darauf, Edward an sich zu binden. Wie aufgeregt sie herumgehetzt war, getrieben von dem Wunsch, alles im Griff zu behalten! Ich hätte mich ruhig verhalten sollen, dachte sie nun. Ja, ich werde mich ab jetzt ruhig verhalten. Was ich will, soll zu mir kommen. Ich werde niemandem und nichts hinterherlaufen. Menschen, die sich ruhig verhalten, erneuern ihre Kräfte. Josephine speichert Kraft, und deshalb geschieht, was sie will – weil sie weiß, was sie will. Ich rede mir nur ein, manche Dinge haben zu wollen. Ich mache mir nur vor, daß ich Edward haben will. (Er ist noch immer nicht da, aber das ist mir egal, ja, es ist mir egal.) Jetzt fühle ich, was Leben heißt. Kein Wunder, daß ich immer so müde war. Ich hab immer nur zur Hälfte bekommen, was ich eigentlich gar nicht haben wollte. Aber jetzt will ich nichts, ich will nur einen weißen Kreis um mich herum.

Der weiße Kreis vor ihrem inneren Auge dehnte sich aus, und mit ekstatischer Gleichgültigkeit blickte sie in ihn hinein. Sie wußte, daß sie das Nichts schaute – und dann wußte sie nichts mehr...

Josephines Stimme meldete sich von oben aus dem Krankenbett und weckte sie: »Sie haben ganz tief geschlafen.«

»Habe ich das?«

»Nehmen Sie mir das Taschentuch von den Augen, ich höre ein Auto.«

Lou vernahm nun auch das vibrierende Motorengeräusch. Sie erhob sich und befreite Josephines Gesicht von dem Tuch. Dann trat sie ans Fußende des Krankenbettes und raffte ihre Rosen zusammen. Sie stand mit dem Rücken zum Gartentor und war noch mit den Rosen beschäftigt, als sie das Taxi vorfahren und gleich darauf Edwards Stimme auf dem Gartenweg hörte. Der Taxifahrer blieb im Auto sitzen und betrachtete die Rosen. »Alles in Ordnung!« rief Edward. »Die schicken gleich jemanden aus der Werkstatt her. Sie müssen jeden Augenblick hier sein. Mein Gott, was für Leute das sind! – Hör mal, ist mit dir auch alles in Ordnung?«

»Alles bestens. Ich hab Josephine Gesellschaft geleistet.«

»Oh, hallo Josephine!« sagte Edward und absolvierte hastig eine Pflichtübung in Liebenswürdigkeit. »Ich bin gekommen, um diese Frau da abzuholen. Danke fürs Aufpassen!«

»Oh, schon gut, keine Ursache... Fahren Sie jetzt gleich weiter?«

»Zuerst müssen wir unser Zeug aus dem Auto holen, bevor es zur Werkstatt geschleppt wird, und dann muß ich noch einmal mit den Leuten in der Werkstatt reden. Anschließend fahren wir mit diesem Taxi hier zum Bahnhof... Komm, Lou, nun mach schon! Wir wollen doch diese Leute nicht verpassen! Und wir müssen noch unsere Sachen aus dem Auto nehmen!«

»Sind wir derart in Eile?« fragte Lou und legte die Rosen irgendwo hin.

»Natürlich sind wir in Eile...« Zu Josephine gewandt fuhr Edward fort: »Wir schauen auf dem Weg zum Bahnhof noch einmal vorbei, um deiner Mutter auf Wiedersehen zu sagen, aber erst muß ich diese Sache hinter mich bringen.« Er legte Lou eine Hand auf die Schulter und schob sie vor sich her den Gartenweg entlang. »Ich bin froh, daß mit dir alles in Ordnung ist«, sagte er, als sie ins Taxi stiegen. »Du bist nochmal heil davongekommen, altes Mädchen. Nach allem, was ich im Dorf gehört habe –«

»Sag mal, hast du dir etwa Sorgen um mich gemacht?« fragte Lou neugierig.

»Heute ist ein nervtötender Tag«, erwiderte Edward und lachte beklommen. »Ich mußte eine Stunde auf dem Dorfplatz rumtrödeln, weil ich zuerst auf mein Ferngespräch und dann auf das Taxi warten mußte. Es wird uns übrigens eine hübsche Stange Geld kosten. Du kannst dir nicht vorstellen, was die Leute sagten, als sie hörten, wo ich unser Auto – und dich – abgestellt hatte! Von denen würde niemand freiwillig auch nur in die Nähe dieses Hauses gehen. Ich bin sicher, daß, von all den Klatschgeschichten abgesehen, dort wirklich irgendeine Geschichte passiert ist. Genaues weiß niemand zu sagen, aber... na ja, siehst du, offenbar hat diese Frau, diese Mrs. Mather...« Edward redete leiser weiter, damit der Fahrer nicht mithören konnte, und erzählte Lou, was er im Dorf über das plötzliche Verschwinden von Mr. Mather erfahren hatte.

Ostereiersuchen

Ihr Ziel war es, der Kleinen eine ungetrübte Kindheit wiederzugeben. Sie waren schlichte, rührige Frauen, deren Rechtschaffenheit in einer untadeligen Gefühlswelt wurzelte; sie beugten sich nur ihren eigenen noblen Wertvorstellungen und fürchteten sich höchstens davor, von diesen einmal abweichen zu müssen. Die Einladung verschickten sie einem Impuls folgend, doch als die Antwort auf sich warten ließ, tat dies ihrer Moral keinen Abbruch. Den Tatsachen des Lebens wichen sie nicht aus, schließlich gehörten sie ja allerlei Vereinen und Ausschüssen an, die sich um das Wohl der Welt sorgten. Die meisten Tatsachen waren allerdings schon ein bißchen verwässert, bis sie West Wallows erreichten: Gewisse Dinge passierten zwar, aber nicht den Menschen aus dem eigenen Bekanntenkreis. Als also ihr Blick – sie waren unverheiratete Schwestern, die alles teilten und die für mancherlei Dinge denselben Blick hatten – durch einen einst wohlvertrauten Namen auf einen unauffälligen Artikel in ihrer Tageszeitung gelenkt wurde, da blieben ihnen fast die Herzen (oder das Herz) stehen. Der Fall wurde in groben Zügen und mit der üblichen Zurückhaltung geschildert. Als sie begriffen, was entweder tatsächlich oder zumindest fast der kleinen Tochter einer Freundin passiert war, die sie selbst als kleines Mädchen gekannt hatten, schoben sich Schreck und scheue Betroffenheit wie ein Keil zwischen sie; sie waren unversehens zwei Menschen geworden, die sich nicht mehr gerade in die Augen schauen konnten. Während sie, umgeben von einem halben Morgen Garten, der schon heiter im ersten frühlingshaften Grün erglänzte, sich am Frühstückstisch in ihrem geräumigen Landhaus gegenübersaßen, brachten sie es nicht über sich, die Angelegenheit durchzusprechen. Erst nach einem Seite an Seite mit einsamem Grübeln verbrachten Tag kamen sie darauf zurück, und dann auch nur auf die weniger betrüblichen, praktischen Aspekte: Konnte man vielleicht irgend etwas tun? Gab es eine Möglichkeit zu helfen?

Eunice und Isabelle Evers waren beide knapp über fünfzig. Ihr ungetrübter Lebenslauf stand ihnen ins Gesicht und auf die hohe Stirn geschrieben, und ihre Züge waren nur von Humor gezeichnet.

Sie waren Amazonen, die Selbstgestricktes trugen, Amazonen ohne die Spur von Entbehrung und Leid; ihr Dasein war ein langer, kräftigender Spaziergang gewesen. Zufriedenen Nonnen nicht unähnlich, hatten sie doch auch etwas von verheirateten Frauen an sich. Ungewöhnlich viele Bewohner von Gloucestershire kannten und achteten sie, und in dem Dorf West Wallows waren sie es, die das Eis schmelzen ließen. Sie hatten ein Herz für die Welt der Kinder – aller Kinder –, und folglich bedeuteten sie vielen Kindern mehr als alles andere in der Welt. Sie waren unbestrittene Meisterinnen in der Kunst, jene Seifenblasenwelt herbeizuzaubern, die von kinderliebenden Erwachsenen Kindern zuliebe aufgeblasen wird. Mag sein, daß auch sie selbst dabei die freudigen Gefühle hatten, die ihnen am teuersten waren. Falls sie überhaupt Wunschträume hegten, dann drehten sich diese um Ponys und um Marmeladenbrote am Strand, und noch immer empfingen sie den einen oder anderen Wink aus dem Jenseits.

Folglich war jedes unaussprechliche Ding, das irgendeinem Kind zustieß, für sie mehr Grund zur Aufregung, als wären sie selbst die Mutter gewesen. Es entsprach nicht ihrem Naturell, Dorothea (das war die Freundin, die sie als kleines Mädchen gekannt hatten) in irgendeiner Weise zu verurteilen. Dennoch: Welche Grenze hatte sie überschritten, in welche Welt war sie in den Jahren seit ihrer Heirat, also seit dem Tag, an dem sie sie aus den Augen verloren hatten, abgeglitten, daß ihr Töchterchen jetzt solchen Dingen ausgesetzt war? Dorotheas Ehe war gescheitert. Mußte man vermuten, daß sie auch als Mutter versagt hatte? Sie hatten davon läuten gehört, Dorothea spiele auf irgendeiner »Bühne«, aber sie hatten ihren Namen nie auf dem Programmzettel irgendeines Theaters entdeckt. Dorotheas Antwort auf ihre Einladung ließ so lange auf sich warten, daß sie schon befürchteten, sie sei nicht zu erreichen. Doch als Dorothea dann antwortete, nahm sie die Einladung hocherfreut an. Sie schrieb, es sei wirklich lieb von ihnen, und sie hoffe nur, daß ihnen Hermione gefalle. »Sie ist ein Goldkind, wenngleich stets ein wenig reserviert. Ich bin sicher, daß es ihr guttun würde, für eine Weile von mir fortzukommen. Wißt Ihr, ich bin seit ein paar Tagen ziemlich aufgeregt, aber das ist durchaus natürlich, nehme ich an.

Meine Nerven waren schon immer schrecklich dünn, und jetzt muß ausgerechnet noch *das* passieren. Es hat mich fast umgebracht, ehrlich. Aber ich komme bestimmt darüber hinweg. Also, es ist wirklich lieb von Euch. Ihr wart immer so nett. Oh, wie weit all die glücklichen Tage jetzt zurückzuliegen scheinen...! Ich schicke Hermione am 12. April zu Euch. Ja, sie mag Tiere gern, glaube ich. Auf jeden Fall könnt Ihr es mal probieren. Sie hat ja nie ein eigenes Tier gehabt, die arme kleine Seele.«

So begannen also die beiden Schwestern sich auf Hermione vorzubereiten.

West Wallows war mehr als ein Dorf: Es war eine Dorfgemeinschaft. Von der breiten Hauptstraße gingen Seitenstraßen ab, an denen weißgestrichene Gartentore zu vielen Eigenheimen führten. Der Pfarrer war taktvoll und energisch, der Gutsherr ungewöhnlich kultiviert. Ein paar Häuser waren recht groß – einige davon alt, andere erst vor kurzem erbaut. Ein geselliges Leben, das nicht viel kostete, eine liberale Dorfpolitik, ansehnliche Antiquitäten aus Familienbesitz, vielseitige »Interessiertheit« und aufgeklärte Nächstenliebe gaben dem Ort das Gepräge. Niemand war sehr reich, niemand war exzentrisch, und obwohl einige Bewohner die Jagd liebten, schrieb niemand Protestbriefe gegen diesen blutigen Sport. Die ortsansässigen Familien lebten in Eintracht mit den angenehmen Pensionären, die sich hier niedergelassen hatten. Wahrscheinlich hatten wenige Ortschaften in England eine so nette Atmosphäre zu bieten wie West Wallows. In den Ferien verlebten hier alle Kinder eine herrliche Zeit... Übrigens waren gerade Osterferien, und das warf ein kleines Problem auf: In welchem Maße sollte sich Hermione mit anderen Kindern abgeben?

Die beiden Misses Evers beschlossen abzuwarten und alles auf sich zukommen zu lassen.

Sie entschlossen sich, alles einer gütigen Fügung zu überlassen und zuzuschauen, wie die Dinge ihren Lauf nahmen. Sie machten niemandem gegenüber eine Andeutung. Eine Woche vor Hermiones Ankunft ließ sich Barbara, die Hauskatze mit dem Schildpattmuster, dazu bewegen, ihre beiden fleckigen Jungen von der mütterlichen Brust abzusetzen, woraufhin die Kätzchen lernten, ganz schnuckelig aus einer umbrischen Untertasse zu schlabbern. An der südlichen Fassade des Landhauses entfaltete der Geißblattstrauch den letzten seiner grünen Schößlinge, im Garten und auf dem von Obstbäumen bestandenen Streifen des Grundstücks jenseits des Baches bliesen Narzissen in ihre Trompeten.

Der erste Nachmittag war windig. Jedesmal, wenn ein Geißblattschößling lose in der Luft baumelte und leise gegen das Fenster klopfte, fuhr Hermione zusammen. Dies war bei ihr das erste Anzeichen dafür, daß sie die Nerven einer Erwachsenen hatte. Sie war nicht eben ein hübsches Kind: Ihr Gesicht war zu lang, ein plumpes Oval. Die großen, dunkelgrauen Augen saßen ziemlich eng beieinander, und das verlieh ihr etwas Drängendes. Ihr von Natur aus gelocktes dunkles Haar war für einen Knoten zu lang und wippte dicht über den Schultern hin und her. Sie saß unter der dunklen Glaskuppel ihrer eigenen Innenwelt und aß ein wenig zu wohlanständig ein Honigbrot. Dann und wann warf sie mit geheimer Befriedigung einen raschen Blick auf die Armreifen an ihren Handgelenken.

»Dieser Honig stammt von unseren eigenen Bienen, Hermione.«
»Oh, je!«
»Wir finden, daß er ganz anders als anderer Honig schmeckt.«
»Ja. Mammi hat mir gesagt, daß Sie Bienen haben. Haben Sie auch Tauben?«

Eunice hielt verstohlen nach den weißen Wesen Ausschau, die durch den windgezausten Garten huschten, daß man fast erschrak.
»Die gehören den Leuten nebenan, aber sie flattern die ganze Zeit bei uns herum, so daß wir auch unseren Spaß an ihnen haben.«
»Bei uns in London hat sich die Katze von nebenan immer in unsere Speisekammer geschlichen. Ich hasse Katzen.«
»Oh, aber unsere Barbara wirst du bestimmt mögen. Sie hat übrigens zwei Kätzchen.«
»Katzen machen immer Junge, stimmt's?«

Nach dem Tee ging Eunice mit ihr hinauf, um ihr das Zimmer zu zeigen, das ihr gehören sollte. Es war das Gästezimmer über dem

Hauseingang, blitzsauber wie eine Schiffskabine und voll mit geblümtem oder gekräuseltem Zeug. Sie zeigte der Kleinen den Stickrahmen, an dem ein anderes kleines elfjähriges Mädchen vor genau hundert Jahren gearbeitet hatte, und auch ein paar gerahmte Photos aus Italien. »Das hier ist Assisi, wo der Heilige Franz gelebt hat.«

»Oh je!« sagte Hermione und lutschte unschlüssig an ihrem Daumen. Zwischen den wallenden Falten des Vorhangs aus gemustertem Musselin hindurch warf sie einen Blick auf die Wipfel der Apfelbäume. »Es sieht genauso aus wie ein Kalenderphoto«, sagte sie. Sie setzte sich auf das Bett und betastete mit der Zungenspitze die Innenseite der einen Backe, während Eunice es übernahm, ihre beiden Koffer auszupacken. »Oh, was für hübsche Kleider und Sachen«, sagte Eunice mißbilligend. »Ich glaube aber nicht, daß du Gelegenheit haben wirst, das meiste davon hier zu tragen. Bestimmt wirst du lieber ein paar alte Sachen anziehen und darin einfach herumtollen.«

»Ich hab aber keine alten Sachen. Mammi gibt sie immer weg.«

In ihrem Tweedrock, den knorrigen Spazierstock aus Eichenholz in der Hand, ging Isabelle, die Stirn der süßen Frühlingsluft darbietend, am nächsten Morgen beschwingt die Dorfstraße hinab, und neben ihr trippelte Hermione, die dann und wann mit einem wunderlichen kleinen Ballethopser den Schritt wechselte. In ihrem himbeerfarbenen Wollkleid, dem Hut mit hochgeschlagener Krempe und einer Donald-Duck-Anstecknadel, die Beine in sorgsam hochgezogenen Strümpfen, wirkte dieses kleine Mädchen wie eine kindliche Schauspielerin auf einer Tournee: Nichts vermochte ihre innere Anspannung zu lösen. Isabelle wies auf den Dorfteich mit den weißen Enten, auf den Kirchturm mit seinem Satteldach, auf den Leuchtturm, der auf dem steilen, grünen Bilderbuchhügel stand, auf das komische alte Verkehrsschild mit der geschickten Kuh, über das alle Kinder immer lachen mußten – Hermione lächelte nicht einmal. Eine Straße ist eine Straße, und auf einer Straße kommt es nur auf eines an: auf die Leute. Mit furchtlos erhobenem Kopf warf sie jedem, der vorbeikam, aus ihren umschatteten, feucht glänzenden, dunkelgrauen Augen einen herausfordernden Blick zu. Aufmerksamkeit wollte sie erregen, weiter nichts; sie sammelte Aufmerksamkeit wie andere zerknülltes Silberpapier oder kleine weiße Kieselsteine sammeln. Ihr Bedarf an Aufmerksamkeit war so übergroß, daß sie nicht einmal mit halbem Ohr zuhörte, egal was Isabelle sagte. Jedesmal wenn Isabelle ein Geschäft betrat, drückte sich Hermione am Ladentisch herum. Beim Apotheker meinte sie, sie würde gern diese grüne Zelluloidschachtel da drüben kaufen, um ihre Zahnbürste darin aufzubewahren.

»Hast du denn dein Taschengeld mitgebracht?« fragte Isabelle aufgeräumt.

»Aber ich hab doch gar keins.«

»Dann muß die Schachtel wohl leider warten«, sagte Isabelle noch aufgeräumter und mit einem tröstlichen Lächeln. Sie hatte auch nichts dafür übrig, Herzen mit kleinen Geschenken darin zu kaufen. Im übrigen mußte man Hermione wohl beibringen, nicht zu fordern. Hermione warf einen letzten Blick auf die grüne Zelluloidschachtel, und es war der erste wirklich menschliche Blick, den sie irgendeiner Sache gegönnt hatte, seit sie in West Wallows angekommen war. Langsam löste sie ihren Blick von der Schachtel und trat hinter Isabelle aus der Apotheke ins Freie.

»Heute nachmittag«, sagte Isabelle, »gehen wir Schlüsselblumen pflücken.«

»Ich finde die Lämmer da drüben hübsch«, sagte Hermione plötzlich und zeigte über eine niedrige Mauer. »Ich hätte selbst gern ein Lamm zum Spielen. Ich würde es Percy nennen.«

»Nun, vielleicht kannst du dich ja mit einem dieser Lämmer anfreunden. Wenn du jeden Tag ganz ruhig zu ihnen aufs Feld gehst –«

»Aber ich will, daß es mir gehört! Und ich will, daß es Percy heißt.«

»Na gut, dann wollen wir jetzt ›Percy‹ rufen. Mal sehen, welches Lamm darauf hört und herkommt... Percy, Percy, Percy!« rief Isabelle, über die Mauer gelehnt. Keines der Lämmer nahm Notiz von ihr; eines der Schafe warf ihr einen langen, tadelnden Blick zu. Hermione war unterdessen steif und frostig weitergegangen.

Eunice und Isabelle wechselten sich dabei ab, Hermione, wie sie es nannten, aus sich selbst herauszuholen. Sie gaben nicht zu, wie entnervend sie es bisweilen fanden, daß ihre geballte Hinwendung offenbar ins Leere zielte. Sie nahmen sie mit zu dem Nachbarn, dem die Tauben gehörten; Eunice zeigte ihr die Apfelbäume, auf die sie gefahrlos hinaufklettern konnte; Isabelle ging mit ihr zum Bach und redete ihr zu, nur mit einer knielangen Unterhose bekleidet, den Sprung auf die andere Seite zu wagen. Hermione sprang und fiel ins Wasser. Klatschnaß, aber geduldig wurde sie aus dem Bach gefischt. Die beiden Schwestern liehen sich ihretwegen einen Esel aus für eine Runde auf dem Reitplatz, aber Hermione fiel dreimal herunter. Sie war ein Kind, das die ganze Zeit mit sich selbst allein blieb, obwohl es nie allein war. Während Eunice und Isabelle ihr wohlwollend nachspionierten, erblickten sie immer wieder dasselbe: Hermione ließ für eine unsichtbare Person ihre silbernen Armreifen um die Handgelenke kreiseln, oder sie schüttelte den Kopf, daß die Haare nur so flogen. Dreimal gingen sie mit ihr Schlüsselblumen pflücken; dann nahmen sie sie mit zum Vogelnestersuchen auf den Ländereien des Gutshauses. Die in den hohen, stark gelichteten Buchenhekken oder im dichten Efeu verborgenen Nester fand sie aufregend: Sie stellte sich auf die Zehenspitzen; ihre Wangen glühten. Doch all dies welkte dahin, wenn sie die Eier nicht berühren durfte. Sie konnte nicht verstehen warum. Spiegelblankes Blau, zartes Grün, matt schimmerndes Beige oder Rosa und all die Tupfer und Sprenkel schienen ihr dann für nichts mehr gut zu sein: Während die beiden Schwestern den Atem anhielten und die Zweige auseinanderbogen, blickte sie jetzt nur noch mißmutig in die Nester. Als sie eine Brut soeben flügge gewordener Jungvögel fanden, wich sie mehrere Schritte zurück und sagte: »Igitt! Daß *dafür* überhaupt Eier gelegt werden!«

»Aber sie leben, Liebes! Nächstes Frühjahr singen sie uns was vor, genau wie all die anderen Vögel, die wir jetzt hören, oder sie legen selbst Eier.«

»Gut, aber ich sehe nicht ein warum.«

Die Schwestern verpflichteten sich gegenseitig mit einem raschen Blick zum Schweigen.

Hermione sagte: »Mir wären Schokoladeneier lieber.«
Es war diesem recht verwirrenden Nachmittag zuzuschreiben, daß die Idee des Ostereiersuchens geboren wurde.
Hermione müßte nun besser denn je für den Umgang mit jüngeren Menschen gerüstet sein, sagten sich die beiden Schwestern. Vielleicht fände sie sogar Freunde. (Wie sehr sie daran zweifelten!) Auf jeden Fall würde man es darauf ankommen lassen. Und da sie nun andere Kinder kennenlernen sollte – warum dann nicht gleich alle Kinder aus West Wallows? Ein so großes Kinderfest wäre zugleich nett und nützlich: Falls Hermione Maisie oder Emmeline nicht gefiel, könnte sie vielleicht bei Harriet oder Joanna landen. (Mit Sicherheit würde sie bei einem so großen Fest weniger auffallen, das wußten die beiden Misses Evers, wenngleich sie sich dies nicht eingestehen wollten.) Sie waren wohlbekannt für ihre Kinderfeste, doch bisher hatten diese immer an Weihnachten stattgefunden, wenn Ratespiele gespielt werden konnten, oder im Hochsommer, wenn sie für ihre jungen Gäste die Erlaubnis einholten, irgendwo bei der Heuernte mitzuhelfen. Ein Kinderfest an Ostern war eine ganz neue Idee, die nach zusätzlichen Unkosten roch – vor denen sie keineswegs zurückschreckten; sie befürchteten nur, man könne es ihnen als Prahlerei auslegen. Isabelle fuhr mit dem Fahrrad zum Markt und kaufte drei Dutzend süße Eier – ein bißchen verbilligt, denn Ostern war gerade vorbei. Einige waren aus Schokolade und in glänzendes Silberpapier eingewickelt; andere waren aus Marzipan und äußerst naturalistisch gesprenkelt; wieder andere waren aus Pappe und enthielten ganz kleine Spielzeuge. Am Nachmittag selbigen Tages setzte sich Eunice an ihren Schreibtisch und schrieb Einladungen an vierzehn junge Gäste im Alter von vierzehn bis hinab zu sechs Jahren. Während sie auf jeden Umschlag eine Adresse schrieb, hielt sie immer wieder inne, um Hermione, die ganz in sich versunken auf dem Sofa dicht neben ihr saß und nichts tat, den bisherigen Lebenslauf jedes der in Frage kommenden Kinder zu schildern.

Am Nachmittag des Festes herrschte – glücklicherweise – sehr schönes Wetter. Ab drei Uhr klickte das Gartentor unaufhörlich: Ohne Begleitung von Erwachsenen kamen die Gäste in bunten

Pullovern oder in sehr sauberen Blusen den Gartenweg hinauf – um von Eunice und Isabelle auf dem Rasenstück bei der Sonnenuhr gemustert zu werden. Alle waren schon ein wenig gebräunt oder hatten von der Frühlingssonne noch mehr Sommersprossen bekommen, und auf ihren Gesichtern lag der Ausdruck verständnisloser Hochgestimmtheit. »Hört zu«, sagte Isabelle, »wer eins findet, sollte es eigentlich behalten dürfen, aber falls einer von euch mehr als drei findet, dann sollte er oder sie den Rest zurückgeben, damit sie am Schluß an diejenigen verteilt werden, die nicht so tüchtig waren.«

Eunice fügte hinzu: »Und wir werden auch einen Preis verleihen: diesen Osterhasen.« Sie hielt eine Porzellanfigur in die Höhe. »Er ist für denjenigen, der heute nachmittag die meisten Eier findet.«

Isabelle nahm den Faden wieder auf: »Die Eier sind im Garten und zwischen den Obstbäumen auf der anderen Seite vom Bach versteckt. Um alles ein klein bißchen leichter zu machen, haben wir einen rosa Wollfaden *ganz nahe* bei der Stelle befestigt, wo ein Ei liegt. Jeder, der ein Ei findet, soll bitte den rosa Wollfaden losknüpfen, sonst wird alles sehr schwierig. Also, sind jetzt alle da? Oh, nein, wir warten noch auf Poppy. Sobald sie kommt, blase ich in diese Trillerpfeife, und dann nichts wie los! Um fünf Uhr pfeife ich noch mal, weil es dann Tee gibt.«

In diesem Augenblick kam die Nachzüglerin durch das Gartentor geflitzt, woraufhin Isabelle aus Leibeskräften in die Trillerpfeife blies. Die Kinder – die Knaben waren klein, die Mädchen größer, einige sogar ziemlich pummelig – schauten sich an und setzten sich unschlüssig in Bewegung. Anfänglich bildeten sie noch eine geschlossene Formation, wie Naturforscher, die in gefährliches Gelände vordringen. Aber die ganze Zeit blickten sie sich mit scharfen Augen verstohlen nach links und nach rechts um. Schon wurden in dem von glitzerndem Sonnenschein überstrahlten Garten hier und dort rosa Wollfäden entdeckt. Eines der Kinder machte sich selbständig, und während es losrannte, blickte es eifersüchtig über die Schulter zurück, um zu sehen, ob ihm jemand auf den Fersen war.

Hermione war ein wenig hinter der sich entfernenden Gruppe

zurückgeblieben. Sie war allen Kindern namentlich vorgestellt worden, aber nach dem üblichen »Guten Tag!« hatte niemand mehr das Wort an sie gerichtet. Mit festem Griff hatte sie sich des einzigen Kindes versichert, das hinter den anderen nicht hergekommen war. Es handelte sich um einen kleinen, verstockten Jungen. Ihn hielt sie fest am Handgelenk gepackt, als wäre er kein menschliches Wesen. Irgendwie half er ihr, Haltung zu bewahren. Von Anfang an hatte sie Schwierigkeiten gemacht: Nur widerstrebend war sie aus ihrem Zimmer heruntergekommen. Eunice hatte unten auf dem Rasen gestanden, nach ihr gerufen und gewunken; Hermione hatte geantwortet, war jedoch nicht gekommen. Wie ein Geist oder wie aus Papier ausgeschnitten hatte sie dicht hinter dem geschlossenen Fenster gestanden und zugesehen, wie fremde Kinder den ihr wohlbekannten Garten eroberten. Sie hatte sich benommen wie ein Kätzchen, das auf einen Baum geklettert ist, es mit der Angst bekommt und nicht mehr zurückfindet – bis Eunice schließlich nach oben gelaufen war und sie mit ein paar wohlüberlegten Worten zum Mitkommen bewegt hatte. Aber ach! Kaum hatte man sie endlich unten auf dem Rasen, da wurde ihr »Kätzchen auf dem Baum-Gehabe« noch unübersehbarer. Mit steif ausgestrecktem Arm, an dem die Armreifen tanzten, gab sie den anderen die Hand. Zwar schaute sie jedem gerade ins Gesicht, jedoch mit einer Art launischem Hochmut: Was da zutage trat, war nicht einfach Angst oder Schüchternheit, sondern eine verzweifelte, verbockte Hochnäsigkeit. Aus ihren Augen sprach eine fremdartige Erfahrungswelt. Die hübschen, schon recht großen Mädchen mit dem hochgesteckten Haar und die tollpatschigen kleinen Jungen mit den nackten Knien, die bei jedem Anlaß mit gerunzelter Stirn auf die Grashalme zwischen ihren Sandalen hinabblickten – sie alle fühlten sich von Hermiones herrischem Blick zurückgestoßen. Entweder gab sie auf die anderen zu viel, oder sie interessierten sie nicht die Bohne – in beiden Fällen wußten sie mit ihr nichts anzufangen.

Der nach Süden, zum Bach hin, leicht abschüssige Garten wurde durch die im Zickzack verlaufenden Hecken zu einem Irrgarten; er bestand nur aus Ecken und Winkeln. Quittenbüsche fingen das Licht mit ihren ätherischen Blütenblättern ein, blühende Johannisbeersträucher sandten ihren süßen, würzigen Duft aus. Die im Wind flatternden Fäden aus rosa Wolle bildeten um sich herum eine Art Magnetfeld, in denen es vor lauter eifrigen Kindern summte, so wie Bienen die Johannisbeeren umschwärmen. Im Garten und zwischen den Obstbäumen war die Spannung während der Suche zu spüren: Ab und zu erscholl hell wie Glockenklang ein kurzer, triumphierender Aufschrei. Nach einer halben Stunde schien jeder der Beteiligten zumindest ein Ei gefunden zu haben. Die Kinder scharten sich zusammen, verglichen ihre Ausbeute und liefen nach einigen eifersüchtigen Blicken wieder auseinander.

Nur Hermione und der unglückselige kleine Junge, den sie nicht loslassen wollte, hatten noch kein einziges Ei gefunden. Von Zeit zu Zeit veränderte sie den Griff um sein Handgelenk, das sich heiß anfühlte. Im Dunstkreis ihrer Befangenheit, die durch den Kummer tief in ihrem Inneren zusätzliches Gewicht erhielt, bewegte sie sich zu langsam, während sie den kleinen Knaben hinter sich herschleppte. Ein- oder zweimal sah sie einen rosa Wollfaden, doch als sie die Stelle erreichte, war der Faden schon von einem Kind, das auch das dazugehörige Ei gefunden hatte, aufgeknüpft worden. Ihr eigenes Versagen wie eine Schmach tragend, wechselten sie und der kleine Junge kein einziges Wort; sie gingen hierhin und dorthin, umgeben vom Schweigen einer sich vertiefenden Abneigung. Jetzt standen sie auf der Brücke zwischen dem Garten und den Obstbäumen: Hermione blickte mit Augen, aus denen Ungläubigkeit und Verzweiflung sprachen, von einem Ufer zum anderen. Sie hatte kein einziges Ei gefunden!

Ohne Vorwarnung machte sich der kleine Junge neben ihr ganz steif, preßte sich gegen das Geländer der Brücke, riß den Mund so weit auf wie eine Höhle und brüllte: »*Maisie!* Ich will mit dir gehen!«

Ein Mädchen, das zufrieden zwischen den Obstbäumen herumgestöbert hatte, drei helle, glänzende Ostereier in der flachen Hand, blieb stehen und hob die Nase wie eine Hundemutter. Dann steuerte sie auf die Brücke zu. »Hör mal«, sagte sie zu Hermione, »hättest du etwas dagegen, meinen kleinen Bruder loszulassen? Er möchte sich gern alleine umsehen.«

»Aber wir suchen zusammen.«

»Oh, wieviel habt ihr denn schon gefunden?«
»Die andern finden immer die Eier vor uns.«
»Mein Gott«, meinte Maisie. »Ihr habt also *kein einziges* gefunden? Mir hat jemand gesagt, daß Harriet schon sechs hat, und alle anderen hier haben mindestens zwei. Willst du wirklich behaupten, daß Simon *keins* hat?... Mach dir nichts draus Simon, komm mit mir suchen. *Wir* werden schnell ein paar finden.«
»Warum er? Und warum sollte ich die einzige sein, die am Schluß kein einziges Ei hat?«
»Nun, dafür kann ich nichts, oder? Du mußt eben genauer hinsehen... Na komm, Simon!«
Hermione ließ ihn los.
Als sie ganz allein auf der Brücke zurückblieb, beschattete sie ihre Augen (die Sonne stand schon tief), um besser den runden, weißen Gegenstand unter einem der Apfelbäume erkennen zu können. Es war ein Panamahut, den sie zuletzt auf dem Kopf eines Mädchens namens Harriet gesehen hatte: Jetzt lag er im Gras. Als würde etwas in ihr wie von einem Magneten angezogen, verließ Hermione die Brücke und lief hinüber zu jenem Apfelbaum. Die allgemeine Suche war wie eine Welle zurück in den Garten geschwappt. Zwischen den Obstbäumen erschollen keine Rufe mehr, niemand lief durch das hohe, rauschende Gras – es war hier plötzlich still und leer. Hermione kniete nieder, hob behutsam den Hut hoch und sah ein Häuflein von sechs überirdisch schönen Eiern: zwei goldene, ein rotes, ein silbernes und zwei blaue. Sie lagen aneinandergelehnt in einem Nest aus Gras. Zitternd vor freudiger Aufregung stand Hermione da und starrte sie unverwandt an. Schließlich raffte sie ihren Rock so zusammen, daß sich ein kleiner Beutel bildete und legte die sechs Eier hinein. Unbeholfen, aber vorsichtig stand sie auf und steuerte im Laufschritt auf eine Hecke zu, die den Obstgarten gegen die Church Lane abgrenzte.

Man vermißte sie erst um fünf Uhr, als in die Trillerpfeife geblasen wurde und die Kinder durch die Fenstertüren zum Tee ins Haus getrottet kamen. Eunice und Isabelle sorgten mit vereinten Kräften dafür, das Ärgernis so unauffällig wie möglich herunterzuspielen. Während Eunice Tee einschenkte und das Geplapper in

Gang hielt, schlüpfte Isabelle mit der Trillerpfeife aus dem Haus, um rasch nach dem Rechten zu sehen. Traurig, ach so traurig betrachtete sie ein paar zertrampelte Narzissen – je netter die Kinderschar, desto größer ihre Füße. Als sie zum Rand des Obstgartens gelangte, sah sie das Loch in der Hecke, wo sich jemand hindurchgezwängt hatte, und die Zuversicht verließ sie.

Der große Skandal brach erst gegen Ende der Teestunde aus, als Eunice sich daranmachte, die gefundenen Eier nachzuzählen. Die erboste Harriet hatte nicht etwa die ganze Zeit dagesessen und still gelitten: An ihrem Ende des Tisches war ganz schön gemurmelt und getuschelt worden, aber Eunice wußte nicht, was dort los war. Als der Verlust herauskam, konnte Eunice sich alles mit niederschmetternder Geschwindigkeit an fünf Fingern abzählen – und die andern auch. Die Kinder aus West Wallows warfen vielsagende Blicke auf die Stelle, wo Hermione hätte sitzen müssen und nicht saß. Es blieb keine andere Wahl, als Harriet rasch, jedoch mit möglichst viel Pomp den Porzellanhasen zu schenken und dann den Vorschlag zu machen, draußen auf dem Rasen Fangen zu spielen.

Siebenmal fiel der Schlag der Kirchturmuhr auf den traurigen, klaren Abend. Die Gäste hatte man schon vor einer Stunde heimgeschickt, und die Schwestern waren von ihrer verzweifelten Suche im ganzen Dorf, auf den Feldern und in den nahen Wäldern zurückgekehrt. Etwas veranlaßte Eunice, hinauf in Hermiones Zimmer zu gehen – und Hermione war *da*, sie saß auf dem Bett. Gewiß war sie ins Haus geschlüpft, als niemand daheim war. In der tiefen Abenddämmerung saß sie schräg auf dem Bett, die Beine gerade von sich gestreckt und den Rücken an der Wand, in der Haltung, wie man Puppen irgendwo anlehnt. Anscheinend hatte sie gewartet, denn kaum öffnete sich die Tür, da sagte sie auch schon ohne aufzublicken: »Ich will jetzt nach Hause.«

»Aber Hermione!«

»Mammi hat gesagt, ich brauche nicht zu bleiben, wenn es mir nicht gefällt. Sie hat gesagt, daß ich dann sofort wieder nach Hause darf.«

»Aber Liebes, du sagst das hoffentlich nicht, weil du glaubst, daß wir ... daß wir wegen irgend etwas *böse* sind?«

»Ich kann nichts dafür, *was* und *wie* Sie sind«, sagte Hermione ziemlich ungerührt. »Können Sie nicht ein anderes Mädchen finden, das bei Ihnen bleibt? Für mich gibt es hier nichts zu tun – ich meine, ich kann hier nichts tun. Und all diese Mädchen waren heute so gemein zu mir. Niemand kümmerte sich darum, ob ich ein Ei gefunden hatte oder nicht. Diese Maisie wollte mich nicht mit ihrem Bruder spielen lassen. Noch nie ist jemand so gemein zu mir gewesen wie diese Kinder heute. Sie haben mir alle Eier weggeschnappt. Ich hab kein einziges gefunden. Und Sie lassen mich nie etwas sagen, und ich darf auch nie etwas anfassen. Sie sorgen dafür, daß ich mich für manche Sachen interessiere, aber Sie selbst haben überhaupt kein Interesse an mir. Mammi hat gesagt, daß Sie sich für mich interessieren, aber das glaub ich ihr jetzt nicht mehr. Ich fühl mich so, als wäre ich tot, und ich will jetzt unbedingt nach Hause. Ach ja, ich habe diese sechs blöden Eier genommen.«

»Na, na, still jetzt, Liebes, wir sind alle müde. Ab ins Bett, sei ein braves Mädchen, dann bring ich dir ein paar Kekse und ein Glas Milch. Möchtest du, daß ich dir auch eines von den Kätzchen bringe?«

»Nein, danke, Ihre Kätzchen kratzen. Also: Darf ich morgen nach Hause?«

»Wir sehen morgen weiter.«

Eunice seufzte und ging nach unten. Sie goß Milch in einen Becher, legte ein paar Kekse auf einen Teller und schaute im kleinen Salon vorbei, um ein paar Worte mit Isabelle zu wechseln. Die Lampen brannten, aber die Vorhänge waren noch nicht vorgezogen: Von draußen drang aus dem Dunkeln Vogelgezwitscher herein. Isabelle, die im Gesicht ihrer Schwester zu lesen verstand, ging um den Tisch herum und sagte: »Oh, Eunice...«

»Ich weiß«, erwiderte Eunice. »Da ist anscheinend nichts zu machen. Sie hat sich jetzt in den Kopf gesetzt, daß sie wieder nach Hause will. Ich frage mich, ob es nicht besser wäre...«

»Eunice, das sieht dir aber gar nicht ähnlich!« rief Isabelle in einer Aufwallung ihrer alten, heroischen Energie.

»Ich weiß«, erwiderte Eunice und stellte den Teller mit den Keksen ab. Geistesabwesend begann sie an der Milch zu nippen.

»Aber weißt du, so war es auch noch nie. Es gibt Zeiten, da gibt man alles, was man hat, wirklich alles, und es hilft trotzdem nichts. So ist das eben, Isabelle. Wir haben doch immer gewußt, daß das Leben schwer ist, aber ich muß gestehen, daß ich bis zum heutigen Tag nicht richtig daran geglaubt habe. Ich sehe auch nicht, wo wir versagt haben. Sie ist doch noch ein *Kind*!«

»Ich glaube, wenn ein Kind erst einmal völlig im Mittelpunkt gestanden hat, dann –«

»Oh, schau nur, ich trinke ja diese Milch! Dabei war sie für Hermione.«

Hermione reiste am nächsten Tag ab. Vielleicht war es so am besten. Die beiden Schwestern erwähnen sie nie gegenüber den Kindern von West Wallows, und die Kinder von West Wallows fragen nicht nach ihr. Die Schwestern erwähnen sie sogar selten, wenn sie unter vier Augen miteinander reden. Hermione hat eine Art Narbe hinterlassen, sie lebt in ihren Herzen wie ein eingeebnetes Grab. Es regnete am Tag ihrer Abreise, doch bei Sonnenuntergang klarte es wieder auf. Als Isabelle in Gummistiefeln durch den Obstgarten ging, fand sie die sechs Ostereier unter dem fraglichen Apfelbaum; die Schokolade in dem Einwickelpapier war zu einem Klumpen geschmolzen, das Gold und die bunten Farben waren zerlaufen.

Die geerbte Uhr »Ja, ich sehe dich noch richtig vor mir, wie du da in deinem scharlachroten Mäntelchen auf der Terrasse von Sandyhill herumgehüpft bist«, sagte Tante Addie. »Ich glaube, so übermütig hatte ich dich noch nie zuvor gesehen. Es war ein wunderschöner Märztag, dunstig, aber warm und sonnig, und Cousine Rosanna, deine Mutter und ich, wir saßen im Wintergarten, die Tür stand offen. Jedesmal, wenn du zu unserem Ende der Terrasse gesprungen kamst, hast du deine Locken nach hinten geworfen und bist gleich wieder davongetanzt. Deine Mutter meinte ängstlich, du seist ein bißchen überdreht. Ich sagte: ›Vielleicht ist es der Frühling‹, aber Cousine Rosanna widersprach: ›Keineswegs. Es ist die Uhr.‹ Wir drei waren für einen Tag nach Sandyhill herübergekommen. Paul war zu Besuch bei Rosanna. Ich kann mich nicht erinnern, wo *er* an dem Nachmittag steckte... Wahrscheinlich hat er sich wie gewöhnlich irgendwo schlechtgelaunt herumgetrieben.«

»An meinen Mantel kann ich mich erinnern«, sagte ihre Nichte Clara, »aber an den Tag nicht. Wie kommst du jetzt darauf?«

»Du weißt doch, gestern war ich auf Sandyhill. Sie nehmen Cousine Rosanna schon wieder zwei Diener weg. Deshalb hat sie beschlossen, noch mehr Räume in dem Haus stillzulegen, darunter auch das kleine Vorzimmer, durch das man in die Bibliothek gelangt. Sie war sich nicht schlüssig, ob sie die Uhr ebenfalls fortschaffen lassen sollte, aber noch bevor ich ging, gleich nach dem Tee, hat sie sich dagegen entschieden – die Uhr hätte nur unnötigerweise Stöße oder Kratzer abbekommen. ›Auf welche Weise ihr sie eines Tages zu Clara schafft, ist nicht mein Problem. Aber solange ich lebe, werde ich die Uhr keiner Gefahr aussetzen‹, sagte Rosanna zu mir.«

Clara war überrascht und fragte: »Wie sie zu *mir* geschafft wird?«

»Darüber werden wir uns zu gegebener Zeit Gedanken machen müssen, mein Kind.«

»Aber von was für einer Uhr sprichst du denn?«

Miss Detter setzte zum Sprechen an, stockte, warf ihrer Nichte einen raschen Seitenblick zu, und ihr Gesicht nahm eine unglückliche rote Färbung an, als hätte Clara etwas Unanständiges gesagt.

»Nun, deine... die Uhr, die sie dir hinterlassen will«, sagte sie schließlich. »Du weißt, daß sie immer davon spricht, auch in deiner Gegenwart. Die Skelettuhr, wie wir sie immer nannten und die dir so gefällt. Wie kannst du nur so verdutzt schauen? Cousine Rosanna wäre sicher gekränkt, wenn sie denken müßte, daß dir die Uhr so wenig bedeutet! Übrigens war es die gestrige Diskussion darüber, ob diese Uhr fortgeschafft werden sollte oder nicht, die mir den Tag in Erinnerung rief, an dem du –«

»– an dem ich meinen roten Mantel trug. Ja, aber warum?«

»Als wir dich damals durch die Tür des Wintergartens beobachteten, drehte Cousine Rosanna sich zu deiner Mutter um und sagte: ›Ich habe Clara gesagt, daß die Uhr eines Tages ihr gehören wird.‹ Deine Mutter, die sehr wohl wußte, welche Rolle die Uhr in Rosannas Leben gespielt hat, war tief gerührt. Dann gab es, ich erinnere mich noch genau, ein großes Durcheinander, damit wir noch rechtzeitig unseren Zug erwischten, denn gerade als wir aufbrechen wollten, mußten wir entdecken, daß du den armen kleinen Zeigefinger deiner rechten Hand verletzt hattest. Das war wirklich ein schlimmer Anblick: Ganz schwarz und blau war er, und man sah mehrere häßliche kleine Schnittwunden. Du warst natürlich loyal und erzähltest niemandem, was geschehen war, aber wir alle hatten den Verdacht, daß der junge Herr Paul sich wieder einen von seinen rohen Streichen geleistet hatte. Danach warst du im Zug verständlicherweise ein wenig gereizt. Deine Mutter, in der Hoffnung dich aufzuheitern, sagte zu dir: ›Siehst du Clara, wenn Cousine Rosanna fortgeht und in den Himmel kommt, wird sie dir die schöne Skelettuhr schicken.‹ Ich weiß nicht, ob es die Vorstellung war, Cousine Rosanna könnte fortgehen, oder ob dich das Wort ›Skelett‹ ängstigte, aber du brachst in Tränen aus und wurdest fast hysterisch. Ich wollte dich nicht im Zugabteil weinen sehen, deshalb sagte ich: ›Weißt du, warum Cousine Rosanne diese Uhr so liebt? Weil sie seit über hundert Jahren kein einziges Mal aufgehört hat zu ticken!‹ Aber meine Worte brachten dich nur noch mehr aus der Fassung.«

»Na ja, wenn *du* sagst, daß es so war, dann war es natürlich so, Tante Addie.« Clara fühlte sich plötzlich irgendwie bedrängt. »Ich weiß, ich war sechs, als ich diesen Mantel hatte. Jetzt bin ich dreißig... Du kannst nicht erwarten, daß ich mich an alles erinnere«, sagte sie aufsässig.

»Ja, ich erinnere mich an dich in einer Zeit, an die du dich selbst nicht mehr erinnern kannst«, sagte Tante Addie und sah sie dabei liebevoll an. »Natürlich habe ich immer Anteil an deinem Leben genommen... Andererseits hast du dich immer sehr für dich selbst interessiert. Ich meine das nicht böse. Warum hättest du auch anders sein sollen? Schließlich hast du einen außergewöhnlichen Charakter.«

»Nur in deinen Augen, glaube ich.«

»Aber zumindest wirst du nicht versäumen«, fuhr Tante Addie mit lebhafter Stimme fort, »das nächste Mal, wenn du auf Sandyhill bist, irgend etwas Enthusiastisches über die Uhr zu sagen, nicht wahr? Zeig Rosanna, wie sehr du dich auf die Uhr freust!«

»Würde das nicht aussehen, als ob –?«

»Aber warum denn, Clara? Du weißt, Cousine Rosanna will, daß ihr beide, du und Paul, vollkommen natürlich über das Geld sprecht. Und wenn man über Geld sprechen kann, warum nicht auch über eine Uhr? Sie selbst bringt dich doch immer mit ihr in Verbindung.«

Es stimmte, das ungewöhnliche Verhältnis zwischen Rosanna Detter und ihren beiden zukünftigen Erben war durch das völlige Fehlen von Schöntuerei gekennzeichnet. Sie hatte die beiden schon in deren früher Kindheit zu ihren Erben bestimmt und darauf bestanden, sie häufig bei sich im Haus zu haben. Was die Kinder zu erwarten hatten, sollte offen diskutiert und festgelegt werden. Der Inhalt ihres Testaments war vor langer Zeit bekanntgemacht worden, und sie hatte von sich aus erklärt, sie werde nichts ohne Vorwarnung ändern – ein, wie sie sagte, Akt ganz normaler Fairneß. Abgesehen von Stiftungen für wohltätige Zwecke, Legaten für alte Dienstboten und 5000 Pfund für Addie Detter (die inbrünstig beteuert hatte, das sei zuviel), sollte Rosannas Vermögen zu gleichen Teilen zwischen Paul Ardeen und Clara Detter – beide Kinder von Cousinen ersten Grades und somit auch für einander

Cousin und Cousine – aufgeteilt werden. Clara hatte als Kind bei ihrer verwitweten Mutter in einem kleinen Haus in Ealing gelebt, Paul bei seinem wenig erfolgreichen Vater, einem Arzt, in einem Vorort einer Industriestadt. Sowohl ihre Umgebung als auch ihr Temperament ließ die beiden jungen Leute unweigerlich den Blick auf die glückverheißende Zukunft richten – einstweilen allerdings erhielten sie von Cousine Rosanna keinerlei finanzielle Zuwendungen und nur selten Geschenke. Immerhin gab es Zeiten, in denen die wachsame Clara argwöhnte, daß Cousine Rosanna die dringlicheren von Pauls Schulden bezahlte.

Es verschaffte Cousine Rosanna, selbst ein Einzelkind, enorme Genugtuung, diese beiden lebhaften Einzelkinder miteinander streiten zu sehen. Die gemeinsame Erbschaft hatte zwischen den Kindern nämlich durchaus keine freundschaftlichen Bande geschaffen. Der dunkle, kugelköpfige Paul, kaltschnäuzig und prahlerisch zugleich, und die blonde, feinbesaitete Clara mit ihrer elfenhaften Geziertheit verkehrten bei ihren Besuchen auf Sandyhill selten entspannt miteinander, betrieben vielmehr einfallsreiche Kampagnen gegeneinander. Wenn Cousine Rosanna sie zum Spielen fortschickte (sie konnte keines der Kinder längere Zeit um sich ertragen), konnte sie darauf vertrauen, daß beide gleich hart im Nehmen waren: Die Kinder rieben sich aneinander wie zwei unverwüstliche Bögen Sandpapier. Man hätte auf den Gedanken kommen können, daß Rosanna, indem sie zwei Erben unterschiedlichen Geschlechts und ungefähr gleichen Alters wählte, insgeheim in ihrer altjüngferlichen Art einen romantischen Plan verfolgte, der eine Heirat der beiden zum Ziel hatte, und daß sie die Streitereien nicht ungern sah, weil sie darin eine erste Vorstufe von Liebe erblickte. Das traf jedoch nicht zu, denn als Paul mit zweiundzwanzig heiratete, wurde dies von Cousine Rosanna, soweit man erkennen konnte, nicht nachteilig aufgenommen. Überraschenderweise war es Clara, die deswegen pikiert war. Wenn es Rosanna beliebte, Pauls Wahl zu ignorieren, bitte schön! Clara selbst sah jedenfalls in der Wahl seiner Ehefrau eine von Pauls üblichen Frechheiten. Edmée, die Glückliche – blond wie Clara, aber was für ein Unterschied im Wesen! – war für sie auf den ersten Blick als das zu erkennen, was sie war: eine weitere in der langen Reihe von Liebchen, mit denen sich Paul gewohnheitsmäßig in der Stadt herumtrieb. Im übrigen gab es keine Anzeichen dafür, daß sie die letzte in der Reihe bleiben würde. Zu diesem speziellen Anlaß nach Sandyhill zitiert, war Clara dabei, als die Braut mit dem Schlafzimmerblick präsentiert wurde. Und sie konnte Paul beobachten, wie er mit ausdrucksloser Genugtuung Rosannas für die Flitterwochen bestimmten Scheck über 500 Pfund zusammenfaltete, ehe er ihn in seine Brieftasche schob.

Zwei Jahre vergingen, bis Clara im Alter von einundzwanzig Jahren in der Person von Henry Harley ihrem Schicksal begegnete. Henry, ein verheirateter Mann, sah sich gezwungen ihr klarzumachen, er habe wenig Hoffnung, sein Leben entscheidend verändern zu können. Finanziell gehe es ihm nicht gut, seine Frau sei untadelig, die Unterhaltszahlungen würden ihn an den Bettelstab bringen, und außerdem sei er nicht bereit, seine Karriere durch einen Skandal zu gefährden. Clara beschloß, hartnäckig zu bleiben, sowohl in ihrem Gefühl für ihn als auch in ihrer Hoffnung, die Dinge könnten sich eines Tages zum Besseren wenden. Ihre Armut, deren Ende niemand vorauszusagen wagte, machte unterdessen alles noch schwieriger: Die Begleitumstände ihrer Beziehung ließen Henry in ständiger Furcht leben, während sie selbst sich dauernd bedrückt fühlte. Dieser Zustand hielt nun schon seit neun Jahren an, und er war der Grund dafür, daß Clara mit dreißig noch nicht verheiratet war. Während die Jahre vergingen, fühlte Clara eine zunehmende Dankbarkeit gegenüber Cousine Rosanna – ob dafür, daß sie so tolerant war, oder dafür, daß sie so resolut die Augen verschloß, spielte keine Rolle. Vor Ausbruch des Krieges hatte Clara sich oft Vorwürfe gemacht, nicht öfter nach Sandyhill gefahren zu sein. Seit Kriegsbeginn war sie ganz von ihrer anstrengenden Arbeit in Beschlag genommen, außerdem hatte die Sperrung der Küstenzone Besuchsfahrten von London aus ohnehin unmöglich gemacht, es sei denn, man konnte sich auf dringende Familienangelegenheiten berufen, was natürlich von Zeit zu Zeit möglich war. Cousine Rosannas Einfluß in ihrer Gegend war beträchtlich, vielleicht größer, als in jenen Tagen einzugestehen gut war: Die Lage von Sandyhill war von Amts wegen als gefährdet eingestuft worden, und somit war das Haus als Hospital oder als Kinderheim automatisch disqualifiziert, aber auch Soldaten hatte man bislang noch nicht einquartiert, und bis vor kurzem war es Rosanna gelungen, das Personal, größtenteils Diener in mittleren Jahren, vollzählig zu halten.

Das Haus selbst sollte an Paul gehen, welcher kein Hehl aus seiner Absicht machte, es später einmal zu verkaufen. Sobald mit dem Frieden erst wieder glücklichere Tage einkehrten, so dachte er, würde Sandyhill sich vorzüglich als privates Erholungsheim eignen. Zugegeben, das Haus ähnelte einem solchen Heim, und zwar einem teuren. Es stand inmitten gepflegter Parks, dämmrig vor lauter Stechpalmen, und war umgürtet von einer Natursteinmauer. Eine Allee, gesäumt von immergrünen Hecken, verlief vom Haus hügelabwärts und mündete in die Hauptstraße eines unauffälligen Erholungsortes an der See. Sandyhill war von Rosannas Großonkel erbaut worden, von dem sie es, schon keine junge Frau mehr, zusammen mit einem ansehnlichen Vermögen geerbt hatte. Geschickt durch Bäume gegen die See abgeschirmt, wies die Fassade des Hauses nach Süden und bekam daher viel Sonne ab. Von der Terrasse, dem angrenzenden Wintergarten und von den oberen und unteren Spiegelglasfenstern aus konnte, wer daran Freude hatte, über die Wipfel der Stechpalmen hinweg den Ärmelkanal betrachten. Die Räume selbst, ausnahmslos mit Brokattapeten ausgekleidet und mit mächtigen Heizungen versehen, waren so angeordnet, daß man eine Flucht von kiefernholzgerahmten Türstöcken entlangblickte. Das Haus glich einem Museum für alle möglichen, geringgeachteten *objets d'art*, die bis heute makellos gepflegt worden waren.

In einer der Senken des Parks hatte man einen kleinen See angelegt, der die längste Zeit des Tages ohne Sonne blieb, dafür aber von einem Pavillon überragt wurde. In diesen See war seit Claras letztem Besuch die einzige Bombe gefallen, die Sandyhill abbekommen hatte. Die Druckwelle hatte die Läden des Pavillons aus den Angeln gerissen und, wie durch eine Laune des Schicksals, die Glaskonstruktion des Wintergartens, der am westlichen Ende des Hauses hervorragte, zerschmettert. Der Tag, an dem Clara – nicht lange nach dem

Gespräch mit Tante Addie – nach Sandyhill zurückkehrte, war eine fast gespenstische Neuauflage jenes Tages, den ihre Tante aus dem Gedächtnis beschrieben hatte. Es war März, ›dunstig, aber warm und sonnig‹. Clara und Cousine Rosanna aßen im Frühstückszimmer zu Mittag. »Addie hat dir sicher erzählt, daß sie mir Preeps und Marchant weggeholt haben. Ich habe daher beschlossen, das Speisezimmer und die Bibliothek zu schließen.« Mit einer Kopfbewegung deutete Cousine Rosanna auf eine Tür zu ihrer Linken, ehe sie fortfuhr: »Das Haus ist also hier zu Ende.«

»Darf ich es mir nachher mal ansehen?«

Cousine Rosanna sah sie erstaunt an. »Warum nicht? Wenn du durchaus an dem Anblick von Schonbezügen interessiert bist.« Heute standen ihre Augen noch weiter hervor, als sie es gewöhnlich ohnehin taten. In ihrem Blick und in ihren Bewegungen war jetzt etwas zu bemerken, etwas, das man normalerweise nicht gleich richtig zur Kenntnis nimmt, an das man sich später aber zu erinnern pflegt: Dann sagt man, man habe den Anfang vom Ende gesehen. Clara konnte spüren, wie sich diese große Frau von fünfundsechzig Jahren in sich zusammenzog, sich mit derselben schwerfälligen Gleichgültigkeit vom Leben zurückzog, wie sie sich aus einem Raum nach dem anderen zurückzog. Clara bemerkte auch, daß die diktatorischen Sätze, die mit ›Eines Tages wirst du ...‹ zu beginnen pflegten, seltener geworden waren. Das Essen wurde zwar mit all den üblichen Formalitäten serviert, doch das Omelett aus Eipulver schmeckte wie Gummi: Der Verdruß, mit dem Cousine Rosanna es aß, galt aber eher der Tatsache, daß ihr Geschmackssinn seit einiger Zeit ungestraft beleidigt werden durfte.

Jetzt drehte sie ihren Stuhl abrupt zum Kaminfeuer und gab damit zu verstehen, daß sie den Tisch verlassen hatte – ihr Gast konnte tun, was ihm beliebte. Clara erhob sich prompt und ging zu der Tür, an der der Krieg das Haus enden ließ: Sie führte in jenen Vorraum, durch den man in die Bibliothek gelangte. Sofort vernahm Clara das erwartungsvolle Ticken einer Uhr. Die Läden vor der Fenstertür waren geschlossen, und nur vereinzelte Lichtstrahlen fielen von der Terrasse auf das wie mit einem Leichentuch zugedeckte Sofa und auf das Laken, das man dem Bücherregal, auf dem die

Uhr stand, wie eine Schürze vorgebunden hatte. Das Schimmern der Glaskuppel war bei diesem Licht gerade noch, aber wirklich nur gerade noch, wahrzunehmen.

»Was machst du da drin?« rief Cousine Rosanna. »Schaust du dir deine Uhr an?«

»Ich kann sie kaum erkennen!«

»Du solltest aber weiß Gott wissen, wie sie aussieht!«

Clara gab keine Antwort. Ihre Cousine fragte beunruhigt nach: »Und was tust du jetzt?«

»Ich mache den Fensterladen auf! ... Darf ich?«

»Wenn du ihn dann wieder zumachst. Du weißt, Preeps und Marchant sind nicht mehr da, um dir überall hinterherzuräumen.«

Die Uhr wirkte bei Tageslicht in einem Maße bedrohlich, das nicht durch ihr merkwürdiges Aussehen erklärbar war. Clara betrachtete durch das Glas die Rollen, Stangen, Zahnräder, Sprungfedern und den aufgerichteten Klöppel, der mit kaum sichtbarem Zittern auf die Vollendung der Stunde zu warten schien. Sie versuchte sich einzureden, daß es nur der Blick in die Anatomie der Zeit war, der sie so erschreckt hatte. Die Uhr hatte kein Zifferblatt: Die zwölf Ziffern waren an einen hauchdünnen, fast unsichtbaren Drahtring aufgelötet. Als Clara so dastand und in die Uhr starrte, machte der Minutenzeiger vor einem nicht vorhandenen Hintergrund erst einen, dann noch einen geisterhaften Ruck voran. Das war genug! Wenn sie es auch noch nicht wußte, irgendwie ahnte sie, daß ihr dieses nie zuvor gehörte »Klick« zu jeder sechzigsten Sekunde allmählich den Verstand rauben würde. Bei ihrem Rückzug sah sie sich noch einmal in dem Zimmer um, und ihr Blick fiel auf die dunklen Rechtecke an den Wänden, wo die Bilder gehangen hatten. Sie konnte sich genau erinnern, welches Bild wo gehangen hatte, und sie wußte die Titel aller Bücher in dem jetzt verhängten Regal.

Doch soweit sie sich entsinnen konnte, hatte sie die Uhr nie zuvor so angeschaut.

»Du siehst, es ist nichts weiter geschehen«, sagte Cousine Rosanna in ziemlich herablassendem Ton, als Clara ins Frühstückszimmer zurückkam.

»Du meinst, alles ist so wie immer?« zwang Clara sich zu sagen.

»Nein, das meine ich nicht! Ich wollte sagen, daß der Uhr durch die Bombe nichts geschehen ist. Wenn sie das überlebt hat, dürfen wir hoffen, daß sie auch dich überleben wird. Darauf kannst du dich ebenso verlassen, wie ich mich zeitlebens auf sie verlassen habe. Es besteht also kein Anlaß, jedesmal wenn du hier bist, hineinzulaufen und nach ihr zu gucken.« Cousine Rosanna schien aber keineswegs ungehalten zu sein.

»Hab ich das denn getan?« fragte Clara und versuchte das Thema mit einem Lächeln abzutun.

»Falls du nachts schlafwandelst oder tagsüber mit offenen Augen schläfst, rate ich dir, einen Arzt aufzusuchen. Hast du den Wintergarten gesehen?«

»Noch nicht, ich –«

»Er ist nicht mehr da. Übrigens, du wirst darauf achten müssen, daß die Uhr fachmännisch gewartet wird. Ich habe seit vierundzwanzig Jahren immer denselben Mann, der mir die Uhr aufzieht. Er hat bei mir angefangen, als sein Vorgänger, der arme Kerl... Was für eine scheußliche Geschichte das war! Und noch etwas: Behalte Paul sorgfältig im Auge, sonst streckt er seine Finger nach der Uhr aus, bevor du bis drei zählen kannst! Aber wem erzähle ich das, du weißt selbst am besten, wie er ist.«

»Ja, natürlich, Cousine Rosanna... Er möchte die Uhr doch so sehr!« sagte Clara, als würde sie laut denken.

»Und wir wissen ja, aus welchem Grund!« sagte Rosanna mit einem bedeutungsvollen Blick aus ihren hervorstehenden Augen. »Aber weißt du was, Clara? Du solltest Paul diesen Scherz nicht allzusehr nachtragen! Meine Güte, dein Anblick damals hätte sogar einen Ochsen zum Lachen gebracht! Ich muß gestehen, ich habe auch gelacht. Ich sehe dich noch, wie du –«

»Trug ich vielleicht einen roten Mantel?«

»Rot? Lieber Himmel, nein! Das heißt, ich will es nicht hoffen. Mit vierzehn warst du nämlich viel zu fett, als daß dir Rot gestanden hätte. Im übrigen hätte ohnehin niemand darauf geachtet, was du gerade anhattest... Wenn du dich selbst hättest sehen können, mit diesem Glasdings da über den Kopf gestülpt! ›Paul‹, habe ich gesagt,

›jetzt ist es aber genug! Sie kriegt da drin ja überhaupt keine Luft mehr! Nimm es ihr sofort wieder runter!‹ Aber das war leichter gesagt als getan«, schloß Cousine Rosanna ihren Bericht und verriet dabei zum ersten Mal an diesem Tag ehrliches Vergnügen. Doch die gute Laune verschwand schnell wieder. Der Ausdruck gelangweilter Nachsicht trat erneut in ihre Augen, als sie Clara fragte: »Sagtest du nicht, du wolltest noch eine Runde machen? Wenn du das vorhast, tu es lieber gleich.«

Heute war Clara nicht mehr fett. Jene Wachstumsphase war kurz gewesen. Der Schritt, mit dem sie auf die Terrasse hinaustrat, war zwar jetzt resoluter, aber nicht viel schwerer als in ihrer Kindheit. Ihre Statur und ihre verhalten glühende blonde Schönheit unterstrich sie mit Kleidung, die einen teuren Geschmack verriet, einen Geschmack, dem sie nicht voll nachgeben konnte – noch nicht. Ohne irgend etwas zu fühlen oder schockiert zu sein, betrachtete sie die Stelle, an der der Wintergarten gestanden hatte. An der entblößten Wand hingen noch einige bereits eingegangene exotische Kletterpflanzen. Sie kürzte über den Rasen ab und stieß auf einen der Pfade, die hinunter zu dem Stechpalmenwäldchen führten. Diese düsteren Parkanlagen, die nie eine Veränderung zeigten, ganz so, als wären sie eine Photographie ihrer selbst, waren für Clara mit Erinnerungen an eine Vergangenheit beladen, die, wenngleich selbst nicht kontinuierlich, dennoch eine kontinuierliche Atmosphäre hatte. Hierher hatte sie sich manchmal geflüchtet. Hier war auch der Schauplatz jener Spiele mit Paul gewesen, denen sie sich nicht hatte entziehen können. Sie hätte sich einreden können, daß sie die Geräusche hörte, denen der Krieg ein Ende bereitet hatte: etwa das Rascheln toter Blätter, die von steifen Besen auf den Wegen zusammengekehrt wurden. Jedem Ast, dessen Konturen sie gegen den wässrigblauen Himmel abgezeichnet sah, haftete in irgendeiner Weise ein Kalkül, eine Furcht oder ein zukunftsloser Triumph vergangener Tage an. Jede Lichtung, jede Bank, jede neue Aussicht nach einer Biegung des Pfades brachte alte Geschichten zurück. Der Anblick des Sees und des Pavillons, der sich im trägen Wasser spiegelte, ließ sie erneut das Grauen durchleben, das sie damals gepackt hatte, als Paul ihr weismachte, dort in dem Pavillon würden

»sie« die Frauen ohne Kopf eingesperrt halten. Er habe nämlich einmal durch die Schlitze der Fensterläden hineingeschaut, rate ihr jedoch nicht, dasselbe zu tun. Jetzt, wo die Läden nicht mehr vor den Fenstern hingen, sah sie drinnen die von Moder bedeckten Wände. Sie starrte in den Pavillon wie jemand, der eine notwendige Übung absolviert, und nahm mit jedem Atemzug das Grauen ihrer Kindheit in sich auf, aber vielleicht war das sogar gesund. Nein, es gab nichts, aber auch nicht das kleinste Detail in der Geschichte von Clara auf Sandyhill, an das sie sich *nicht* hätte erinnern können – oder doch?

In keinem anderen Bereich ihrer Vergangenheit hätte sie das Auftauchen einer Gedächtnislücke so sehr beunruhigen können wie im Zusammenhang mit Sandyhill. Sie wagte nicht einmal den Versuch, sich das Ausmaß dieser Lücke vorzustellen. Das würde die Zukunft eben zeigen müssen.

Wie sich herausstellte, sollte dies Claras letzter Besuch auf Sandyhill gewesen sein, sah man von dem Tag ab, an dem Cousine Rosanna zu Grabe getragen wurde. Weder Clara noch Paul hatten eine Aufforderung erhalten, zu ihrer Cousine ans Sterbebett zu kommen. Cousine Rosannas Desinteresse mußte am Ende so vollkommen gewesen sein, daß sie es nicht einmal für nötig befunden hatte, den beiden diesen letzten Opfergang abzuverlangen. Das Begräbnis lief korrekt ab, bis auf eine kleine Ausnahme: Paul war nicht erschienen. Er war oben im Norden stationiert und hatte (so erfuhren sie aus seinem Telegramm) den richtigen Zug verpaßt. Clara kehrte am selben Abend nach London zurück und überließ es Tante Addie, die Dienstboten zu trösten und Paul zu empfangen, sollte er doch noch auftauchen. Eine Woche später wankte Tante Addie abends in Claras Wohnung in St. John's Wood, in ihren erschöpften Armen die Uhr. Die Uhr war nicht verpackt – in einem Karton hätte sie umhergestoßen werden können und wäre womöglich stehengeblieben. Tatsächlich hatte sie die ganze Fahrt über weitergetickt und im Zug sogar zweimal geschlagen – und damit jedermanns Aufmerksamkeit erregt –, dann noch einmal im Lift, auf dem Weg zu Claras Wohnung.

»Vorsichtshalber bin ich erster Klasse gefahren«, sagte Tante Addie. »Ich wußte, du würdest die Uhr so schnell wie möglich haben wollen. Schau, ich stelle sie erst einmal hier ab!« (Das bedeutete auf den einzigen Tisch, für den es in dem kleinen Zimmer Platz gab.) »Sobald ich wieder etwas zu Atem gekommen bin, stellen wir sie dann an den Ort, den du für sie vorgesehen hast. Du mußt sie in Gedanken schon oft hier stehen gesehen haben... Ich hoffe nur, nicht irgendwo, wo sie herunterfallen könnte!«

»Dann bleibt nur der Fußboden.«

»Oh, ich glaube, ich habe Fingerabdrücke auf das Glas gemacht!« Tante Addie hauchte auf die Glaskuppel und wischte die Spuren ab. »Natürlich gab es in den letzten Tagen vieles, worüber du nachdenken mußt. Ich wäre wirklich nicht überrascht, wenn sich dein Leben jetzt verändern würde.«

»Wegen einer Uhr? Das ist doch nicht dein Ernst!« erwiderte Clara heftig.

»Nein, Liebes. Ich spreche von Cousine Rosannas Tod. An Paul konnte ich schon die ersten kleinen Veränderungen feststellen.«

»Hat Paul übrigens etwas gesagt, als du die Uhr genommen hast?«

»Äh... nein«, sagte Tante Addie unter leichtem Erröten. »Er war gerade nicht da... Er hat ja so viel zu tun.«

Seit dem Tag, da sie von dem Testament erfahren hatte – und das lag praktisch so weit zurück, wie sie denken konnte –, hatte sich Claras Leben natürlich mehr oder weniger um die Aussicht auf diese einschneidende Veränderung gedreht, und nicht ohne Grund, denn sie erwartete, daß jetzt für sie alles leichter würde. Sie spürte, daß sie zu jenen Lebewesen zählte, die nur in freundlichem Klima gedeihen können: entweder Reichtum oder erwiderte Liebe, ideal wäre, beides zu haben. Vorläufig einmal beabsichtigte sie, sich eine Umgebung zu schaffen, die zu ihr paßte und die sie von anderen abgrenzte. Auf lange Sicht jedoch sollte das zu erwartende Geld einem Hauptzweck dienen, nämlich ihre Heirat mit Henry zu ermöglichen. In den vergangenen neun Jahren war die obsessive Liebe zu Henry zum Mittelpunkt ihres Daseins geworden. Die demütigenden Unsicherheiten in ihrer Beziehung und die Vorstellung, daß er die ganze Zeit neben seiner Frau lebte, quälten sie mehr, als sie je für möglich gehalten hätte. Bescheiden in bezug auf ihre eigene Person und bescheidenerweise ohne Illusionen in bezug auf Henry, glaubte sie, daß ihr neuer Reichtum das einzige Mittel sein könnte, das ihn dazu bringen würde, seine Frau zu verlassen. Sollte seine Karriere durch die Scheidung Schaden nehmen, könnte er sich das jetzt leisten. Sie könnte ihn dafür entschädigen und mit ihrem Geld seinem Ehrgeiz neue Türen öffnen. Und was die Liebe anbelangte: Bis heute hatte Henry sie sozusagen nur auf Treu und Glauben geliebt. Sie mußte ihn noch endgültig für sich gewinnen, indem sie ihm zeigte, wer sie als *ganze* Person war. Jetzt erst fühlte sie ihr wahres Wesen sich rühren, wie eine starke Strömung unter einer immer dünner werdenden Eisdecke. War es die Gewalt der Strömung, die das Eis hatte dünner werden lassen? Oder hatte das Eis erst den warmen Wind eines finanziellen Sommers spüren müssen, ehe es dünner wurde und die Strömung darunter erahnen ließ?

Als Tante Addie gegangen war, versuchte Clara sich zu vergegenwärtigen, was seit letzter Woche alles möglich geworden war. Sie ging zum Spiegel und starrte ihr Ebenbild gebieterisch an. Doch die Strömung, die sie eben noch in sich gefühlt hatte, hörte ohne Vorwarnung auf, sich bemerkbar zu machen. Clara konnte einfach keine Begeisterung empfinden. Die eben angekommene Uhr hackte die Sekunden einzeln ab und ließ sie ins Nichts fallen. Sie rief Clara ins Bewußtsein, wie viele dieser Sekunden es bedurft hatte, um die vergangenen Jahre zu füllen. Clara war dem Warten ausgesetzt gewesen wie einer Krankheit, die das Gewebe ihres Daseins aufgezehrt hatte. War es denn möglich, daß die Vergangenheit ihre Zukunft irreparabel zerstört hatte? Sie wandte sich vom Spiegel ab und zwang sich, die Uhr anzusehen. Sie schaute durch sie hindurch, vorbei an den Zeigern in das Nichts. Dann ging sie zum Telephon.

Henrys vorsichtige, aber nicht unverbindliche Art zu antworten warnte sie gleich, daß er nicht allein im Zimmer war, wie so oft zu dieser Stunde. Und trotzdem: »Du wirst es nicht glauben... Meine Uhr ist da. Tante Addie hat sie mir gerade aus Sandyhill herübergebracht.«

»Tatsächlich? Welche denn?«

»Welche Uhr? Das mußt du doch wissen, Henry! Die Uhr, von der ich dir bestimmt schon oft erzählt habe... das habe ich doch? Jedenfalls habe ich sie jetzt hier bei mir im Zimmer. Kannst du sie ticken hören?«

»Tut mir leid, nein.«

Sie stand auf und nahm das Telephon mit, soweit das Kabel reichte. Dann hielt sie den Hörer mit ausgestrecktem Arm in Richtung Glaskuppel. Nach einigen Sekunden fragte sie: »Hast du es jetzt gehört? Mir gefällt die Vorstellung, daß wir beide dasselbe hören. Angeblich ist sie in über hundert Jahren kein einziges Mal stehengeblieben. Findest du nicht, daß man es ihr anhört? Cousine Rosanna hat darauf bestanden, daß ich die Uhr bekomme.«

»Als Zugabe, sozusagen«, sagte Henry, aber obwohl seine Stimme ironisch klang, schien er nicht ganz bei der Sache zu sein. Er war wohl damit beschäftigt, sich irgendeine Geschichte für seine Frau auszudenken, und daher darauf bedacht, kein Wort zu sagen, das nicht in diese Geschichte paßte.

»Ja«, sagte sie aufgeregt, »als Zugabe zu dem ganzen Segen. Glaubst du, das bedeutet, daß sie mich wirklich gern hatte? Ich wünschte, ich könnte das glauben! Es hat etwas Erschreckendes, wenn ein Mensch stirbt, der dich immer festgehalten hat, aber ohne Liebe. Na ja, jetzt ist sie jedenfalls tot. Und deshalb... Sag mir noch mal, Henry, daß du dich freust!«

»Natürlich.«

»Für dich und mich? Für uns beide?«

»Natürlich. Nun... Es war nett, mit Ihnen zu sprechen, aber ich fürchte, ich muß jetzt Schluß machen. Wir wollten uns noch die Nachrichten vom Kontinent anhören.«

»Halt, warte! Bleib noch eine Minute dran! Ich kann diese Uhr nicht ertragen, ich verabscheue sie! Ich kann mit ihr nicht im selben Zimmer bleiben. Was soll ich bloß heute abend machen? Wo kann ich hingehen?«

»Ich fürchte, das weiß ich auch nicht.«

»Besteht wirklich überhaupt keine Chance, daß du –?«

»Nein, tut mir leid.«

»Aber du liebst mich doch?«

»Natürlich.«

Clara wählte, um nicht weiterzugrübeln, die Nummern von zwei oder drei Freundinnen, doch keine von ihnen ging ans Telephon, obwohl Clara es jedesmal lange versuchte. Dann zog sie sich den Mantel über, nahm die Taschenlampe und fuhr mit dem Lift nach unten, um in der verdunkelten Stadt einen Spaziergang zu machen. Es war bereits so spät, daß die Straßen fast menschenleer dalagen. Sie ging mit schnellen Schritten durch die dichte Dunkelheit und stellte erstaunt fest, daß sie keinen Widerstand spürte. Sie fühlte sich dabei wie ein Geist, der eine endlose Mauer durchdringt. Nicht einmal eine schmale Mondsichel blinzelte auf sie herab, keine Sterne leiteten sie. Sie blieb stehen, um Luft zu holen. Dann begann sie mit Hilfe der Taschenlampe die Dinge um sich her zu erkunden: ein Briefkasten, eine Straßenecke ohne Geländer, ein weißes Schild mit einem Straßennamen darauf – sie erkannte nichts wieder. Sie erkannte nichts, nur eines: Sofern sie nicht das Gedächtnis eingebüßt hatte, hatte sie zumindest die Orientierung verloren. Sie stieg in den Unterstand einer Luftschutzwache, um zu erfahren, wo sie sich befand. Im grellen Licht da drin starrten die Männer sie an. »Wohin müssen Sie denn?« fragte schließlich jemand, und für eine Sekunde oder eine Ewigkeit glaubte sie, keine Antwort zu wissen. Als Clara sich vor ihrem Haus wiederfand, gerann das Schwarz der Nacht schon zu einem neuen Morgen. Auf ihrer Türschwelle zögerte sie kurz, doch dann sperrte sie auf und ließ sich rasch ein. Sie ging geradewegs durch bis ins Schlafzimmer, die Wand zwischen ihr und der Uhr war jedoch dünn. Sie legte sich hin, stand auf, legte sich wieder hin. Schließlich suchte sie erfolglos das Zimmer nach den Ohrenstöpseln ab, die ihr Tante Addie nach dem ersten Luftalarm gegeben hatte, bis das Telephon nach ihr rief.

Zwei Tage später rief Tante Addie schon morgens an, um zu verkünden, daß sie nach langer Suche in ganz London endlich Erfolg gehabt und einen Mann ausfindig gemacht habe, der in der Lage sei, die Uhr aufzuziehen. »Ich wußte, wie sehr dir daran gelegen ist. Glücklicherweise habe ich es gerade noch rechtzeitig geschafft!«

»Rechtzeitig wofür?«

»Für den Tag, an dem die Uhr immer aufgezogen wird. Du weißt dann, wann du den Mann erwarten kannst.«

So kam es, daß Clara, die gewöhnlich mit dem ersten Hahnenschrei zur Arbeit ging und recht spät am Abend nach Hause kam, dem Hausmeister sagte, er solle einen alten Mann in die Wohnung lassen, egal an welchem Tag er auftauchen würde. Der Tag war offenbar der Freitag, denn als sie an diesem Abend nach Hause kam, fand sie ihre Wohnungstür offen. Jemand saß neben der Uhr, ganz in ihren Anblick vertieft – es war Paul. Er hatte die Verdunklung zugezogen und das Licht angeknipst, saß bequem auf Claras Sofa und rauchte eine seiner teuren Zigaretten. Natürlich trug er Uniform. »Unmögliche Arbeitszeiten hast du, ich muß schon sagen! Ich bin nur froh, daß ich schon zu Abend gegessen habe. Du doch hoffentlich auch?« Er stand rasch auf, als sei ihm etwas eingefallen, und klopfte ihr kameradschaftlich auf die Schulter. Dann trat er einen Schritt zurück, um sie zu inspizieren. »Blendend siehst du aus... aber wen wundert's? Übrigens, es tut mir leid, daß ich dich neulich verpaßt habe. Man hat mich doch nicht etwa vermißt?«

»Beim Begräbnis? Ein bißchen sonderbar fand das wohl jeder – und Cousine Rosanna wäre natürlich außer sich gewesen.«

»Das wäre aber nicht fair von ihr gewesen. Ich habe an dem Morgen nur den Zug verpaßt, weil ich die Nacht vorher einen draufgemacht habe. Und warum habe ich einen draufgemacht? Weil ich mich hundeelend fühlte. Du wirst es nicht glauben... Ich war darüber selbst überrascht. Schließlich hat sie nie etwas von uns erwartet.«

»Nie erwartet, daß wir sie lieben?«

»Wenn du es so ausdrücken willst. Sie hat uns jedenfalls nie eine Chance gelassen. Wie auch immer – ich habe den Kater hinter mir, jetzt geht es mir wieder gut.«

»Wie schön. Was macht Edmée?«

»Ich fand, daß sie so wunderbar aussah, wie sie immer aussieht. Und wie geht es Henry, ist er so nett wie immer?«

»Wie bist du hereingekommen?« entgegnete sie frostig.

»Ein freundlicher alter Einbrecher hat mich hereingelassen. Er sprach mich nicht an, und da habe ich ihn auch nicht angesprochen.

Er hat das Glas wieder über diese Uhr gesetzt und ist ohne ein Wort weggegangen. Da beschloß ich zu warten.«

Paul, der eine charakteristische Art hatte herumzustehen, schien nicht die Absicht zu haben, wieder Platz zu nehmen. Er schnippte die Asche seiner Zigarette in eine Muschelschale, die nicht für diesen Zweck vorgesehen war, und sah sich mit dem Rücken zum Kamin in aller Ruhe um. Seine Augen verrieten Nachsicht und Gelassenheit. Die Uniform paßte und stand ihm fast ein wenig zu gut, und das gab ihm das Aussehen, als stünde er mit dem Krieg auf bestem Fuße. Er hatte leicht zugenommen, schien aber sonst wenig verändert. Sein Kugelkopf mit den fast mongolischen Zügen und seine kräftigen, doch feinfühligen Hände hatten ihn schon als kleinen Jungen abwechselnd erträglich unerträglich oder unerträglich erträglich erscheinen lassen. »Tick-tack, tick-tack«, sagte er plötzlich aus heiterem Himmel. »Klingt hier drin noch lauter als sonst, aber so hübsch wie immer. Findest du nicht auch, daß sie für dieses Zimmer zu groß ist?«

»Ich rechne damit, ohnehin bald umzuziehen«, antwortete Clara, die sich nicht nur gesetzt, sondern auch die Füße aufs Sofa gelegt hatte, um Paul zu zeigen, wie wenig seine Gegenwart sie berührte.

»Ach, tatsächlich? Da tust du gut dran!« Paul senkte den Kopf und betrachtete eine Weile mit hochgezogenen Augenbrauen seine Fußspitzen. Dann fuhr er fort: »Vielleicht ist es ganz überflüssig, diesen Punkt zur Sprache zu bringen, aber dir ist doch klar, daß vor der Taxierung nichts aus Sandyhill hätte fortgeschafft werden dürfen?«

»Ich nehme an, das war Tante Addie nicht klar. Du hättest sie ja daran hindern können.«

»Leider nicht! Dieses aufopferungsvolle Wesen ist mit der Uhr davongeschlichen, als ich ihr gerade den Rücken zukehrte. Ich muß gestehen, als ich mir dein Gesicht beim Anblick der Uhr vorstellte, konnte ich mir ein Grinsen nicht verkneifen.«

»Was du nicht sagst!« entfuhr es Clara gereizt. »Und warum?«

Paul sah sie scharf an, und es gelang ihm, den Eindruck zu vermitteln, daß nur Trägheit ihn daran hinderte, sie noch schärfer anzusehen. »Vielleicht ist es ganz gut, daß nur wir zwei die Pointe von dem Witz kennen. Daß du darüber nie lachen konntest, finde ich eigentlich unfair. Aber wie dem auch sei... Das ist schließlich einer der Gründe, warum ich heute abend hier bin und dir den Gefallen tun werde.«

»Ich habe mich auch schon gefragt, warum du gekommen bist.«

»Ich mache dir ein Angebot, Clara. Ich kauf dir deinen Anteil an der Uhr ab, und zwar bar auf den Tisch... das heißt, sobald ich Bares habe.«

Clara, die in die Betrachtung ihrer unberingten schmalen Hände versunken schien, hob nicht einmal den Kopf, als sie sagte: »Cousine Rosanna warnte mich, daß du es versuchen würdest.«

»Wie meinst du...? Ach, wie dumm von mir! Geld ist natürlich jetzt für dich kein Thema mehr. Schau, ich mache dir ein noch besseres Angebot: Ich werde die Uhr einfach so mitnehmen, ohne Bezahlung. Besser noch: Ich nehme sie schon heute abend mit!«

Clara versteifte sich augenblicklich; das Blut schoß ihr in die Wangen, und ihre Stimme nahm wieder diesen unverkennbar schrillen Klang an, der ihnen seit so langer Zeit vertraut war.

»Warum solltest du sie mitnehmen, bloß weil *du* sie haben willst?«

»Warum solltest du sie behalten, obwohl *du* sie nicht haben willst – nur, weil du weißt, daß ich sie will?« Sogar Pauls Unerschütterlichkeit, schon vor langer Zeit angeknackst, zeigte jetzt einen sichtbaren Sprung. »Wir beide wissen, warum das so ist – und sollten es damit gut sein lassen. Clara, komm zur Vernunft! Es mag ja ganz schön für dich sein, mir eins auszuwischen, aber lohnt es sich, deswegen solch ein Theater zu machen?«

»Theater? Was soll das heißen?«

»Na, schau doch mal in den Spiegel!«

Da der Spiegel genau gegenüber dem Sofa hing, hatte Clara hineingesehen, ehe sie sich zurückhalten konnte. Schnell sagte sie: »Soweit ich sehe, ist mit mir alles in Ordnung. Sagtest du nicht selbst, ich sehe blendend aus?«

»Ehrlich gesagt dachte ich in dem Moment: ›Du mußt aufpassen, daß sie ruhig bleibt!‹« Paul drückte seine Zigarette in der Muschel aus und setzte sich mit einem Ausdruck von Resignation und Besorgnis neben Clara auf das Sofa. Zuvor schob er ihre Füße sanft zur Seite, um für sich Platz zu schaffen. Leicht zu ihr hingebeugt legte er, gleichsam als Pfand oder als Aufforderung, seine wahren Motive darin zu lesen, eine Hand mit der Innenseite nach oben zwischen sie beide auf den Brokatstoff. Seine Nähe gab Clara ein Gefühl der Komplizenschaft, und das erschreckte sie, denn zum einen war ihr dies Gefühl noch von früher geradezu schmerzlich vertraut, zum anderen erschreckte es sie um so mehr, als sie nicht erriet, aus welcher Quelle es gespeist wurde. Während seine Augen und seine Körperhaltung nichts als Gutmütigkeit, Zuneigung und ehrliche Versöhnlichkeit zu signalisieren schienen, stellte seine Nähe für Clara eine Bedrohung dar, wie sie sie von seiner Seite noch nie erfahren hatte. »Ich sehe dich nicht gerne so durchgedreht. Was sagt Henry dazu?«

»Warum sollte er etwas sagen? Ich habe ihn nicht gefragt.«

Ihr Cousin hakte schnell nach: »Vielleicht ist es auch besser so«, sagte er düster. »Wenn möglich, sollte die ganze Sache in der Familie bleiben.«

»Die Uhr?«

»Nein, ich spreche von der Wirkung, die sie auf dich ausübt. Wenn man bedenkt, daß es erst drei Tage her ist, seit Tante Addie sie angeschleppt hat ... und wie gut hat sie es doch gemeint, die liebe Seele!«

Clara richtete sich von ihrem Kissen auf und rief: »Und du glaubst, damit kommst du ans Ziel! Cousine Rosanna hat die Uhr für mich bestimmt! Du mußt nun mal leider ohne sie auskommen. Lieber werfe ich sie aus dem Fenster, als daß –!«

»Das glaube ich dir gern«, unterbrach sie Paul. »Ich nehme sogar an, daß du es bereits versucht hast?«

Er hatte recht. Einmal in den frühen Morgenstunden, nach einer schlaflos verbrachten Nacht, und ein weiteres Mal, als sie abends entnervt heimgekommen war, hatte sich diese Lösung angeboten. Clara hatte das Licht gelöscht, ihr Fenster im achten Stock geöffnet und sich dann, geleitet von dem lauten Ticken in der Dunkelheit, zur Uhr zurückgetastet. Sie war soweit gegangen, die Uhr auf dem Fensterbrett zu balancieren. In den Fingerspitzen hatte sie durch die Glaskuppel hindurch das unverdrossene Vibrieren des Mechanismus spüren können. Sie hatte den Sockel der Uhr einige Zentimeter in die Nacht hinausragen lassen und vergeblich auf eine noch so minimale Unterbrechung, auf irgendeinen willkürlichen metallischen Ton gewartet, mit der die Uhr ihre letzte Sekunde vorweggenommen hätte – die erste Sekunde seit über hundert Jahren, die sie *nicht* verschlungen hätte! Vernichtung wartete: das Pflaster unten auf der Straße! Der Betonbelag würde die Uhr so zerschlagen, daß sie nie wieder selbst schlagen würde! Im Morgengrauen des folgenden, von Bedrohung freien Tages würde ein Mensch auf dem Weg zur Arbeit stehenbleiben, einen Schritt zurückweichen und den Strahl seiner Taschenlampe auf die Schrauben, Zahnräder und entrollten Stahlfedern richten und auf diese undefinierbaren Glassplitter, die unter seinem Stiefel geknirscht hatten. Aber wenn es nicht klappte? Angenommen, die Schwerkraft versagte, oder das Ticken blieb in Claras Wohnung, auch ohne Uhr? Angenommen, das Nichts hinter dem Skelett warf weiterhin seinen Skelettschatten gegen die Wand? Wenn das, was sie beabsichtigte, getan werden *konnte*, wie kam es dann, daß nie jemand zuvor es getan *hatte?* Clara hoffte verzagend, daß es nur ihr konventionelles Gemüt war, das ihre weitere Handlungsweise bestimmt hatte: Es stellte sich nämlich heraus, daß sie nicht die Frau war (wenn es eine solche überhaupt gab), die eine Uhr aus einer Wohnung in St. John's Wood fallen lassen konnte. Die Gefahr, daß im entscheidenden Moment unten einer vorbeiging, der Alarm, der zu erwarten war, wenn die Uhr wie eine Bombe unten aufs Pflaster schlüge, die Wahrscheinlichkeit, daß man die Affäre bis zu ihr zurückverfolgte, das Aufsehen, das die Uhr bei Tante Addies sentimentalem Besuch erregt hatte, und schließlich ihr eigenes Gespräch mit dem Hausmeister über die Uhr – all diese Dinge waren Clara plötzlich durch den Kopf geschossen, und sie hatte sich nur zu gerne von ihnen beeinflussen lassen. Sie hatte nicht so sehr die Uhr begnadigt, als vielmehr ihren eigenen Impuls gerechtfertigt. Sie hatte die Uhr auf den Tisch zurückgestellt – zweimal.

»Wenn du allerdings so darüber denkst –«, sagte Paul. »Ich ließ dich wissen, daß ich die Uhr will, und das genügt dir, um mich zappeln zu lassen.« Er zuckte mit den Schultern und zog seine Hand zurück: Das Intermezzo von Offenherzigkeit konnte damit als beendet angesehen werden. Er erhob sich und schlenderte hinüber zur Uhr. Wie er da mit dem Rücken zu Clara leicht vornübergebeugt vor dem Tisch stand, konnte man glauben, er unterhielte sich mit der Uhr. Eine Weile beobachtete er mit zusammengekniffenen Augen das Uhrwerk. Schließlich sagte er wie geistesabwesend: »Ja, ich bin vernarrt in diese Uhr. Das war ich immer und werde es vermutlich immer bleiben.«

»Warum?«

»Warum muß es immer ein ›Warum‹ geben?« antwortete er, ohne sich umzudrehen. »Ich bin nun mal versessen auf das Ding. Irgendeine Besessenheit muß jeder Mensch haben, warum nicht eine Uhr? Dein Problem scheint mir zu sein, daß *du* von der Vergangenheit besessen bist.«

Clara, den Blick unentschlossen auf Pauls khakifarbenen Rücken geheftet, befeuchtete erst einige Male ihre Lippen, ehe sie herausplatzte: »Kannst du dir nicht vorstellen, daß ich keine Ahnung habe, wovon du sprichst? Oder Cousine Rosanna oder Tante Addie? Wenn ihr drei euch nicht verschworen habt, mich in den Wahnsinn zu treiben, wäre es an der Zeit, daß mir jemand erklärt, was hinter all dem Theater um die Uhr steckt! Soweit ich weiß, habe ich die Uhr an dem Tag, als ich Rosanna zum letzten Mal auf Sandyhill besuchte, zum ersten Mal in meinem Leben gesehen. Ich verabscheue sie und wäre dir dankbar, wenn du mir sagen könntest, warum. Jedesmal deutet mir jemand an, daß ich mich an etwas erinnern sollte, an das ich mich aber leider nicht erinnere! Jedesmal hat es mit der Uhr zu tun. Und es wird so viel Getue um diese Uhr gemacht, daß ich nicht mehr weiß, wo mir der Kopf steht! Hast du beispielsweise einmal die Glaskuppel über meinen Kopf gestülpt, und bin ich darin steckengeblieben?«

Das erregte Pauls Aufmerksamkeit. Er drehte sich bedächtig um, spitzte die Lippen wie zu einem Pfiff und sagte dann: »Das ist doch nicht dein Ernst?« Er betrachtete sie eine Weile forschend. »Aber so etwas vergißt man doch nicht! Wir waren verdammt nahe daran, dir die Nase wegzureißen! Im übrigen geschah dieser Vorfall erst relativ spät.«

»Spät? Wann spät?«

»Spät in unserer Geschichte mit der Uhr. Wenn du mir erzählst, wieviel du vergessen hast, weiß ich, wo ich anfangen muß. *Wenn* du etwas vergessen hast, mußt du einen guten Grund dafür gehabt haben. In dem Fall... Vielleicht mache ich einen Fehler, indem ich die ganze Geschichte wieder aufwärme? – Na schön. Ja, ich habe dir dieses Ding übergestülpt, weil ich fand, daß es an der Zeit war, dich zu stoppen. Dich worin zu stoppen, fragst du? Du solltest endlich aufhören, mich zu erpressen! Wie befanden uns damals schon nicht mehr im Garten Eden, und ich bemerkte, daß bei Cousine Rosanna die Warnlichter angingen.« An dieser Stelle hielt Paul inne und warf Clara einen letzten mißtrauischen Blick zu. Was er sah, schien ihn zu überzeugen, denn er setzte seine Erzählung fort: »Seit dem Tag, an dem wir das mit der Uhr gemacht haben, hast du mich nicht mehr in Ruhe gelassen: ›Oh, Paul, ich fühle mich so schlecht! Wir waren so gemein! Ich muß einfach zu Cousine Rosanna gehen und ihr alles beichten!‹ Und dann kam gewöhnlich: ›Küß mich! Vielleicht fühle ich mich dann besser und sage Cousine Rosanna *diesmal* noch nichts.‹ Und so ging das jahrein, jahraus und in allen Ferien, die wir auf Sandyhill verbrachten. Lebertran war im Vergleich zu deinem hochnäsigen Gesicht, meine Süße, direkt eine Wohltat. Deine spezielle Bühne für diese Auftritte war immer das Vorzimmer. Du hieltest ein Ohr an die Glaskuppel und sagtest: ›Weißt du, ich finde, sie klingt immer noch nicht genauso wie früher.‹ Das bedeutete dann, daß ich zu dir kommen und dir gefällig sein mußte. Um die Sache spannender zu machen, konnte man im Vorzimmer nie wissen, ob Cousine Rosanna nicht plötzlich in einer der Türen auftauchen oder am Terrassenfenster vorbeigehen würde. Du und ich in inniger Zweisamkeit, für die sie nicht den wahren Grund erfahren durfte, und dann noch ausgerechnet neben ihrer heißgeliebten Uhr – das hätte uns endgültig alles vermasselt, mir *und* dir!«

»Willst du damit sagen, sie hätte uns aus ihrem Testament gestrichen?«

»Aber Clara, beantworte dir die Frage doch selbst! Wenn man bedenkt, was *ihre* ganz spezielle Besessenheit war – «

»Falls Cousine Rosanna eine ›Besessenheit‹ hatte, erinnere ich mich daran auch nicht.« Sie versuchte, eisig zu lächeln, und fügte hinzu: »Dieser Teil meiner Vergangenheit ist für mich wie ein untergegangener Kontinent, verstehst du?«

»Poetisches Bild!« sagte Paul mit einem schnellen Seitenblick auf das linke Ohr seiner Cousine. »Um zu Rosanna zurückzukommen... Du weißt selbst, wie das ist, wenn man ungeduldig auf etwas wartet: Man sieht immer und immer wieder auf die Uhr. Nun kannte Rosanna den Mann, auf den sie wartete, schon als kleines Mädchen. Und das Warten verband sie mit dieser Uhr hier – eine Gewohnheit, die anzunehmen sie allen Grund hatte: Mit Warten kannte Rosanna sich wirklich gut aus. Großonkel, von dem sie Sandyhill und das Geld bekam, trat erst von der Bühne ab, als sie selbst schon in reiferem Alter war. Daher mußte Rosanna warten. Und sie wartete während all der Jahre, die man ›die besten des Lebens‹ zu nennen pflegt. Nicht nur auf Geld – wie du und ich –, sondern auf einen jungen Mann – genau wie du auf Henry, wenn du mir die Bemerkung gestattest. Der junge Mann – nicht so ein netter Kerl wie Henry – rührte sich nicht, solange Rosanna die Bank nicht für eröffnet erklären konnte. Unser Großonkel, der für Herzensangelegenheiten keinen Sinn hatte, lebte einfach zu lange: Als Rosanna das Geld endlich bekam, hatte ihr Freund die Hoffnung bereits aufgegeben und eine andere geheiratet. Damals war eine Ehe noch eine endgültige Sache. Also buchte Rosanna, die auf ihre Art ein großes Mädchen war, ihre Verluste in der Sparte ›Liebe‹ ab und kaufte sich alles, was ihr gefiel. Alles in allem fühlte sie sich jetzt frei, nur das zu tun, was ihr beliebte. Sie klimperte mit ihrer neuen Geldbörse und sah sich nach Spaß um – und der Spaß, das waren du und ich. Siehst du nicht, wie alles genau nach Plan verlief? Je jünger die Erben, die man bestimmt, desto länger müssen sie warten, und desto härter kann ihnen das Warten zusetzen. Sie selbst hatte auf Liebe und Geld gehofft, aber nur das Geld bekommen. Sie wäre ja verrückt gewesen, wenn sie zugelassen hätte, daß *wir* beides bekamen! Meine Ehe – ich bin sicher, es gibt schlimmere Ehen – und deine... äh... Sackgasse in Bezug auf Henry paßten ihr geradezu ideal in den Kram. Und wir zwei auf Sandyhill, die wir uns gegenseitig in Stücke rissen – wie ihr liebes altes Gesicht sich bei diesem Anblick doch aufhellte! Je mehr wir uns haßten, desto lieber waren wir ihr. Aber dann kam das, was für sie wie ein amouröses Geplänkel ausgesehen haben muß. Daß dies nur ein neuer, subtilerer Ausdruck unseres Hasses füreinander war, mußte ihr zwangsläufig entgehen, nehme ich an. Und damit hatten wir fast die Gans geschlachtet, die die goldenen Eier legt.«

»Was für eine Ironie des Schicksals das gewesen wäre, wissen wir beide ja nur zu gut«, bemerkte Clara. »Trotzdem, warum war sie so versessen darauf, daß ich die Uhr bekommen sollte?«

»Die einzige Erklärung dafür ist die Tatsache, daß du auch eine Frau bist. Es war ihre Art zu sagen: ›Jetzt bist du dran!‹«

»Aber ebenso wichtig war ihr doch, daß *du* die Uhr *nicht* haben solltest?«

»*Das* ist nicht schwer zu erklären. Oft genug hatte ich durchblikken lassen, wie sehr mir die Uhr gefällt. Einmal habe ich sie sogar geradeheraus darum gebeten. Ich war ein Mann, und deshalb freute es sie, wenn ich nicht bekam, was ich wollte. Ja, ich habe später diese Schecks von ihr bekommen, das ist richtig... Ich bin sicher, das ist dir nicht entgangen. Sie wollte eben, daß ich einen Trottel aus mir mache, einen Trottel *als Mann*! Ich wollte die Uhr – deshalb hast *du* sie bekommen. Kann der Gedankengang denn noch klarer sein? Ja, ich habe sie um die Uhr gebeten. Ich war neun Jahre alt und ein dummer Junge. Aber die Uhr war in diesem ganzen gottverdammten Haus wirklich das einzige, was ich mochte! Deswegen machte ich dummerweise den Schnabel auf. An dem Tag fing der Ärger zwischen uns an.

Es war einer dieser typischen Märztage auf Sandyhill: Kopfschmerzen, das Haus zum Ersticken überheizt und draußen fahle Sonne. Ein Familientreffen war im Gange: Du, deine Tante und deine Mutter, ihr drei wart für einen Tag nach Sandyhill gekommen. Ich hatte mich verdrückt, um wie so oft die alte Uhr zu beobachten. Rosanna kam herein und sagte: ›Sie gefällt dir, nicht wahr?‹ Worauf ich antwortete: ›Ja, die würde ich gerne haben!‹ Darauf sagte sie: ›Das kann ich mir lebhaft vorstellen.‹ In diesem Augenblick kamst du zur Tür hereingeplatzt. Du warst ungefähr sechs, denke ich, und deine Mutter hatte dich in einen scharlachroten Mantel gesteckt, bei dessen Anblick einem übel werden konnte. Wie ein Drehorgeläffchen sahst du aus. Die Gelegenheit kam Rosanna gerade recht. Sie drehte sich zu dir um und sagte: ›Clara, eines Tages sollst *du* diese Uhr haben! Weißt du, daß sie noch nie aufgehört hat zu ticken und auch nie aufhören wird?‹ Du zeigtest deine Freude darüber, und ich rannte hinunter zum Wald. Nichts von alledem ist bei dir hängengeblieben?«

»Nichts«, sagte Clara mit fester Stimme und wachsender Furcht.

»Dann erinnerst du dich auch nicht daran, daß ich dich später im Vorzimmer erwischte, wo du vor deiner Uhr standest, um sie zu bewundern? Oder an das, was ich sagte oder was wir taten, oder was sonst noch geschah?«

»Nein, nein! Warum? Was willst du damit sagen? Paul, du willst mich nur ärgern! Was machst du denn da? Laß die Finger davon, sie gehört mir!«

»Genau das ist der Grund, warum ich dich bitten möchte hierherzukommen«, sagte Paul, wobei er die Glaskuppel behutsam von der Uhr hob und daneben auf den Tisch stellte. »Warum? Ich will ein Experiment machen. Entweder es funktioniert, oder ich nehme dich morgen bei der Hand und bringe dich zu einem Psychiater. Blut ist schließlich immer noch dicker als Wasser. Nun komm schon! Ich kann nicht die ganze Nacht warten! Ich habe heute noch eine Verabredung.«

Paul legte seinen Arm um ihre Taille und zog seine widerstrebende Cousine unbarmherzig näher an die Uhr heran. Nach vier oder fünf langen Sekunden, in denen sie gezwungenermaßen in den emsigen Mechanismus gestarrt hatte, begann Clara sich zu entspannen. War sie hypnotisiert? In dem absoluten Nichts jenseits der Anatomie des Uhrwerks erschien plötzlich ein Rot – das Rot der Tapeten in dem Vorzimmer auf Sandyhill –, das sich wie in Wasser getropfte Farbe allmählich ausbreitete. Gleichzeitig glaubte sie, daß ihr ein Geruch in die Nase stieg, wie ihn Kiefernholz in überheizten Räumen ausschwitzt. Sie vermeinte zu fühlen, wie eine von Vorhängen umrahmte Fenstertür sie anstarrte, und in dieser Tür konnte von einem Augenblick auf den anderen jemand erscheinen. Das

Murmeln von Stimmen aus dem Wintergarten schwebte hinter Pauls Stimme auf der dämmrigen Terrasse. »*Ich zeig dir was, Clara! Hast du schon jemals eine Minute gesehen? Hast du schon mal eine richtig in der Hand gehabt und gespürt, wie sie zappelt? Hast du gewußt, daß man sich eine Minute mit nach Haus nehmen kann, wenn man seinen Finger eine Minute lang in eine Uhr steckt?*« Paul ist derjenige, der verstohlen die Glaskuppel abhebt. Paul ist es, der einen von Claras Fingern auswählt und ihn gegen ihren Widerstand in das Uhrwerk preßt, wo er von den Zahnrädern eingeklemmt, gequetscht, zerbissen und nahezu aufgefressen wird. »*Nein, du mußt ihn da drinlassen, sonst verlierst du die Minute! Ich zähle inzwischen... Ich zähle bis sechzig!*« Aber ein Sechzig wird es nicht mehr geben. Das Ticken hat aufgehört.

Wir haben die Uhr angehalten. Die hundert Jahre sind böse auf uns. »*Hör auf zu weinen, du Idiot! Davon fängt sie nicht wieder an zu ticken!*« Aber... aber sie will meinen Finger nicht loslassen... auah! »*Du mußt daran lutschen! Sei endlich still und mach nicht soviel Lärm!*« Schau, was du gemacht hast! »*Du hast es doch selbst gemacht!*« Weil du mich dazu gebracht hast! Was sollen wir jetzt bloß tun? Was machen wir denn nur? »*Du gehst raus und springst auf der Terrasse rum! Mach, daß sie dir alle zuschauen, dann kommen sie nicht hier rein!*« Und was machst du? »*Irgendwas.*« Aber sie hat aufgehört zu ticken! »*Geh jetzt raus auf die Terrasse und lenk sie ab!*«

Ein zweites Mal zog Paul Claras Finger mit einem schmerzhaften Ruck aus dem Uhrwerk heraus. Die Uhr hatte aufgehört zu ticken. Claras Finger war verletzt, aber lange nicht so schlimm wie damals. Er war zu groß geworden und paßte nicht mehr so tief in das Räderwerk hinein. Paul sprach mittlerweile mit ruhiger Stimme weiter: »Wir hatten Glück an jenem Freitag – denn es *war* natürlich ein Freitag. Das einzige, was ich tat, war, das Glas wieder draufzusetzen und abzuhauen. Aber eine halbe Stunde später erschien dieser Bursche aus Southstone, um die Uhr aufzuziehen. Mit dem harmlosesten Gesicht der Welt bin ich ihm ins Vorzimmer gefolgt, um zu sehen, was passiert. Daß die Uhr stand und eine halbe Stunde fehlte, ließ sogar ihn erblassen. Er schickte mich los, Rosanna zu holen. Das konnte ich natürlich nicht. Ich schlich mich zurück und beobachtete ihn bei seiner langwierigen, bewunderungswürdigen Arbeit. Die Damen waren einen Stock höher und verbanden deinen Finger. Als er die Uhr eingestellt und wieder zum Laufen gebracht hatte, merkte er, daß es höchste Zeit für seinen Bus war. Und weil Rosanna nicht kam, beschloß er wohl, ihr erst nächste Woche von dem ungeheuerlichen Vorfall zu berichten. Vielleicht weil er es so eilig hatte oder weil er durch den Vorfall mit der Uhr abgelenkt war, schoß der dumme Mensch aus dem Tor von Sandyhill gerade noch rechtzeitig auf die Hauptstraße hinaus, um von einem Bus plattgewalzt zu werden, der aus der anderen Richtung kam. Mit seinem Tod war nichts mehr zu beweisen, und Rosanna blieb von allem verschont. Aus lauter Dankbarkeit haben du und ich jeder einen halben Shilling für seinen Kranz gestiftet... Aber davon weißt du natürlich auch nichts mehr?«

»Ich kann mich an die Sixpence erinnern«, sagte Clara leise, ohne von ihrem wunden Finger aufzublicken.

»Nur daran?«

»Nein, jetzt nicht mehr *nur* daran... Danke, Paul.« Unvermeidlich folgte eine Pause. Schließlich sagte sie: »Ich glaube, du wirst jetzt gehen wollen. Sagtest du nicht, du hast noch eine Verabredung?«

»Nichts Dringendes. Vielleicht möchtest du lieber nicht allein bleiben?«

»Nein, vielen Dank. Ich setze mich hin und bleibe gern mit meinen Erinnerungen allein. Es wird wohl einige Zeit dauern, bis ich alles wieder einigermaßen beieinander habe.« Sie wandte sich so gelassen wie möglich ab und leerte die Asche aus der Muschel in einen passenderen Aschenbecher um. »Ach, übrigens... Nimm die Uhr mit, wenn es sein muß. Tante Addie hätte wissen müssen, daß du sie haben willst. Und abgesehen davon, daß sie mich an Rosanna erinnert, bedeutet sie mir überhaupt nichts. Willst du sie gleich mitnehmen?«

»Danke, das ist nett von dir, Clara«, antwortete Paul prompt. »Wie die Dinge liegen, könnte ich sie heute nicht ohne weiteres mitnehmen. Ich wüßte überhaupt nicht, wo ich damit hinsollte.

Könntest du sie noch für eine Weile behalten, oder steht sie dir sehr im Weg?«

»Warum sollte sie mir im Weg stehen? Wie gesagt, ich hoffe, bald in eine größere Wohnung zu ziehen. Die Uhr taugt im Augenblick nicht viel, um die Zeit abzulesen, aber davon abgesehen werde ich überhaupt nicht merken, daß sie da ist.«

Felder in einem glücklichen Herbst

Obwohl sie so viele Köpfe zählte, schwärmte die Familie beim gemeinsamen Spaziergang über die Stoppelfelder nicht aus und zog sich nicht auseinander, sondern alle gingen, wie bei einer Prozession, in Zweier- und Dreiergruppen hintereinander. Papa, den Wanderstock in der Hand, führte sie an, flankiert von Constance und Klein-Arthur. Robert und Vetter Theodore, die in ein ernstes Gespräch vertieft waren, hatten Emily im Schlepptau. Dann kamen Digby und Lucius, die so taten, als ob sie mit Flinten nach links und rechts auf die Saatkrähen zielten. Henrietta und Sarah bildeten die Nachhut.

Da ging Sarah und sah die anderen vor sich auf dem blonden Stoppelfeld; sie kannte sie alle, wußte, was sie einander bedeuteten, kannte ihre Namen und ihren eigenen auch. Da ging sie, spürte die Stoppeln unter ihren Füßen und hörte, wie sie unter den Schritten der anderen unablässig, wie von weit her, ein nie gleiches, leises, steifes Knirschen von sich gaben. Das Feld und überhaupt all diese vor ihnen ausgebreiteten Felder wußten ebenso wie Sarah, daß sie Papa gehörten. Die Ernte war gut gewesen und war nun eingebracht: Er war zufrieden – an diesem Nachmittag war seine Wahl ganz ohne Nachdenken auf die fraulichste seiner Töchter gefallen und auf seinen jüngsten Sohn, der fast noch ein Kleinkind war: Arthur, der an Papas Hand ging, machte bei jedem langen Schritt des großen Mannes einen eifrigen Hopser und einen Sprung. Und was Constance anging, so konnte Sarah oft ihre Hutfeder aufglänzen sehen, wenn sie den Kopf drehte, oder die geschwungene Linie ihres enganliegenden Mieders, wenn sie den Oberkörper umwandte. Constance war mit ihrer Aufmerksamkeit bei Papa, nicht aber mit ihren Gedanken, denn es war schon um ihre Hand angehalten worden.

Ebenso wie Constance hielten alle Töchter des Gutsbesitzers ihre flaschengrünen, maulwurfgrauen oder kastanienbraunen Röcke beim Gehen gerafft, damit sie nicht am Boden schleiften. Nur Henrietta trug die Knöchel noch frei. Sie gingen in ein andauerndes, dumpfes Geräusch eingehüllt, aber hinter ihnen blieb Stille zurück. Hinter ihnen schwebten Saatkrähen, die aufgeflogen und mit blau im Sonnenlicht aufblitzenden schwarzen Flügeln über ihnen gekreist waren, wieder zur Erde nieder und pickten weiter. Papa und die Knaben waren dunkel gekleidet wie die Krähen, schimmerten aber nicht so schön und hatten außerdem weiße Kragen.

Da ging Sarah, und sie wußte, wo Constance mit ihren Gedanken war; sie wußte, was für ein zappeliger Gefangener Arthurs Hand war; sie spürte die ganze Tiefe von Emilys Verstimmung über Vetter Theodores Unaufmerksamkeit; und sie frohlockte mit Digby und Lucius über den imaginären Abschuß so vieler Krähen. Von der Unterhaltung zwischen Robert und Vetter Theodore allerdings fühlte sie sich ausgeschlossen wie durch eine Felswand. Am klarsten war ihr aber, daß sie überfloß vor Liebe, so nahe an Henriettas jungem, lebhaftem Gesicht und den Augen, die wie der Himmel leuchteten und prüfend in den Nachmittag hinausblickten.

Sie erkannte die Farbe des Abschieds, kostete süße Trauer, während aus der Hütte, die inmitten einer Baumgruppe stand, der beißende blaue Rauch von einem Holzfeuer aufstieg. Am nächsten Tag würden die Brüder ins Internat zurückkehren. Es war wie ein Sonntag. Papa hatte sich den späten Nachmittag frei gehalten. Alle – alle außer einem – hatten sie Robert, Digby und Lucius in die Mitte genommen und gingen auf dem Landgut spazieren, das die Brüder jetzt so lange nicht mehr sehen würden. Robert, das merkte man ihm an, hatte nichts dagegen, zu seinen Büchern zurückzukehren. Im nächsten Jahr sollte er wie Vetter Theodore das College besuchen. Außerdem war er nicht der Erbe, das war ihnen allen klar. Aber im Zielen und Vorschnellen von Digby und Lucius verbarg sich ein fast körperlicher Schmerz, der Widerwille von Opferlämmern, obwohl sie beide noch weiter von der Erbschaft entfernt waren als Robert.

Sarah sagte zu Henrietta: »Wenn ich bedenke, daß sie morgen nicht mehr hier sind!«

»*Daran* denkst du?« fragte Henrietta mit ihrem feinen Gespür für die Wahrheit.

»Ich habe auch daran gedacht, daß du und ich bei Tisch wieder nebeneinander sitzen...«

»Du weißt doch, wir sind jedesmal traurig, wenn die Buben wegfahren, aber wir sind nie traurig, wenn sie erst weg sind.«

Das süße, verständnisinnige, schuldbewußte Lächeln, das sich auf Henriettas Lippen bildete, wurde auf Sarahs Lippen vollendet.

»Außerdem«, sagte die jüngere Schwester, »wissen wir, daß dies nur etwas ist, das wieder einmal passiert. Es passierte letztes Jahr, und es wird im nächsten auch passieren. Ach, aber wie müßte ich mich fühlen, und wie müßtest du dich fühlen, wenn es etwas wäre, das noch niemals passiert ist?«

»Zum Beispiel, wenn Constance heiratet?«

»Ach, ich meine doch nicht *Constance*!« sagte Henrietta.

»So lange es nur uns beiden gemeinsam passiert«, sagte Sarah bedächtig, »was es auch sein mag.« Niemals wollte sie am frühen Morgen anders geweckt werden als durch Henriettas vogelartige Bewegungen, und niemals sollte ihre Wange im Dunkeln vom Spitzensaum eines Kissens gestreift werden, in dessen Vertiefung nicht Henriettas Wange ruhte. Sie betete, daß sie eher zusammen in einem Grab als nicht mehr im selben Bett liegen sollten. »Du und ich, wir bleiben so, wie wir sind«, sagte sie. »Dann wird nie eine von etwas berührt, das nicht auch die andere berührt.«

»Das sagst du, und ich höre es dich sagen!« rief Henrietta aus und warf Sarah mit leicht geöffneten Lippen den verletzendsten Blick zu, dessen sie fähig war. »Aber ich kann nicht vergessen, daß du dich dafür entschieden hast, ohne mich geboren zu werden, daß du nicht warten wolltest –« Hier unterbrach sie sich selbst, lachte schallend und sagte: »Ach, schau mal *da*!«

Vor ihnen war ein ziemliches Durcheinander entstanden. Emily machte es sich zunutze, daß sie als erste oben auf der Hügelkuppe angelangt war, und kniete sich so plötzlich hin, um ihr Schuhband fester zu binden, daß Digby aufschrie und fast über sie stürzte. Vetter Theodore war höflich genug gewesen, neben Emily stehen zu bleiben, aber Robert, der für nichts Ohren hatte als für das, was er selbst von sich gab, ging mit gesenktem Kopf weiter und wäre um ein Haar in Papa und Constance hineingerannt, die sich umgedreht hatten und zurückschauten. Papa ließ überrascht Arthurs Hand los, woraufhin Arthur der Länge nach auf das Stoppelfeld fiel.

»Mein Gott!« sagte Constance pikiert zu Robert.

Papa sagte: »Was ist denn hier schon wieder los? Darf ich fragen, Robert, wo du hingehst, mein werter Herr? Digby, vergiß nicht, das ist deine Schwester Emily!«

»Base Emily hat Probleme«, sagte Vetter Theodore.

Die arme Emily, die in ihren Röcken wie in einem Futteral stak, und die unter ihrer Hutkrempe scharlachrot angelaufen war, murmelte: »Es ist nur mein Schnürsenkel, Papa.«

»Dein Schnürsenkel, Emily?«

»Ich hab ihn nur zugebunden.«

»Dann mußt du ihn fester binden. – Soll das heißen«, sagte Papa und schaute sie an, »daß ihr alle gleich wie Kegel durcheinanderpurzelt, nur weil Emily sich einmal bückt?«

Henrietta stieß einen kleinen Schrei aus, schlang ihre Arme um Sarah, vergrub ihr Gesicht in den Kleidern der Schwester und unterdrückte mühsam ein Lachen. Sie konnte kaum an sich halten, und sie zitterte am ganzen Leib. Papa, der Henrietta so »hoffnungslos eigen« fand, daß er sie außer bei Tisch nie beachtete, übersah sie auch jetzt und gab nur den anderen ein Zeichen, sich aufzuraffen und weiterzugehen. Es war Vetter Theodore anzusehen, als er Emily auf die Beine half, daß er bemerkt hatte, wie gut ihr die rosige Farbe stand, doch sie wies ihn kühl mit einer Handbewegung ab, schaute woanders hin, berührte die Brosche an ihrem Hals und meinte: »Danke, aber ich habe schließlich keinen Unfall gehabt.« Digby entschuldigte sich bei Emily, Robert bei Papa und Constance. Constance half Arthur beim Aufstehen und klopfte seine Kniebundhose mit ihrem Taschentuch sauber. Alle schlugen ihre jeweilige Gangart ein und machten sich wieder auf den Weg.

Sarah, die keine Ahnung hatte, wie sie dem Lachen ein Ende machen sollte, flüsterte Henrietta mit drängender Stimme »Komm, komm, komm!« ins Ohr. Zwischen den beiden Mädchen und den anderen vergrößerte sich der Abstand. Es sah so aus, als ob sie bald ganz allein sein würden.

»Warum auch nicht?« sagte Henrietta, und hob als Antwort auf Sarahs Gedanken den Kopf.

Sie schauten sich um, und beide sahen alles mit denselben Augen. Das kahlgemähte Hochland schien in der Ferne zu schweben, die sich schimmernd bis zu winzigen blaugläsernen Hügeln erstreckte. Der Nachmittag war endlos lang. Das Getreide war abgeerntet, aber das Licht reifte weiter. Es füllte die Stille ganz aus, die nun, da sich Papa und die anderen außer Hörweite befanden, vollkommen war. Nur Baumgruppen und kleine Hügel lagen wie Inseln in den weiten Feldern. Hinter ihnen waren das Herrenhaus und die Gutsgebäude endgültig zwischen den Bäumen versunken, und kaum ein Anzeichen verriet, wo die Mädchen wohnten.

Der Schatten einer kreisenden Krähe huschte über Sarah und dann über Henrietta hinweg, die ihrerseits einen gemeinsamen Schatten auf das Stoppelfeld warfen.

»Aber Henrietta, wir können hier doch nicht ewig bleiben!«

Sofort richtete Henrietta ihre Augen auf die eine einsame Rauchsäule, die von der Hütte aufstieg. »Dann laß uns den armen alten Mann dort besuchen. Er stirbt, und die anderen sind froh darüber. Eines Tages kommen wir hier vorbei, und kein Rauch steigt mehr auf. Dann stürzt das Dach bald ein, und wir werden es immer bedauern, daß wir heute nicht hingegangen sind.«

»Er erinnert sich doch gar nicht mehr an uns!«

»Egal, er wird schon an der Tür spüren, daß wir es sind.«

»Aber können wir einfach vergessen, daß dies Roberts und Digbys und Lucius' Abschiedsspaziergang ist? Es wäre herzlos von uns, sie zu vernachlässigen.«

»Wie herzlos Fitzgeorge da erst ist«, meinte Henrietta lächelnd.

»Mit Fitzgeorge ist es ganz anders, er ist der Älteste, und er ist beim Militär. Ich fürchte, Fitzgeorge ist für uns keine Entschuldigung.«

Ein gottergebener Seufzer, vielleicht auch nur ein gespielter, hob Henriettas immer noch kleine Brust. Um den Lauf der Dinge noch einen Augenblick hinauszuzögern, beschattete sie die Augen mit der Hand und suchte wie ein Matrose, der nach einem Segel Ausschau hält, den Horizont ab. Voller Hoffnung und Eifer schaute sie überall hin, außer in die Richtung, in die Sarah und sie gehen sollten. Dann: »Oh, Sarah, da *sind* sie ja, sie kommen! *Sie*!« Sie zog ihr Taschentuch heraus und fing an, damit zu winken. Sie schwenkte es hin und her durch die windstille Luft.

In der Ferne kamen zwei Reiter in Sicht, die in leichtem Galopp auf einem grasigen Weg zwischen den Feldern ritten. Als der Weg in einer Senke verschwand, verschwanden auch sie, aber jetzt war schon das Klappern der Hufe zu hören. Der Widerhall erfüllte das Land, die Stille und Sarahs ganzes Wesen; statt zu beobachten, wie die Reiter wieder auftauchten, richtete sie ihr Augenmerk auf das Taschentuch ihrer Schwester, das schlaff herunterhing, während Henrietta selbst angespannt wartete. Das Tuch hatte eine abgeknabberte Ecke und auch einen Fleck wie von einer Pflaume. Wieder wurde es zu einer wildbewegten Flagge. »Wink auch, Sarah, wink auch! Laß dein Armband blitzen!«

»Sie müssen uns gesehen haben – falls sie uns überhaupt jemals sehen«, sagte Sarah und stand reglos da wie ein Stein.

Plötzlich hörte Henrietta zu winken auf. Sie schaute ihre Schwester an und zerknautschte dabei das Taschentuch, als ob sie es daran hindern wollte, an einer Lüge mitzuwirken. »Ich weiß, daß du schüchtern bist«, sagte sie mit erloschener Stimme. »Aber so schüchtern, daß du nicht einmal *Fitzgeorge* zuwinkst?«

Ihre Art, den *anderen* Namen nicht auszusprechen, hatte hunterlei Bedeutungen, und sie drückte sie allesamt dadurch aus, daß sie Sarah nicht ins Gesicht blickte. Der Atem, den sie unwillkürlich geschöpft hatte, stahl sich leise wieder heraus, während sich ihre Augen, die eben noch in ihrem hellsten, mitteilsamsten Glanz gestrahlt hatten, vor verständnislosem, einsamem Erschrecken trübten. Eugene's Näherkommen abwarten zu müssen, wurde für Sarah dadurch von einem Augenblick zum anderen zu einer Tortur.

Fitzgeorge, Papas Erbe, und sein Freund Eugene, ein junger Gutsbesitzer aus der Nachbarschaft, bogen vom Weg ab und kamen im Trab mit gezogenen Hüten heran. Die niedrigstehende Sonne färbte Fitzgeorges Haut korallenrot und ließ Eugene mit seinen dunklen Augen blinzeln. Die jungen Männer zogen die Zügel an; die jungen Mädchen schauten zu den Pferden hoch.

»Wo ist Vater, Constance? Und die anderen?« fragte Fitzgeorge knapp, als hätte das Stoppelfeld sie verschluckt.

»Sie sind weiter vorn, auf dem Weg zum Steinbruch, auf der anderen Seite vom Hügel.«
»Es hieß doch, daß ihr alle zusammen gehen wolltet«, sagte Fitzgeorge. Er schien ungehalten.
»Wir gehen hinterher.«
»Was, ganz allein?« sagte Eugene, der bisher geschwiegen hatte.
»Ganz verirrt!« sagte Henrietta strahlend und machte sich mit hilfesuchend erhobenen Händen über ihn lustig.

Fitzgeorge dachte nach, sagte streng »gut«, und gab Eugene ein Zeichen zum Weiterreiten, doch es war zu spät: Eugene war schon abgestiegen. Fitzgeorge sah es, zuckte mit den Achseln, und ließ sein Pferd lostraben. Aber Eugene führte seines langsam zwischen den Schwestern am Zügel. Oder vielmehr ging Sarah links von ihm, das Pferd zu seiner Rechten und Henrietta auf der anderen Seite des Pferdes. Henrietta schaute zum Himmel, als wäre sie ganz allein, und hielt ganz nebenbei einen der Steigbügel fest. Sarah hingegen blickte zu Boden. Man konnte Eugene ansehen, daß er gern etwas gesagt hätte, aber er sagte dann doch nichts. Sarah fühlte sich gefangen, schwindelig und geblendet, so, als befände sie sich im Inneren einer Woge. Sie konnte sich vorstellen, wie sich Eugenes Gesicht über ihr gestochen scharf in der Helligkeit abzeichnete. Neben dem anmutig stapfenden Pferd ausschreitend, paßte Eugene seine von Natur aus großen Schritte den ihren an. Die Zügel hatte er um seinen Arm geschlungen. Mit den Fingern schob er die Locke zurück, die ihm in die Stirn gefallen war, als er sich zu ihr heruntergebeugt hatte. Sie nahm diese kleine Geste wahr und wußte, was für ein Lächeln seine Lippen umspielte. So zitterten beide, ohne sich anzuschauen, vor einem inneren Bild, während Sarah langsam eine brennende Röte ins Gesicht stieg. Die Erfüllung wäre erreicht, wenn ihre Augen sich träfen.

Auf der anderen Seite des Pferdes fing Henrietta zu singen an. Sofort fuhr ihr Schmerz wie ein Röntgenstrahl durch das Pferd und Eugene hindurch und bohrte sich in Sarahs Herz.

Wir übersteigen den Hügel, der den Horizont begrenzt: die Familie kommt in unser Blickfeld, und wir in ihres. Alle sind stehengeblieben und warten vor dem Abstieg in den Steinbruch.

Alle Figuren in dieser schönen Gruppe, die im starken gelben Sonnenlicht wie in Stein gehauen dastehn, von Papa in Reih und Glied gebracht und von Fitzgeorge gekrönt, richten ihre Augen forschend auf die Nachzügler und warten darauf, Henrietta, Sarah und Eugene in die Mitte zu nehmen. Noch einen Augenblick länger, und es ist zu spät; keine weitere Verständigung wird möglich sein. Bring, ach bring Henriettas herzzerreißenden Gesang zum Schweigen! Schließe sie wieder fest in deine Arme! Sag das einzig mögliche Wort! Sag – ach, sag was? Ach, das Wort ist vergessen!

»*Henrietta . . .*«
Ein stechender Schmerz in den Knöcheln der nach vorn geschnellten Hand – Sarahs? Die Augen öffnen sich und sehen, daß die Hand geschlagen hatte und nicht geschlagen worden war: da war die Ecke von einem Tisch. Staub, weißlich und sandig, lag auf der Tischplatte und auf dem Telephon. Fades, aber stechend weißes Licht füllte den Raum aus und zeigte die Reste der Zimmerdecke. Ihr erster Gedanke war, daß es geschneit haben mußte. Wenn ja, dann war jetzt Winter.

Durch den weißen Kattun, der straff vor das Fenster gespannt war, kamen Klänge von einem Klavier: jemand spielte schlecht Tschaikowsky in einem fenster- und türlosen Raum. Von woanders her aus der hohlen Leere erklangen Salven von Hammerschlägen. Dann ganz nah eine Stimme: »Ach, du bist aufgewacht, Mary?« Die Stimme kam von der anderen Seite der Tür, die zwischen ihr und dem Sprechenden offenstand. Er stand auf der Schwelle, sie lag im Bett auf der unbezogenen Matratze. Er fügte hinzu: »Ich war eine Weile fort.«

Von irgendwoher holte sie Worte und sagte: »Wieso? Ich wußte gar nicht, daß du hier warst.«

»Ich verstehe. Sag mal, wer ist ›Henrietta‹?«

Tränen der Verzweiflung stiegen ihr in die Augen. Sie zog ihre schmerzende Hand zurück, begann am Knöchel zu saugen und wimmerte: »Ich hab mir weh getan.«

Der Mann, von dem sie wußte, daß er »Travis« war, den sie aber nie wirklich anschaute, kam zur Tür herein und sagte: »Das wundert mich wirklich nicht.« Er setzte sich auf den Rand der Matratze, zog ihr die Hand vom Mund weg und hielt sie fest. Aber bei dieser eigentlich ganz zart ausgeführten Handlung starrte er sie vor Besorgnis fast feindselig an.

»Hör zu, Mary«, sagte er. »Während du geschlafen hast, habe ich nochmal das ganze Haus untersucht, und ich bin weniger denn je davon überzeugt, daß es sicher ist. Bei klarem Kopf würdest du nie versuchen, hier zu bleiben. Es hat mehrmals Alarm gegeben – und mehr als Alarm, von früh bis spät. Noch ein einziger Treffer hier irgendwo in der Nähe, was jeden Moment passieren kann, und das Haus fällt endgültig zusammen. Du sagst mir immer, daß du noch allerlei erledigen mußt – aber weißt du eigentlich, was für ein Chaos in den Zimmern herrscht? Bis die Aufräumarbeiten weiter vorangekommen sind, kannst du doch nichts machen. Und selbst *wenn* du etwas machen könntest, brächtest du es trotzdem nicht fertig. Deine Nerven wissen das, falls du es nicht weißt. Es war fast beängstigend, als ich eben hereinschaute und sah, wie du schliefst – du warst in einer ganz anderen Welt.«

Sie lag da und starrte über seine Schulter hinweg zum Fenster mit der Kattunbespannung. Er fuhr fort: »Du bist nicht gern hier. Das hier ist deinem Wesen fremd. Dein Wille versucht, dein Wesen in den Griff zu bekommen, aber er schafft es nicht ganz, es findet immer wieder einen Ausweg im Schlaf. Von mir aus kannst du schlafen, soviel du tatsächlich schlafen willst. Aber nicht *hier!* Deshalb habe ich für dich ein Zimmer in einem Hotel reserviert. Du kannst praktisch dort hinfahren, ohne richtig wach zu werden.«

»Nein, ich kann in kein Taxi steigen, ohne aufzuwachen.«

»Ist dir klar, daß du die letzte Person bist, die sich noch in dieser Straße aufhält?«

»Aber wer spielt dann Klavier?«

»Ach, das ist einer von den Möbelmännern im Haus Nummer Sechs. An dieses miese Pack habe ich nicht gedacht: *Die* haben jetzt natürlich ihre große Stunde – sie treiben sich in Scharen unbeaufsichtigt herum und lassen es sich gut gehen. Als ich vor zehn Minuten nach dir schaute, haben sie gerade das Gewächshaus am anderen Ende der Straße zertrümmert. Glas so kaltblütig zu

zerschlagen – es war einfach widerwärtig! Du hast nicht mit der Wimper gezuckt. Ich glaube sogar, daß du gelächelt hast.« Er horchte. »Aha, das Klavier! Die tragen die Nase ganz schön hoch. Weißt du, daß ein Arbeiter unten auf deinem blauen Sofa liegt und die Bilder in einem von deinen französischen Büchern anschaut?«
»Nein«, sagte sie, »ich habe keine Ahnung, wer da ist.«
»Offensichtlich. Seitdem das Schloß an deiner Eingangstür aufgebrochen wurde, kann jeder ein und aus, wie er gerade will.«
»Du auch.«
»Ja. Ich habe mit einem Burschen besprochen, daß er bis heute Abend ein neues Schloß einsetzt. Aber du, du hast keine Ahnung, was sich hier abspielt.«
»Doch, habe ich«, sagte sie und verschränkte die Finger vor ihren Augen.

Die Unwirklichkeit dieses Zimmers und Travis' Anwesenheit lasteten auf ihr wie Traumbilder, von denen man weiß, daß es Träume sind. Die Tatsache, daß dieses Haus fast eine Ruine war, traf sie weniger, als daß alles einem Plan entsprang, eine Art Falle war; und wenn sie sich über etwas freute, dann über seine Baufälligkeit. Und was Travis anging, so hatte er seine feste Rolle in dem Komplott, sie von den beiden geliebten Menschen fernzuhalten. Sie hatte den Eindruck, daß er sich allmählich entbehrlich vorkam, und sie bemühte sich, ihn nicht zu verachten und ihm wegen seiner Unwissenheit in bezug auf Henrietta und Eugene, die sie verloren hatte, nicht zu zürnen. Seine besitzergreifende, grimmige Zuneigung war natürlich Teil der Beziehung zwischen Mary und ihm, an die sie sich wie an ein Buch, das sie einmal gelesen hatte, zwar klar, aber voll Gleichgültigkeit erinnerte. In heller Aufregung darüber, hier zurückgehalten zu werden, während im Getreidefeld der große Augenblick auf sie wartete, leistete sie sich nur ein Lächeln über die groteske Fügung, daß ihr Marys Körper und ihr Liebhaber aufgebürdet worden waren. Sie hob den Kopf von dem unbezogenen Kissen und betrachtete bis hinab zu den gekreuzten Beinen die Gestalt, in der sie wie in einer Falle steckte. Marys belangloser Körper, der hier auf dem Bett lag, trug ein kurzes, schwarzes, modisches Kleid, das von Gipsstückchen übersät war. Die Spitzen der schwarzen Wildlederschuhe verrieten durch ihre weiße Färbung, daß Mary über heruntergestürzte Teile von Zimmerdecken gestiegen sein mußte; Schmutz saß in den Schicksalslinien von Marys Handflächen.

Das gab ihr die Worte ein: »Immerhin habe ich einen Anfang gemacht. Ich habe die ganze Zeit Sachen ausgegraben, die einen Wert besitzen oder die ich haben will.«

Als Antwort darauf drehte sich Travis um und schaute vielsagend auf etwas hinunter, das sie nicht sehen konnte, weil es nahe am Bett auf dem Boden lag. »Ich sehe hier«, sagte er, »eine angeschimmelte alte Ledertasche. Da schaut Gott weiß was heraus – alter Kram, unleserliche Briefe, Tagebücher, vergilbte Photos, hauptsächlich jedoch Gips und Staub. Warum gerade das, Mary? Bist du hinter einem verlorengegangenen Testament her?«

»Alles, was man ausgräbt, scheint gleich alt zu sein.«

»Was ist denn all dies Zeug, wo kommt es her – Familienkram?«

»Keine Ahnung«, sagte sie und gähnte in Marys Hand hinein. »Vielleicht gehört es nicht einmal mir. Solch ein Haus, mit leeren Zimmern wie dieses hier, muß mich dazu gebracht haben, jahrelang mehr aufzuheben, als mir überhaupt klar war. Als ich dies fand, fing ich an, mich zu wundern. Schau es an, wenn du Lust hast.«

Er beugte sich hinunter und fing an, den Inhalt der Tasche durchzugehen – wie sie meinte, nicht ganz frei von Argwohn. Während er alten Schmutz von Umschlägen blies und an Klebestreifen herumfummelte, lag sie da, starrte zu den freigelegten Holzlatten an der Decke hoch und überlegte. Dann sagte sie: »Entschuldige, wenn ich so seltsam reagiert habe, wegen dem Hotel und allem. Geh noch mal für zwei Stunden weg und komm mit einem Taxi zurück. Dann geh ich ganz friedlich mit. Ist das gut so?«

»Gut. Nur – warum nicht gleich?«

»*Travis*...«

»Entschuldige. Ich mach es so, wie du sagst... Du hast hübsch morbides Zeug in dieser Tasche, Mary – so weit ich es auf den ersten Blick sehen kann. Die Photographien passen wohl eher zu dir. Witzig, aber stimmungsvoll. Alle von ein und demselben Personenkreis – ein Bart, ein Gewehr, eine Melone, ein Schüler mit einem

Lippenbärtchen, eine Kutsche vor einem Herrenhaus, eine Gruppe auf der Treppe, eine *carte de visite* von zwei jungen Damen, Hand in Hand vor einem gemalten Feld –«

»*Gib das her!*«

Instinktiv versuchte sie, Marys Kleid über der Brust aufzuknöpfen: aber es war umsonst, es bot der Photographie keinen Unterschlupf. Also konnte sie sich nur auf der Matratze herumwälzen, von Travis weg, und die beiden Gesichter mit ihrem Körper bedecken. Gequält von Henriettas schrägem Blick, empfand sie zugleich eine Art Schock, als sie Sarah zum erstenmal sah.

Travis' Hand legte sich auf sie, und sie erschauerte.

Gekränkt sagte er: »Mary...«

»Kannst du mich nicht allein lassen?«

Sie rührte sich nicht und schaute nicht auf, bis er mit den Worten hinausging: »Also, dann in zwei Stunden.« Sie sah folglich nicht, daß er die gefährliche Tasche aufhob und sie, unter den Arm geklemmt, aus ihrer Reichweite trug.

Sie waren zurück. Die Sonne verschwand gerade hinter den Bäumen, aber sie sandte ihre blendenden Strahlen zwischen den Zweigen hindurch in das wunderbar warme, rote Zimmer. Die Farnspitzen auf der Jardinière neigten sich im goldenen Licht, und Sarah, die bei den Pflanzen stand, zupfte an einem duftenden Geranienblatt. In der Mitte des Teppichs war ein großer Kranz aus Granatäpfeln eingewoben. Darauf standen weder Tische noch Stühle, und der ganze Kranz befand sich zwischen ihr und den anderen.

Es war noch kein Feuer angezündet worden, aber alle hatten sich am Kamin versammelt. Henrietta saß auf einem niedrigen Hocker, stützte den Ellenbogen über ihrem Kopf auf die Armlehne von Mammas Stuhl und schaute müßig, aber gespannt woanders hin, so als starrte sie in ein Feuer. Mamma stickte, in Gedanken, die ihre Nadel langsamer werden ließen; die Bahn Rosenspitze, die sie schon fertig hatte, hing steif über den weichen Stoff ihrer Röcke hinab. Auf dem Teppich, zu Mammas Füßen ausgestreckt, lag Arthur und blätterte in einem Album mit Bildern aus der Schweiz, die ihm nicht gefielen; aber er hatte versprochen, still zu sein. Von der Stelle, wo sie stand, erkannte Sarah die Gischt der Wasserfälle und das eintönige Weiß von ewigem Schnee, wenn der arme Arthur die Seiten mit dem Seidenpapier dazwischen umblätterte.

Eugene lehnte am weißmarmornen Kaminsims. Die dunkelroten Schatten, die sich im Salon verdichteten, als die Sonne tiefer und tiefer in den Bäumen verschwand, würden ihn ganz zuletzt erreichen, vielleicht nie. Es kam Sarah so vor, als brenne hinter seinem Kopf eine Lampe. Er war der einzige Mann im Kreis all der Damen: Fitzgeorge war zu den Ställen gegangen, und Papa gab jemandem einen Befehl; Vetter Theodore schlug etwas in einem Lexikon nach; im Jagdzimmer brachten Robert, Lucius und Digby das traurige Ritual hinter sich, ihre Gewehre wegzuschließen. Jeder wußte, daß all dies vor sich ging, aber es war nichts zu hören.

Diese besondere Stunde mit ihrem zarten Licht – eine Stunde, die nicht nach der Uhr zu bestimmen war, denn sie kam im Winter früher, im Sommer später, und im Frühling und Herbst kam sie jetzt, ungefähr um die Zeit, wenn Arthur zu Bett mußte – war für Sarah schon immer Henriettas Stunde gewesen. Mit Henrietta zusammen zu sein, drinnen oder draußen, oben im Haus oder hier unten, hieß an ihrer knisternden Laune teilhaben. Henrietta bebte vor Lachen, und ihr Geist schoß weit über Sarahs hinaus, bis er ganz in seinem Element war. Laub und Gezweig und Spiegel in leeren Zimmern erwachten zum Leben. Mit raschelnden Kleidern tobten die Schwestern umher und versteckten sich, obwohl niemand sie suchte; es war ein Spiel voller Angst, eine Angst voller Spiel. Das trieben sie so weit, bis ihre Herzen klopften und sie ganz aus dem Häuschen waren, Henrietta vollkommen und Sarah nicht viel weniger. Mamma war bekannt dafür, die beiden eindringlich anzuschauen, wenn sie abends zwischen den mild leuchtenden Lampen aus Bernsteinmosaik thronte.

Aber jetzt hatte Henrietta diese Stunde tief in ihrer Brust verschlossen. Indem sie die Zeit neben Mamma sitzend verbrachte, in kindlicher Nachahmung der schon salonfähigen Schwester Constance, gab sie für alle Zeiten alles andere auf. Immer schon war sie es gewesen, die mit einem wilden Kraftakt jedes Spielzeug zerstört hatte, dem sie entwachsen war. Sie saß mit geradem Rücken da und stützte ihre Wange gedankenverloren auf die Fingerspitzen. Nur indem sie Sarah nie anschaute, gestand sie ein, daß beide einen unwiederbringlichen Verlust erlitten hatten.

Eugene, der erst vor kurzem von einem Auslandsaufenthalt zurückgekommen war, sprach vom Reisen und wandte sich dabei Mamma zu, die unterdessen an ihre Hochzeitsreise dachte, aber nicht davon sprach. Hin und wieder mußte sie Henrietta bitten, ihr die Schere oder das Tablett mit den Wollknäueln zu reichen. Eugene nahm dann jedesmal die Gelegenheit wahr, zu Sarah hinüberzuschauen. Inzwischen traute er sich schon, seinen vor Schwermut glänzenden Augen keinen anderen Ausdruck mehr zu gestatten. Aber das allein schon war ein Anzeichen für das Verschwörerische einer noch uneingestandenen Liebe. Sie ihrerseits blickte ihn so an, als ob er, durch das seltsame Licht verklärt, tatsächlich ein Bildnis wäre, ein Bildnis, das sie sah, von dem sie aber nicht gesehen werden konnte. Die Tapete hinter seinem Rücken flammte jetzt scharlachrot auf. Mamma, Henrietta und sogar der ahnungslose Arthur hatten es nicht eilig, die Köpfe zu heben.

Henrietta sagte: »Wenn ich ein Mann wäre, dann würde ich meine Braut mit nach Italien nehmen.«

»In der Schweiz gibt es Maulesel«, sagte Arthur.

»Sarah«, sagte Mamma milde und drehte sich auf ihrem Stuhl um. »Wo bist du, meine Liebe? Willst du dich denn nie hinsetzen?«

»Nach Neapel«, sagte Henrietta.

»Denkst du nicht an Venedig?« fragte Eugene.

»Nein«, erwiderte Henrietta. »Warum sollte ich auch? Ich würde gern den Vulkan besteigen. Aber leider bin ich ja kein Mann, und es ist noch unwahrscheinlicher, daß ich jemals Braut sein werde.«

»Arthur...«, sagte Mamma.

»Mamma?«

»Schau auf die Uhr!«

Arthur seufzte wohlerzogen, stand auf und plazierte das Album so auf den runden Tisch, daß es oben auf dem Stapel zu liegen kam. Er hielt Eugene die Hand hin, Henrietta und Mamma die Wange; dann wandte er sich zu Sarah, die auf ihn zuging. »Sag mal,

Arthur«, sagte sie und umarmte ihn, »was hast du denn heute gemacht?«

Arthur starrte sie mit seinen blauen Knopfaugen an. »Du warst doch dabei! Wir gingen auf dem Feld spazieren, Fitzgeorge war zu Pferd, und ich bin hingefallen.« Er löste sich aus ihrer Umarmung und sagte: »Ich muß jetzt weg.« Er hatte wie immer Schwierigkeiten, den Knauf an der Mahagonitür umzudrehen. Mamma wartete, bis er das Zimmer verlassen hatte, und sagte dann: »Arthur ist schon ein richtiger kleiner Mann. Er kommt nicht mehr zu mir gelaufen, wenn er sich weh getan hat. Ich habe nicht einmal gewußt, daß er hingefallen ist. Ehe wir's uns versehen, wird auch er abfahren ins Internat.« Sie seufzte und richtete ihre Augen auf Eugene. »Morgen wird ein trauriger Tag sein.«

Eugene deutete mit einer Gebärde sein eigenes Bedauern an. Mamma konnte ihre Gefühle nur hier im Wohnzimmer richtig äußern, denn der Raum wirkte trotz seiner Größe und Förmlichkeit stimmungsvoll und fast ein wenig exotisch. In den dämmrigen Ecken schien die Luft aus Samt zu sein, hinter den dunklen Draperien ergoß sich ein Schwall von Spitzen; die Notenhefte auf dem Pianoforte trugen gefühlvolle Titel, und die Harfe, die nie gespielt wurde, glänzte in einer Ecke hinter Sofas, Etageren, Sesseln und Tischchen, die allesamt auf wackeligen kleinen Füßen standen. Jeden Augenblick hätte ein leises Klirren aus den tropfenförmigen Kristallen des Lüsters anklingen und von besseren Tagen künden, die Musikinstrumente hätten erbeben, die Fransen und Farne erzittern können. Doch die hochaufragenden Vasen auf den Konsolen, die übereinandergestapelten Alben auf den Tischen, die Muscheln und Figurinen auf den Wandregalen, dies alles hatte, wie der schiefe Alabasterturm von Pisa, ein Gleichgewicht in sich selbst gefunden. Nichts würde umfallen oder sich ändern. Und alles in diesem Salon wurde von Mamma mit Ruhe erfüllt, erhielt sein Gewicht durch sie und drehte sich um sie. Als sie dem Gesagten hinzufügte: »Wir werden uns nie mehr so fühlen wie jetzt«, da wußten alle insgeheim, daß sie dergleichen niemals auf ihrem Platz am gegenüberliegenden Ende von Papas Tisch gesagt hätte.

Henrietta fragte neugierig: »Sarah, wie kamst du dazu, Arthur zu fragen, was er gemacht hat? Du hast doch sicherlich nicht vergessen, was heute los war?«

Man hatte noch nicht oft gehört, daß sich die Schwestern in der Öffentlichkeit ansprachen oder einander Fragen stellten. Es galt als abgemacht, daß sie ihre Gedanken genau kannten. Trotzdem schaute Mamma in aller Ruhe von einer zur anderen. Henrietta fuhr fort: »Kein Tag, am wenigsten der heutige, ist wie irgendein anderer. – Das ist doch wahr?« fragte sie Eugene. »Du wirst doch niemals vergessen, wie ich mit dem Taschentuch gewinkt habe?«

Bevor sich Eugene eine Antwort zurechtgelegt hatte, wandte sie sich an Sarah: »Oder du, wie die beiden über die Felder geritten sind?«

Auch Eugene richtete die Augen langsam auf Sarah, als ob er mit einer Art Grauen die Antwort auf die Frage erwartete, die er nicht gestellt hatte. Sie zog einen kleinen, vergoldeten Stuhl über den Teppich in die Mitte des Kranzes, dorthin, wo nie jemand saß, und setzte sich. Sie sagte: »Ich glaube, daß ich seitdem geschlafen habe.«

»Karl der Erste ging und sprach noch eine halbe Stunde, nachdem er geköpft worden war«, sagte Henrietta spöttisch. Sarah preßte gequält ihre Handflächen über einem Geranienblatt zusammen.

»Wie könnte ich«, sagte sie, »sonst einen so bösen Traum gehabt haben?«

»Das muß die Erklärung sein!« sagte Henrietta.

»Ein klein wenig versponnen«, sagte Mamma.

Mochte es auch unklug sein, überhaupt etwas zu sagen, so hätte sich Sarah dennoch gewünscht, sich klarer ausdrücken zu können. Die Düsternis und Einsamkeit ihres Kummers war nicht zu ertragen. Wie konnte sie nur dieses Gefühl der Fremdheit beschreiben, dieses gesichtslose Grauen, von dem sie heimgesucht wurde, seitdem sie sich in den Salon begeben hatte? Der Ursprung von beidem war das, was sie ihren Traum nennen mußte. Wie konnte sie nur den anderen klarmachen, mit welcher Verbissenheit sie versuchte, ihr ganzes Sein an jede einzelne Sekunde zu binden, nicht etwa, weil jede für sich genommen einmalig wäre, jede einzelne ein Tropfen, der sich in diesem Raum aus dem Dunstkreis der Liebe verdichtet hätte, sondern weil sie befürchtete, daß die Sekunden gezählt waren. Sie hoffte, daß die anderen das wenigstens halbwegs verstünden. Wären Henrietta und Eugene fähig zu begreifen, wie vollständig und fast für immer sie von ihnen weggerissen worden war, würden sie dann nicht beide unwillkürlich eine ihrer Hände ergreifen? – Sie ging so weit, die Arme in die Luft zu werfen, als wäre sie von einer Wespe erschreckt worden. Das kleine Geranienblatt fiel auf den Teppich.

Mamma, die dieses Verhalten Sarahs nur einem einzigen Grund zuschreiben konnte, konnte nicht umhin, vorwurfsvoll an Eugene zu denken. Mochte die Unterhaltung mit ihm auch sehr erfreulich gewesen sein, so hätte er seinen Besuch doch besser mit der Absicht verbinden sollen, Papa gewisse Fragen zu stellen. Sie wendete sich Henrietta zu und bat sie, zu klingeln, damit die Lampen gebracht würden, denn die Sonne war untergegangen.

Eugene, der nicht mehr stand, wo er vorher gestanden hatte, brachte es fertig, keine Hand nach der Klingelschnur zu rühren. Sein dunkler Kopf verschwamm in der sich herabsenkenden Dämmerung. Er kniete sich auf den eingewebten Kranz und tastete den Teppich nach dem ab, was Sarah aus der Hand gefallen war. In der Stille, der sich niemand entziehen konnte, waren Saatkrähen zu hören, die auf der Rückkehr von den Feldern in Scharen über das Haus flogen. Ihr Krächzen erfüllte den Himmel und sogar das Zimmer, und zu klingeln schien so unsinnig, daß Henrietta bebend neben Mammas Stuhl sitzen blieb. Eugene erhob sich, zog sein feines weißes Taschentuch heraus, faltete sorgsam vor aller Augen das hinein, was er gefunden hatte und schob das Taschentuch in seine Brusttasche zurück. Dies geschah mit jener tiefen, tagträumerischen Sicherheit, die alle endgültigen Handlungen begleitet, so daß Mamma instinktiv Henrietta zuflüsterte: »Wenn Arthur erst fort ist, wirst *du* mein Kindchen sein!«

Die Tür öffnete sich, und Constance erschien auf der Schwelle. Hinter ihrer königlichen Figur schwebten Kugeln heran, die in ihrem eigenen Licht schwammen: Es waren die Lampen, nach denen Henrietta nicht geklingelt hatte. Dies waren die ersten, und sie wurden auf die Tische in der Eingangshalle gestellt.

»Also Mamma!« rief Constance aus. »Ich kann ja gar nicht sehen, wer bei dir ist!«
»Eugene ist bei uns«, sagte Henrietta, »aber er wird bestimmt gleich fragen, ob er sein Pferd holen lassen darf.«
»Wirklich?« sagte Constance zu Eugene. »Fitzgeorge hat nach dir gefragt. Leider kann ich dir nicht sagen, wo er sich jetzt gerade aufhält.«
Im Schein der Lampen warfen die Gestalten von Emily, Lucius und Vetter Theodore in der Halle gekreuzte Schatten. Sie drängten sich hinter Constance in der Salontür zusammen. Emily sagte über die Schulter ihrer Schwester hinweg: »Mamma, Lucius möchte dich fragen, ob er ein einziges Mal seine Gitarre mit ins Internat nehmen darf.« – »Das Problem ist allerdings«, warf Vetter Theodore ein, »daß Lucius' Koffer schon verschlossen und zugegurtet ist.« – »Wenn Robert seinen Kasten mit bunten Tinten mitnimmt«, sagte Lucius, »sehe ich nicht ein, warum ich meine Gitarre nicht mitnehmen soll.« – »Aber Robert geht bald aufs College«, sagte Constance.
Lucius drückte sich an den anderen vorbei in den Salon und blickte Mamma ängstlich an. Sie sagte: »Es ist dir etwas spät eingefallen. Wir müssen schauen, was zu machen ist.«
Die anderen traten zur Seite, um Mamma, gefolgt von Lucius, hinauszulassen. Danach gingen Constance, Emily und Vetter Theodore auseinander und ließen sich in verschiedenen Ecken des Salons nieder, um auf die anderen Lampen zu warten.
»Ich bin froh, daß die Krähen endlich vorbeigeflogen sind«, sagte Emily. »Sie machen mich ganz nervös.« – »Warum?« gähnte Constance von oben herab. »Was könnte deiner Meinung nach denn passieren?« Robert und Digby traten schweigend ein.
Eugene sagte zu Sarah: »Ich komme morgen wieder.«
»Ach, aber –« setzte sie an, dann drehte sie sich um und rief: »Henrietta!«
»Was denn? Was ist los?« fragte Henrietta, die hinter dem vergoldeten Stuhl saß und nicht zu sehen war. »Was könnte schneller da sein als der morgige Tag?«
»Es könnte doch etwas Fürchterliches passieren!«

»Der morgige Tag kommt aber ganz bestimmt«, sagte Eugene bedeutungsvoll.

»Ich sorg' dafür, daß er kommt«, sagte Henrietta.

»Und du wirst mich niemals aus den Augen lassen?«

Eugene wandte sich an Henrietta und sagte: »Ja, versprich ihr, worum sie dich bittet.«

Henrietta schrie: »Ich lasse sie *nie* aus den Augen! Wer bist du eigentlich, daß du so etwas von mir verlangst, Eugene? Jeder, der versucht, sich zwischen Sarah und mich zu schieben, der wird zu einem Nichts! Ja, komm morgen wieder, komm noch eher, komm, wann immer du magst, aber niemand wird mit Sarah jemals ganz allein sein! Du hast keine Ahnung, worauf du dich da einläßt. *Du bist es, der etwas Fürchterliches anrichtet.* Sarah, sag ihm, daß das wahr ist! Sarah –«

Es war zu spüren, wie die anderen im Dunkeln aus den Sesseln und Sofas ihre abwägenden Augen auf Sarah richteten, die, wie schon einmal, nicht sprechen konnte...

Das Haus erbebte. Gleichzeitig zersplitterte das Fenster mit dem Kattunvorhang, und noch ein Stück von der Decke kam herunter, zum Glück nicht auf das Bett. Der mächtige, dumpfe Knall der Explosion verebbte und hinterließ im Haus ein Rieseln, das von Auflösung kündete. Es war noch eine Weile zu hören.

Mary lag da mit angehaltenem Atem, mit zusammengepreßten Lippen und zugekniffenen Augen, bis sich der beißende, erstickende Gipsstaub gelegt hatte. Sie erinnerte sich an die Tasche und überlegte, ob sie wohl wieder verschüttet worden war. Als sie über die Bettkante schaute, sah sie, daß das nicht möglich war, denn die Tasche war fort. Travis, der sie mitgenommen haben mußte, würde ihr das sicherlich erklären können, sobald er zurückkäme. Sie blickte auf ihre Uhr, die stehengeblieben war, was sie nicht weiter wunderte. Sie erinnerte sich nicht daran, sie in den letzten zwei Tagen aufgezogen zu haben, aber sie erinnerte sich ohnehin an kaum etwas. Durch das zerschlagene Fenster schaute ein zeitloser, mit undurchdringlichen Wolken bedeckter Spätsommernachmittag herein.

Da nichts mehr übrig war, wünschte sie, Travis käme und brächte sie zum Hotel. Der einzige Weg zurück in die Felder war ihr dadurch verwehrt, daß Mary das Herabstürzen der Zimmerdecke überlebt hatte. Sarah hatte recht gehabt, daran zu zweifeln, daß es ein Morgen geben würde: Für die Frau, die da auf dem Bett weinte und sich keine Gedanken mehr darüber machte, wer sie denn nun sei, waren Eugene und Henrietta in der Vergangenheit entschwunden.

Endlich hörte sie das Taxi, dann Travis, wie er die verdreckten Stufen hocheilte. »Mary, bist du in Ordnung, Mary – was, *noch* ein Treffer?« In der Tür erschien ein so hilfloses, weißes Gesicht, daß sie nur ihre Arme ausstrecken und sagen konnte: »Ja, aber wo warst *du?*«

»Du hast gesagt, in zwei Stunden. Ich wünschte, ich –«

»Ich habe dich vermißt.«

»Tatsächlich? Weißt du, daß du weinst?«

»Ja. Wie sollen wir leben ohne eigene Natur? Wir kennen jetzt nur noch Unannehmlichkeiten, aber kein Leid mehr. Alles löst sich so leicht in Staub auf, weil es zundertrocken ist. Man kann sich nur wundern, daß es so viel Krach macht. Der Quell, der Lebenssaft muß ausgetrocknet sein, oder der Puls muß zu schlagen aufgehört haben, bevor du und ich empfangen wurden. Früher strömte so viel durch die Menschen hindurch; so wenig strömt durch uns. Uns bleibt nur, Liebe oder Leid zu imitieren. – Warum hast du mir meine Tasche weggenommen?«

Er sagte nur: »Sie ist in meinem Büro.«

Sie fuhr fort: »Es ist grausam, was geschehen ist. Ich bin zurückgelassen worden mit einem Bruchstück, das aus einem Tag herausgerissen wurde, einem Tag, von dem ich noch nicht einmal weiß, wo oder wann er gewesen ist. Und wie kann ich jetzt aufhören, dieses Bruchstück wie einen Maßstab all dem anderen armseligen Kram hier vorzuhalten? Anders ausgedrückt, ich bin ausgelaugt von einem Traum. Ich kann den Zauber jener Stunden nicht vergessen. Ein pralles Leben voller Ereignisse – nicht glücklich, nein, aber gespannt wie eine Harfe. Ich hatte einst eine Schwester namens Henrietta.«

»Und ich habe in deiner Tasche gekramt. Was sonst kannst du erwarten? – Deinetwegen muß ich diesen Tag abschreiben, was die Arbeit betrifft. Hätte ich die letzten beiden Stunden herumsitzen und nichts tun sollen? Ich habe nur einen kurzen Blick auf dieses und jenes geworfen – trotzdem, die Familie kenne ich jetzt.«
»Du hast gesagt, es ist morbides Zeug.«
»Habe ich gesagt? Trotzdem, es gibt was her.«
Sie sagte: »Und dann war da noch Eugene.«
»Sicher. Ich bin nicht oft auf ihn gestoßen, nur auf ein paar Notizen, die er wohl für Fitzgeorge aus irgendeinem wissenschaftlichen Buch über Landwirtschaft herausgeschrieben hat. Naja, ich habe alles sortiert und wieder eingepackt, alles bis auf eine Haarlokke, die aus ich weiß nicht welchem Brief fiel. Ich habe die Locke in der Tasche.«
»Welche Farbe hat sie?«
»Aschbraun. Natürlich ist das Haar ziemlich... staubtrocken. Willst du es haben?«
»Nein«, sagte sie und erschauerte. »Mein Gott, Travis, wie du dich rächst!«
»Ich hab es nicht so gemeint«, sagte er verdutzt.
»Wartet das Taxi?« Mary erhob sich vom Bett, schaute sich, während sie sich einen Weg durch das Zimmer suchte, nach Sachen um, die sie mitnehmen wollte, und blieb dann und wann stehen, um sich das Kleid abzuklopfen. Sie nahm den Spiegel aus ihrer Handtasche, um zu sehen, wie schmutzig ihr Gesicht war. »Travis«, sagte sie plötzlich.
»Mary?«
»Ich will nur –«
»Schon gut. Wir wollen uns nicht ausgerechnet jetzt etwas vormachen.«
Als sie im Taxi aus dem Fenster schaute, sagte sie: »Ich nehme also an, daß ich von Sarah abstamme?«
»Nein«, sagte er, »das ist unmöglich. Es muß eine Erklärung dafür geben, warum du diese Papiere hast, aber das kann nicht der Grund sein. Da nichts Gegenteiliges bekannt ist, kann man annehmen, daß Sarah ebenso wie Henrietta unverheiratet blieb. Von

einem bestimmten Zeitpunkt an wurden die beiden in den Briefen von Constance, Robert oder Emily nicht mehr erwähnt, was dafür spricht, daß sie jung gestorben sind. Fitzgeorge bezieht sich in einem Brief, den er als alter Mann an Robert schrieb, auf einen Jugendfreund, der vom Pferd stürzte und gestorben ist, als er nach einem Besuch bei ihnen nach Hause ritt. Der junge Mann, dessen Name nicht genannt wird, war allein; und es war ein schöner später Abend im Herbst. Fitzgeorge wundert sich und sagt, daß er nie begreifen wird, was das Pferd auf diesen abgeernteten Feldern zum Scheuen brachte!«

Efeu kroch übers Gestein

Efeu kroch übers Gestein, er saugte sich an der Freitreppe fest, über die er sich mit trügerischer Wildheit wie eine Kaskade zu ergießen schien. Efeu hatte sogar den oberen Teil der Haustür überwuchert und sich auf, aber auch unterhalb der Terrasse zu dichten Büscheln verknäuelt. Mehr noch, er hatte eine ganze Hälfte der Doppelfassade des Hauses von den Kellerfenstern bis zu einem der spitzen Giebel bedeckt – fast fühlt man sich versucht zu sagen: vereinnahmt. Bis auf halber Höhe zur Dachtraufe, vielleicht sogar höher, war das Laub so dicht wie bei einem Baum und sackte stellenweise unter seinem eigenen Gewicht nach vorn, fort von der Hauswand. Die Größe und Anzahl der dahinter verborgenen Fenster konnte man nur ermitteln, wenn man die andere Hälfte der Fassade betrachtete. Dort waren zwar Fenster zu sehen, aber man hatte in drastischer Weise dafür gesorgt, daß sie blind waren: Platten aus irgendeinem dunklen Material, das wie Metall aussah, waren präzise in die Fensterrahmen eingepaßt worden. Das Haus selbst, durchaus noch nicht alt, war aus den üblichen roten Ziegeln erbaut und mit Naturstein verblendet.

Zu allem Überfluß trug der Efeu gerade Früchte, genauer gesagt, ganze Trauben fleischiger, blaßgrüner Beeren. Seine Fruchtbarkeit hatte etwas Brutales. Kaum zu glauben, daß solch eine Ernte nur aus Ziegeln und Steinen ihre Nahrung bezogen haben sollte. Wäre man bei nüchterner Betrachtung nicht zu der Überzeugung gelangt, daß die überwucherten Fenster genauso dichtgemacht worden waren wie die auf der anderen Seite der Fassade, daß also die nach Futter suchenden Fangarme der Pflanze nicht einzudringen vermocht hatten, hätte man durchaus meinen können, daß der Efeu drinnen im Haus etwas Nahrhaftes gefunden hatte.

Das stetige Voranschreiten der Strangulation war förmlich zu spüren, und man fragte sich unwillkürlich, wieviele Kriegsjahre noch vonnöten sein würden, damit dieser Vorgang gänzlich abgeschlossen wäre. Der konventionelle Baustil des Hauses und das, was in seiner unmittelbaren Umgebung noch an die geordneten Verhältnisse von einst erinnerte, ließen den Lauf der Dinge mehr und mehr als Anomalie erscheinen. Dieses Haus, das einer Mrs. Nicholson gehört hatte, hatte sich stets einer gewissen Vornehmheit erfreuen können: Erstens stand es frei, während die benachbarten Gebäude, die gewiß ebenso »gut« waren, paarweise oder gar in Viererblocks errichtet worden waren; zweitens war es das letzte in der Allee; und drittens hatte es auf der einen Seite als Nachbarn das Theater, zu dessen Fassade es einen rechten Winkel bildete. Dieses Theater, hinter halbkreisförmigen Gartenbeeten mit niedriger Bepflanzung gelegen, war zugleich die Krönung und der Abschluß der Allee, die hier begann und weiter hinten auf die erhöhte Uferpromenade stieß. Übrigens hatte das Haus, abgesehen von dem Prestige, das ihm seine Lage verlieh, immer etwas verhalten Eigenständiges gehabt. Vielleicht war ihm allein schon deshalb – und nicht ganz zu Unrecht – dieses düstere Schicksal beschieden.

Die Allee hatte zumindest früher als eine der besten Wohnadressen in Southstone gegolten, und nur mit einer geradezu atemberaubenden Diskretion und unter hohen Kosten hatte sich hier die eine oder andere Familienpension einschleichen können. Wenn diese Allee nicht mehr das war, was sie früher gewesen war, so war sie doch auch nichts anderes, denn was sonst hätte sie sein sollen? Man hatte damals auf dem von niedrigen Eisengeländern begrenzten Rasenstreifen, der die beiden gepflasterten Fahrbahnen trennte, eine lange Reihe von Kastanienbäumen gepflanzt. Die Geländer waren übrigens nicht mehr da, genausowenig wie alle sonstigen Dinge aus Eisen, und wo einst Rasen gewachsen war, wucherte jetzt langes, rostbraunes Gras zwischen den rostigen Schlingen von Stacheldraht, auf den nun – ebenso wie auf die pyramidenförmigen Betonklötze, die seit vier Jahren darauf warteten, auf die Straße hinausgeschoben zu werden, um den Vormarsch der feindlichen Eroberer zu behindern, und die inzwischen ein paar Zoll tief in den Boden eingesunken waren – die Kastanienbäume ihre Blätter fallen ließen.

Der Niedergang hatte im Sommer des Jahres 1940 mit dem Exodus begonnen, nachdem Southstone zur »Frontstadt« erklärt worden war. In Ufernähe waren die Häuser der Allee zusammen mit denen der Promenade beschlagnahmt worden, doch nahe dem Theater ließ man einige von ihnen leerstehen. Hier und dort waren

Teile von Veranden und Balustraden in die Vorgärten gefallen und hatten verwilderte Pflanzen unter sich zermalmt. Ruinen im eigentlichen Sinne gab es jedoch nirgends. Keine Bombe oder Granate hatte hier gleich zu Kriegsbeginn eingeschlagen, und die Auswirkungen von Detonationen waren, wenngleich in ganz Southstone wohlbekannt, weniger offenkundig als die Vernachlässigung und der Verfall. Jetzt war September, und man schrieb das Jahr 1944. Aus irgendeinem Grund besiegelte die Tatsache, daß sich das Kriegsglück nach der siegreichen Invasion der Alliierten auf dem europäischen Festland gewendet hatte, Southstones Untergang. Der Abzug des größten Teils der Soldaten während des Sommers hatte auf die ohnehin von außen aufgepäppelte Vitalität der Stadt wie ein Aderlaß gewirkt. Schon machten sich auch die Flak-Batterien bereit, an einem anderen Teil der Küste in Stellung zu gehen. Und während der letzten paar Tage hatte das Verstummen der Geschütze auf der anderen Seite des Ärmelkanals die zaghafte Liebesaffäre mit dem Tod beendet: Das Leben in Southstone wurde nun nicht einmal mehr durch die Alarmbereitschaft gegen Artilleriebeschuß mit ein bißchen Spannung gewürzt, sondern es war jetzt nur noch träge und fade. In den Einkaufsstraßen, die auf die Promenade mündeten, waren die Fensterläden geschlossen, und auf den sie kreuzenden Alleen, auf Plätzen und in gewundenen Straßen machte sich ein Gefühl der Leere breit. Die Aufhebung der Sperrzone hatte bislang nur wenige Besucher herbeigelockt.

An diesem Nachmittag ließ sich manchmal minutenlang in der Allee keine Menschenseele blicken, nicht einmal ein Soldat. Gavin Doddington blieb stehen und betrachtete den Efeu, in dem buchstäblich die Einsamkeit wohnte. Da der Himmel bewölkt, jedoch nicht dunkel war, fiel ein zeitloses, schales Licht auf alles. Draußen vor dem Theater standen ein paar Soldaten in Grüppchen herum, die einen schlecht gelaunt, die anderen einfach nur apathisch. Der Garten vor dem Theater war zementiert und in einen Parkplatz für Lastwagen umgewandelt worden. Gerade wurde der Motor eines der Fahrzeuge angelassen.

Mrs. Nicholson konnte für den Efeu nicht verantwortlich gemacht werden: Sie war schon lange fort aus Southstone, denn sie war 1912 gestorben – zwei Jahre vor Ausbruch von Admiral Concannons Krieg, wie ihn Gavin noch immer in Gedanken nannte. Nach ihrem Tod war das Haus von ihren Nachlaßverwaltern versteigert worden. Seither mochte es durchaus zwei- oder dreimal den Besitzer gewechselt haben. Wahrscheinlich hatten wenige der im Jahr 1940 ausgesiedelten Bewohner von Southstone jemals auch nur Mrs. Nicholsons Namen gehört. In seinem jetzigen Zustand war das Haus ein Paradox: Einerseits war es mit äußerster Sorgfalt verschlossen und versiegelt worden, doch andererseits hatte man es zugleich der völligen Verwahrlosung preisgegeben. Immerhin hatte anscheinend niemand genehmigt, daß die eisernen Geländer der Verteidigung des Vaterlandes geopfert wurden. Gavin Doddington suchte mit der Hand zwischen den verzweigten Ästen des Efeus und sah seine Vermutung bestätigt: Der schmiedeeiserne Zaun krönte noch immer die niedrige Mauer des Vorgartens. Gavin konnte die Verzierungen, die sich ihm vor langer Zeit zusammen mit anderen inneren und äußeren Einzelheiten des Hauses ins Gedächtnis eingeprägt hatten, zwar nicht sehen, aber mit dem Finger nachzeichnen. Als er zu der nicht überwucherten Hälfte der Fassade aufblickte, sah er entlang den Fenstersimsen dieselben schmiedeeisernen Geländer, freilich in Kleinformat: Sie hatten früher die Blumenkästen gehalten. Zu Mrs. Nicholsons Zeiten hatten in jenen Kästen, die nun fort waren, Blumen geblüht.

Man ging allgemein davon aus, daß Mrs. Nicholsons Haus noch bis ins Jahr 1940 hinein einen Eigentümer gehabt hatte, daß es jedoch jetzt niemandem mehr gehörte. Der letzte Eigentümer hatte wohl nach seinem Tod ein längst überholtes Testament hinterlassen, so daß der Grundbesitz an einen Erben ging, der nicht aufzufinden war – jemand, von dem man seit dem Fall Singapurs nichts mehr gehört hatte oder der nach einem Luftangriff auf London oder nach irgendeiner Schlacht auf fremdem Boden noch immer nur als »vermißt« gemeldet war. Solche schwebenden Rechtsfälle waren wie Tupfer in dem weltweiten Chaos... Indem er diesen Gedanken nachhing, ließ Gavin seiner ehedem kleinkindlichen, mittlerweile jedoch kindischen Versessenheit auf Erklärungen die Zügel schießen. Doch zugleich befaßte er sich auch mit dieser Angelegenheit in einer Weise, als hätte er nichts mit ihr zu tun. Dies tat er mit der Verbissenheit eines Menschen, der ständig denken muß, weil er sonst zu fühlen anfangen könnte.

Gavins Versessenheit auf Erklärungen war damals, als er Mrs. Nicholson gekannt hatte, noch dadurch gesteigert worden, daß sie es in aller Stille verstand, sie zum Hauptquell seines Leidens umzumünzen. Dies gehörte zu den Stigmata seiner frühen Jugend – er war acht Jahre alt gewesen, als er sie kennenlernte, und zehn Jahre, als sie starb. Seit seinem letzten Besuch bei ihr war er nie wieder in Southstone gewesen.

Und jetzt hatte die Aufhebung der Sperrzone so auf ihn gewirkt, daß er geradewegs hierher gekommen war – aber warum? Wenn das, was ein Mensch von sich gewiesen hat, seiner Reichweite entzogen wird, und wenn das, was er ohnehin gemieden hat, mit einem Verbot belegt wird – dann kann sich durchaus eine Verminderung verinnerlichter Ängste vollziehen. Die Aufhebung der Sperrzone hatte ihn in ähnlicher Weise von seinem Zaudern befreit, wie manchmal beim Entfernen eines Verbandes der Schorf von einer Wunde gerissen wird. Die Umwandlung von: »Ich *kann* nicht nach Southstone zurückfahren«, wie er sich vor der Niederlage Frankreichs eingeredet hatte, in: »*Niemand* kann mehr dorthin«, mußte auf Gavin eine heilsame oder zumindest doch objektivierende Wirkung gehabt haben. Dazu kam, daß er, als die Sperrzone aufgehoben wurde, im Ministerium zufällig ein paar Tage frei bekam. Sofort hatte er in einem der wenigen Hotels, in denen Besucher noch absteigen konnten, ein Zimmer reservieren lassen.

Nach seiner Ankunft am gestrigen Abend hatte er sich bei einem Spaziergang durch die dunstverhangene, nach Meer riechende Abenddämmerung auf die rissige, menschenleere und mit Stacheldrahtrollen bewehrte Promenade beschränkt – und von diesem Bummel kehrte er allenfalls mit dem Bedauern zurück, nicht doch jemanden hierher mitgebracht zu haben. Seit seinen Jünglingsjahren ein Frauenliebhaber, war er an seinen freien Tagen nicht oft ohne Begleitung losgefahren. Die Vorstellung, dies sei eine Art Wallfahrt, war ihm zuwider. So trödelte er denn bis zur Sperrstunde in der Hotelbar herum. Am Vormittag hatte er nur einmal einen

Rundgang um das Haus gemacht – das heißt, er war in einem weniger erinnerungsträchtigen Teil von Southstone unschlüssig im Kreis herumgelaufen und hatte sich dem Haus dabei genähert. Die eigentliche Konfrontation mit ihm, also dem Augenblick der Wahrheit, was seine Gefühle betraf, hatte er für die Stunde nach dem Mittagessen anberaumt.

Die Geschichte ging ursprünglich auf eine Freundschaft zwischen zwei jungen Mädchen während ihres letzten Dresden-Jahres zurück. Edith und Lilian – so hießen die beiden – hatten auch in ihrem späteren Leben, das in sehr unterschiedlichen Bahnen verlaufen sollte, die Verbindung nie abreißen lassen – ihre Briefe, die sie sich in regelmäßigen Abständen schrieben, waren möglicherweise vertraulicher als ihre Gespräche bei den nicht allzu häufigen Wiedersehen. Edith hatte einen Landadeligen geheiratet, Lilian einen Geschäftsmann. Dieser Jimmie Nicholson hatte 1907 das Haus in Southstone für seine Frau gekauft, kurz vor seinem Tod, der ihn nach einem Schlaganfall ereilte. Er war fünfzehn Jahre älter als sie gewesen. Ihr einziges Kind, eine Tochter, war bei der Geburt gestorben.

Edith Doddington, die sich nie so recht wohl in ihrer Haut gefühlt hatte, wenn die Rede auf Lilians Ehe kam, besuchte die Freundin häufiger, seit jene Witwe war, doch noch immer nicht so häufig, wie sie es gern getan hätte. Ediths eigene Ehe bestand aus Angst und ständigen Sorgen. Abgesehen vom Geld war die Gesundheit ihres zweiten Sohnes ihr größter Kummer: Gavin war von kleinauf ein zartes Kind gewesen. Das feuchte Klima des heimatlichen Landkreises, weitab vom Meer im Landesinneren gelegen, vertrug er schlecht. Deshalb stand ständig die Frage einer Luftveränderung im Raum, denn so lange sein Gesundheitszustand sich nicht stabilisierte, konnte er keine Schule besuchen. Verständlicherweise schrieb Lilian, nachdem sie davon Kenntnis erlangt hatte, einen Brief und lud Gavin ein, für eine Weile nach Southstone zu kommen – am besten natürlich in Begleitung seiner Mutter. Edith konnte sich jedoch nicht frei machen und ließ ihn allein reisen. Lilian Nicholson hoffte, Gavin und sie, die sich bisher noch nicht kennengelernt hatten, würden nicht allzu viel Scheu voreinander empfinden, jedenfalls nicht lange. Immerhin hatte sie eine Haushälterin namens Rockham, die gut mit Kindern umgehen konnte.

Gavin war Southstone als der Schauplatz der einzigen exotischen Vergnügungen seiner Mutter geschildert worden. Die Haushälterin Rockham wurde nach London geschickt, um sich mit ihm zu treffen. Von dort aus, genau gesagt vom Bahnhof bis zur Mrs. Nicholson Haus, legten die beiden den zweiten, absurd kurzen Teil der Reise in einer leichten, offenen Kutsche zurück. Es war ein strahlender, sehr warmer Tag Anfang Juni. Die Markisen über den Fenstern bewegten sich leise, die Margeriten in den Blumenkästen schaukelten, während eine heiße, vom Meer her die Allee heraufwehende Brise über sie hinwegstrich. Wegen der Markisen herrschte in den Zimmern ein frisches und zugleich gedämpftes Licht. Im marineblau gehaltenen Salon, an dessen Wänden hohe Spiegel mit Halterungen aus Elfenbein aufragten, ließ man Gavin allein, um auf Mrs. Nicholson zu warten. Er hatte Zeit genug, das bunte Durcheinander von Nippes auf Tischen und in Regalen zu bestaunen, die Vasen aus Bleikristall und die früh erblühten purpurroten und weißen Wicken – bei den Doddingtons blühten die Wicken nie vor Juli. Dann trat Mrs. Nicholson ein. Zu seiner Überraschung gab sie ihm keinen Kuß.

Statt dessen stand sie da – sie war hochgewachsen – und blickte auf ihn mit einer Art glitzernden, bezaubernden Unschlüssigkeit herab. Sie neigte den Kopf ein wenig mehr, jedoch tat sie dies nicht so sehr, um Gavin eingehender zu betrachten, als in diesen Augenblick hineinzuhorchen. Ihre *coiffure* hatte etwas von Zuckerwatte, und da das wellige, hochgekämmte Haar offenbar mit irgendeinem silbrigen Puder bestäubt worden war, verlieh es ihrem Gesicht die sanft glühende Jugendlichkeit einer Gräfin.

Die sommerliche, lichte Fülle ihres Kleides wurde von einem engen Gürtel betont, dessen Schnalle mit einer Einlegearbeit aus Koralle verziert war. Von der schlanken Taille ausgehend entfalteten sich die Röcke in fließenden Linien, bis sie den Boden berührten. Zögernd streckte Mrs. Nicholson dem Knaben ihre rechte Hand hin, die er schüttelte, ohne noch einmal den Blick zu heben. »Nun – Gavin«, sagte sie, »ich hoffe, du hattest eine gute Reise? Ich bin ja so froh, daß du kommen konntest.«

Er entgegnete: »Meine Mutter läßt Sie lieb grüßen.«

»So?« Sie nahm Platz, lehnte sich auf einen Ellbogen, der in den Kissen des Sofas versank, und fuhr fort: »Wie geht es Edith denn – ich meine: deiner Mutter?«

»Oh, es geht ihr sehr gut.«

Sie ließ den Blick durch den Salon schweifen, als betrachtete sie den Raum mit Gavins Augen und sähe ihn folglich zum ersten Mal. Die Alternativen, die dies eröffnete, erwiesen sich möglicherweise als recht unterhaltsam. Sogleich stellte sie ihm die erste persönlichere Frage: »Nun, was meinst du denn – wo würdest du gern sitzen?«

An jenem Nachmittag – und auch, als er schon einen großen Teil seines ersten Besuches bei ihr hinter sich hatte – unterschied Gavin noch nicht scharf zwischen Mrs. Nicholson und dem Leben, das sie führte. Nein, erst als das Messer der Liebe genügend Schärfe erlangt hatte, vermochte er ihre Gestalt aus deren Umgebung herauszuschneiden. Southstone war für den Sohn eines wenig begüterten Landadeligen wie ein erster Blick auf das verwunschene Dasein eines *rentier*. Alles war hier mühelos und schien ihm folglich von Stilbewußtsein geprägt. Diese Gesellschaftsschicht gewann durch ihre zahlenmäßige Beschränktheit: Sie war überschaubar. Die Leute, mit denen Mrs. Nicholson Umgang pflegte, konnten sich jeden Wunsch erfüllen und wurden von nichts behelligt, das ihnen unerwünscht war. Die Aufgabe, ihre Einkünfte auszugeben – und diese Ausgaben waren sorgfältig von langer Hand geplant –, nahm sie ganz in Anspruch. Was es vorzuzeigen galt, wurde bei jeder Gelegenheit vorgezeigt, jedoch nicht zu auffällig, denn so viel war es nun auch wieder nicht. Solche hellen, luftigen Häuser, in denen alles wie am Schnürchen lief, gab es wohl kaum in den Großstädten. Hier reichte eine kurze Anweisung an die Stallungen, damit eine imposante Kutsche vorfuhr. Nachmittags ging es in kleinen Gruppen hinaus zu einer römischen Ruine, über die man ein paar nachdenkliche Worte verlor, oder zu einer Dorfkirche, deren Schönheit man bewunderte. Im Sonnenglast der Promenade, am Ende der schattigen Allee, flanierte man beschaulich unter Sonnenschirmen. Ein klein bißchen weiter landeinwärts warteten die Geschäfte auf

Kundschaft. Man ging zu Wohltätigkeitsveranstaltungen in kühlen Salons, gab Nachmittagskonzerte in den Ballsälen der Hotels – und dann war da stets noch das Theater, aus dem der Applaus herüberscholl, lange nachdem Gavin zu Bett gegangen war. Das Beste an Southstone war jedoch, daß man nirgends arme Leute sah.

Die Anlage dieses Teils von Southstone (ein erhöhtes, vorn durch das Meer und hinten durch die Hügel begrenztes Plateau) war ein Meisterwerk. Seine Architektur konnte mit Worten wie prunkvoll, läppisch, klotzig und bunt gemischt beschrieben werden. Glücklicherweise war Gavin in einem Alter, in dem er manches bewundern, anderes einfach übergehen konnte. Die Zurschaustellung von Kinkerlitzchen im Großformat begeisterte ihn eher, als daß sie das Gegenteil bei ihm bewirkte; und all die Bögen, Nischen, Balustraden, Wintergärten, Balkone und Giebelchen im französischen Stil wurden schnell Teil seiner Märchenwelt. Genauso stark war er von der Ausstrahlung mancher Gebäude, wie dem Bahnhof und dem Theater, und der Alleen beeindruckt. Letztere kreuzten sich nicht ganz im rechten Winkel mit weniger breiten, von Wohnhäusern gesäumten Straßen. Der verschwenderische Wohlstand zeigte sich auch in den öffentlichen Gartenanlagen, den von der Gemeinde aufgestellten Bänken mit den wie bei einem Sofa geschwungenen Rücklehnen, den Fahnenmasten, den künstlichen Felsgrotten und den weiten Rasenflächen. Hier herrschte ein Klima, das keine jahreszeitlich bedingte Veränderung, kein noch so rauher, vom Ärmelkanal heranbrausender Sturm ernstlich zu stören vermochte. Diese Stadt ohne Funktion faszinierte Gavin, aber sich auf seinen Streifzügen aus ihr hinauszuwagen, hinab zum Hafen oder ins Seemannsviertel von »Alt-Southstone« – das traute er sich nicht. Diese Wohlerzogenheit hätte wohl mancher an einem kleinen Jungen befremdlich gefunden, doch Mrs. Nicholson verschwendete darauf keinen zweiten Gedanken.

Gavins Wertschätzung von Southstone – das sollte er viel später begreifen – deckte sich mit der eines Verstorbenen: Als Jimmie Nicholson das Haus für seine Frau kaufte, war Southstone der große Traum seiner eigenen kleinen Welt. Er traf seine Wahl als Lilians Ehemann: Ohne sie hätte er sich wohl einen solch gepflegten

Müßiggang nicht zugetraut. Sein Tod ließ offen, ob er sich, selbst mit einer Frau wie Lilian, hier durchgesetzt hätte. Der Golfplatz war sein Projekt gewesen, und nachdem daraus nichts geworden war, war der Friedhof vielleicht genau der richtige Ort für ihn, denn er lag ebenfalls außerhalb der Stadt. In Southstone hüllte man nämlich die Herkunft seiner Dividenden in mystisches Dunkel: Sie wurden so pünktlich ausgeschüttet wie die göttliche Gnade und blieben so unerwähnt wie ungeborene Kinder. Der stämmige Jimmie, der so beharrlich nach einem Geschäftsmann aus der City roch, hätte möglicherweise für die Leute zu einer unerwünschten Erinnerung an ihre Geldquellen werden können.

Gavin nahm, ähnlich wie sein verstorbener Gastgeber, Southstone mit der ganzen Inbrunst des Außenseiters in sich auf. Seiner eigenen Familie haftete eine gewisse Grobschlächtigkeit an, wie sie das Landleben mit sich bringt. Seine Eltern, Mr. und Mrs. Doddington, hatten ständig nasse Kleidung am Leib, waren fortwährend erschöpft und pausenlos deprimiert. Nie gab es im Haus des Landedelmannes etwas Neues, und die alten Dinge dort umhüllte, nachdem sie so lange Zeit ignoriert worden waren, eine Art Dunstkreis. Die strenge, religiöse Geisteshaltung, in die sich Gavins Eltern hineingelebt hatten, beflügelte sie nicht, sondern lähmte sie eher. Und wenn man im Dorf vor ihnen den Hut zog, so tröstete sie dies nicht über die Briefe hinweg, die sie von ihrer Bank erhielten. Geld war für sie wie der Frühling in einem Sumpfgelände: Zaghaft wagt er sich hervor, um schon kurze Zeit später wieder zu versickern. Alle Profite, die aus dem Gut herausgewirtschaftet wurden, alle Pachteinnahmen aus entfernten Ländereien mußten gleich wieder in Instandsetzungsarbeiten, Ratenzahlungen, Gatter, Hecken, Drainagen, Reparaturen der Wirtschaftsgebäude und in die Erneuerung des Viehbestandes gesteckt werden. Nie, wirklich nie hatte die Familie etwas von sich hermachen können. Gesellschaftlich spielte sie in ihrer näheren Umgebung nur die Rolle, die ihr Stand ihnen zwingend vorschrieb: Sie waren arme Landedelleute, und das in einer Zeit, in der man Armut nicht mit einem Lächeln abtun konnte. Um ihr Los waren sie weniger zu beneiden als irgendeiner ihrer Bediensteten oder Pächter, denen die nackte Verzweiflung im Gesicht geschrieben stand und die immerhin mit sich fast überschlagender Stimme an der Tür des Herrenhauses ihre Klagen vortragen durften, was Gavin schon als Kleinkind aus der Fassung gebracht hatte. Hätte jemand den Doddingtons eröffnet, alle Menschen ihres Schlages würden demnächst aussterben, dann hätten sie wohl kaum mehr als ihr gelindes Erstaunen darüber zum Ausdruck gebracht, daß so viel Kummer und Komplikationen so einfach enden konnten. Gegen Ende eines Besuches in Southstone spürte Gavin jedesmal, wie ihn das Wissen um die baldige Abreise zu quälen begann. Das war so schlimm, daß er nur den von der Hitze aufgeweichten Asphalt unter seinen Füßen zu fühlen brauchte, um unwillkürlich an einen an seinen Schuhen saugenden, lehmigen Feldweg zu denken. *Hier* atmete er bei Tag und Nacht mit einer Unbeschwertheit, die sich noch aus einer ihm nicht bewußten Freude nährte. Beim Gedanken an die Midlands hingegen verkrampften sich seine Lungen, stellten sich tot – so kalt war daheim die abgestandene, durch modrige, mit Stoff bespannte Türen in die Korridore sickernde Luft, die er auf dem Weg zu seinem Zimmer atmen mußte.

Hier hatte er ein Zimmer auf der zweiten Etage, nach vorn hinaus, mit Blick auf die Allee. Es hatte einen Fries aus Veilchen, die sich um ein Band ringelten: Wenn sich abends die Dämmerung vertiefte, wurden sie langsam schwarz. Später warf dann eine Laterne aus der Allee einen schwankenden Schatten gegen die Zimmerdecke über seinem Bett, und dasselbe Licht machte den Überwurf des Toilettentischs aus Schweizer Musselin durchscheinend. Als Mrs. Nicholson ihm das erste Mal von der Türschwelle aus (weiter traute sie sich noch nicht vor) gute Nacht sagte, da tadelte sie die »Albernheit« des kleinen Zimmers. Rockham, die Haushälterin, hatte es offenbar Gavins Alter für angemessen gehalten – Rockham war auf derselben Etage einquartiert. Zwar sprach Mrs. Nicholson dies nicht aus, doch offenbar fand sie, daß der Raum nicht zu einem jungen Menschen seines Geschlechts paßte. »Ich kann doch wohl davon ausgehen«, sagte sie, »daß du dich nachts nie *richtig* einsam fühlst?«

Halb sitzend gegen die Kissen gelehnt, ein Glas Milch in der Hand, erwiderte Gavin: »Ich hab nie Angst.«

»Gut, aber einsam – warum fühlst du dich manchmal einsam?«
»Weiß nicht. Meine Grübeleien sind schuld, glaube ich.«
»Oh, was gefällt dir denn an ihnen nicht?«
»Wenn ich hier bin, kommen mir die Nächte immer als eine solche Verschwendung vor, und über diese Verschwendung möchte ich nicht gern nachdenken.«

Mrs. Nicholson, die im Begriff stand, das Haus zu verlassen, um an diesem Abend auswärts zu dinieren, hielt darin inne, ein Tuch aus dünnem Flor zuerst über ihr Haar zu breiten und es dann einmal um ihren Hals zu wickeln. »Sag mir nur noch rasch, Gavin«, bat sie, »daß du dich nicht noch einsamer fühlst, weil ich ausgehe. Hier oben merkst du nicht, ob ich zu Hause bin oder nicht.«

»Doch, ich merke es.«

»Vielleicht kannst du jetzt gleich schlafen?« fragte sie fast demütig. »Alle sagen, es sei gut für dich, daß du so früh zu Bett gehst, aber ich wünschte mir, ich würde meine Tage mit dir nicht so abkürzen. – Doch jetzt muß ich gehen.«

»Die Kutsche ist noch nicht vorgefahren.«

»Und das wird sie auch nicht, denn ich habe sie nicht bestellt. Es ist solch ein herrlicher Abend, daß ich mir dachte, ich gehe lieber zu Fuß.« Sie sagte das allerdings, als hätte man ihr den Spaß an diesem Vorhaben verdorben: Sie konnte ebensowenig wie Gavin die Augen davor verschließen, wie unerquicklich es wäre, ihn mit diesem Bild von ihr zurückzulassen. So machte sie denn noch ein paar Schritte in den Raum hinein, um ihr Tuch vor seinem Spiegel zurechtzuzupfen. Es war ja auch noch nicht dunkel. »Ein einziges Mal könntest du doch abends länger aufbleiben. Glaubst du, daß es etwas ausmachen würde? Ich werde Rockham fragen.«

Rockham war – und blieb – die Schiedsrichterin: Ihr wurde es überlassen, in manchen Dingen eine Strenge zu üben, die fast an Autorität grenzte. Selbst bei der Führung ihres eigenen Haushaltes vernahm man nie einen Befehl aus Mrs. Nicholsons Mund: Alles, was nicht auf irgendeine wortlose Weise bewerkstelligt werden konnte, gehörte zwangsläufig zu dem Räderwerk, das Jimmie damals gleich zu Anfang in Gang gesetzt und das allem Anschein nach noch längst nicht abgelaufen war. Die Gerichte, die bei Tisch aufgetragen wurden, schienen für Mrs. Nicholson ebenso freudige Überraschungen zu sein wie für Gavin. Dennoch erweckte sie nicht den Anschein von Untätigkeit, sondern vielmehr von Besorgtheit. Gavin stellte sich nie die Frage, wie sie ihre Tage verbrachte, und als er sich später darüber Gedanken machte, war es zu spät, doch auch dann waren sie, die Tage nämlich, aus denen sie nichts zu machen schien, ganz von ihr geprägt.

Es war Rockham, die das Programm eines jeden Tages ausarbeitete und alles so einrichtete, daß der kleine Junge ihrer *Madam* nicht im Wege war.»Madam ist nämlich an Kinder nicht gewöhnt«, sagte sie. Es war auch Rockham, die Gavin jeden Morgen zum Spielen ans Meer brachte: Der Strand, grobkörnig, fast orangegelb und geriffelt, sah aus, als wäre er von den Wellenbrechern fein säuberlich durchgekämmt worden. Rockham lehnte an einem dieser Wellenbrecher und las in einer Zeitschrift. Hin und wieder blickte sie auf, dann und wann rief sie Gavin etwas zu. Solche Maßregelungen durch Rockham verleiteten den erbosten Jungen zu einem extrem infantilen Verhalten: Er versuchte, strähnigen Seetang um ihren Hut zu binden; oder er piesackte sie damit, daß er immer wieder verlangte, sie solle ihm Steine aus den Schuhen entfernen. In ihm hinterließ der Abstieg vom Plateau zum Fuß des Steilhangs buchstäblich ein Gefühl der Erniedrigung. Aus nächster Nähe gesehen, langweilte ihn die sich hebende und senkende See und der eintönige Schäfchenwolkenhimmel. Die meiste Zeit stand Gavin mit dem Rücken zum Wasser, beschattete die Augen mit einer Hand und blickte die Steilküste hinauf. Von hier unten war Southstone nicht zu sehen, genausowenig wie Gegenstände hinten in einem hohen Regal von einem Menschen gesehen werden können, der unmittelbar darunter steht. Doch das Illusionäre, die magische Künstlichkeit des Städtchens konnte man irgends sonst derart auskosten. Hoch oben, am Rand der Promenade, waren winzig kleine Fahnen zu sehen, Gestalten lehnten am Geländer und hoben sich vom strahlend blauen Himmel ab. Gavin konnte nie zu denen aufblicken, die auf ihn herabblickten, ohne daß sein Herz für einen Sekundenbruchteil aussetzte – ob *sie* wohl auch dabei war?

In der Regel folgten Rockham und Gavin dem an der Steilküste im Zickzack verlaufenden Pfad hinab zum Strand, aber nur beim Hinweg, denn auf dem Heimweg nahmen sie den Lift. Eines Tages fügte es sich jedoch, daß Rockham ihre Geldbörse vergessen hatte. Folglich mußten sie den Aufstieg zu Fuß bewältigen. Der geschickt angelegte, steil ansteigende und durch ein Geländer geschützte Pfad wurde hier und dort durch ein paar Stufen unterbrochen, und in Nischen standen Parkbänke. Auf jede einzelne dieser Bänke ließ sich Rockham plumpsen und rang keuchend nach Luft. Die Hitze der Mittagsstunde und die blendende Helle an der mit Blumen übersäten Steilküste versetzten Gavin in eine Art Fiebertraum. Dann, als hätte ein in die Tiefe stürzendes Senkblei ihn zwischen die Augen getroffen, blickte er auf und sah Mrs. Nicholsons Gesicht, das sich hoch über ihm vom Blau des Himmels abhob. Dieses Gesicht, das die Farbe ihres durchscheinenden, seidenen Sonnenschirms angenommen hatte, war nach vorn geneigt. Gavin hatte das Gefühl, geradewegs in Augen zu schauen, die ihn selbst nicht sahen: Ihr Blick war über ihn hinweg ins Leere gerichtet. Sie sah nicht nur *ihn* nicht – sie sah nichts. Sie hörte sich an, was ihr jemand zu sagen hatte, jedoch ohne richtig zuzuhören.

Gavin umklammerte mit beiden Händen das Geländer, preßte sein Rückgrat dagegen, beugte sich weit nach hinten über den Abgrund und hoffte, auf diese Weise in ihr Blickfeld zu geraten, doch es war vergebens. Da riß er ganze Büschel von Strandnelken aus und warf die allzu leichten Blumen in die Luft, aber Mrs. Nicholson zuckte nicht einmal mit den Wimpern. Verzweiflung und die Ahnung, daß es ihm vom Schicksal bestimmt war, sie nie, nie zu erreichen, jetzt nicht und auch später nicht, packten ihn und durchfuhren seine Glieder, während er die letzte Strecke des Weges – noch zwei Kehren und ein paar Stufen – bewältigte. Das Geländer erbebte in seinen Halterungen, so ungestüm zog er sich daran entlang nach oben.

Als der Weg Gavin endlich auf die Promenade entließ, geschah dies nur wenige Schritte von der Stelle entfernt, wo Mrs. Nicholson mit ihrem Begleiter stand. Dieser Begleiter war Admiral Concannon. »Hallo, hallo!« sagte der Admiral und trat aus dem Schatten des Sonnenschirms, als könnte er so besser sehen. »Wem bist *du* denn weggelaufen?«

»Oh, Gavin!« rief Mrs. Nicholson aus und drehte sich ebenfalls zu ihm um. »Warum hast du nicht den Lift genommen? Ich hatte geglaubt, das macht dir Spaß.«

»Den Lift?« sagte der Admiral. »In seinem Alter? Ist der Junge denn ein bißchen schwach auf der Brust?«

»Nein, durchaus nicht«, erwiderte Mrs. Nicholson und schenkte Gavin einen so stolzen Blick, daß er sich wie der Inbegriff von Gesundheit und Kraft fühlte.

»Na, dann kann es ihm nur gut tun«, sagte der Admiral. Seine schroffe Art, von Mann zu Mann zu sprechen, hatte eigentlich etwas durchaus Schmeichelhaftes. Mrs. Nicholson beugte sich über das Geländer und sah von oben auf den Hut ihrer sich abmühenden Haushälterin. »Um die arme Rockham«, sagte sie, »nicht über *ihn* mache ich mir Gedanken; sie hat kein Herz, sie hat es *mit* dem Herzen! – Wie dunstig es ist!« Sie wies mit ihrer behandschuhten Hand auf den Horizont. »Ich glaube, es ist schon Tage her, seit wir Frankreich zum letzten Mal gesehen haben. Gavin glaubt uns wahrscheinlich gar nicht, daß es irgendwo da drüben liegt.«

»Da ist es aber!« sagte der Admiral und runzelte ein wenig die Brauen.

»Nanu, Rockham«, fuhr Mrs. Nicholson sprunghaft fort, »Ihnen ist anscheinend ganz schön heiß. Was hat Sie dazu gebracht, an einem Tag wie diesem zu Fuß zu gehen?«

»Ich kann nicht fliegen, nicht wahr, Madam? Ich hab meine Geldbörse vergessen, nichts weiter.«

»Admiral Concannon behauptet, wir würden bald alle zusammen in die Luft gehen. – Worauf warten Sie denn noch?«

»Ich warte darauf, daß Master Gavin mitkommt.«

»Und ich sehe nicht ein, warum er das tun sollte – oder möchtest du, Gavin?«

Admiral Concannon verzog so leicht keine Miene, und er tat es auch jetzt nicht. Seine Gesichtszüge waren streng und scharf umrissen, seine Figur hager und drahtig. Irgendwie sah er immer so aus, als zehrte etwas an ihm. Möglicherweise war seine Pensionierung daran schuld. Seine Art zu gehen, zu stehen und zu sprechen war zwar selbst von fern unverkennbar, hatte jedoch zugleich etwas ausgesprochen Unpersönliches. Wenn er sich in einem Zustand befand, den man auch nur entfernt mit dem Wort »entspannt« umreißen konnte, steckten seine Hände zumeist in den Taschen, und wenn er eine der Hände ruckartig herauszog, um mit Daumen und Mittelfinger zu schnippen, kam dies einer Geste noch am nächsten. Seine Stimme und das Geräusch seiner Schritte waren Gavin zusammen mit ein paar anderen nächtlichen Geräuschen in der Allee vertraut geworden, schon bevor er das Gesicht des Admirals zum ersten Mal erblickt hatte. Der Admiral pflegte nämlich Mrs. Nicholson nach Abendgesellschaften, zu denen sie sich aus einer Laune heraus zu Fuß begeben hatte, heim zu begleiten. Als Gavin eines Nachts hinausblickte, nachdem unten die Haustür geschlossen worden war, hatte er gesehen, wie eine brennende Zigarette, ohne bewegt zu werden, unter den dunklen Bäumen immer wieder hell aufleuchtete. – Das Ehepaar Concannon hatte sich Mrs. Concannons Gesundheit zuliebe in Southstone niedergelassen. Die beiden Töchter besuchten eine der hiesigen Schulen.

In die Freiheit dieser lichten, blauen Höhe entlassen, konnte Gavin es sich leisten, triumphierend auf die See, an deren Rand er noch vor kurzem gestanden hatte, hinabzublicken. Doch da sagte der Admiral: »Wollen wir noch einen kleinen Bummel machen?« Und da sie nun zu dritt waren, mußten sie sich wohl oder übel zu dritt in Bewegung setzen. Mrs. Nicholson hielt ihren Sonnenschirm in die Höhe, und so flanierten sie alle drei mit der würdevollen Ziellosigkeit von Schwänen die Promenade entlang. Vor ihnen verlor sich die Ferne im Dunst, und die Luft über dem Asphalt waberte vor Hitze. Indem sich Mrs. Nicholson von ihren beiden Begleitern flankieren ließ, brachte sie sie durch dieses demokratische Verhalten in einen typisch männlichen Gegensatz zueinander, bei dem das Alter überhaupt keine Rolle spielte. Als sie am Podest des Kurorchesters vorbeikamen, sagte Mrs. Nicholson zu Gavin: »Admiral Concannon hat gerade behauptet, es gäbe bald Krieg.«

Gavin warf an ihr vorbei einen raschen Blick auf den Admiral, der sich ihm weiterhin im Profil zeigte. Alleingelassen und verwirrt fragte Gavin: »Aber warum?«

»Ja, warum?« stimmte Mrs. Nicholson ihm bei. »Na bitte!« fuhr sie zum Admiral gewandt fort. »Es ist sinnlos, mich necken zu wollen, denn ich glaube Ihnen sowieso nichts.« Sie blickte sich geschwind um und fügte hinzu: »Immerhin leben wir doch in der Gegenwart! Die Geschichte liegt ganz weit hinter uns. Natürlich gibt es solches Gerede, aber mir kommt es töricht vor. Ich hab mir schon in der Schule nichts aus Geschichte gemacht, und ich war froh, als es endlich ein Ende damit hatte.«

»Und wann, meine Liebe, hatte die Geschichte für Sie ein Ende?«

»In dem Jahr, als ich mir zum ersten Mal das Haar hochkämmte. Je mehr wir uns damals der Gegenwart näherten, desto weniger schlimm war der Geschichtsunterricht, und ich freute mich, daß ich lange genug durchgehalten hatte, um mitzuerleben, wie alles gut endete. O je, all die unglücklichen Menschen vergangener Zeiten! Vielleicht klingt es herzlos, aber könnte es nicht sein, daß sie selbst an ihrem Unglück schuld waren? *Uns* können sie nicht mehr geähnelt haben, als wir Katzen und Hunden ähneln. Ich nehme an, es gibt tatsächlich eine Rechtfertigung für den Geschichtsunterricht: Man lernt, wie lange es gedauert hat, die Welt so angenehm zu machen. Wer um Himmelswillen könnte jetzt ein Interesse daran haben, alles wieder durcheinanderzubringen? Nein, das kann niemand wollen«, sagte sie zu dem Admiral. »Sie übersehen, daß wir Menschen jetzt anders als früher miteinander umgehen, und daß es anders nicht mehr geht. Die zivilisierten Länder sind jetzt höflich zueinander, so wie Sie und ich zu unseren Bekannten. Und die unzivilisierten Länder haben nichts zu melden, aber es gibt ja auch herzlich wenige, wenn man genau hinschaut. Sogar die Wilden tragen lieber Hüte und Jacken, aber wenn die Leute erst einmal Hüte und Jacken tragen und das elektrische Licht anschalten können, dann machen sie ebensowenig Dummheiten wie Sie oder ich – oder *möchten* Sie etwa Dummheiten machen?« Sie sah den Admiral fragend an.

»Es war nicht meine Absicht, Sie zu erzürnen«, antwortete der Admiral.

»Nein, gewiß nicht«, sagte sie. »Nicht im Traum würde ich einem zivilisierten Land so etwas zutrauen!«

»Welchem zivilisierten Land?« fragte Gavin. »Frankreich?«

»Damit du Bescheid weißt«, sagte der Admiral kalt, »es ist Deutschland, gegen das zu kämpfen wir uns bereit machen müssen, denn Deutschland bereitet sich auf einen Kampf mit uns vor.«

»Nie war ich irgendwo glücklicher als dort«, sagte Mrs. Nicholson nachdrücklicher, als es sonst ihre Art war, und zu Gavin gewandt fuhr sie fort: »Weißt du, mir fällt gerade ein, daß du wahrscheinlich gar nicht hier wärst, wenn es Deutschland nicht gäbe.«

Der Admiral verwandte unterdessen sein ganzes Augenmerk darauf, mit der Spitze seines Spazierstocks einen achtlos weggeworfenen Papierfetzen aufzuspießen, ein zwei Zoll breites Stück von einem Brief, das die Promenade entlanggeweht wurde. Mit zusammengepreßten Lippen ging er hinüber zu einem kleinen Korb (der bis jetzt in Ermangelung von Abfällen leer gewesen war) und klopfte solange dagegen, bis sich der Papierfetzen von dem Stock löste. »Ich möchte wissen, wie es mit dieser Stadt weitergehen soll!« schnauzte er. »Nächstens spannen die hier noch Stolperdrähte!«

Diese Besorgnis konnte seine schöne Freundin nun *wirklich* mit ihm teilen – und das tat sie so ausgiebig, daß die Eintracht wiederhergestellt wurde. Gavin blieb nichts anderes zu tun als aufs Meer hinauszublicken, und dabei machte er sich über eine Stelle der Unterhaltung seine eigenen Gedanken: Nie würde er vergessen können, daß der Admiral Mrs. Nicholson »meine Liebe« genannt hatte.

Außerdem: Was hatte den Admiral dazu gebracht, Mrs. Nicholson mit einem Krieg zu drohen?... Wieder daheim angelangt, zurück bei seinen Eltern, kam Gavin nach allem, was er erlebt hatte, nichts mehr unmöglich vor: Er war nun wieder in einer Gegend, wo es noch kein elektrisches Licht gab. Während der Spätsommer gemächlich über den Midlands ausklang, während die Ulmen im Park der Doddingtons leblose, schieferfarbene Schatten über Sauerklee, Dung, Disteln und büscheliges Gras warfen, dämmerte es Gavin allmählich, daß diese Lebensweise ihrem Wesen nach zu jedem beliebigen Jahrhundert gepaßt hätte. Sie war nicht fortschrittlich; sie war immer gleich geblieben, während sich anderswo das Rad der Geschichte unter Schmerzen weitergedreht hatte. Diese Lebensweise wäre selbst nach dem schicksalhaften Durchzug ganzer Armeen nicht deprimierender gewesen, als sie es nach einer Überflutung des Ackerlandes oder dem Verlust der Ernte war. Eine deprimierendere Existenz konnte es wohl kaum geben, denn sie stand ganz und gar im Zeichen der Notwendigkeit, sie war eine ererbte Bürde aus Unzufriedenheit, ständiger Anspannung und Argwohn. Stets war man von vornherein auf Widrigkeiten mit dem Wetter, den Preisen, den Menschen und dem Vieh gefaßt. Es war dieser tote Ballast des Daseins, der der Geschichte nicht so sehr, wie Mrs. Nicholson nach eigenem Bekunden offenbar annahm, ihre Gewaltsamkeit und Sinnlosigkeit verliehen hatte, als vielmehr ihre sich immer aufs neue zeigende Härte und die Macht, Menschen durch Leid zu entstellen. Diese Daseinsform war ohne Wille und Ziel, stand jedoch nicht still, weil sie nicht stillstehen konnte, und genau das bewirkte, daß auch die Geschichte niemals stillstand. Auf dem Gut der Doddingtons war nie eine erholsame Atempause zu erwarten, und wo nun Southstone in so weite Ferne gerückt war, hätte sich wohl niemand zu der Behauptung verstiegen, die Zeit habe sich auch hier Mühe gegeben, die Welt angenehm zu gestalten.

Gavin erblickte in seiner Mutter fortan Mrs. Nicholsons Freundin. Tatsächlich hatten die schönsten der Kleider, die Edith zu den Abendgesellschaften trug, an denen teilzunehmen sie sich gezwungen sah, einst Lilian gehört und waren von ihr nur ein- oder zweimal getragen worden. Wenn Edith sie anzog, hatten sie noch immer die fremdartige Aura von Geschenken, und ihren Falten entströmte nicht nur der leise Duft ihrer ehemaligen Besitzerin, sondern auch die zwanglose, mitfühlende Liebenswürdigkeit der Schenkenden. In diesen Kleidern erlangte die schlanke Gestalt der Mutter eine Anmut, deren geheimes, ergreifendes Leid Gavin damals nicht wahrzunehmen vermochte. Während das bräunlich-gelbe, nach oben strahlende Licht der Petroleumlampe in unvorteilhafter Weise die Höhlungen in Mrs. Doddingtons Gesicht und Hals betonte, lehnte sich Gavin seitlich weit aus dem Bett und befingerte mit einer

anbetungsvollen Hingabe, die seiner Mutter ein ungutes Gefühl gab
– denn Fetischismus wurde noch immer von Menschen als tadelnswert empfunden, die für dergleichen nie einen Namen gehabt hatten
– den Musselin oder streichelte den Satin ihrer Röcke. Sie pflegte
dann scheinbar leichthin zu fragen: »Du siehst mich also gern in
hübschen Kleidern?«... In der Zeit zwischen seinen ersten beiden
Besuchen in Southstone legte sich Gavin auch zum erstenmal
Rechenschaft über sich und über seine Vorzüge ab – die offenkundige Gefälligkeit seiner Erscheinung, sein Aussehen (er konnte mittlerweile immer besser die Sticheleien seines älteren Bruders wegen
seines hübschen Bübchengesichts parieren), seine Aufgewecktheit,
die bisweilen sogar seinen Vater zu einem Lächeln nötigte, und sein
mannhaftes Wesen, das ihm, als er es zum ersten Mal erprobte,
fortan in alltäglichen Situationen eine unerwartete Souveränität
verlieh. Daheim waren die Nächte keine Verschwendung: Hier hing
er seinen Grübeleien nach, und sie trugen ihn wie mit Siebenmeilenstiefeln seinem nächsten Besuch in Southstone entgegen. Gegenüber
seiner Mutter übte er sich in allen möglichen kleinen Artigkeiten, bis
sie ausrief: »Hör mal, Lilian hat ja einen richtigen kleinen Pagen aus
dir gemacht!« Im Garten oder in den weiten, muffigen Wirtschaftsräumen des Gutshauses folgte er ihr auf den Fersen, er saß an ihrer
Seite, wenn sie die Post durchging oder mit resignierter Miene
Rechnungen überprüfte, und immer wieder bat er sie: »Erzähl mir
von Deutschland!«

»Von Deutschland? Warum?«

»Ich meine das Jahr, das du dort verbracht hast.«

Am Abend vor Gavins Abreise nach Southstone riß ein Sturm
Schindeln vom Dach der Stallungen, ließ einen Baum auf einen
Zaun und einen anderen quer über die Auffahrt stürzen. Diesmal
reiste Gavin allein. In Southstone war das dumpfe Röhren der
Wellen und das Rasseln der großen Kiesel vom Strand bis zum
Bahnhof landeinwärts zu hören; von der Promenade her – auf der
man sich, wie jemand sagte, kaum auf den Beinen halten konnte –
pfiff der Wind heulend durch die Alleen. Es war Anfang Januar.
Rockham hütete mit einer bösen Erkältung das Haus. So war es
denn Mrs. Nicholson, die, strahlend und ihren Muff gegen die dem

Wind zugekehrte Wange ihres geröteten Gesichts pressend, Gavin auf dem Bahnsteig erwartete. Ein Gepäckträger verstaute die beiden in der wartenden Kutsche und legte die frisch aufgefüllte Wärmflasche unter die Felldecke. »Wie anders ist es diesmal als bei deinem letzten Besuch«, sagte sie. »Oder magst du etwa den Winter?«

»Ich mag eigentlich alles.«

»Und ich erinnere mich an etwas, das du nicht magst: Du hast mal zu mir gesagt, daß du Grübeleien nicht magst.« Wenig später, als sie an einem hell erleuchteten Haus vorbeikamen, aus dem der Wind Fetzen von Musik zu ihnen herüberwehte, kam ihr etwas in den Sinn: »Du bist übrigens zu mehreren Festen eingeladen worden.«

Er horchte auf. »Gehen Sie auch hin?«

»Oh, gewiß – das heißt, ich könnte hingehen, wenn ich will«, antwortete sie.

Ihrem Haus konnte der Sturm nichts anhaben: In den warmen Räumen roch die Luft nach Veilchen. Mrs. Nicholson ließ den Muff achtlos auf das Sofa fallen, und Gavin strich mit der Hand darüber. »Er ist wie eine Katze«, sagte er rasch, während er sich zu ihr umdrehte. »Sollen wir uns eine Katze anschaffen?« fragte sie. »Möchtest du, daß ich eine Katze habe?« Sie gingen hinauf, und all die Räume waren wie von rauchlosen Feuern in bräunlich-gelbes Licht getaucht.

Am nächsten Morgen hatte sich der Wind gelegt. Der Himmel breitete über alles seine milde Helligkeit; Bäume, Häuser und Straßenpflaster glänzten wie tropfnasses Glas. Rockham, mit verquollenem Gesicht und feucht glänzender Oberlippe, schniefte: »Master Gavin hat uns besseres Wetter gebracht.« Nachdem sie sich gründlich geschneuzt und ihre Nase, wie sie zu hoffen schien, trockengelegt hatte, verbarg sie das Taschentuch mit so schuldbewußter Miene an ihrem Busen, als wäre es ein Dolch. »Madam will nicht wie ich eine Erkältung kriegen. Die arme Mrs. Concannon«, fuhr sie fort, »hat es auch wieder erwischt.«

Mrs. Concannons Genesung mußte wohl zeitlich auf den Termin ihrer kleinen Dinnerparty abgestimmt gewesen sein. Ihre Bekannten waren sich jedoch darin einig, daß sie ihre Kräfte schonen müsse. So war es denn am Vormittag des großen Tages der Admiral, dem man beim Einkaufen begegnete: Gavin und Mrs. Nicholson standen ihm unversehens gegenüber, als sie gerade ein wenig lustlos Blumen und Obst auswählten. Verspätete spätherbstliche und verfrüht zum Blühen genötigte Frühjahrsblumen leuchteten grell im künstlichen Licht durch das Schaufenster des Blumenladens in die mildere Helligkeit des Tages hinaus. »Für heute abend? Für die Party?« sagte Mrs. Nicholson begeistert. »Oh, lassen Sie uns dafür Nelken kaufen, scharlachrote Nelken!«

Der Admiral zögerte. »Ich glaube, Constance sprach von Chrysanthemen, von weißen Chrysanthemen.«

»Oh, die sind aber so fade, sie sehen nach Friedhof aus. Sie tun der armen Constance bestimmt nicht gut, wenn sie sich noch krank fühlt.«

Gavin, der sich die Preise genauer angesehen hatte, sagte nebenbei: »Nelken sind teurer.«

»Nein, warten Sie!« rief Mrs. Nicholson. Sie nahm alle scharlachroten Nelken aus den Eimern, die sich in ihrer Reichweite befanden, und schüttelte fröhlich das Wasser von den Stielen. »Sie müssen mir erlauben, daß ich sie Constance schicke. Ich freue mich nämlich so auf heute abend. Es wird sicher herrlich.«

»Das hoffe ich«, sagte der Admiral. »Leider muß ich sagen, daß wir bei Tisch eine ungerade Zahl sein werden: Ich habe gerade gehört, daß der arme Mussingham ausgefallen ist – Grippe.«

»Junggesellen sollten keine Grippe bekommen, nicht wahr? Aber sagen Sie: Warum laden Sie nicht einfach jemand anderen ein?«

»So kurz vorher? Das könnte ein bißchen... ein bißchen unschicklich wirken.«

»Sie Armer«, neckte sie. »Haben Sie denn wirklich *keinen* alten Freund?«

»Constance meint, wir sollten nicht –«

Mrs. Nicholson zog die Brauen in die Höhe und warf dem Admiral über die Nelken hinweg einen Blick zu. Dies war einer der Augenblicke, in denen der Admiral mit den Fingern zu schnippen pflegte. »Wie schade«, sagte sie. »Ich mag keine ungeraden Zahlen bei Tisch, und *ich* habe einen Freund, der nicht überempfindlich ist. Laden Sie Gavin ein!« Wem wäre auf einen so absolut haarsträubenden Vorschlag gleich eine Antwort eingefallen? Dies war ein *coup*. Rasch hakte Mrs. Nicholson nach: »Also heute abend? Wir werden gegen acht bei Ihnen sein.«

Daß Gavin Mrs. Nicholson zu der Party der Concannons begleitete, war bezeichnend für diese Phase ihrer innigen Vertrautheit, ohne jedoch notwendigerweise deren Höhepunkt darzustellen. Rockhams Erkältung hatte Rockhams Prestige in Gefahr gebracht: Als Schiedsrichterin und Unparteiische konnte man sie abschreiben. Nachdem von den verhaßten Ausflügen an den Strand nun keine Rede mehr war, erhob Gavin auf Mrs. Nicholsons Vormittage einen Anspruch wie ein Feldherr auf erobertes Land. Und was ihre Nachmittage anbetraf, so stellte sie bei allem, was ihm vielleicht nicht gefallen oder woran er nicht teilnehmen könnte, eine schmeichelhafte Unschlüssigkeit zur Schau. Am Teetisch wurde seine Position ihren Gästen feinfühlig beigebracht. Die Zeit zum Schlafengehen wurde mehr und mehr hinausgeschoben; vergebens stand Rockham unten in der Halle und hüstelte. Das Abendessen hatte Gavin schon öfter als nur ein- oder zweimal unten eingenommen. Sobald die Vorhänge zugezogen wurden, war er es, der die Kerzen am Klavier anzündete. Er stand auch neben Mrs. Nicholson, wenn sie spielte, blätterte ostentativ die Noten um und verpaßte, in die Betrachtung ihrer Hände versunken, immer wieder den richtigen Augenblick. Gleichzeitig versuchte er, sie und sich selbst mit den Augen eines anderen zu sehen, so als stünde sein zweites Ich irgendwo dort draußen im kalten Dunkel der Allee und schaute zwischen den Vorhängen hindurch in den sanft schimmernden Salon. Eines Abends sang sie das Lied »Zwei Augen so grau, die blickten so froh«.

Als sie geendet hatte, sagte er: »Aber eigentlich müßte das doch ein Mann einer Frau vorsingen.«

Sie drehte sich auf dem Schemel zu ihm hin und meinte: »Dann mußt du es lernen.«

»Aber Ihre Augen sind nicht grau«, wandte er ein.

Und wirklich hatten ihre Augen niemals eine neutrale Farbe. Dunkel wie Saphire, funkelten sie hier bei den Concannons im elektrischen Licht wie der Saphir, den sie an einer Kette um den Hals trug. Die runde, an einer Art Flaschenzug aufgehängte Lampe mit einem roten Schirm aus gekräuselter Seide war so angebracht, daß die Gäste genau in ihrem kreisförmigen Lichtschein saßen. Der matte Schimmer des gestärkten Tischtuches hatte unmittelbar unter der Lampe etwas geradezu Übernatürliches. In der Mitte stand ein Tafelaufsatz mit einem silbernen – oder versilberten – Fasan, und rund um den Sockel dieses Tafelaufsatzes waren die Nelken – farblich leicht, aber unübersehbar »daneben« in bezug auf das Rot des Lampenschirms, jedoch außerordentlich schmeichelhaft als Kontrast zu Mrs. Nicholsons *Orchidée glacé*-Kleid – in vier silbernen Füllhörnern zu Sträußen gebündelt. Die kleine Tischgesellschaft umfaßte acht Personen, und mochten die Concannons auch nachdrücklich auf den »kleinen Rahmen« verwiesen haben, so war er doch der größte, den sie sich zumuten konnten. Die offenkundige Sorgfalt, mit der die Gäste ausgewählt worden waren, die mathematisch genaue Plazierung des Tafelsilbers und der glitzernden Gläser, das prompte und äußerst achtsame Servieren der einzelnen Gänge durch Mamsells, die dabei unüberhörbar den Atem anhielten – all dies verriet Umsicht und Können. Gavin und Mrs. Nicholson saßen sich bei Tisch gegenüber: Von Zeit zu Zeit bezog sie ihn in das lockere, ein wenig zerstreute Geplänkel ihrer Blicke mit ein. Insgeheim fragte er sich – nein, eigentlich ging er davon aus –, ob ihr eigentlich klar gewesen war, welch großes Aufsehen ihr gemeinsames Erscheinen verursacht hatte?

Denn diese Dinnerparty stand und fiel damit, daß sie *de rigeur* war. Die Töchter der Concannons (große Mädchen, die das Haar jedoch noch schulterlang trugen), hatte man, da sie für einen solchen Anlaß noch nicht die Voraussetzungen erfüllten, an diesem Abend außer Hauses geschickt. Dieses Dinner glich einem behutsam übereinander gestapelten und ausbalancierten Kartenhaus: Selbst als es fertig war, blieb sein Gleichgewicht prekär. Und nun geriet sein Fundament ins Wanken, bloß weil sich jemand im obersten Stockwerk einen Schnitzer erlaubt hatte, nämlich Mrs.

Nicholson mit ihrem launischen Einfall, einen kleinen Jungen mitzubringen. Gavin begriff an jenem Abend etwas, das er nie wieder vergessen sollte: die Anfälligkeit der menschlichen Gesellschaft in Grenzsituationen. In seinem späteren Leben würde er die Gesellschaft nie wieder als etwas Starkes betrachten. Das pianolaartige Geklimper der Konversation vermochte die rund um den Tisch herrschende Nervosität nicht zu kaschieren.

Der Admiral, der am Kopfende der Tafel saß, beugte sich ein wenig vor, als bediente er die Pedale des Pianolas. Am anderen Ende des Tisches erschütterte ein nicht zu unterdrückender Husten von Zeit zu Zeit Mrs. Concannons Décolleté. Der Zwicker aus Kristallglas, der hoch oben auf ihrer Nase balancierte, verlieh ihrem Gesicht einen zugleich empfindsamen und nichtssagenden Ausdruck. Sie hatte das devote Gehabe mancher Ehefrauen, deren Männer zur See fahren, und heute trug sie heroisch ein hellblaues Kleid, ohne etwas Warmes um die Schultern – vermutlich genau das Richtige, um sie noch kränker zu machen. Der Stolz des Admirals auf die Courage seiner Frau strich wie ein Luftzug über den silbernen Fasan hinweg. Und Mrs. Concannon verlieh die Freude darüber, dies alles seinetwegen zu erdulden, und der Glaube an ihn einen leichten Schutzpanzer: Möglicherweise empfand sie selbst nicht, was die anderen für sie empfanden. Zu Gavin hätte sie nicht gütiger sein können, und zu Mrs. Nicholson hatte sie lediglich mild gesagt: »Er wird doch nicht schüchtern sein, hoffe ich, wenn er nicht neben Ihnen sitzt?«

Eine Änderung der Sitzordnung in letzter Sekunde hätte nur einen oder gar beide Herren enttäuscht, die zur Rechten und zur Linken von Mrs. Nicholson zu sitzen gehofft hatten – und nun dort saßen. Während ein Gang nach dem anderen serviert wurde, ließen die beiden immer mehr durchblicken, wie sehr sie ihr Glück zu schätzen wußten – tatsächlich kam ihnen die Mißbilligung der anderen bei Tisch nur zugute, denn ähnlich wie eine Duftnote durch Wärme verstärkt wird, erhöhte diese Mißbilligung das Berauschende an Mrs. Nicholsons unmittelbarer Aura. Wie vom Stoff ihres flotten Kleides ging sogar von ihrer kleinen Verfehlung eine Art Glanz aus, während sie, weder sonderlich kokett noch in sich gekehrt, ihren – man könnte sagen: schmelzenden Blick (denn ihre

Pupillen verschwammen und waren noch nie so groß und dunkel wie heute abend gewesen) auf den einen oder anderen richtete. In diesem Blick ertranken die beiden im Verlauf des Dinners wie zwei Fliegen, die irgendwann zu strampeln aufhören.

Die Rechnung würde den beiden »Fliegenmännchen« auf dem Heimweg präsentiert werden. Gavin saß schweigsam zwischen ihren Ehefrauen, beobachtete gebannt, wie sich der Anhänger an Mrs. Nicholsons Halskette hob und senkte, und hörte nicht auf zu essen. Als sich die Damen in den Salon begaben, wurde er gleichsam vom Kielwasser des letzten Rockes wie von einem Sog erfaßt und mitgezogen... Es verstand sich von selbst, daß der Admiral Mrs. Nicholson beim Abschied zur Kutsche geleitete, und als er ihr die Tür aufhielt, schlüpfte Gavin wie ein Äffchen oder wie jemand, der es sich rasch doch noch anders überlegt hat, unter dem ausgestreckten Arm des Gastgebers hindurch zu ihr ins Innere des Fahrzeugs. Während sie davonfuhren, sahen sie noch für ein Weilchen die hoch aufgerichtete Gestalt mit dem gestrengen Adlergesicht im Licht des Hauseingangs stehen. Mrs. Nicholson schien ganz davon in Anspruch genommen, ihre Röcke zu raffen, um für Gavin Platz zu machen. Dann lehnte sie sich in ihrer Ecke zurück und er in seiner: Kein einziges Wort löste die Spannung während des kurzen, dunklen Heimweges. Erst als sie im Salon vor dem brennenden Kamin ihren Mantel zu Boden hatte gleiten lassen, bemerkte sie: »Der Admiral ist mir böse.«

»Meinetwegen?«

»Oh, nein, mein Lieber – *ihretwegen!* Wenn ich nicht der Meinung wäre, daß es töricht ist, böse zu sein, wäre ich fast ein bißchen böse auf ihn.«

»Aber Sie wollten ihn doch böse machen, oder?« fragte Gavin.

»Ja, aber nur, weil er so einfältig ist«, antwortete Mrs. Nicholson. »Wenn er nicht so einfältig wäre, dann würde die arme, unglückliche Kreatur bald keinen Husten mehr haben: Sie würde entweder gesund werden oder sterben.« Sie stand noch immer vor dem Kaminsims und betrachtete ein paar Freesien in einer Vase – achtlos zupfte sie eine welkende Blüte heraus, rollte sie zwischen Daumen und Zeigefinger zu einem wachsweichen Klümpchen und

schnippte sie in den Kamin, wo sie leise zischend verglühte. »Wenn Leute aus dem einzigen Grund ein Essen geben«, sagte sie, »um mit ihrer guten Ehe anzugeben, was kann man dann schon von einem Abend erwarten? – Trotzdem, ich hab meinen Spaß gehabt. Du doch hoffentlich auch?«
»Mrs. Concannon ist ziemlich alt«, meinte Gavin. »Der Admiral übrigens auch.«
»Ja, wenn er so weitermacht, wird er wirklich bald alt sein«, sagte Mrs. Nicholson. »Deshalb ist er so versessen auf diesen Krieg. Dabei könnte man sich vorstellen, daß ein Mann einfach nur ein Mann ist. – Was ist, Gavin? Warum starrst du mich so an?«
»Das ist Ihr schönstes Kleid.«
»Ja. Deswegen habe ich es angezogen.« Mrs. Nicholson ließ sich auf einen niedrigen, mit blauem Stoff bezogenen Stuhl sinken und rückte ihn ein wenig näher ans Feuer. Ein kleiner Schauer überlief sie. »Du sagst solche lieben Sachen zu mir, Gavin. Wieviel Spaß wir miteinander haben!« Dann, als hätten während der Sekunden des Schweigens, die von der kleinen, über ihrem Kopf vor sich hintikkenden Uhr aus Dresden ausgefüllt waren, ihre eigenen Worte in ihr etwas ausgelöst, lud sie Gavin mit einer impulsiven Geste ein, näher an ihre Seite zu treten. Sie legte einen Arm um ihn und ließ ihn dort; ihr kurzer Puffärmel, von der Bewegung aufgescheucht, kam raschelnd zur Ruhe. Im Kamin zerbarst ein Kohlebrocken und ließ ein wenig Gas hervorschießen, das flackernd in einer blassen, straffen Flamme auflodertete. »Freust du dich nicht, daß wir zurück sind?« fragte sie. »Daß wir hier allein sind, nur du und ich? – Oh, warum soll man solche Leute ertragen, wenn einem jederzeit die ganze Welt offensteht! Warum bleibe ich nur so lange hier? Was tue ich hier? Wieso fahren wir nicht einfach irgendwo hin, Gavin – du und ich? Nach Deutschland oder in die Sonne? Würde dich das glücklich machen?«
»Die... die Flamme ist so komisch«, sagte er, ohne den Blick davon zu lösen.
Sie ließ schlaff den Arm sinken und rief in heller Verzweiflung: »Wirklich, was für ein Kind du noch bist!«
»Bin ich nicht!«

»Meinetwegen, aber es ist spät, du mußt jetzt ins Bett.«
Bevor ein zweiter Schauer sie überlaufen konnte, verwandelte sie ihn in ein diskretes Gähnen.

Zitternd und mit schweren Gliedern zog sich Gavin eine Treppe nach der anderen am blanken Geländer hoch, wobei die Innenflächen seiner Hände feuchte Stellen hinterließen; er schleppte sich immer weiter von ihr fort die Treppe hinauf, so wie er sich an der Steilküste immer näher zu ihr hingezogen hatte.

Nach jenem Besuch mitten im Winter traten zwei Veränderungen ein: Mrs. Nicholson ging ins Ausland, Gavin ging zur Schule. Er hörte einmal zufällig, wie seine Mutter zu seinem Vater sagte, es sei Lilian in diesem Winter in Southstone allzu kalt gewesen, um dort zu bleiben. »Oder ist es ihr vielleicht zu heiß geworden?« meinte Mr. Doddington dazu, von dessen Mißbilligung Gavins Geschichte und die Abendgesellschaft bei den Concannons nicht verschont blieben. Edith Doddington errötete pflichtgemäß und verlor kein Wort mehr darüber. Im Verlauf seines ersten Schulhalbjahres erhielt Gavin in der Schule eine farbenfrohe Postkarte mit einem Bild von Mentone. Die mit Bedacht gewählte kleine Schule stellte ihn übrigens vor weniger Probleme, als seine Eltern befürchtet und sein Bruder gehofft hatte. Seine ihn selbst schützende Anpassungsfähigkeit wirkte sich schnell aus: Er nahm von seiner jeweiligen Umgebung stets genug Farbe – oder Farblosigkeit – an, um zwischen und bei den anderen als umgänglicher, bangloser kleiner Junge zu gelten. Seine erstarkte, jedoch nie ganz verläßliche Gesundheit bewahrte ihn vor manchen Dingen und sicherte ihm andere: gelegentliches Ausruhen im Krankenzimmer, Teestunden bei der Schulvorsteherin. Diese bebrillte Frau war Rockham nicht ganz unähnlich; außerdem war sie im Kreis der Erwachsenen, die in irgendeiner Weise zwischen ihm und Mrs. Nicholson eine Brücke schlugen, zwar eine Randfigur, aber am ehesten zugänglich. In der Schule, so würde man heutzutage wohl sagen, war sein emotionales Kapital gleichsam eingefroren.

Seine Osterferien mußte er daheim verbringen; die Sommerferien erschöpften sich größtenteils in derselben Hingabe an eine vermeintliche Bindung. Erst im September wurde er für eine Woche nach Southstone geschickt, um vor Schulanfang noch richtig zu Kräften zu kommen.

Jener September war ein verlängerter Sommer. Ein bewundernswertes Ensemble mit einem Repertoire leichter Opern spielte im Theater, in dessen Garten Salbeiblüten leuchteten, über die eigentliche Saison hinaus. Der Rasen, durch wochenlanges Mähen bis dicht über die Wurzeln geschoren, hatte nach der wochenlangen Hitze einen Hauch von Blond. Besucher gab es noch viele, und die Einheimischen, die auch in diesem August wieder das Weite gesucht hatten, kehrten allmählich zurück: Über die gesamte Länge der Promenade wippten den lieben langen Tag Sonnenschirme, Kapitänsmützen und sommerlich leichte Röcke, sie hoben sich von dem dichten blauen Dunststreifen ab, der nur selten den Blick auf Frankreich freigab. An den Abenden verwandelte sich die Spitze der Mole in eine hell erleuchtete Konzertmuschel über einem Meer, das sich noch immer nicht abkühlte. Selten zückte die Kälte ihre Klinge, selten waren auch die allzu kristallklaren Morgen und die wie hingehauchten Dunstschleier in der Ferne, die den Herbst ankündigten. Das dunkle Grün der Bäume in den Alleen wurde härter, veränderte sich jedoch nicht: Wenn ein Blatt zu Boden fiel, wurde es aufgekehrt, bevor jemand stutzig werden konnte.

Falls Rockham bemerkte, daß Gavin jetzt ein richtiger kleiner Mann war, so verlor ihre Herrin über seinen neuen Status als Schuljunge kein Wort. Einmal fragte sie ihn, ob die lockere Jacke mit Gürtel, die die Nachfolge seines Matrosenhemdes angetreten hatte, für das Wetter nicht ein wenig zu warm sei; aber daß er jetzt verständlicherweise ruppiger, wortkarger, abweisender und linkischer sein könnte als früher, das schien ihr nicht in den Sinn zu kommen. Die Veränderung, sofern es überhaupt eine gab, vollzog sich in *ihr*. Gavin versäumte es jedoch – und wie hätte es anders sein sollen? –, ihre jetzige Mattigkeit, ihre ausgeprägteren Zerwürfnisse mit sich selbst und ihre seltsame, in kurzen Abständen wiederkehrende Neigung zu verdrießlichen Grübeleien mit der Krankheit in Verbindung zu bringen, die sie das Leben kosten sollte. Sie meinte dazu nur, der Sommer sei zu lang gewesen. Tagsüber verbrachten sie nun weniger Zeit zusammen, denn sie stand spät auf; und auf ihren nachmittäglichen Ausfahrten von der Küste ins Landesinnere oder hinab ins Tiefland befanden sie sich ebenso oft in Mrs. Concannons Begleitung – ausgerechnet sie! –, wie sie allein fuhren. Wenn Mrs. Concannon gelegentlich mit zu Mrs. Nicholson zum Tee kam, holte der Admiral sie dort üblicherweise ab. Die Concannons hatten gerade alle Hände voll zu tun mit den Vorbereitungen zu einem weiteren gesellschaftlichen Ereignis: Im Salon ihres Hauses in Southstone sollte sich der neu gegründete Ortsverein des Bundes »Britannien erwache!« zum ersten Mal versammeln. Die Töchter waren eifrig damit beschäftigt, Flugblätter zu falten und zu verschicken. Mrs. Nicholson hatte sich bislang nur zu dem Versprechen bewegen lassen, Gebäck aus der eigenen Küche, oder besser aus der Küche ihrer Köchin, beizusteuern.

»Aber Sie könnten doch zumindest einmal dabei sein, um sich anzuhören, worum es geht«, bat Mrs. Concannon eines Nachmittags beim Tee.

Im September warf Mrs. Nicholsons Haus gegen fünf Uhr seinen Schatten quer über die Allee auf die Häuser gegenüber, die sonst von der untergehenden Sonne beschienen worden wären. Sie rächten sich, indem sie den Schatten durch Mrs. Nicholsons großes Bogenfenster zurückwarfen: Alles in ihrem Salon sah aus wie hinter kupfer- und malvenfarbenem Glas, oder als spiegelte es sich in einem trüben Spiegel. Zu dieser Stunde betrachtete Gavin die blassen Wände, die silbernen Stehlampen und den durchscheinenden Spitzenbesatz mit einer hellseherischen Ahnung von ihrer Unbeständigkeit. Als sie ihre Freundin dies sagen hörte, hielt Mrs. Nicholson, die gerade die Hand nach dem Sahnekännchen ausstreckte, kurz in der Bewegung inne. Sie wandte den Kopf und sagte: »Aber ich weiß doch, worum es geht. Und ich billige es nicht.«

Diese Worte sprach sie mit so wenig Rücksichtnahme auf den Admiral, als wäre er nicht zugegen gewesen. Doch er war da: Hochaufgerichtet stand er neben dem niedrigen Teetischchen, eine Tasse samt Untertasse in der Hand. Schweigend und mit gerunzelten Brauen hielt er diese Tasse ein Weilchen so, als würde er angestrengt über ihr exaktes Gewicht nachdenken. Schließlich sagte er: »Dann sollten Sie uns logischerweise auch kein Gebäck schicken.«

»Lilian«, sagte Constance Concannon liebevoll, »verhält sich gegenüber ihren Freunden nie logisch.«

»Tatsächlich?« sagte Mrs. Nicholson. »Aber mit Gebäck ist doch alles so viel netter, meinen Sie nicht auch? Man kann den Leuten nicht nur allerlei unangenehme Ideen vorsetzen.«

»Jetzt sind Sie aber wirklich allzu vorschnell, Lilian. Der Verein will doch nur erreichen, daß die Leute ein bißchen nachdenken und auf der Hut sind. – Vielleicht möchte Gavin kommen?«

Mrs. Nicholson schenkte Gavin einen forschenden Blick, dem alles Komplizenhafte ganz und gar zu fehlen schien. Wenn sie bei Gavin überhaupt nach etwas Ausschau hielt, dann, ob *er* auf der Hut war und sich Gedanken machte. Und gleichzeitig taxierte der Admiral den Kandidaten mit den Augen. »Was vielleicht auf uns zukommt«, sagte er, »geht ihn auf jeden Fall schon an, bevor es passiert.« Gavin setzte dieser Äußerung nichts entgegen – und dann stellte man eine oder zwei Minuten später fest, daß der für die Sitzung im Salon anberaumte Tag derselbe Tag war, an dem er heimreisen sollte. Tags darauf würde wieder die Schule beginnen.

»Nun, das ist schade«, sagte Mrs. Concannon.

Der Tag rückte heran. Die Abende hatten sie für sich, denn Mrs. Nicholson speiste seltener außer Haus. Wenn sich nach dem Tee eventuelle Gäste verabschiedet hatten, begann immer Gavins Herrschaft. Das Gefühl der Getrenntheit, die Frustrationen der vergangenen Stunden und ganz besonders die gelegentlichen Mißklänge, die diese Frustrationen zwischen ihr und ihm herbeiführen konnten, ließen ihn, während jene letzte Woche verstrich, immer heftiger dem Zwielicht der Abenddämmerung entgegenfiebern. Dieses Fieber wurde dann jedesmal, wenn die große Stunde endlich da war, von deren süßer Belanglosigkeit zunichte gemacht. Die Wärme, die sich noch für ein Weilchen im kraftlosen Licht des scheidenden Tages hielt, erlaubte es Mrs. Nicholson, sich am großen Bogenfenster auf der Chaiselongue auszustrecken. Auf einem Hocker zu Füßen der Chaiselongue sitzend und an den Fensterrahmen gelehnt, konnte Gavin dann durch die seitliche Scheibe des verglasten Erkers, in dem sie sich befanden, den Vorgarten des Theaters vor Scharlachsalbei glühen sehen. Da auch Mrs. Nicholsons Liege zum Theater hin ausgerichtet war, schaute Gavin, indem er in den Garten hinausblickte, von ihr fort. Andererseits betrachteten sie jedoch dasselbe. So verhielt es sich auch an dem Abend, der sein letzter sein sollte. Nachdem sie eine oder zwei Minuten lang geschwiegen hatten, rief sie aus: »Nein, ich mache mir wirklich nichts aus scharlachroten Blumen! Du etwa?«

»Nelken ausgenommen?«

»Ich mache mir nichts aus Blumen in öffentlichen Gärten, aber du schaust sie so lange an, bis ich mich ganz einsam fühle.«

»Ich dachte nur daran, daß *Sie* morgen noch hier sein werden.«

»Warst du diesmal glücklich, Gavin? Mir ist es früher manchmal so vorgekommen, als wärst du nicht ganz glücklich gewesen. War es meine Schuld?«

Er wandte sich ihr zu, jedoch nur, um den gefransten Saum des Kaschmirschals zu befingern, den Rockham über ihre Füße gebreitet hatte. Ohne aufzublicken sagte er: »Ich habe nicht allzu viel von Ihnen gehabt.«

»Es gibt Zeiten«, meinte sie, »da hat man das Gefühl, hinter einer Glasscheibe zu leben. Man sieht, was auf der anderen Seite vor sich geht, aber man kann nichts dagegen tun. Vielleicht passieren Dinge, die man nicht mag, aber man empfindet nichts dabei.«

»Hier empfinde ich immer etwas.«

»Immer? Was denn?« fragte sie leichthin und wie von fern.

»Ich wollte nur sagen, *daß* ich hier etwas empfinde. Woanders fühle ich nichts.«

»Und was meinst du mit *hier*?« neckte sie ihn zärtlich mit gespielter Begriffsstutzigkeit. »Southstone? Meinst du das, wenn du *hier* sagst?«

»Hier bei Ihnen.«

Mrs. Nicholsons Haltung, ihre Ruhelage, hatte sich nicht einfach so ergeben: Allem Anschein nach entspannt, lag sie dennoch nicht wie in einem Bett, sondern auf sechs oder sieben Kissen gestützt – hinter ihrem Kopf, im Nacken, unter den Schultern, den Ellbogen und der Taille. Diese Architektur des Behagens, eine rutschige Angelegenheit, setzte Stillhalten voraus, die erholsame Haltung hing davon ab, daß jedes Kissen an seinem Platz blieb. So hatte sie denn bis jetzt ruhig dagelegen, die Handgelenke auf ihrem Kleid gekreuzt: Eine unvermutete, leichte Drehung des Gelenkes oder ein Krümmen der Finger war alles, was sie sich erlaubte und was einer Geste am nächsten kam – und ehrlich gesagt hatte das bislang auch gereicht. Doch als sie jetzt zu sprechen begann und sagte: »Ich frage mich, ob sie recht hatten...«, da mußte sie diese Worte, wenngleich sie einfach nur nachdenklich geklungen hatten, mit einer unvorsichtigen Bewegung begleitet haben, denn eines der Kissen fiel mit einem gedämpften Plumps auf den Boden. Gavin ging hin, hob das Kissen auf und blieb neben ihr stehen: Sie beäugten einander mit verständnisinnigem Staunen, als hätte eine dritte Person gesprochen, und als wären sie sich nicht ganz sicher, richtig gehört zu haben. Schließlich hob sie ihre Taille ein wenig an, und Gavin schob das Kissen an seinen Platz. »Ob *wer* recht hatte?« fragte er.

»Rockham... und der Admiral. Sie hat immer Andeutungen gemacht, und er hat immer zu mir gesagt, ich hätte dich auf irgendeine unachtsame Art falsch behandelt.«

»Ach der!«

»Ich weiß«, sagte sie, »aber du wirst dich doch hoffentlich nett von ihm verabschieden?«

Er zuckte die Achseln. »Ich seh ihn nicht noch einmal – diesmal.«

Sie zögerte. Sie war im Begriff, ihm etwas mitzuteilen, das zwar eigentlich unbedeutend, für ihn wohl dennoch ungelegen sein mußte. »Er kommt aber nach dem Abendessen auf einen Sprung vorbei, um das Gebäck abzuholen«, sagte sie.

»Welches Gebäck?«

»Das Gebäck für morgen. Eigentlich hatte ich Anweisung gegeben, es morgen zu ihm zu schicken, aber das geht nicht, nein, es wäre zu spät. Die Versammlung beim Admiral dient nur dazu, uns ›vorzubereiten‹, also muß alles rechtzeitig fertig sein.«

Als um neun Uhr der Admiral an der Tür klingelte, setzte Mrs. Nicholson mit unschlüssiger Gebärde die Kaffeetasse ab. Ein Kaminfeuer, während des Abendessens entzündet, züngelte träge und heizte die ohnehin schon warme Luft noch mehr auf: Man mußte darauf achten, nicht zu nahe am Feuer zu sitzen. Die Türglocke war noch nicht verklungen, da stand Gavin schon auf und verließ den Raum, als hätte er etwas vergessen. Er rannte die Treppe hinauf und begegnete unterwegs dem Mädchen, das die Vordertür öffnen ging. In Gavins Schlafzimmer hatte Rockham die Herrschaft an sich gerissen: Sein großer Reisekoffer wartete mit offenem Deckel, die unterste Lage war schon gepackt; ihr Nähkörbchen stand auf dem Schreibtisch; seine Sachen wurden zum Abschluß von ihr noch einmal durchgesehen – er sollte am nächsten Morgen in aller Frühe aufbrechen. »Wie die Zeit verfliegt«, sagte sie. »Kaum bist du da, da reist du schon wieder ab.« Sie fuhr fort, Handtücher abzuzählen und Hemden übereinander zu stapeln. »Eigentlich hatte ich geglaubt«, sagte sie, »daß du diesmal deine Schulmütze mitbringen würdest.«

»Warum? Sie hat eine so blöde, schrecklich altmodische Farbe.«

»*Du* bist altmodisch«, erwiderte sie scharf. »War höchste Zeit, daß sie dich in die Schule schickten. – Du bist zwar gerade erst raufgekommen, aber jetzt sei ein guter Junge und lauf wieder runter. Frag unsere Madam, ob sie dir etwas für deine Mutter mitgeben möchte. Wenn es Bücher sind, wollen wir sie hier unten zu deinen Stiefeln packen.«

»Der Admiral ist gerade da.«

»Na und? Meine Güte, du kennst doch den Admiral!«

Gavin versuchte Zeit zu gewinnen, indem er unterwegs auf jeder Etage in alle Zimmer hineinschaute. Ihr noch immer nur halb vertrauter Anblick und die Fülle der Gegenstände, die er in dem vom Treppenhaus hineinströmenden dämmerigen Licht nur undeutlich erkannte und noch immer nicht zu berühren wagte, gaben ihm das Gefühl, vom Mysterium dieses Hauses auch jetzt nur das erste Kapitel zu kennen. Er fragte sich, wieviel Zeit bis zum nächsten Wiedersehen wohl vergehen würde. Aus Angst, Rockham könnte ungeduldig werden, von oben nach ihm rufen und ihn fragen, wo er denn so lange stecke, setzte er auf der mit einem dicken Teppich belegten Treppe sehr vorsichtig einen Fuß vor den anderen und erreichte die Eingangshalle, ohne das geringste Geräusch gemacht zu haben. Hier roch er nun das ofenfrische Gebäck, das in einem Korb auf einem Tisch nahe dem Eingang darauf wartete, abgeholt zu werden. Die Tür zum Salon war nur angelehnt, und hinter ihr herrschte eine ganze Minute lang tiefes Schweigen. Vielleicht war der Admiral schon fort, ohne das Gebäck?

Doch dann erklang die Stimme des Admirals: »Du mußt verstehen, daß zwischen uns alles gesagt ist. Fast bedaure ich, daß ich gekommen bin. Ich war nicht darauf gefaßt, dich allein anzutreffen.«

»Diesmal ist es nicht meine Schuld«, erwiderte Mrs. Nicholson mit unsteter Stimme. »Ich weiß nicht einmal, wo das Kind ist.« In einem Tonfall, der so gar nicht zu ihr passen wollte, rief sie leise: »Dann soll es also auf ewig so weitergehen? Was verlangst du noch von mir? Was soll ich sonst noch tun, und wie soll ich sein?«

»Es gibt nichts, was du noch tun könntest. Und du sollst nur eines sein: glücklich.«

»Wie leicht das klingt«, sagte Mrs. Nicholson.

»Du hast immer gesagt, daß es dir leicht fällt. Ich für meinen Teil habe so etwas wie Glück nie in Betracht gezogen. Da hast du mich von Anfang an mißverstanden.«

»Nein, nicht ganz. War es denn ein Irrtum von mir zu glauben, du seist ein Mann?«

»Ich bin ein Mann, o ja, aber nicht einer von dieser Sorte.«

»Das ist mir zu spitzfindig«, sagte Mrs. Nicholson.

»Im Gegenteil, es ist zu simpel für dich. Über den größten Teil meines Lebens weißt du so gut wie nichts. Daraus kann man dir wohl keinen Vorwurf machen. Du kennst mich nur, seit ich – sehr zu meinem eigenen Nachteil – allzu viel Zeit habe. Ich wäre ein Narr gewesen, meine liebe Lilian, hätte ich nicht dein... dein Aussehen, deinen Charme und dein fröhliches Wesen in ihrem ganzen Wert erkannt und willkommen geheißen, doch davon abgesehen bin ich nicht ein solcher Narr, wie es vielleicht den Anschein hatte. Ein Narr? Alles in allem hätte ich nicht einfach einer sein können, ohne nicht zugleich etwas sehr viel Gemeineres zu sein.«

»Ich bin nett zu Constance gewesen«, sagte Mrs. Nicholson.

»In meinen Augen warst du gemein zu ihr.«

»Ich weiß, das ist alles, worüber du dir Gedanken machst.«

»Und ich verstehe jetzt, wann und wo du in deinem Element bist. Du weißt genausogut wie ich, welches dein Element ist, und genau deshalb haben wir uns nichts mehr zu sagen. Eine Liebelei ist für mich immer etwas Abwegiges gewesen, so abwegig, daß ich sie nicht als solche erkannte, als ich zum ersten Mal etwas merkte. Da habe ich zweifellos einen Fehler gemacht. Wenn du unbedingt willst, daß man mit dir herumtändelt – meinetwegen. Aber mein liebes Mädchen, paß auf, daß du dabei nicht an die falsche Adresse gerätst. Was mich betrifft, nun, mir hat es fast schon gereicht, mitansehen zu müssen, wie du aus dem armen kleinen Kerl ein Muttersöhnchen gemacht hast.«

»Wer? Der arme kleine komische Gavin?« fragte Mrs. Nicholson. »Darf ich denn nichts für mich haben? Ich hab ja nicht einmal einen kleinen Hund! Du wärst sogar dagegen, wenn ich mir einen richtigen kleinen Hund anschaffen würde. Und du erwartest von mir, daß ich dir glaube, dies würde dir nichts ausmachen...«

Die beiden Stimmen, die mehr aus innerer Anspannung heraus, denn aus Vorsicht eher leise gewesen waren, verstummten jetzt gänzlich. Gavin stieß die Tür zum Salon auf.

Der Raum schien – dergleichen kann passieren – in die Länge gezogen. Wie Figuren, die man durch ein verkehrt herum gehaltenes Fernrohr betrachtet, standen der Admiral und Mrs. Nicholson vor dem Kaminfeuer, von dem nicht der leiseste Lichtstrahl zwischen den beiden miteinander Hadernden hindurchfiel, denn dafür gab es keinen Platz. Mrs. Nicholson hielt den Kopf gesenkt, als betrachte sie prüfend die Fassung ihres Diamanten, und nestelte zugleich an einem Ring an ihrer erhobenen linken Hand herum. Ein mit Spitzen besetztes Taschentuch war zu Boden gefallen und lag wie eine vergessene Bühnenrequisite auf dem Teppich vor dem Kamin, dicht neben ihrem Rocksaum. Sie vermittelte den Eindruck, daß sie sich nicht bewegt hatte. Falls die beiden nicht die ganze Zeit aus dieser Distanz miteinander gesprochen hatten, mußte der Admiral irgendwann einen Schritt auf sie zu gemacht haben, doch dies war von seiner Seite wohl alles gewesen, und dabei war es anscheinend auch geblieben. Sein Kopf war von ihr abgewandt, die Schultern hielt er straff nach hinten gedrückt. Hinter dem Rücken hielt er mit einer Hand das Gelenk der anderen wie mit einer Handschelle umklammert, und dieser Griff lockerte sich jeweils nur ein wenig, damit die

Hand am Gelenk entlanggleiten und woanders zupacken konnte. Wahrscheinlich hatte die vom Kamin ausgehende Hitze den Admiral veranlaßt, gleich nach dem Eintreten hinter den Vorhängen ein Fenster zu öffnen. Als Gavin nämlich näher trat, schlug ihm aus dem Theater dröhnender Applaus entgegen, der lange anhielt und der die Musik, die wieder eingesetzt hatte, übertönte. Nicht das leiseste Zucken verriet den Augenblick, in dem Mrs. Nicholson Gavins Anwesenheit bemerkte. Indem sie ihm von der Seite und wie geistesabwesend den noch immer gesenkten Kopf zuwandte, schenkte sie ihm, ohne daß sich der Ausdruck ihrer Augen änderte, einen Blick, der einfach nur eine Aufforderung hätte sein können, genau wie sie der Musik zu lauschen.»Oh, Gavin«, sagte sie schließlich,»wir fragten uns schon, wo du steckst.«

Und nun stand er hier. Der Benzingestank des Lastwagens, der mit laufendem Motor vor dem Theater stand, wurde noch immer zu ihm herübergeweht. Nichts hatte sich an diesem farblosen Nachmittag geändert. Geistesabwesend hatte Gavin von dem Efeu, der jetzt an dem Haus wucherte und sich von ihm ernährte, ein Blatt abgerissen. Einem Soldaten, der, zu den anderen unterwegs, hinter Gavin vorbeiging, mußte seine reglose Gestalt schon von fern in der Allee aufgefallen sein, denn er sagte aus dem Mundwinkel:»Annie wohnt hier nicht mehr.« Verschämt tat Gavin Doddington so, als betrachtete er aufmerksam das Efeublatt, dessen Äderung an grobe, willkürlich verlaufende Schicksalslinien einer Hand erinnerte. Gavin glaubte sich zu entsinnen, von schmiedeeisernem Efeu gehört zu haben, und er wußte mit Sicherheit, daß er schon in Marmormonumente eingemeißelte Efeumuster gesehen hatte, als Symbol für Treue, Trauer oder dem Grab trotzendes Angedenken – wie es einem beliebte. Da er sich von den Soldaten beobachtet wußte, verzichtete er darauf, das Efeublatt fortzuwerfen – statt dessen umschloß er es mit der Hand, als er sich vom Haus abwandte. Sollte er geradewegs zum Bahnhof zurückgehen, unverzüglich nach London zurückkehren? Nein, nicht solange der Eindruck, unter dem er stand, noch so stark war. Andererseits war es noch lange hin, bis die Bars aufmachten.

Ein weiterer Spaziergang durch das nachmittägliche Southstone war unumgänglich: Es mußte einen allmählichen Ausklang geben. Nichts, was zu der Geschichte gehörte, sollte auf diesem kleinen Vernichtungsfeldzug verschont bleiben. Gavin ging durch die Straßen, als hielte er einen Reiseführer in der Hand. Ein- oder zweimal öffnete sich ihm ein Ausblick auf den tiefer gelegenen Küstenstreifen, bis an dessen Rand die Villen vorgedrungen waren, bevor der Krieg ihnen Einhalt gebot. Ungehindert war der Ausblick nach wie vor von einem der Tore des Friedhofs aus, an dem er mit ihr damals so oft gedankenlos vorbeigefahren war. Ein Blick durch diese Tore auf die ausgedehnte, mit Grabsteinen aus Marmor von langweiligem Weiß gesprenkelte Fläche zeigte ihm lediglich, daß die Vielzahl der neuen, in den vergangenen dreißig Jahren hinzugekommenen Gräber an sich schon ausreichte, um es unwichtig erscheinen zu lassen, wo genau *sie* lag – vielleicht lag sie jetzt wieder neben ihrem Ehemann? Auf dem Heimweg quer durch das Städtchen zum Rand des Plateaus über dem Meer schienen die der Planung und baulichen Beschaffenheit von Southstone innewohnende Nichtigkeit und die von ihr ausgehende Atmosphäre des Stillstands nach erfülltem Zweck Mrs. Nicholsons Theorie zu bestätigen: Die Geschichte war, genau wie sie erwartet hatte, nach dieser letzten krampfhaften Vorwärtsbewegung endgültig stehengeblieben. Nur war sie nicht an der Stelle und auf die Weise stehengeblieben, die sie vorausgesagt hatte. Gavin ging schräg über die Promenade und strebte zwischen Stacheldrahtknäueln hindurch auf das Geländer zu, um sich zu jenen Menschen zu gesellen, die in unregelmäßigen Abständen daran lehnten, angestrengt nach einem Konvoi Ausschau hielten oder gleichgültig in Richtung des befreiten Frankreich blickten. Der Weg und die Treppen an der Steilküste waren zerstört; das verrottende Geländer hing in der Luft.

Ins Zentrum mit seinen Einkaufsstraßen zurückgekehrt, beschleunigte Gavin den Schritt und begab sich, vorbei an Fenstern, deren Läden geschlossen, die mit Brettern vernagelt oder die nur noch dunkle Höhlen waren, zu dem Blumengeschäft an der Ecke, wo Mrs. Nicholson damals auf dem Kauf der Nelken bestanden hatte. Das Gebäude hatte jedoch einen Volltreffer abbekommen:

Die ganze Straßenecke war fort. Wenn die Zeit uns Menschen die Rache abnimmt, dann gewöhnlich nur, um sich bei der Ausführung mehr Zeit zu lassen als wir: Ihre Rache, gründlicher als unsere, könnte uns durchaus befriedigen, würden nicht im Zuge ihrer langsamen Ausführung unsere Erinnerungen verblassen. In diesem Fall allerdings hatte die Zeit nur den Sekundenbruchteil gebraucht, den eine Detonation dauert. Gavin Doddington blieb stehen, wo es keinen Blumenladen mehr gab – aber war er nicht trotzdem berechtigt, diesen Punkt abzuhaken?

Erst als er schon seit einer Weile in der Bar saß, durchfuhr es ihn: Er hatte etwas ausgelassen, er war noch nicht bei den Concannons gewesen. Es war etwa sieben Uhr, ungefähr zwanzig Minuten vor der allabendlichen Verdunkelung, Gavin drängte sich durch die anderen Gäste hindurch ins Freie. Die Concannons hatten damals in einer der gewundenen Straßen dicht hinter der Promenade am Rand einer der weniger teuren Wohngegenden gelebt. Auf dem Weg dorthin kam Gavin an Häusern und ehemaligen Hotels vorbei, in denen Soldaten oder Mitglieder des weiblichen Hilfsdienstes wohnten, die noch nicht in ihre Heimat zurückgekehrt waren. Diese Gebäude erstrahlten vom Keller bis zum Dachgeschoß von innen heraus in einem harten, nackten, zitronengelben Licht. Auch vereinzelte dunkle Fassaden vermittelten den Eindruck einer erst kurze Zeit zurückliegenden Besetzung durch das Militär. Die Straße, in der die Concannons gewohnt hatten und in der alle Hauseingänge landeinwärts wiesen, war aus irgendeinem militärischen Grund, der sich wahrscheinlich längst erübrigt hatte, am diesseitigen Ende blockiert: Gavin mußte einen Umweg machen. Auf dem Gehsteig, unterhalb der kleinen Außentreppen, lag so viel Stacheldraht, daß er gezwungen war, auf der Straße weiterzugehen. Nur vor einem einzigen Haus hatte der verschlungene Stacheldraht eine einladende Lücke. Admiral Concannon, der im Ersten Weltkrieg umgekommen war, hatte dies sicherlich nicht als Sondererlaubnis erwirkt – trotzdem, dies *war* sein Haus, wie die kaum zu erkennende Nummer bestätigte. Niemand außer Gavin wußte jetzt noch um die besondere Bewandtnis und Bedeutung dieses Hauses. Hier hatte einst der Genius von Southstone gewohnt, und wie es jetzt war, würde er weiterhin hier wohnen. Zweimal war die Alternative des Admirals zur Liebe in die Tat umgesetzt worden.

Das Eßzimmerfenster der Concannons mit seinen großen, durch zwei Quersprossen geteilten Scheiben befand sich nicht allzu hoch über der Straße. Gavin stand ihm genau gegenüber und erblickte drinnen ein an einem Tisch sitzendes Mädchen des weiblichen Hilfsdienstes. Ihr Gesicht war dem Fenster, der Dämmerung und ihm zugewandt. Über ihrem Kopf baumelte an einem durch einen Knoten verkürzten Kabel eine nackte Glühbirne und warf gleißendes Licht auf das trübe Weiß der entblößten Wände, was das Alleinsein der jungen Frau noch betonte. Sie trug ein Khaki-Hemd mit hochgekrempelten Ärmeln und stützte die nackten Ellbogen auf die blanke Tischplatte. Ihr Gesicht hatte vor lauter Jugend etwas Schroffes. Sie verdrehte ein wenig ihr Handgelenk, schaute rasch auf die Uhr und blickte dann wieder starr schräg nach unten durch das Fenster in das Dämmerlicht hinaus, dorthin, wo Gavin stand.

So blickte er also zum zweiten Mal in seinem Leben geradewegs in Augen, die ihn selbst nicht sahen. All die verflossenen Jahre hatten ihn mit Begriffen für Kummer und Schmerz ausgestattet: Eine Phrase – *l'horreur de mon néant* – schoß ihm duch den Kopf.

Es konnte jetzt jeden Augenblick geschehen, daß das Mädchen aufstand und ans Fenster trat, um es vorschriftsgemäß zu verdunkeln – denn diese Anordnung mußte längs der Küste noch immer streng eingehalten werden. Es lohnte also zu warten. Gavin zündete sich eine Zigarette an. Wieder schaute sie auf ihre Uhr. Als sie dann aufstand, nahm sie jedoch zuerst von einem Kleiderhaken neben der Eßzimmertür nicht nur ihre Uniformjacke, sondern auch ihre Mütze. Gleich darauf war sie ausgehfertig angezogen, und als sie nun den Arm ausstreckte und sich mit einer Abfolge von Bewegungen, die zu betrachten ihm Vergnügen bereitete, den schwarzen Vorhangstoff vor das Fenster zupfte, da war ihm sehr daran gelegen, *nicht* von ihr gesehen zu werden – noch nicht. Sekundenlang fiel flackerndes Licht auf die ausgetrockneten Schoten des Goldlacks, der, nachdem sich ein paar Samenkörner aus dem Vorgarten dorthin verirrt hatten, in den Ritzen des Pflasters gewachsen war, und auf die kontinuierliche, regelmäßige Spirale aus Stacheldraht, durch die man nach einem entsprechend schwungvollen Anlauf theoretisch mit dem Kopf voraus der Länge nach unversehrt hätte hindurchtauchen können. Endlich hatte die junge Frau auch den letzten Spalt im Vorhang, durch den Licht drang, geschlossen. Jetzt blieb ihr nichts weiter zu tun, als ins Freie zu treten.

Als sie flott die Vortreppe der Concannons hinabstieg, bemerkte sie wohl die Silhouette des dort wartenden Zivilisten, der eine Zigarette rauchte. Unbeeindruckt wich sie seitlich aus, aber vielleicht hätte sie das ohnehin getan. Gavin sagte: »Einen Penny für Ihre Gedanken.« Gut möglich, daß sie seine Worte nicht gehört hatte. Kurzerhand ging er neben ihr her. Da sagte sie wie als Antwort auf etwas, das er nicht gesagt hatte: »Nein, wir haben *nicht* denselben Weg.«

»Zu schade! Aber hier gibt es nur einen Ausweg – am andern Ende der Straße käme ich nicht weiter, das wissen Sie selbst. Was soll ich also tun – die ganze Nacht hierbleiben?«

»Wie soll *ich* das wissen!« Mit unbeteiligter Miene vor sich hinsummend, beschleunigte sie nicht einmal ihren leichtfüßigen und doch in dieser gekrümmten Straße laut vernehmlichen Schritt. Wenn er dennoch auf gleicher Höhe mit ihr blieb, so tat er dies möglichst unauffällig und in gebührender Distanz. Dies – und der sich vor ihnen weitende Himmel am offenen Ende der Straße – wirkte auf sie gewiß beruhigend. Gavin rief ihr zu: »In dem Haus, das Sie gerade verlassen haben, wohnten früher Bekannte von mir. Ich hab mich hier nur ein bißchen umgesehen.«

Zum ersten Mal wandte sie ihm den Kopf zu – sie konnte einfach nicht anders. »Da wohnten Leute?« fragte sie. »Sieh an! Ich weiß nur, daß ich lieber in einem Grab hausen würde. Das gilt übrigens für die ganze Stadt. Man stelle sich vor, daß es Leute gibt, die an ihren freien Tagen hierher fahren!«

»Genau das hab ich getan.«

»Meine Güte, was muten Sie sich bloß zu?«

»Ich seh mich nur ein bißchen um.«

»Na, mal sehen, wie lange Sie es hier aushalten. – So, hier trennen sich unsere Wege. Gute Nacht!«

»Ich hab niemanden, mit dem ich reden kann«, sagte Gavin und blieb plötzlich in der Dunkelheit stehen. Ein Blatt schwirrte an ihm vorbei. Das Mädchen war Frau genug, um ebenfalls stehenzubleiben und ihn anzuhören, denn so etwas hatte noch nie jemand zu ihr gesagt. Wenn ihr die Entgegnung: »O ja, das hat man als Mädchen schon oft gehört« automatisch entschlüpfte, so klang sie diesmal jedoch alles andere als entschieden. Gavin warf den Zigarettenstummel fort und schickte sich an, eine neue Zigarette anzuzünden. Die Flamme des Feuerzeuges, von seinen hohlen Händen beschützt, ließ einen zuckenden Lichtschein über sein Gesicht huschen. Der erste Gedanke der jungen Frau war: Ja, er ist ziemlich alt, und das paßt zu seiner verzweifelten Unbekümmertheit. Stimmt, er ist Zivilist – zu jung für den letzten Krieg, zu alt für diesen. Ein Gentleman – aber die sind immer besonders clever. Immerhin hatte er, das fiel ihr auf, nicht weiter nach ihren Gedanken gefragt. Was sie von ihm in dem kurzen Augenblick sah, bevor das Feuerzeug zuschnappte, blieb als Bildnis in der Dunkelheit erhalten und stellte sie vor Fragen, die ein wenig außerhalb des Horizonts ihrer eigenen Jugend lagen. Sie hatte das Gesicht eines Menschen gesehen, der zugleich tot und gegenwärtig war – und »alt«, weil man ihm unter einer eisigen Schutzschicht all die Gefühle ansehen konnte, die irgendwann wie ein Mechanismus stehengeblieben sein mußten. Diese Gesichtszüge waren vor langer Zeit von Hoffnung geprägt worden. Nun vervollständigten die Vertiefungen über den Nasenflügeln, die von den Augenwinkeln ausgehenden Falten und der einer Grimasse ähnelnde Klammergriff der Lippen um die Zigarette das Bild einer irgendwie wölfischen Person. Ein Jäger – aber hatte nicht einmal jemand gesagt, Jäger würden irgendwann selbst zu Gejagten?

Er schob ruckhaft seine Unterlippe vor und bewirkte dadurch, daß die Zigarette in einem lustigen Winkel steil nach oben auf seine Augen zeigte. »Ich kenne hier keine Menschenseele«, fügte er hinzu – diesmal wohlüberlegt und für ihre Ohren bestimmt.

»Na und?« entgegnete sie unwillig. »Wieso sind Sie ausgerechnet auf dieses tote Nest verfallen? Warum haben Sie sich nicht eine Stadt ausgesucht, in der Sie jemanden kennen?«

Kôr, du ferne Stadt

Das Licht des vollen Mondes ergoß sich über die Stadt, es sickerte suchend in sie ein, bis keine Nische mehr dunkel blieb, in die man sich hätte zurückziehen können. Die Wirkung war unbarmherzig: London sah aus wie die Hauptstadt des Mondes, geduckt, von Kratern bedeckt, leblos. Es war schon spät, aber noch nicht Mitternacht. Da nun keine Busse mehr fuhren, sandten die spiegelglatten Straßen dieser Gegend minutenlang einen ungebrochenen Widerschein des Mondlichts himmelwärts. Die neuen hochaufragenden Mietskasernen und die geduckten alten Geschäfts- und Wohnhäuser sahen unter dem Mond, der sich grell in den ihm zugewandten Fenstern spiegelte, gleichermaßen zerbrechlich aus. Die Nutzlosigkeit der Verdunkelung wurde immer lachhafter: Vermutlich war aus der Höhe jeder Dachziegel zu erkennen, jeder weiß angemalte Bordstein, jede Kontur der winterlich nackten Blumenbeete im Park. Und der See mit seinen glänzenden Ausbuchtungen und den dunklen, baumbestandenen Inselchen wäre von oben meilenweit als unverwechselbare Orientierungshilfe zu erkennen gewesen, wirklich meilenweit.

Am Himmel, in dessen gläserner Klarheit keine Wolken, sondern matt leuchtende Ballons schwebten, herrschte weiterhin gläsernes Schweigen. Die Deutschen kamen nicht mehr bei Vollmond. Etwas weniger Greifbares schien zu drohen, etwas, das die Menschen veranlaßte, daheim zu bleiben. Dieser Tag zwischen den Tagen, diese zusätzliche Prüfung war wohl mehr, als die Sinne und Nerven ertragen konnten. Die Leute blieben mit einer Verbissenheit daheim, die man fast zu spüren glaubte. Alle Häuser waren zum Bersten voll mit Menschenleben, aber kein Lichtstrahl, kein Wort, keine Musik aus einem Radio drang ins Freie. Hin und wieder rumpelte es unter Straßen und Häusern: um diese Zeit klang die Untergrundbahn lauter als sonst.

Draußen, vor den nun torlosen Eingangstoren des Parkes, bog die von Nordwesten kommende, abschüssige Landstraße nach Süden ab und wurde zu einer Straße innerhalb der Stadt, deren perspektivisch aufgereihte Ampeln immer wieder den bedeutungslosen Akt vollführten, die Farbe zu wechseln. Vom höhergelegenen

Pflaster außerhalb der Parktore konnte man sowohl die aus der Stadt hinaus- als auch die in sie hineinführende Straße entlangblikken, während hinter einem Tor, zwischen den Pfosten, Wasser- und Rasenflächen mit Bäumen zu erkennen waren. Drei französische Soldaten, auf dem Weg zu einer Pension, die sie nicht finden konnten, hörten an dieser Stelle und in diesem Augenblick zu singen auf und lauschten spöttisch den Wasservögeln, die der Mond geweckt hatte. Wenig später verließen zwei Luftschutzwarte ihren Posten und gingen schräg über die Straße, einen Ellenbogen im Schutzhelm, den sie am Riemen über die Schulter gehängt hatten. Beide wandten ihre im Mondlicht malvenfarbenen, völlig ausdruckslosen Gesichter den Franzosen zu. Gleich darauf verhallten die Schritte der sich in entgegengesetzter Richtung entfernenden Männer, und abgesehen von den Vögeln war nichts mehr zu hören oder zu sehen, bis ein Stückchen weiter die Straße hinunter ein dünnes Rinnsal von Menschen um die Schutzmauer herum aus dem U-Bahneingang rieselte. Diese Leute verschwanden so rasch, als schämten sie sich oder als wären sie mitten auf der Straße von einer ätzenden Säure aufgelöst worden. Nur ein Soldat und ein Mädchen blieben übrig. Ihre Art sich zu bewegen wies darauf hin, daß sie kein bestimmtes Ziel außer sich selbst hatten, und daß sie sich nicht einmal dessen sicher waren. Zu einem einzigen Schatten verschmolzen – er groß, sie klein –, setzten sie sich zum Park hin in Bewegung. Sie schauten hinein, traten aber nicht ein; sie blieben stehen und sahen sich wortlos an. Dann, als hätten ihre gleichgeschalteten Körper aus der Straße hinter ihnen ein Kommando aufgefangen, wandten sie die Köpfe um und schauten den Weg zurück, den sie gekommen waren. Als der Soldat an einem Gebäude hochblickte, mußte er den Kopf in den Nacken legen, und sie sah seine Augäpfel glitzern. Sie ließ ihre Hand von seinem Ärmel gleiten, trat an den Rand des Straßenpflasters und sagte: »Kôr, du ferne Stadt!«

»Was ist?« fragte er, denn er wußte nicht gleich, was er davon halten sollte.

»Deine Mauern, Kôr, du ferne Stadt,
Die leeren Türme unterm leeren Mond,
– dies ist Kôr.«

»Mein Gott«, sagte er, »ich habe seit Jahren nicht mehr daran gedacht.«
Sie sagte: »Ich denke die ganze Zeit daran –
Nicht in der Öde hinter Sumpf und Watt,
Wald und Lagune, wo das Fieber wohnt,
Stehn deine Mauern, Kôr –
– eine ganz und gar verlassene Stadt, hoch wie Klippen und weiß wie Gebein, ohne Geschichte –«
»Aber irgend etwas muß einst geschehen sein. Warum ist sie verlassen worden?«
»Wie könnte dir das jemand sagen, wenn niemand dort ist?«
»Niemand dort seit wann?«
»Seit Tausenden von Jahren.«
»Dann wäre die Stadt schon zerfallen.«
»Nein, nicht Kôr«, sagte sie mit Bestimmtheit. »Kôr ist ganz anders und sehr stark. Nirgends ein Spalt, in dem Unkraut wachsen könnte. Die kantigen Steine und die Standbilder sehen so aus, als wären sie erst gestern gemeißelt worden, und die Treppen und Bögen sind so gebaut, daß sie sich selbst tragen.«
»Du scheinst genau Bescheid zu wissen«, sagte er und warf ihr einen Blick zu.
»Ja, ich weiß, ich weiß Bescheid.«
»Und du hast alles aus dem Buch?«
»Oh, daraus habe ich nicht viel, eigentlich nur den Namen. Ich wußte: das muß der richtige Name sein. Er klingt wie ein Schrei.«
»Für mich am ehesten wie der Schrei einer Krähe.« Er dachte kurz nach, dann sagte er: »Aber das Gedicht beginnt mit *nicht: Nicht in der Öde hinter Sumpf und Watt* ... Und wenn ich mich recht erinnere, heißt es später, daß es Kôr eigentlich nirgends gibt. Wenn also sogar im Gedicht selbst gesagt wird, daß solch eine Stadt gar nicht existiert –«
»Was das Gedicht besagen soll, zählt nicht. Ich sehe, was es mich sehen macht. Außerdem ist es schon eine Weile her, seit das geschrieben wurde. Damals glaubten die Menschen, sie hätten alles mit Etiketten versehen, weil sie die ganze Welt erforscht hatten, sogar Zentralafrika. Jede Gegend, jeder Ort war auf irgendeiner

Landkarte verzeichnet, so daß es alles, das *nicht* verzeichnet war, eigentlich überhaupt nicht geben konnte. Jedenfalls dachten sie so, und deshalb schrieb er dieses Gedicht. *Entzaubert ist die Welt,* heißt es darin weiter. Das hat in mir den Haß auf die menschliche Zivilisation ausgelöst.«

»Ach was, mach dir doch deshalb keine Sorgen«, sagte er. »Viel ist sowieso nicht davon übrig.«

»Oh, Sorgen mache ich mir schon lange nicht mehr. Dieser Krieg zeigt, daß wir durchaus noch nicht am Ende sind. Kann man ganze Städte aus der Welt heraussprengen, so kann man auch wieder welche hineinsprengen. Warum nicht? Manche behaupten, niemand wisse, was da ins Rollen gekommen ist, seit die Bombardements angefangen haben. Am Ende bleibt vielleicht nur Kôr übrig – Kôr, die bleibende Stadt. Eigentlich sollte ich darüber lachen!«

»Nein, das solltest du nicht«, sagte er scharf. »Nicht *du!* Jedenfalls hoffe ich das, und ich hoffe auch, daß du nicht weißt, was du da sagst. Bringt dich der Mond auf so komische Ideen?«

»Sei nicht böse wegen Kôr, bitte nicht, Arthur!« sagte sie.

»Ich dachte, ihr Mädchen macht euch Gedanken um die Menschen.«

»Was, heutzutage?« erwiderte sie. »Sich um die Menschen Gedanken machen? Wie kann man das tun, wo sie doch überhaupt kein Herz haben? Ich weiß nicht, wie andere junge Frauen damit zu Rande kommen, aber *ich* denke immer nur an Kôr.«

»Nicht an mich?« fragte er. Und als sie nicht gleich antwortete, ergriff er schmerzlich berührt ihre Hand und drehte sie um. »Ist es etwa meine Schuld, daß ich nicht da bin, wenn du mich willst?«

»Aber gerade *weil* ich über Kôr nachdenke, denke ich auch über dich und mich nach!«

»Du und ich in einer toten Stadt?«

»Nein, in *unserer* Stadt! Wir wären dort allein.«

Er dachte darüber nach, und der Druck seines Daumens in ihrer Handfläche verstärkte sich. Er blickte nach hinten, im Kreis herum, in die Höhe und sogar zum Himmel auf. Schließlich sagte er: »Aber hier sind wir doch allein.«

»Deshalb sagte ich ja auch: *Kôr, du ferne Stadt!*«

»Was, du meinst, wir sind jetzt dort? Du meinst, hier ist dort, jetzt ist damals? ... Was kümmert es *mich*«, fügte er hinzu und ließ den Seufzer, den er schon seit einer Weile zurückgehalten hatte, als Lachen aus sich heraus. »Du mußt dich dort ja auskennen – und wenn du mich fragst: Wir könnten überall und nirgends sein. Dieses komische Gefühl habe ich oft eine oder zwei Minuten lang, wenn ich gerade aus der U-Bahn gekommen bin. Ja, ja, ich weiß schon: *Geh zur Army und sieh etwas von der Welt!*« Er wies mit einem Kopfnicken auf die Perspektive der Verkehrsampeln und fragte mit einem Anflug von Verschlagenheit: »Und die da? Was sollen die?«

Sie holte blitzschnell Atem und erwiderte: »Das sind unerschöpfliche Gasvorkommen. Sie haben nach ihnen gebohrt und das Gas angezündet, als es ausströmte. Durch den Wechsel der Farben signalisieren sie das Verstreichen der Minuten. Eine andere Art der Zeitmessung gibt es in Kôr nicht.«

»Aber es gibt doch den Mond! Er unterteilt die Zeit in Monate, ob man will oder nicht.«

»O ja, und dann gibt es natürlich noch die Sonne. Aber die könnten machen, was sie wollen. Wir müßten nicht unbedingt nachrechnen, wann sie kommen und gehen.«

»Wir müßten nicht«, gab er zu, »aber ich möchte wetten, daß ich es tun würde.«

»Mir wäre egal, was du tust, solange du nie sagst: ›Was kommt als nächstes?‹«

»Ich weiß nichts über das *Nächste*, aber ich weiß genau, was wir zuerst tun würden.«

»Was, Arthur?«

»Kôr bevölkern.«

Sie sagte: »Ich nehme an, es wäre in Ordnung, daß unsere Kinder untereinander heiraten müßten?« Aber ihre Stimme wurde leiser und erstarb; sie war daran erinnert worden, daß sie in dieser ersten Nacht seines Urlaubs heimatlos waren – das heißt, sie befanden sich in London ohne die geringste Hoffnung auf ein Zuhause, das nur ihnen gehörte. Pepita bewohnte zusammen mit einer Freundin eine Zweizimmer-Wohnung in einer Nebenstraße der Regent's Park Road, und dorthin mußten sie sich nun wohl oder übel auf den Weg machen. Arthur sollte den Diwan im Wohnzimmer haben, auf dem sonst Pepita schlief. Sie selbst wollte mit der Freundin deren Bett teilen. Für eine dritte Person war eigentlich kein Platz, am wenigsten für einen Mann, denn die kleinen Räume waren mit Möbeln und den Habseligkeiten der beiden jungen Frauen vollgestopft. Pepita strengte sich an, der Freundin für deren Hilfsbereitschaft dankbar zu sein, aber wie konnte sie das, wo Callie doch nicht einmal darauf gekommen war, sich für diese Nacht ein anderes Quartier zu suchen? Callie war eher begriffsstutzig als engstirnig, aber Pepita war der Meinung, daß sie ihr als Freundin einen Liebesdienst schuldig war. Bestimmt saß Callie, die nie später als um zehn nach Hause kam, daheim in ihrem Hausmantel herum und wartete darauf, Arthur willkommen zu heißen. Das bedeutete, daß sie sich zu dritt eine Weile unterhalten, Kakao trinken und dann zu Bett gehen würden. Das wär's – und das wäre alles! Das war London, und das war der Krieg. Dabei hatten sie noch Glück, überhaupt ein Dach über dem Kopf zu haben, denn London war schon vor der Ankunft der Amerikaner voll genug gewesen. Wohnungen gab es keine. Die Leute hätten sogar gemeckert, wenn man sich mit ihnen ein Grab hätte teilen wollen – solche Klagen hörte man sogar von Ehepaaren. Wohingegen in Kôr...

In Kôr... Die Illusion zerplatzte wie Glas: ein Auto summte wie eine Hornisse auf sie zu, bog scharf ab, zeigte seine scharlachroten Rücklichter und jagte die Straße hinauf. Eine Frau trat aus einem Hauseingang, ging die eiserne Umzäunung der Zufahrt entlang und rief zaghaft nach ihrer Katze. Unterdessen begann eine Turmuhr in der Nähe, dann eine zweite in der gleißenden Ferne, Mitternacht zu schlagen. Pepita spürte, wie Arthur ihren Arm mit einer Abruptheit losließ, die das Gegenteil von Leidenschaft war. Sie erschauerte. Daraufhin fragte er brüsk: »Kalt? Also gut, wo geht's lang? Wir machen besser, daß wir weiterkommen!«

Callie war nicht mehr auf. Stunden zuvor hatte sie die drei Tassen samt Untertellern, die Kakaodose und die Trinkmilch herausgestellt. Auf der Gasflamme hatte sie das Wasser im Kessel fast zum Sieden gebracht. Sie hatte Arthurs Bett, das heißt den Diwan im Wohnzimmer, auf jene feinsäuberliche und einladende

Weise aufgeschlagen, wie sie es in ihrem Elternhaus gelernt hatte – doch dann folgte sie einem Impuls und zog scheu die Überdecke wieder über das Kissen. Wie Pepita vorausgesehen hatte, trug sie dabei ihren Hausmantel aus Kretonne. In diesem Kleidungsstück kam sie dem Aussehen einer Hausherrin am nächsten. Das Haar hatte sie schon für die Nacht gebürstet, die Zöpfe waren neu geflochten und zu einem Kranz gesteckt. Beide Lampen und das Radio waren eingeschaltet, damit der Raum nicht nur heiter aussah, sondern auch so klang. Ganz allein hatte Callie jenen Augenblick der Hochgestimmtheit erreicht, der bei der Ankunft von Gästen eintreten sollte, was allerdings selten der Fall ist. Von da an hatte sie gefühlt, wie die Bereitschaft, einen anderen Menschen willkommen zu heißen, in ihr zu welken begann – eine Blume im Herzen, die zu früh erblüht war. Callie hatte dagesessen wie ein Abbild ihrer selbst. Sie hatte die drei kalten Tassen und auch das Bett angeblickt, das für einen fremden Mann bestimmt war.

Callies Unschuld und die Tatsache, daß ihr noch nie ein Mann einen Antrag gemacht hatte, hatten in ihr bewirkt, daß sie gegenüber Arthur so etwas wie Besitzerstolz empfand; dieses Gefühl wurde eher noch dadurch verstärkt, daß sie ihm noch nie begegnet war. In dem einen Jahr, das sie mit Pepita in der gemeinsamen Wohnung verbracht hatte, war sie zufrieden gewesen, die Glut der Liebe zu reflektieren. Dabei schien Pepita überraschenderweise nicht sehr glücklich zu sein – manchmal war sie sogar spürbar gereizt, und dafür hatte Callie überhaupt kein Verständnis. »Du bist es doch Arthur schuldig, gut aufgelegt zu sein, oder?« pflegte sie zu sagen. »Solange ihr euch liebt...« Ihre Stirn glühte in solchen Augenblicken – fast könnte man sagen, sie erglühte anstelle ihrer Freundin; sie wurde zur Wächterin des Ideals, das Pepita ständig aus den Augen verlor. Es stimmte: seit der plötzlichen Ankündigung von Arthurs Urlaub hatten die Dinge konkretere Formen angenommen. Arthur war für Callie immer mehr zu einem Mann im heiratsfähigen Alter geworden, und sie hätte nichts dagegen gehabt, wenn er woanders untergekommen wäre. Da Callie, die geschwisterlose Jungfrau, in körperlichen Dingen scheu war, schreckte sie davor zurück, ihre Wohnung mit einem jungen Mann zu teilen. In dieser Wohnung konnte man alles hören. Den einstigen viktorianischen Salon mit drei Fenstern hatte man mittels sehr dünner Trennwände in ein Wohnzimmer, eine kleine Küche und in Callies Schlafzimmer unterteilt. Das Wohnzimmer lag in der Mitte, flankiert von den beiden anderen Räumen. Der ein paar Treppenstufen tiefer gelegene ehemalige Wintergarten war in ein zugiges Badezimmer umfunktioniert worden, das man sich mit einem anderen Mädchen dieses (ausschließlich von Mädchen bewohnten) Stockwerks teilen mußte. Die Wohnung war vergleichsweise billig. Da Callie mehr verdiente als Pepita und einen größeren Anteil an der Miete übernommen hatte, fühlte sie sich gewissermaßen aufgerufen, eine Geste des guten Willens zu machen und Arthur als Dritten im Bunde willkommen zu heißen. »Oh, es wird nett sein, ihn bei uns zu haben«, sagte sie zu Pepita, die diesen Akt der Gutwilligkeit ohne allzu viel Wohlwollen hinnahm. Aber hatte sie davon jemals viel besessen? Pepita war so ruhelos und unergründlich, so ganz in sich selbst befangen wie eine kleine, halberwachsene schwarze Katze. – Anschließend kam ein Moment der Verwirrung: Pepita versuchte offenbar, Callie durch die Blume klarzumachen, sie solle sich woanders eine Unterkunft suchen. »Aber wo könnte ich denn hin?« fragte Callie verwundert, als es ihr schließlich dämmerte. »Du weißt doch, wie es heutzutage in London aussieht. Und außerdem –« hier lachte sie, aber ihre Stirn errötete dabei ebenso leicht, wie sie zu erglühen pflegte – »außerdem wäre es nicht schicklich, wenn ich einfach fortginge und dich mit Arthur allein ließe, nicht wahr? Ich weiß nicht, was deine Mutter dazu sagen würde. Nein, wir werden zwar ein bißchen beengt sein, aber wir machen es uns trotzdem gemütlich. Es macht mir nichts aus, das Mauerblümchen zu spielen, wirklich, meine Liebe!«

Aber nun verflüchtigte sich das heimelige Gefühl zusehends, denn Pepita und Arthur kamen und kamen nicht. Um halb elf sah sich Callie gezwungen, der Hausordnung Folge zu leisten und das Radio abzustellen, woraufhin von der Straße her die Stille in diesen seiner Würde beraubten Raum einsickerte. Callie erinnerte sich an die Stromsparappelle und knipste ihre liebe kleine Tischlampe aus, die sie mit großen runden Punkten bemalt hatte, damit sie wie ein

Fliegenpilz aussah. Nun brannte nur noch die Deckenlampe. Callie legte die Hand auf den Wasserkessel und stellte fest, daß er wieder erkaltet war. Sie seufzte angesichts der Energieverschwendung und wohl auch der verlorenen Liebesmüh. Wo waren sie bloß? Kälte kroch ihr aus dem Kessel entgegen. Sie ging zu Bett.

Callies Bett stand längs unter dem Fenster. Nur ungern schlief sie so dicht an den Glasscheiben, aber da zum Öffnen der Tür und der Schränke Raum bleiben mußte, war dies die einzige Möglichkeit. In dieses Bett stieg sie nun und legte sich steifgliedrig an die Wand. Über ihr baumelten die Säume der Fenstervorhänge. Sie versuchte, ihre Gliedmaßen daran zu gewöhnen, daß sie sich nicht zu der Hälfte des Bettes verirrten, die Pepita gehören sollte. Ihr Bett mit einem anderen Menschen zu teilen, würde gewiß nicht das letzte Opfer sein, das sie der Liebe der Liebenden darbringen müßte. Heute nacht sollte Callie zum erstenmal – zumindest seit ihrer frühen Kindheit – mit jemandem in einem Bett schlafen. Als behütetes Kind einer mittelständischen Familie hatte sie ihr ganzes Leben lang in körperlicher Hinsicht Distanz gehalten. So durchrieselte es sie schon jetzt vor Abneigung und Scheu: Auf sie lauerte etwas, was dunkler und besorgniserregender war als die Aussicht, vielleicht nicht schlafen zu können. Außerdem war Pepita *wirklich* ein unruhiger Mensch! Die Art, wie sie sich auf dem Diwan hin- und herwälzte, ihre abgehackten Ausrufe und ihr unverständliches Flehen – all dies mußte sich Callie fast jede Nacht durch die Trennwand anhören.

Callie wußte wie durch Hellseherei, daß Arthur nicht nur tief, sondern auch mit einer gewissen Selbstsicherheit und Erhabenheit schlafen würde. Sagten die Leute nicht immer, daß Soldaten wie Murmeltiere schlafen? Mit ehrfürchtigem Staunen stellte sie sich Arthurs schlafendes Gesicht vor, das sie noch nicht einmal in wachem Zustand kannte – Arthurs männliche Wangenknochen, seine Augenlider und seinen energischen, der dämmerigen Zimmerdecke zugewandten Mund. Da sie selbst Lust hatte, sich der Dunkelheit wohlig hinzugeben, streckte Callie den Arm aus und knipste die Nachttischlampe aus.

Augenblicklich wußte sie, daß etwas geschah – draußen, auf der

Straße, in ganz London, in der Welt. Ein Vorrücken, eine ungeheuerliche Bewegung vollzog sich in aller Stille. Blauweiße Lichtbalken kamen geflossen, sickerten herein, krochen um die Ränder der schallschluckenden Verdunkelungsvorhänge herum. Als Callie erschrocken hochfuhr und gegen eine Gardinenfalte stieß, lief ein Lichtstrahl wie eine Maus über ihr Bett. Ein Scheinwerfer, der stärkste aller Zeiten, hätte ganz genau und stetig auf ihr abgeschirmtes Fenster gerichtet sein können. Er fand durchlässige Stellen im Stoff der Verdunkelungsvorhänge und zeichnete Adern und kleine Sterne. Nachdem sich diese bedrückende Vorstellung in Callie festgesetzt hatte, konnte sie sich nicht mehr hinlegen; angespannt saß sie da, ihre Knie berührten ihre Brüste, und sie fragte sich, ob es irgend etwas gab, das sie tun sollte. Sie schob die Vorhänge auseinander, öffnete sie behutsam noch ein bißchen weiter, schaute hinaus – und sah sich von Angesicht zu Angesicht dem Mond gegenüber.

Unter dem Mond leuchteten die Häuser gegenüber ihrem Fenster mit schattiger Transparenz. Und mitten auf der kalkweißen Straße glitzerte etwas – war es eine Münze oder ein Ring? Licht flutete an Callies Gesicht vorbei, und sie drehte sich um, um zu sehen, wo es hin wollte: besonders hervorgehoben wurde der großartige viktorianische Kaminsims aus weißem Marmor in diesem einstigen Salon; besonders hervorgehoben wurden auch – auf den ihr zugewandten Photos – die Gedanken, mit denen ihre Eltern in die Kamera des Photographen geblickt hatten, und die demütige Verständnislosigkeit ihrer beiden Hunde. Callies Hausmantel, der über einer Stuhllehne hing, schien nun aus Silberbrokat zu sein, mit Rosen von schwachem Purpurrot. Der Mond bewirkte noch mehr: Er entschuldigte und beschönigte das lange Ausbleiben der Liebenden. Kein Wunder, sagte sich Callie, kein Wunder, wenn dies die Welt ist, durch sie sie wandern; wenn dieser Mond sie begleitet... Nachdem sie die weiße Erklärung in sich hineingetrunken hatte, legte sich Callie wieder hin. Ihre Hälfte des Bettes befand sich im Schatten, aber Callie erlaubte einer ihrer Hände, milchweiß auf Pepitas Seite zu liegen. Callie lag da und betrachtete ihre Hand, bis diese ihr nicht mehr zu gehören schien.

Callie erwachte von dem Geräusch, das Pepitas Schlüssel im Türschloß machte. Aber keine Stimmen? Was war geschehen? Dann vernahm sie Arthurs Schritte. Sie hörte, wie er seinen Tornister losschnallte und mit einem dumpfen, müden Laut zu Boden gleiten ließ. Als er seinen Helm auf den Holzstuhl legte, machte es *plonk*. »Pscht! Vielleicht schläft sie schon!« ermahnte ihn Pepita.

Und dann endlich Arthurs Stimme: »Aber sagtest du nicht –« »Ich schlafe noch nicht! Moment, ich komme gleich!« rief Callie überglücklich. Sie sprang aus dem Bett, vom Schatten ins Mondlicht, zog den Reißverschluß ihres verzauberten Hausmantels über dem Nachthemd zu, fuhr mit den Füßen in die Schuhe und steckte mit bebenden, aber resoluten Händen die Zöpfe auf dem Kopf zu einem Haarkranz. Während sie sich so zu schaffen machte, vernahm sie keinen anderen Laut. Hatte sie nur geträumt, daß die anderen gekommen waren? Ihr Herz pochte. Sie ging hinüber ins Wohnzimmer und zog die Tür hinter sich zu.

Pepita und Arthur standen auf der anderen Seite des Tisches. Sie wirkten, als stünden sie in Reih und Glied. Ihre Gesichter, eins weiter oben, das andere weiter unten, denn Pepitas kräftiger, von schwarzem Haar umrahmter Kopf überragte Arthurs in der Khaki-Uniform steckende Schultern nur um ein Zollbreit, ähnelten sich darin, daß sie sich jeglichen Ausdrucks enthielten. Es war, als weigerten sich die beiden noch im Geiste, hier zu sein. Die Züge ihrer Gesichter hatten etwas Unausgeprägtes, Verwittertes. War dies das Werk des Mondes?

Pepita sagte unvermittelt: »Ich glaube, wir sind sehr spät dran?«
»Das wundert mich nicht«, sagte Callie. »Solch eine schöne Nacht.«

Arthur hatte die ganze Zeit nicht aufgeblickt. Er betrachtete die drei leeren Tassen. Pepita packte ihn plötzlich am Ellenbogen, schüttelte ihn und sagte: »Wach auf, Arthur, und sag etwas! Dies hier ist Callie – pardon, Callie, dies ist Arthur.«

»Aber sicher, natürlich ist dies Arthur«, erwiderte Callie, deren sanfte Augen auf Arthurs Gesicht gerichtet waren, seit sie das Zimmer betreten hatte. Als sie bemerkte, daß Arthur nicht recht wußte, wie er sich verhalten sollte, ging sie um den Tisch herum, um ihm die Hand zu geben. Er blickte auf, und sie senkte zum erstenmal den Blick. Sie nahm seine rötlich-braune Hand eher mit den Augen wahr, als daß sie ihren Druck fühlte. Ihre eigene Hand schien noch immer einen Handschuh aus Mondlicht zu tragen. »Willkommen, Arthur«, sagte sie. »Ich freue mich, Sie endlich kennenzulernen, und ich hoffe, daß Sie sich in der Wohnung wohlfühlen werden.«

»Sie sind sehr freundlich«, sagte er bedächtig.

»Ach bitte sagen Sie das nicht«, erwiderte Callie. »Dies ist auch Pepitas Wohnung, und wir hoffen beide, daß Sie sich hier wie daheim fühlen, nicht wahr, Pepita? Bitte tun Sie sich keinen Zwang an, sondern tun Sie alles, was Ihnen Spaß macht. Schade, daß es hier so beengt ist.«

»Oh, das würde ich nicht sagen«, meinte Arthur, als wäre er hypnotisiert. »Ich finde, dies ist eine hübsche kleine Wohnung.«

Pepitas Gesicht hatte sich inzwischen verfinstert. Sie wandte sich von den beiden ab.

Arthur wunderte sich noch immer (obwohl es ihm einmal erklärt worden war), wie diese beiden so verschiedenen Mädchen darauf gekommen waren, zusammenzuziehen: Pepita war, abgesehen von ihrem zu groß geratenen Kopf, so zierlich, jedoch randvoll mit kindlicher Ungebärdigkeit und unkindlicher Leidenschaftlichkeit, während die ziemlich große Callie gesetzt und eher wächsern wirkte – eine Kerze, die noch nie gebrannt hat. Ja, sie war wie eine jener Kerzen, die man draußen vor einer Kirche kaufen kann. Ihr ganzes Verhalten hatte manchmal etwas Weihevolles. Es war ihr nicht bewußt, daß ihre guten Manieren – es waren die Manieren der Tochter eines altmodischen Landarztes – die beiden anderen in eine ungünstige Lage brachten. Arthur bemerkte gerührt, mit welchem Ernst und gutem Glauben Callie ihren altjüngferlichen Hausmantel trug. Ihr Gesicht war noch immer verschlafen, aber als sie sich bückte, um das Gas unter dem Wasserkessel erneut anzuzünden, fiel Arthur der zierliche und zugleich kräftige Spann ihres nackten Fußes auf, der in einem grünen Schuh von allzu gewollter Eleganz verschwand. Pepita stand ihm schon zu nah, als daß er sie noch einmal so hätte sehen können, wie er jetzt Callie sah – in gewisser

Hinsicht hatte er Pepita nie zum ersten Mal *gesehen*: sie war von Anfang an nicht sein Typ gewesen und war es auch jetzt manchmal noch nicht. Nein, er hatte nicht zweimal an sie gedacht; er hatte sich erst wieder an sie erinnert, als er anfing, sich voller Leidenschaft an sie zu erinnern. Man könnte sagen, daß er Pepita nicht hatte kommen sehen: ihre Liebe war ein Zusammenprall im Dunkeln gewesen.

Callie, die entschlossen war, dies hinter sich zu bringen, richtete sich auf und sagte:»Vielleicht möchte sich Arthur die Hände waschen?« Und nachdem sie ihn die paar Treppenstufen hinunterstolpern gehört hatten, sagte sie zu Pepita:»Weißt du, ich habe mich so für euch gefreut, daß der Mond so schön scheint.«

»Aber warum?« erwiderte Pepita und fügte noch hinzu:»Der Mond schien ein bißchen zu hell.«

»Du bist müde, und Arthur sieht auch müde aus.«

»Wie kannst du das wissen? Er ist daran gewöhnt, in der Gegend herumzumarschieren. Das Problem ist nur, daß wir keine richtige Bleibe haben.«

»Aber Pepita, du –«

Aber in diesem Augenblick kam Arthur zurück. Beim Eintreten fiel sein Blick auf das Radio. Er ging schnurstracks darauf zu.»Um diese Zeit wird wohl kaum was Interessantes gesendet, nehme ich an«, meinte er skeptisch.

»Nein, es ist ja auch schon nach Mitternacht, da kommt nichts mehr. Außerdem haben es die Leute in diesem Haus nicht gern, wenn man noch so spät Radio hört. Und da wir schon dabei sind –«, fuhr Callie mit einem freundlichen Lächeln fort.»Leider muß ich Sie bitten, die Stiefel auszuziehen, es sei denn, Sie bleiben die ganze Zeit auf dem Stuhl sitzen. Die Leute unter uns...«

Pepita machte eine unwillige Kopfbewegung und murmelte etwas Unverständliches, aber Arthur setzte sich mit der Bemerkung:»Oh, das macht mir nichts aus« hin und begann, die Stiefel auszuziehen. Dann hielt er inne, warf einen schnellen Blick nach rechts und nach links auf den mit baumwollener Bettwäsche frisch bezogenen Diwan, und sagte:»Ich darf mich doch daraufsetzen, nicht wahr?«

»Das ist mein Bett«, antwortete Pepita. »Du sollst darin schlafen.«

Callie bereitete den Kakao, und danach gingen sie zu Bett. Zuvor einigten sie sich, wer zuerst ins Badezimmer gehen sollte. Callie zog sich als erste zurück. Sie schloß die Tür ihres Zimmers hinter sich, damit Pepita und Arthur sich einen Gutenachtkuß geben konnten. Als Pepita wenig später eintrat, tat sie dies, ohne vorher anzuklopfen. Sie stand reglos im Mondlicht und begann dann, die Kleider abzustreifen. Nach einem angewiderten Blick in Richtung Bett fragte sie: »Welche Seite?«

»Ich bin davon ausgegangen, daß du gern an der Außenseite schlafen würdest.«

»Und warum stehst du hier noch rum?«

»Ich weiß nicht. Wenn ich unter dem Fenster schlafen soll, dann lege ich mich wohl am besten zuerst hin.«

»Also gut, dann laß uns jetzt schlafen gehen!«

Als sie starr nebeneinander lagen, fragte Callie: »Glaubst du, daß Arthur alles hat, was er braucht?«

Pepita hob mit einem Ruck den Kopf. »Bei diesem Mond können wir nicht schlafen.«

»Wieso? Du glaubst doch nicht, daß der Mond irgend welche Sachen bewirkt, oder?«

»Na ja, er schafft es bestimmt nicht, daß einer von uns noch überdrehter wird.«

Callie zog die Vorhänge zu. Dann sagte sie: »Was meinst du damit? Ich hab doch nur gefragt, ob Arthur alles hat, was er braucht.«

»Genau das meinte ich. Was ist los? Ist bei dir eine Schraube locker?«

»Pepita, ich bleibe nicht hier, wenn du dich so benimmst.«

»Dann geh doch gleich rüber zu Arthur!«

»Und was ist mit mir?« war Arthurs Stimme laut und deutlich durch die Wand hindurch zu vernehmen. »Ich verstehe praktisch alles, was ihr Mädchen da drüben sagt.«

Sie waren beide verblüfft – eher verblüfft als peinlich berührt. Arthur, der im anderen Zimmer allein war, hatte die Fesseln des guten Benehmens abgestreift: Seine Stimme enthielt nun die ganze Autorität seines Geschlechts – er war ungehalten, müde und gehörte zu niemandem.

»Entschuldigung!« sagten die Mädchen wie aus einem Mund. Dann lachte Pepita geräuschlos in sich hinein, daß das Bett zitterte. Am Ende biß sie sich selbst in den Handrücken, um ihren Lachanfall zu bremsen. Dabei prallte ihr Ellbogen unsanft gegen Callies Wange. »Entschuldigung!« flüsterte sie. Keine Antwort. Pepita betastete ihren Ellbogen und stellte fest, daß er naß war, ja, er war tatsächlich naß. »Hör auf zu weinen, Callie! Was habe ich dir denn getan?«

Callie drehte sich auf die Seite, um die Stirn eng in die Vorhänge an der Wand unter dem Fenster zu drücken. Ihr Weinen blieb geräuschlos. Da sie nicht an ihr Taschentuch herankam, wischte sie sich ab und zu die Augen an der Gardine trocken und versetzte dadurch jedesmal das Mondlicht auf den Falten des Stoffes in unruhige Bewegung. Pepita hörte auf, sich über die Freundin zu wundern und war bald eingeschlafen. Wenigstens ist es zu irgend etwas gut, hundemüde zu sein.

Eine Uhr schlug vier, als Callie wieder aufwachte. Da war jedoch noch etwas anderes, das sie veranlaßt hatte, die geschwollenen Augenlider zu öffnen: Sie hörte, daß Arthur nebenan auf seinen bestrumpften Füßen herumtappte und sich bemühte, keinen Lärm zu machen. Prompt stieß er gegen die Ecke des Tischs. Callie setzte sich auf. Neben ihr lag Pepita halb auf die Seite gerollt. Sie schlief tief und unerschütterlich wie eine Mumie. Arthur stöhnte. Callie hielt den Atem an, kletterte behend über Pepita hinweg, tastete nach ihrer Taschenlampe auf dem Kaminsims, hielt inne, um erneut zu lauschen. Wieder stöhnte Arthur. Da öffnete Callie mit Bewegungen, die ebenso zielstrebig wie lautlos waren, die Tür und schlüpfte ins Wohnzimmer. »Was ist los?« flüsterte sie. »Ist Ihnen nicht gut?«

»Nein, ich hab mir nur eine Zigarette geholt. Hab ich Sie aufgeweckt?«

»Aber Sie haben gestöhnt!«

»Tut mir leid. Ich hab es gar nicht gemerkt.«

»Machen Sie das oft?«

»Ich sagte doch, ich hab es nicht gemerkt. Wirklich!« wiederholte Arthur. Die Atmosphäre im Zimmer war erfüllt von seiner Gegenwart, überlagert von Zigarettenrauch. Er mußte auf dem Rand seines Bettes sitzen, in den Mantel gehüllt. Sie konnte den Mantel riechen, und jedesmal, wenn er an der Zigarette zog, wurden die Züge seines Gesichtes von dem flüchtigen, gedämpften, rötlichen Glimmen erhellt. »Wo sind Sie?« fragte er. »Machen Sie ein Licht an.«

Als reagierte sie reflexartig auf seine Worte, betätigte sie mit nervösen Fingern den Schalter ihrer Taschenlampe und ließ sie für eine Sekunde aufblitzen. »Ich bin hier an der Tür. Pepita schläft. Ich gehe jetzt besser wieder ins Bett.«

»Hören Sie, geht ihr beide euch auf die Nerven?«

»Nein, bis heute abend nicht«, antwortete Callie und beobachtete die unstete Kurve, die seine Zigarette jedesmal beschrieb, wenn er den Arm nach dem Aschenbecher ausstreckte, der auf der Ecke des Tisches stand. Sie verlagerte ihr Gewicht von einem nackten Fuß auf den anderen und fügte gelassen hinzu: »Sie erleben uns heute nicht so, wie wir normalerweise sind.«

»Sie ist ein Mädchen, das manchmal seltsame Dinge anstellt... Ich hoffe, daß sie weiß, was sie Ihnen zumutet. Ich bin mir jedenfalls darüber im klaren. Aber wir hatten keine andere Wahl, verstehen Sie?«

»Eigentlich bin ich es, die *Ihnen* etwas zumute«, erwiderte Callie.

»Ach, das ist nun mal nicht zu ändern, nicht wahr? Sie hatten recht, sich nicht aus der eigenen Wohnung vertreiben zu lassen. Wenn wir mehr Zeit gehabt hätten, wären wir vielleicht aufs Land gefahren, obwohl ich nicht gewußt hätte, wohin. Es ist ganz schön hart, wenn man nicht verheiratet ist und wenig Geld hat... Rauchen Sie?«

»Nein, vielen Dank. Wenn alles in Ordnung ist mit Ihnen, dann gehe ich jetzt wieder ins Bett.«

»Ich bin froh, daß sie schläft – komisch, wie sie schläft, nicht? Man fragt sich unwillkürlich, wo sie dann ist. Sie haben zur Zeit keinen Freund, stimmt's?«

»Nein. Ich hab noch nie einen gehabt.«

»Ich weiß nicht, ob Sie da nicht in gewisser Hinsicht besser dran sind als ich. Mir ist klar, daß heutzutage für ein Mädchen nicht sehr viel drin ist. Ich fühle mich grausam, wenn ich sehe, wie ich sie um ihre Ruhe bringe, und ich weiß nicht, ob es nur an mir liegt oder ob noch etwas anderes im Spiel ist, für das ich nichts kann. Wie soll einer von uns wissen, wie alles hätte sein können? Die Leute vergessen, daß der Krieg nicht einfach nur ein Krieg ist. Es sind Jahre im Leben der Menschen, wie sie sie noch nie erlebt haben und nie wieder erleben werden... Halten Sie sie für launisch?«

»Wen? Pepita?«

»Es reicht schon, wenn man mit ihr – – – Heute nachmittag haben wir unseren Sold bekommen. An die Kinos kam man gar nicht erst ran. Nirgends konnte man sich hinsetzen. In die Kneipen mußte man sich mit Gewalt reindrängeln, und Pepita haßt es, wie man sie dort anstarrt. Wir sind in dem ganzen Geschiebe durch die Straßen gelaufen, und obwohl sie sich bei mir eingehängt hatte, wollte man sie immer wieder von mir wegziehen. Also stiegen wir in die U-Bahn und fuhren zu diesem Park da hinten, aber da war es dummerweise taghell und außerdem kalt. Wir haben es nicht lange ausgehalten. Aber das hat ja alles nichts mit Ihnen zu tun.«

»Ich höre Ihnen gern zu.«

»Auch wenn Sie nichts verstehen? Na gut, wir fingen also an zu spielen und stellten uns vor, wir seien in Kôr.«

»Chor? Was für ein Chor?«

»Das ferne Kôr – die Geisterstadt.«

»Wo ist die?«

»Gute Frage. Ich hätte aber geschworen, daß *sie* die Stadt sah, und durch die Art, wie sie sie sah, sah ich sie auch. Ein Spiel ist ein Spiel, aber was ist eine Halluzination? Anfangs lacht man, aber dann packt es einen, und man kann es nicht mehr mit einem Lachen abschütteln. Ich sage Ihnen: als ich vorhin hier aufwachte, da wußte ich nicht, wo ich war. Ich mußte aufstehen und mich an diesem Tisch entlangtasten, damit ich endlich begriff, wo ich bin. Erst da bekam ich Lust auf eine Zigarette. Jetzt weiß ich, warum sie so schläft – wenn es stimmt, daß sie dann dort hingeht.«

»Aber sie ist genausooft ruhelos. Ich höre sie oft.«

»Dann schafft sie es eben nicht immer. Vielleicht braucht sie mich irgendwie dafür... Na ja, was ist schon dabei! Wenn zwei Leute nicht wissen wohin, warum nicht erst einmal nach Kôr? Träume unterliegen keinen Beschränkungen.«

»Oh, Arthur, ist es nicht besser, von etwas zu träumen, das *menschlich* ist?«

Er gähnte. »Menschlich? Menschlich sein heißt völlig aufgeschmissen sein.« Er hörte auf zu gähnen und drückte seine Zigarette aus. Der Aschenbecher aus Porzellan am Rand des Tisches verrutschte. »Kommen Sie einen Moment mit der Lampe her – ich meine, wenn Sie nichts dagegen haben. Ich glaube, ich habe überall Asche auf ihre Bettwäsche fallen lassen.«

Callie machte ein paar Schritte vorwärts. Die Taschenlampe hatte sie eingeschaltet, aber sie hielt sie mit ausgestrecktem Arm weit von sich weg. Der Druck ihres Daumens ließ den Lichtkegel manchmal schwanken. Sie beobachtete die beleuchtete Innenseite von Arthurs Hand, als er das Bettzeug abklopfte. Einmal blickte er auf und sah ihre mit einem Nachthemd bekleidete Gestalt, die sich über ihm hinter dem gleißenden Licht von ihm wegzubeugen schien. »Was baumelt da hin und her?«

»Einer meiner Zöpfe. Soll ich das Fenster weiter aufmachen?«

»Was, um den Rauch rauszulassen? Meinetwegen. Was macht übrigens Ihr Mond?«

»*Mein* Mond?« Während sie verwundert über dies erste Anzeichen dafür nachdachte, daß Arthur sich daran erinnert hatte, daß sie Callie war, zog sie die Vorhänge auseinander und entriegelte das Fenster. Nach einer Minute sagte sie: »Nicht mehr so hell.«

In der Tat: Die Macht des Mondes über London und die menschliche Phantasie hatte nachgelassen, die Umklammerung des Lichts hatte sich gelockert. Die Suche war vorüber. Die Straße sah aus, als ob sie wieder einmal alles überstanden hätte, und nichts weiter. Was immer dort geglitzert hatte, Münze oder Ring, war nun unsichtbar oder lag nicht mehr da. Callie hielt es für wahrscheinlich, daß der Mond nie wieder so scheinen würde, und für sie wäre das alles in allem auch am besten gewesen. Sie spürte, daß sich von draußen ein Lufthauch wie ein müder Arm um ihren Körper schmiegte. Sie schloß ihn aus, indem sie die Vorhänge zuzog. Dann kehrte sie in ihr Zimmer zurück.

Am Bett blieb sie stehen und lauschte. Pepita atmete noch immer regelmäßig im Schlaf. Jenseits der Trennwand quietschte der Diwan, als sich Arthur wieder darauf ausstreckte. Nachdem sie sich behutsam vorgetastet und sich vergewissert hatte, daß ihre Hälfte leer war, kletterte Callie über Pepita hinweg ins Bett. Ein bißchen Wärme war von Pepitas Flanke über das Laken gekrochen. In diese Wärme bettete Callie ihren steinkalten Leib. Sie versuchte, ihre Gliedmaßen unter Kontrolle zu bekommen: sogar *sie* zitterten nach Arthurs Worten im Dunkeln, diesen Worten *an das Dunkle*. Das Schwinden ihrer eigenen geheimnisvollen Erwartung, ihrer Liebe zur Liebe, wog gering im Vergleich zu all den ungelebten Leben im Krieg... Plötzlich schnellte Pepitas Hand vor. Der Handrücken traf Callie ohne allzu große Wucht im Gesicht.

Pepita hatte sich inzwischen auf den Rücken gedreht. Die Hand, die Callie geschlagen hatte, mußte vorher auf der anderen gelegen haben, und diese zweite Hand hatte sich in den Pyjamakragen gekrallt. Pepitas Augen hätten genausogut offen wie geschlossen sein können, so dunkel war es, aber es gab für sie keinen Grund, die Brauen so unwillig in die Höhe zu ziehen. Im nächsten Moment wurde klar, daß Pepita den Akt der Gerechtigkeit unbewußt vollzogen hatte. Sie lag noch wie zuvor in einem heftigen Traum befangen, einem Traum, den Arthur ausgelöst hatte, der jedoch nicht mit ihm endete. Mit ihm blickte sie hierhin und dorthin, die weiten, leeren, reinen Straßen entlang, zwischen Statuen, Säulen und Schatten, durch Torbögen und Säulengänge hindurch. Mit ihm schritt sie Treppen hinauf, von denen nichts als Mondlicht herabkam. Mit ihm wanderte sie über den milchweißen Staub der endlosen Hallen, stand sie auf Terrassen, stieg sie auf den alles überragenden Turm, schaute sie auf die von Standbildern gesäumten Plätze, in die weiten, leeren, reinen Straßen hinab. Er war der Schlüssel, aber nicht die Antwort – und es war die unwandelbare Endgültigkeit von Kôr, der sie sich zuwandte.

Bibliographischer
Nachweis

Die Erzählungen »Narzissen« *(Daffodils)* und »Heimkommen« *(Coming Home)* erschienen 1923 in dem Sammelband *Encounters.* »Zu Besuch« *(The Visitor)* und »Charity« *(Charity)* 1926 in dem Sammelband *Ann Lee's.* »Der Dschungel« *(The Jungle)* und »Mrs. Moysey« *(Mrs. Moysey)* 1929 in dem Sammelband *Joining Charles and other stories.* »Die Crans« *(The Tommy Crans),* »Maria« *(Maria),* »Zimmer eines kleinen Mädchens« *(The Little Girl's Room)* und »Der Apfelbaum« *(The Apple Tree)* 1934 in dem Sammelband *The Cat Jumps.* »In Verruf« *(Reduced)* in: *Spectator,* Juni 1935. »Tränen, törichte Tränen« *(Tears, Idle Tears),* »Schau nur, all die Rosen« *(Look at All Those Roses)* und »Ostereiersuchen« *(The Easter Egg Party)* 1941 in dem Sammelband *Look at All Those Roses.* »Die geerbte Uhr« *(The Inhereted Clock)* und »Felder in einem glücklichen Herbst« *(Happy Autumn Fields)* in: *Cornhill,* Januar, bzw. November 1944. »Efeu kroch übers Gestein« *(Ivy Gripped the Steps)* in: *Horizon,* September 1945. »Kôr, du ferne Stadt« *(Mysterious Kôr)* in: *The Penguin New Writing,* no. 20, 1944.

Inhalt

Narzissen ... 5

Heimkommen ... 15

Zu Besuch ... 23

Charity ... 41

Der Dschungel ... 53

Mrs. Moysey ... 70

Die Crans ... 93

Maria ... 102

Zimmer eines kleinen Mädchens ... 117

Der Apfelbaum ... 131

In Verruf ... 146

Tränen, törichte Tränen ... 160

Schau nur, all die Rosen! ... 170

Ostereiersuchen ... 184

Die geerbte Uhr ... 199

Felder in einem glücklichen Herbst ... 227

Efeu kroch übers Gestein ... 249

Kôr, du ferne Stadt ... 291

Verlagsgemeinschaft Ernst Klett Verlag –
J. G. Cotta'sche Buchhandlung
Der Band enthält eine Auswahl aus der Anthologie
»The Collected Stories of Elizabeth Bowen«, die
1981 bei Alfred A. Knopf Inc., New York,
erschienen ist
© 1981 Curtis Brown, Ltd., London,
Literary Executors of the Estate
of the Late Elizabeth Bowen
Die Erzählung
»Felder in einem glücklichen Herbst«
wurde von Katrine von Hutten übersetzt
Über alle Rechte der deutschen Ausgabe verfügt die
Ernst Klett Verlage GmbH u. Co. KG, Stuttgart
Fotomechanische Wiedergabe
nur mit Genehmigung des Verlages
Printed in Germany 1987
Umschlag: Klett-Cotta-Design

CIP-Kurztitelaufnahme der Deutschen Bibliothek

Bowen, Elizabeth:
Efeu kroch übers Gestein:
ausgew. Erzählungen / Elizabeth Bowen.
Aus d. Engl. übers. von Hartmut Zahn. –
Stuttgart: Klett-Cotta, 1987.
Einheitssacht.:
The collected stories of Elizabeth Bowen ⟨dt.⟩
Teilausg.
ISBN 3-608-95440-6